यार जादूगर

(उपन्यास)

AF521430

यार जादूगर

नीलोत्पल मृणाल

हिन्द युग्म

ISBN : 978-81-953061-2-1

प्रकाशक :
हिंद युग्म
सी-31, सेक्टर-20, नोएडा (उ.प्र.)-201301
फ़ोन- +91-120-4374046

मुद्रक : थॉमसन प्रेस
कला-निर्देशन : विजेन्द्र एस विज

पहला संस्करण : अक्टूबर 2021
चौथा संस्करण : जनवरी 2026
मूल्य : ₹249

© नीलोत्पल मृणाल

Yaar Jadugar
A novel by *Nilotpal Mrinal*

Published By
Hind Yugm
C-31, Sector-20, Noida (UP)-201301
Phone : +91-120-4374046
Email : sampadak@hindyugm.com
Website : www.hindyugm.com

First Edition: Oct 2021
Fourth Edition: Jan 2026
Price: ₹249

मैं पिछले जन्म में एक निरीह बकरी था। घास-फूस खाता और जंगल, नदी, मैदान, गाँव, टोला घूमता। मैं अपने स्वामी को रोज वेद वाचते सुनता। तभी ही मेरी इच्छा थी कि मैं एक उपनिषद् लिखूँ। फिर एक दिन... पढ़ने-लिखने वाले लोग मुझे काटकर खा गए।

1

भेलवा पहाड़ी की तलछट से बस थोड़ी दूर हटकर मैदान में बसा एक मझोला-सा गाँव दामुसिंघा। यहाँ से मात्र दो-तीन किलोमीटर दूर निकलते ही मिलता था एक पुल। उस करीब-करीब झूल चुके सँकरे पुल को टपते ही एकदम उत्तर में शुरू हो जाता बास्को का जंगल। पुल के नीचे से बहती नौरंगी नदी जिसका किनारा जंगल के एक किनारे से मिलते हुए निकलता। अमावस की रात इस नदी का पानी काला हो जाता था क्योंकि उस दिन बास्को के जंगल की वनदेवी यहाँ अपनी आँखों का काजल धोती थी, और पूर्णिमा के दिन यही नदी लाल रंग की हो जाती थी क्योंकि उस दिन वनदेवी अपने महावर लगे दोनों पाँव नदी में डाल यहाँ से सामने भेलवा पहाड़ी के ऊपर आकर अटक जाने वाले चंद्रमा को निहारती थी।

ऐसा इस इलाके के लोग कहा करते थे।

लोक में जब लोग कुछ कहने लगें तो वो मान्यता बन जाती है।

लोग कह-कहकर धारणा भी बना देते हैं, और इसी से धर्म भी।

इसलिए लोक में देखे से ज्यादा कहे का बल है।

लोक में लोग कह-कहकर किस्सा भी बना देते हैं और सत्ता भी।

यहाँ भी ये किस्सा अब एक सत्य था और इस इलाके के कुछ लोग तो यहाँ तक बताते कि उन्होंने कई बार अँधेरी रातों में वनदेवी को पुल से नदी में उतरते भी देखा था। सुबह कई तो पैरों के निशान भी खोज लेते। बहुत गौर से

देखने पर वो लकड़बग्घों के पैरों के चिह्न लगते। पर वो माना जाता वनदेवी का ही पदचिह्न। सदियों की जमी मान्यताओं को दो आँखों का देखा भला क्या खारिज कर पाता!

बास्को के जंगल की सघनता विपुल थी। सखुआ-सागवान को लाँघते हुए यहीं से करीब बारह-तेरह किलोमीटर पूरब जाते ही अरण्य के अंतिम छोर पर मिलता एक दशकों पुराना खड़ा खंडहर...

स्थानीय लोग इसे डेनियल का टीला कहते। लोग बताते थे कि इसे किसी जमाने में एक अँग्रेज अफसर डेनियल लॉरेंस ने बनवाया था। उस समय ये अनाज की कोठी हुआ करती थी और डेनियल खुद यहाँ रहा भी करता था। कोठी के ठीक बाईं ओर अहाते में ही डेनियल की समाधि भी बनी हुई थी।

अब ये कोठी एक ढह चुकी विरासत थी जहाँ वर्षों से लोग आते-जाते नहीं ही थे। आस-पास के जो लोग जंगल में बकरियाँ वगैरह चराने जाते, वे कहते थे कि आज भी कभी-कभार वहाँ अंदर से अनाज की बोरियाँ उठाने-गिराने की आवाजें सुनाई पड़ती थीं। कुछ तो यहाँ तक दावा करते कि उन्होंने साक्षात् डेनियल को कोठी के बरामदे में टहलते देखा था।

अब ऐसे में भला किसे पड़ी थी कि वहाँ जाए और डेनियल से बोरियों का हिसाब ले!

अभी रात का तीसरा पहर बीता था। यही कोई साढ़े तीन के करीब बजे होंगे। भोर अभी गाढ़ी रात का कंबल ओढ़े ऊँघ ही रही थी। पछिया साँय-साँय कर सन्नाटे से टकरा रही थी। पश्चिम के विक्षोभ से सनसना के चले आए हुए बादल आपस में साँठ-गाँठ कर गड़गड़ा रहे थे और ऐसा लग रहा था कि अभी कभी भी जोर से बरस जाएँगे।

ठीक इसी समय दामुसिंघा गाँव से निकली एक मारुति वैन की हेडलाइट की रौशनी नौरंगी नदी के पुल पर चढ़ने लगी।

कस्बे और शहर को जोड़ने वाले मुख्य पथ से अलग होने के कारण इस पथ पर गाड़ियों की आवाजाही नहीं के बराबर थी। गाँव-देहात के लोग साँझ ढलने के बाद इधर दिखाई नहीं देते थे। इसी कारण इधर जंगल को अपने जंगल होने का गुमान था। सड़क के दोनों ओर सखुआ-सागवान तन के खड़े थे और

उनके बीच-बीच में बैठा पलाश पूरे जंगल को ढके हुआ था। मारुति वैन अब पुल पारकर सड़क पकड़ चुकी थी।

तभी एकबारगी बारिश के छींटे सामने के शीशे पर पड़े। गाड़ी के ठीक आगे से कोई जानवर बीच सड़क से गुजरा।

वैन में अचानक ब्रेक लगी, लाइट धीमी हुई। कुछ क्षण के बाद तेजी से गियर लगाकर उछली गाड़ी जंगल को भेदती आगे बढ़ती गई। गाड़ी अब पूरब की कच्ची-पक्की सड़क धरकर ठीक उसी अनाज कोठी के सामने जाकर खड़ी हो गई। चारों तरफ घुप्प अँधेरा था। बारिश ने अब जोर पकड़ लिया था। गाड़ी रुकने के बाद करीब मिनट भर चालू ही रही और फिर बंद हो गई। गाड़ी का चालक दरवाजा खोलकर उतरा, उसके हाथ में एक टॉर्च थी। वो टॉर्च जलाकर झटके से दौड़ता हुआ कोठी के बरामदे की तरफ बढ़ा। सामने उड़ते हुए धुएँ का अहसास हुआ। जैसे ही उसने सामने की ओर टॉर्च मारी, एक आदमी देहरी पर बैठा दिखा। गाड़ी वाले ने कुछ क्षण टॉर्च उसके मुँह पर ही जलाए रखा था। चौड़ा ललाट, धँसी हुई बड़ी-बड़ी आँखें, बड़े जबड़े के साथ लंबी सफेद-भूरी दाढ़ी से ढके चेहरे वाला वह आदमी अपने चेहरे पर एक अजीब-सी मुस्कुराहट लिए हुए लगातार बीड़ी फूँक रहा था।

ढीली पैंट-शर्ट पहने करीब पैंसठ-अड़सठ साल का वह आदमी थोड़ी लड़खड़ाहट के साथ उठा तो लगा जैसे कोई ताड़ का पेड़ आँधी में झुक गया हो। पीठ पर कूबड़ निकल आया था। उस बुजुर्ग आदमी ने बीड़ी को अँगूठे और तर्जनी से मसलकर बुझाते हुए शर्ट की ऊपरी जेब में डाला और उसी हाथ से टॉर्च को बुझाने का इशारा किया और इशारे से ही गाड़ी के चालक को अपने पीछे आने को कहा। दोनों कोठी के अंदर गए। घुप्प अँधेरे और घनी बारिश की बूँदों के कारण कुछ स्पष्ट नहीं दिख रहा था। करीब आधे घंटे बाद दोनों कुछ लादे बाहर निकले और वैन की पिछली सीट पर रखा। उसके बाद बिना एक मिनट भी गँवाए गाड़ी स्टार्ट हुई और वापस उसी रास्ते लौट गई।

कुछ दिनों तक लगातार बारिश के बाद दामुसिंघा में ये एक धुली हुई सुबह थी।

ठाकुर अवध नारायण सिंह के आँगन वाले बरामदे में उनका लगभग

चौंतीस-पैंतीस वर्षीय पुत्र जयप्रकाश कुर्सी पर चुपचाप गर्दन गोते बैठा हुआ था। माँ कौशल्या देवी ने जयप्रकाश की कुर्सी के ही पास एक पानी का गिलास और चाय का कप लाकर रख दिया था।

ठीक सामने ही अवध नारायण सिंह भी दोनों पाँव कुर्सी पर चढ़ाए बैठे हुए थे। दोनों हाथों से अखबार पकड़े हुए थे लेकिन अखबार के किनारे से नजर लगातार बेटे की ही तरफ थी। बेटा जयप्रकाश अभी भी उसी तरह बैठा नीचे जमीन की ओर टकटकी लगाए बिलकुल शांतचित्त मुद्रा में स्थिर था।

अवध नारायण सिंह दामुसिंघा गाँव के ही पुराने संपन्न लोगों में से थे, जिनकी आज भी अस्सी-नब्बे बीघे की उपजाऊ जमींदारी थी। साल में एक खरीफ और एक रबी की फसल उपजा लेने के बाद धन-धान्य के लिहाज से वर्तमान की अवस्था मोटा-मोटी ठीक ही थी। बेटे जयप्रकाश ने पिछले ही साल बंबई के किसी सॉफ्टवेयर कंपनी में जॉब धर लिया था।

जॉब और नौकरी में अंतर होता था। नौकरी केवल सरकारी सेवा को कहा जाता था और जॉब निजी क्षेत्र की अनिश्चित अस्थायी नौकरी को।

भारत में नौकरी पकड़ी जाती थी और जॉब को धरा जाता था। धरने में जोर ज्यादा लगता है जिसमें ये दबाव रहता था कि धरे रहो, छूट न जाए।

"चाय रखा-रखा ठंडा के पानी हो गया होगा।" पत्नी कौशल्या देवी ने रसोई के दरवाजे से ही झाँकते हुए कहा।

"ओ...ओह! हाँ-हाँ... अच्छा देखते हैं।" आवाज सुनने के बाद कुर्सी के पास रखे चाय के कप की ओर ध्यान जाते ही अवध नारायण सिंह ने दोनों पाँव झट कुर्सी से उतारते हुए कहा। अवध नारायण ने आगे बढ़कर पहले पानी का गिलास उठाया और बेटे की तरफ बढ़ाया।

"ए जेपी! बेटा! जेपी बेटा?" अवध नारायण हल्के से बोले।

पुत्र जयप्रकाश के बदन में न कोई हलचल हुई और न ही चेहरे के भाव में कुछ बदलाव आया। आवाज सुनकर उसने एक बार दाहिने हाथ की उँगलियाँ हिलाई, गर्दन हल्की-सी ऊपर की और पुनः नीचे कर यथावत्मुद्रा में चला गया।

अवध नारायण अब गिलास के पानी को हाथ में ले हल्का-हल्का छींटा मार उसका चेहरा धोने लगे। फिर अपनी कुर्सी पर डला तौलिया उठाया और धीरे-धीरे उसका चेहरा पोंछ उसे कुर्सी में ही थोड़ा पीछे से सरकाया। अपने ही

हाथों से गर्दन को सहारा देकर उसे सीधा किया और ऊपर उठा दाहिनी ओर टेक दे टिकाया। एक तकिया कुर्सी में पीठ की तरफ दिया हुआ था जिसे सरकाकर माथे को उसी पर टिका दिया था।

अब सिर ऊपर की ओर था और जयप्रकाश भावविहीन चेहरा लिए बिना कुछ बोले बस शून्य में निहार रहा था। ऐसा लग रहा था कि मानो उसका कोई अंग ही न काम कर रहा हो।

अवध नारायण सिंह ने अब चाय का कप उठाया और दोनों हाथों से बड़ा सँभालते हुए उसके होंठ तक ले गए। जयप्रकाश ने बिना गर्दन हिलाए जैसे कप की तरफ देखा भी न था। होंठ पर हल्की-सी हरकत हुई और फिर वापस जैसे सिल से गए।

"अरे कहाँ हैं? सुनिए जरा! अरे थोड़ा एक चम्मच दीजिए न। कप से नहीं होगा, कितना बार बोले हैं आपको!" अवध नारायण सिंह ने एक बार जोर से पत्नी को आवाज लगाते हुए धीरे-धीरे मद्धम होती आवाज के साथ कहा।

"लाइए, आप छोड़िए। हम पिलाते हैं। ओह कुछ भी नहीं खा पी सक रहा है। हमको तो चिंता बढ़ रहा है जी। ऐसे में त देह का क्या हाल होगा? सोचते हैं?" पत्नी कौशल्या देवी झट से चम्मच लिए आते हुए बोलीं।

"वही तो सोच रहे हैं। समझ ही नहीं आ रहा। क्या लीला है भगवान का भी! पता नहीं क्या होगा? हमको कुछ नहीं बुझा रहा अभी, देखिए न कैसहुँ खिलाइए-पिलाइए इसको।" अवध नारायण सिंह चाय का कप पत्नी को देकर वापस अपनी कुर्सी पर बैठते हुए बोले।

कौशल्या देवी ने चम्मच में चाय लेकर उसे जयप्रकाश के होंठों से ठीक उस तरह लगाकर, चम्मच से ही जोर लगाकर इस तरह मुँह खोला जैसे किसी नवजात को कुछ पिलाया जाता है।

मुँह में चाय चली तो गई लेकिन अगले ही क्षण अंदर गटकने के बजाय बाहर निकल आई। ये देख झटके से उठ पिता अवध नारायण सिंह ने अपने गमछे से बेटे का मुँह पोंछा।

"कुछ भी हजम नहीं हो रहा क्या अभी? खाली दूध दीजिए अभी थोड़ा दिन। दूध तो घोंट लिया था न कल।" अवध नारायण चेहरे पर बिना किसी भाव के धीमे से बोले।

"क्या दूध ? ई कोई पीना है ? ई खान-पान है कोई ? और कुछ बोलता काहे नहीं है ? आवाज त खुले जी। कुछ भी, एक्को जरा तो बोलता न!" माँ कौशल्या देवी ने लगभग भर्राई-सी आवाज में कहा था।

"बोलेगा-बोलेगा, थोड़ा धीरज रखिए। धीरे-धीरे बोलेगा। पहले इसका खान-पान को चालू कराना बहुत जरूरी है।" अवध नारायण सिंह ने एक माँ की टूटती आवाज को अपनी भी अटकी हुई आवाज से भरोसा देते हुए कहा।

अब तक कौशल्या देवी की आँखों में बूँदे भी भर आई थीं। अपने आँचल के कोर से आँखों को पोंछ वो उठकर अब दूध ही लाने को रसोई की तरफ बढ़ी ही थीं कि सामने के मुख्य दरवाजे से किसी के आने की आहट सुनाई पड़ी।

"कोई है दुआर पर ? देखिए न जरा निकल के, कोई भीतर तो नहीं आ रहा ?" कौशल्या देवी ने जैसे चौकन्ने होने वाले भाव में कहा था।

ये सुनते अवध नारायण एकदम झटककर उठे और मुख्य दरवाजे वाली गली की ओर लपककर गए। देखा कि सामने फूलचंद किवाड़ का पल्ला ठेलकर गर्दन भीतर घुसाकर झाँक रहा है। वो शायद अभी अंदर किसी को पुकारने ही वाला था।

"कौन ? आँय कौन ? अरे फूलचंद रे ? अरे किवाड़ खुल्ला ही था क्या ?" अवध नारायण सिंह तेजी से बाहर आते हुए बोले।

"हाँ मालिक, प्रणाम! ऊ मलकाइन बुलाए रहीं कुछ काम से। हम तीन-चार दिन यहाँ थे ही नहीं। चले गए थे जरा ससुराल। आज ही आए तो सोचे पूछ आएँ।" बोलकर फूलचंद अंदर दरवाजे की ओर बढ़ा।

"अरे-अरे फूलचंदऽऽऽ इधर आओ, इधर... अरे तुम लोग कोई भी काम या बात फोन पर काहे न पूछ लेते हो ? ई जो पजामा में फोन खोंस के घूमते हो, क्या करने के लिए ? फुटानी के लिए ? बात-बात के लिए घर दौड़ आते हो, फेर फोन फेंक दो पोखर में। जाओ कोई काम नहीं है। काम हुआ तो फोन करेंगे।" लगभग खिसिया के बोलते हुए अवध नारायण सिंह दरवाजे के सामने ही खड़े हो गए।

यही कोई 39-40 साल का फूलचंद पासी इस घर का पुराना आदमी था। घर के बाहर-भीतर आता-जाता ही था। कम-से-कम अंदर आँगन और बरामदे तक तो जरूर। कभी-कभार घर के कुछ बाहरी काम कर देता, कभी मलकाइन

बाजार से राशन मँगा लेती। लेकिन मूल रूप से अवध नारायण सिंह की खेती-बाड़ी का काम देखता था और खुद भी बँटाई पर खेत लेकर सब्जी वगैरह उपजाता-बेचता था।

अवध नारायण सिंह का बिना मतलब झुँझलाकर बोलना एक क्षण के लिए उसे समझ तो नहीं ही आया लेकिन ये सब गाँव-कस्बों के लिए सामान्य बात थी। ऐसे हर गंभीर से दिखने वाले सामान्य मौकों पर फूलचंद जैसे साधारण लोगों को खुद ही मन को समझा लेना होता था कि आज कोई बात पर मिजाज खराब होगा मालिक का, किसी पर माथा गरम है...या मलकाइने से हुआ होगा झौं-झौं!

इसलिए फूलचंद को इसमें बुरी लगने वाली कोई बात नहीं लगी। फूलचंद बिना कोई प्रतिउत्तर दिए चेहरे पर हल्की भीतरदाब मुस्की लिए चुपचाप वापस चला गया। उसे ये संतोष था कि मालिक ने उसके पजामा में खोंसकर रखे मोबाइल को जरूर इधर-उधर या बजार में कई बार कमर से निकालते-खोंसते देखा होगा।

वो ये सोचते मुस्काते चला गया- 'बड़े लोग कितना छोटा-छोटा बात पर नजर रखते हैं। यही किरपा दिस्टी बनी रहे... और क्या!'

"फूलचंदवा था। कोई काम बोले थे का आप? कहा कि मलकाइन ही बुलाई थी।" अवध नारायण जोर से दरवाजा बंद कर वापस भीतर आते हुए बोले।

"ओह... ओ! आज आया था? इसको सात दिन पहले बोले थे कि पीछे बाड़ी में पानी पटा देना। अब क्या देगा पानी? चार दिन से त पानी बरस ही रहा है। तब आया है कोढ़ीया। ई बड़का कामचोर हो गया है आजकल।" कौशल्या देवी ने मुँह मात्र पच्चीस-तीस डिग्री पर टेढ़ा करके कहा।

"हाँ, हम्म उसको बोल दिए कि कोई काम होगा त फोन जाएगा। और ई सबको सीधे घर के भीतर घुस जाने का आदत लगा दिए हैं आप। तो अब मना करने में खराब लगता है। कम-से-कम बाहर वाला किवाड़ तो लगा के रखिए।" अवध नरायण अनसाए भाव में बोले।

कौशल्या देवी ने इस पर कुछ न कहा। वो अभी भी जयप्रकाश को दूध पिलाने की कोशिश में लगी हुई थीं। अवध नारायण भी अखबार उठा दूसरी ओर

कमरे में जाने लगे।

"रुकिए, जरा इसको पलंग पर लिटा दीजिए। भोरे से यहीं कुर्सी पर बैठा है।" कौशल्या देवी ने दूध की कटोरी किनारे रखते हुए कहा।

अब अवध नारायण सिंह ने बिना कुछ कहे जयप्रकाश की बाँह पकड़ उसे लगभग लादते हुए उठाया। साफ दिख रहा था कि जयप्रकाश अपने पैरों पर खड़ा नहीं हो पा रहा था।

पीछे से कौशल्या देवी ने भी सहारा दिया और दोनों ने बड़ी मुश्किल से उसे किसी तरह सँभालकर पलंग पर लिटाया। उसे लिटाने के बाद लंबी-लंबी साँस ले रहे पति-पत्नी बड़ी देर तक वहीं पलंग के पास खड़े एक-दूसरे को देखते रहे।

2

फूलचंद रोजाना की तरह सुंदर भगत की किराना दुकान पर बैठा खैनी रगड़ रहा था। करीब पैंतालीस-सैंतालीस बरस की उम्र, रूप-रंग अधिकतम गाढ़ा साँवला, पँचफुटिया मध्यम कद-काठी और सदा लुंगी-गंजी पहने अल्पवस्त्री सुंदर भगत की ये परचून दुकान बाजार के एक छोर पर थी।

ये रोज की साँझचर्या थी कि सुंदर प्रतिसाँझ फूलचंद को एक कप चाय पिलाता और बदले में फूलचंद इधर-उधर की उठाई-बटोरी गप्पें रगड़-रगड़कर तंबाकू में मिलाकर उसे खिलाता।

गाँव-छोटे कस्बों में रिश्तों का व्यापार ऐसे लेन-देन और खिलाने-पिलाने पर चलता था।

"का बात है फूलचंद, आजकल इधर कुछ दिन से तुम्हरे अवध नारायण बाबू बाजार नहीं आ रहे?" सुंदर ने किसी ग्राहक को हल्दी और मसूर की दाल देते हुए फूलचंद की तरफ बिना नजर घुमाए पूछा।

"हाँ, पता नहीं। हैं तो घरे पर। हम भी देखे आजकल थोड़ा मन-मिजाज उखड़ा जैसा बुझाया। कल तो हम गए थे घर पर। मन खिन्न था थोड़ा उनका। हुआ होगा घर परिवार में कोई मैटर।" फूलचंद ने रिलैक्स अंदाज में सामने काउंटर पर रखे डब्बे से एक मेंटोस कैंडी निकालते हुए कहा।

सुंदर ने एक नजर देखा पर फिर बातचीत पर वापस आ गया।

"लेकिन यार उनकी बाइफ बड़ी कचकचही है हो। राशन-पानी का उधारी

भी माँगने जाइए तो पहले दस ठो बात सुनाएगी तब पैसा देगी। हमारा तो साला हर चीजे में मिलावट बोल देती है। फट बोल देती है कि चीज डुबलीकेट है। एक बार मर्दे आधा लगाया हुआ बोरोप्लस के फाइल भेज दी, बोली नकली है। गाले नहीं चमका उनका।" सुंदर ने फूलचंद को आनंदमयी मन से मेंटोस चभुलाना देखते हुए कहा।

"हम्म नहीं! कुछ समान त आपका एक नंबर रहता है। यही मंटूस में केतना झाँस है, असली है एकदम।" फूलचंद ने दुबारा डब्बे की ही तरफ आँख धँसाते हुए कहा।

सुंदर ने फूलचंद की डब्बे पर गड़ी आँखें देख ली, उसने सहमति में हल्का-सा सिर हिलाते हुए धीरे से कैंडी वाला डब्बा उठाकर अंदर काउंटर के नीचे रख दिया। उसके ऐसा करते ही फूलचंद भी एकदम असहज-सा हो गया और उसने झट से गर्दन दूसरी तरफ की और दुकान से बाहर सड़क की ओर देखने लगा।

मन-ही-मन नाउम्मीद होकर उसने गलकर छोटी-सी टिकुली हो चुकी लगभग गले से नीचे जा रही मेंटोस को वापस जीभ की तरफ खींचा और पुनः चभुलाने लगा।

"हाँ! लेकिन सच बात यह भी है कि ऊ इतना बड़ा घटना के बाद से दोनों प्राणी थोड़ा बेरुक्खा हो गया। नहीं तो पहले मलकाइन भी ठीक ही थी।" फूलचंद ने वापस सुंदर की तरफ मुँह करके थोड़ा सहज होने की कोशिश के साथ कहा।

"हाँ, लेकिन अरे फूलचंद, भई दुर्घटना तुम्हारे लाइफ में क्या कम हुआ जी? तीन बरस का एकलौता बेटा चला गया मरदे। लेकिन तुम्हारे चेहरा पर हम कभी मनहूसियत तो नहीं देखे। दुख अलग बात है।" सुंदर ने भी ऐसे ही एक याद आई बात कह दी।

"हा-हा-हा... सुंदर भैया लेकिन एक बात है, गाँव में एक भी बढ़िया डॉक्टर होता न, तो हमारा बच्चा नहीं मरता सुंदर भैया। दौड़ते-समझते ही तो देर हो गया। निमोनिया था, कोई पकड़ ही नहीं पाया यहाँ का डॉक्टर। खैर छोड़िए अब भाग्य के आगे किसका चला है दादा!" फूलचंद ने बिना हँसी की हँसी के साथ कहते-कहते अंत में धीमी होती आवाज के साथ वाक्य पूरा किया। सुंदर ने

देखा, चेहरे पर अचानक उदासी की एक परत बिछ गई थी फूलचंद के।

"लेकिन ऐ फूलचंद, एक बात जान लो, ई तुम जो भगवान का द्वार पकड़े हो ना, अगर मंदिर में भगवान है तो जरूर तुम्हारा मनसा पूरा होगा। देखना साले अबकी जुड़वा बेटा होगा जुड़वा।" सुंदर ने कहते-कहते में ही नीचे की ओर हाथ कर मेंटोस कैंडी का डब्बा खोला और उसमें से एक कैंडी निकाल फूलचंद की तरफ बढ़ाते हुए कहा।

"हा-हा-हा... लाइए बच्चा तो है नहीं इसलिए उसके बदले खुदे खाते रहते हैं चॉकलेट।" फूलचंद ने एक बार फिर से हँसते हुए कहा।

"अरे तुम को बेटा हुआ तो पूरा डिब्बा तुम्हारा। ले जाना और बाप-बेटा दोनों खाते रहना हा-हा-हा..." सुंदर भी ठहाका मारकर बोला।

तभी फूलचंद के जेब में रखा उसका मोबाइल टनटनाया।

"हाँ, हैलो! हाँ जी प्रणाम मालिक! हाँ आवाज आ रहा है... जी हाँ।" फूलचंद ने बेंच से खड़े होकर फोन पर कहा।

"हाँ-हाँ, अरे जरा घर के तरफ आओ न। और जरा जल्दी ही आना। सात दिन मत लगा देना।" उधर से लगभग झल्लाई-सी आवाज आई।

"हाँ-हाँ, मने अभी आ... ल... भक्क फोन काट भी दिए।" फूलचंद का वाक्य आधा ही रहा।

"कौन बुला रहा मर्दे?" तत्काल तन्हा हो जाने की शंका से सुंदर ने पूछा।

"लीजिए अरे वही अवध नारायण बाबू का फोन था। बुलावा आया है। क्या बात है, आधे में ही तो काट दिए। बताए भी नहीं।" फूलचंद वापस मोबाइल जेब में रखते हुए बोला।

"हाँ भाई, बड़ा आदमी आधे बात ही बोलता है। छोटा आदमी को पूरा समझना होता है।" संयोगवश एक आ गए ग्राहक को चायपत्ती का छोटा पैकेट देते हुए सुंदर ने कहा।

"मने छोटका ही न ज्यादा समझदार हुआ। हा-हा-हा..." फूलचंद ये कहते हुए यूँ ही जोर से हँसा।

"तो अभी ही जा रहे हो?" फूलचंद को खड़े-खड़े हाथ उठाकर अँगड़ाई लेते हुए देख सुंदर ने पूछा।

"हाँ अभी चले जाते हैं, कोई मरजेंसी काम होगा तभी इस तरह फोन किए

हैं।" फूलचंद बोलते-बोलते दुकान से बाहर आकर तेज-तेज कदमों से अवध नारायण सिंह के घर की तरफ निकल पड़ा।

रास्ते में गाँव के मंदिर को देख बाहर से ही खड़े होकर चप्पल उतारा, दोनों हाथ जोड़ मंदिर की तरफ मुँह करके प्रणाम किया और फिर झटपट चप्पल पहनकर निकल गया।

अवध नारायण सिंह दरवाजे पर ही उसका शायद इंतजार कर रहे थे।

फूलचंद ने आते ही दोनों हाथ जोड़कर नमस्कार किया। अवध नारायण सिंह ने सिर हिलाकर अभिवादन स्वीकार करते हुए उसे सामने चौकी पर बैठने का इशारा दिया। फूलचंद ने काँधे की गमछी उतारकर दो-तीन बार चौकी झाड़ी और चुपचाप बैठ गया। "और क्या हाल है? हाँफ काहे रहे हो? सब ठीक है ना? अरे उस दिन थोड़ा कड़ा से बोल दिए थे। माथा गरम था थोड़ा दूसरा किसी बात को लेकर।" अवध नारायण सिंह ने कुर्सी पर बैठे दोनों पैर का पंजा हिलाते हुए रिलेक्सी मुद्रा में कहा।

"अरे नहीं मालिक, कोई बात ही नहीं है, कुछ ऐसा बोले ही नहीं हैं आप हमको। सब एकदम ठीक है। जी कहिए ना, कोई आदेश?" फूलचंद ने हल्की मुस्कुराहट सने स्वर में आदेश लेने को तैयार कहा।

"हाँ बात तो है एक। कोई दिक्कत का बात नहीं है। पानी पियोगे? रुको शरबत पियो पहले।" अवध नारायण सिंह ने अभी यह कहा ही था कि अंदर से पत्नी कौशल्या देवी शरबत लेकर बाहर वाले बरामदे पर आ चुकी थी। फूलचंद इस वक्त तक न कुछ समझ पाया था न ही समझने में माथा खपाना चाहता था।

उसने जैसे ही कौशल्या देवी को आते देखा, झटाक चौकी से उठकर शरबत वाली ट्रे पकड़ी और उसे अवध नारायण सिंह की तरफ पहले बढ़ाया। अवध नारायण सिंह ने बड़ी वाली स्टील गिलास भरी शरबत उठाई और फूलचंद से भी दूसरा वाला ग्लास उठाने को कहा। फूलचंद ने वर्षों से अपनी पहचानी हुई उस प्लास्टिक वाले ग्लास को उठाकर ट्रे को किनारे चौकी पर रखा और दोनों हाथ से पकड़ पहली ही घूँट में आधी गिलास पीने के बाद अब बची आधी गिलास को उसी तरह दोनों हाथों से पकड़े अवध नारायण सिंह की तरफ देखने लगा।

उसे अब उनकी तरफ से उस बात का इंतजार था जिसके लिए न केवल

उसे बुलाया गया था बल्कि बताने से पहले शरबत भी पिलाया जा रहा था।

"पूरा पी लो पहले। गिलास धर लो पहले पी के।" अवध नारायण सिंह ने उसे कसकर गिलास पकड़ा देखते हुए कहा।

"जी-जी हाँ... हूँ... हम्म जी..." फूलचंद बस ऐसे ही बिना कोई शब्द बोले अब गटगटाकर बची हुई शरबत पी गया।

शरबत पीते ही फूलचंद चौकी से झट उठा और सामने नल से गिलास धोकर उसे चौकी के पास नीचे रखने के बाद वापस बैठ गया।

"हाँ तो अब मन स्थिर हो गया हो तो तुमको एक बात बताते हैं। अ सुनो, अकबकाना मत, शांति से सुनना-समझना।" अवध नारायण सिंह ने इस बार खुद ही एक रहस्य रच दिया था ऐसा बोलकर। कुछ पल के लिए अबकी फूलचंद को एकदम से कुछ भी समझ न आया और अवध नारायण बाबू क्या कहने वाले हैं यह उसकी कल्पना में भी दूर-दूर तक भी नहीं आ पा रहा था।

"हे मालिक अब बता दीजिए ना। हमारा दिमाग उड़-बुड़ कर रहा है सोच सोच के।" फूलचंद ने थोड़े अधीरता के स्वर में कह दिया।

अवध नारायण सिंह इस पर दो पल तो चुप रहे और फूलचंद को एक नजर बस देखा। फूलचंद तो लगभग सकपका-सा गया था और क्षण भर में ही सोच लिया कि कुछ ज्यादे तो नहीं बोल गए साला?

"हाँ तो आओ जरा भीतर।" अवध नारायण सिंह यह बोलकर कुर्सी से उठे और उनके पीछे फूलचंद भी भीतर आया। अंदर बरामदे से सटे कमरे के दरवाजे का एक पल्ला अवध नारायण सिंह ने धीरे से खोला। पल्ला खुलते ही फूलचंद लगभग चीख पड़ा। लेकिन तुरंत उसने आवाज को गले के भीतर ही खींच लिया।

"आ-आ...ईअअ...ईअअ...हँ-हँ...हई का मालिक? ई कैसे हो भगवान?" फूलचंद ने गोंगाते हुए यह बोलकर एक झटके में ही खुद के गाल पर एक दो थप्पड़ मारा और अपने दाहिने हाथ से बाएँ हाथ को चिकोटी काटने लगा।

"हट पागल बनेगा तुम? समझाए थे न कि अकबकाना नहीं। पूरा बात समझो पहले।" अवध नारायण सिंह फूलचंद की बाँह पकड़कर उसे झकझोरते हुए एकदम से डपटते हुए कहा।

"हाँ-हाँ...मालिक, लेकिन ई? ऐसा कैसे हो सकता है? हम सोचे कि हम ही उल्टा-पुल्टा देख रहे हैं। इसलिए विश्वास नहीं हो रहा मालिक। किसी को नहीं

होगा।" फूलचंद ने दरवाजे से दूर छिटककर आँगन की तरफ भागते हुए कहा।

"दुनिया में एक से एक चमत्कार है। औरत नागिन बन जाती है, आदमी नाग बन जाता है, देखते नहीं हो टीभी पर? संसार में कुछ भी संभव है फूलचंद। हम भी तो पहली बार ही देखे ऐसा चमत्कार, फस्टे बार।" अवध नारायण सिंह ने फूलचंद को आँगन में रखे मचिया पर बैठने का इशारा करते हुए कहा।

फूलचंद ये सब देखकर जितना हक्का-बक्का और सिहरा हुआ था, अवध नारायण बाबू उतने ही सहज।

"लेकिन मालिक, माफ करिएगा, मन तो ई पूछबे करेगा कि यह जयप्रकाश बाबू तो डेथ कर गए थे? उनका तो क्रिया कर्म सब किए हम लोग न? का मालिक? मालिक आप हमारा साथ ही तो जाकर गंगा में भस्म बहाकर आए। आखिर बंबई में डेथ नहीं किए थे क्या? क्या लीला है प्रभु का?" फूलचंद ने एक बारगी जितने सवाल मन में से निकल आ रहे थे, एक साथ सब पूछना चाहा।

"स्थिर हो जाओ, स्थिर जरा, बोले न जरा शांत हो जाओ। हाँ जयप्रकाश मर गया था। लाश भी सही ही जलाकर आए थे। ये कोई झूठ बात थोड़े है।" अवध नारायण सिंह ने एक अविश्वसनीय बात कही थी।

"हे मालिक, हम जाते हैं। यहाँ कुछ ठीक नहीं बुझा रहा हमको। दिमाग का नस फट जाएगा हमारा। क्या सुन रहे हैं? क्या सुना रहा? हमको कुछ नहीं बुझा रहा?" यह बोल फूलचंद एकदम से अकबकाया हुआ पसीने से भीगा पूरे बदन में सिहरन लिए झटके से उठा।

"अरे बैठ, बैठ। हम मजाक कर रहे क्या? तुमको इतना बड़ा बात बता रहे भरोसा करके और तुम तो ढेर होशियार बन रहा? करेगा तमाशा? एक तमाचा देंगे अभी सब अकबकौनी उतर जाएगा तुम्हारा।" अवध नारायण सिंह ने दाहिना हाथ उठा एकदम से गर्माकर थप्पड़ दिखाते हुए कहा।

यह देखते ही फूलचंद का बेचारा शरीर स्वतः ही मचिया पर कब बैठ गया उसके मस्तिष्क को तो यह सूचना भी न मिली।

"सुनो, यह चमत्कार है और संसार में खूब होता होगा। हमको तो तब पता चला जब ई सब लीला हम लोग के ही गाँव के पास हो गया।" अवध नारायण सिंह अब उस चमत्कार को खोल देने के करीब थे।

"कहाँ मालिक?" फूलचंद के मुँह से बस यही दो शब्द निकले। और इस वक्त उसकी स्थिर मुखमुद्रा ऐसी थी कि उसकी दोनों आँखें लगभग चेहरे से निकलकर आगे जा चुकी थीं और फूलचंद उसके बहुत पीछे था।

"वही वास्को जंगल के पास वाला जो कोठी है ना?" अवध नारायण सिंह ने बताना शुरू किया।

"कौन? ऊ डैनिल का कोठी? अँग्रेजवा वाला?" फूलचंद ने अपने विस्मय को विस्तार देते हुए पूछा।

"हाँ वही, वहाँ एक कूबड़ बूढ़ा रह रहा है। अब कितना वर्ष से रहता है, हम को नहीं पता। किसी को नहीं पता। लेकिन वह है साला कोई चमत्कारी आदमी। कुछ मसानी सिद्धि किया है। तांत्रिक जैसा देह हिलाता है। आदमी लगता भी नहीं है, अँग्रेज जैसा लगता है एकदम।" अवध नारायण सिंह बताते जा रहे थे।

"हाँ-हाँ मालिक।" फूलचंद बस सुन रहा था।

"अब असली बात सुनो न। वही बेचता है आदमी। तुम जाकर किसी भी मरे आदमी का फोटो दे दो और साथ में पैसा। वह उसका पहले मूर्ति बनाता है मिट्टी का। फिर उस मूर्ति के कान में शायद जाकर कुछो मंतर फूँकता है। फिर उसके पास एक चमचम करता हथौड़ा है, उसी से मूर्ति में ठोकता है। जैसे ठोका, मूर्ति जिंदा आदमी बन जाता है।" अवध नारायण सिंह ने पहले कभी न घटित हुई एक अकल्पनीय बात बता दी थी।

अवध नारायण सिंह के इस अकल्पनीय बात के कहते ही यहाँ से मनुष्यता का इतिहास बदल चुका था। मानव इतिहास में पहली बार यह सब इस तरह से सुना गया था। यूँ तो मानव दासों के रूप में मानव सभ्यताओं ने सदियों से इंसान की खरीद-फरोख्त के लिए मंडियाँ सजाई, बाजार खोले। मेहनती गुलाम से लेकर आकर्षक दासियों तक का बिकना मनुष्यता के लिए कभी भी न आश्चर्य का विषय रहा न किसी शर्म और कौतूहल का। आदमी तो, आदमी के रूप में पैदा होने के दिन से लेकर आज तक बिकता ही रहा। लेकिन यहाँ आज पहली बार ये हुआ था कि आदमी, आदमी बनाकर बेच रहा था।

मनुष्यता के कान में ये शब्द पहली बार पड़े थे। संसार की तो त्रासदी यह थी कि जो आदमी पैदा हुआ था वह भी आज तक पूरी तरह आदमी नहीं बन

पाया था। यहाँ तो अवध नारायण सिंह ने आदमी बनाने के कारखाने का ही पता बता दिया था। यह तथ्य अविश्वसनीय था, अतार्किक था, विज्ञान से परे, असंभव था, लेकिन आज के दिन यही सत्य था। एक ऐसा सत्य जो बस मिथकों में घटित होता है और पीढ़ियों के साथ चलता है।

"का ? का ? हे हो भगवान ! जिंदा ? मूर्ती जिंदा ?" फूलचंद अवाक् होने के एकदम आखिरी वाले छोर पर पहुँचते हुए बोलकर उछला। इसके बाद अवाक् नहीं, अटैक आता है।

"हाँ, तो तुमको भीतर क्या दिखाए अभी ? था न जयप्रकाश ? अब इससे बड़ा सच क्या होगा ?" अवध नारायण सिंह ने अब गंभीर होते हुए कहा।

अब फूलचंद का चेतन-अवचेतन इस आँखों से देखें सत्य को स्वीकार कर लेने की अवस्था में आ चुका था।

"हाँ, अब जब ऐसा भयंकर चमत्कार है तो क्या बोलना ? तब वही डेनिल का खानदान का कोई आदमी होगा वह बूढ़ा ? कर लिया होगा साला कोई सिद्धि ? और यह पक्का इंग्लिश तांत्रिक है मालिक। असमसानी नहीं है, यह कब्रिस्तान का सिद्धि है इसको। टीभी में ऐसा खूब दिखाता है। ई इंग्लिश प्रेत को कब्जा में किया है और उसी से जिंदा कर देता है आदमी को। इधर इस तरह का तांत्रिक नहीं पाइएगा। बाहरी है। ठीक ही है, अपने गाँव का त दुख दूर है।" फूलचंद ने अब अपनी ओर से रहस्य की सारी जड़ें खोदकर क्षत-विक्षत करते हुए बोला।

"हाँ होगा कुछ भी। हम काहे दिमाग लगाएँ! काम से मतलब है। आज हमको हमारा बेटा मिल गया, कल सबको ई चमत्कार से मरा आदमी फिर जिंदा हो के मिल जाएगा। हम साला काहे पता करने जाएँ कि वो कैसे क्या कर के ई सब करता है ?" अवध नारायण अपना साध चुके और थोड़ा बाकी के भी बचे हितों को ध्यान में रखते हुए बोले।

"हाँ सही बात। अगर उसका पीछे आदमी ढेर जासूसी करेगा तो जब वह मूर्ति को आदमी बना सकता है तो साला दिमाग गरम हो जाने पर आदमी को मूर्ति भी तो बना देता होगा ? है कि नहीं मालिक ?" फूलचंद ने भय और तर्क की बराबर-बराबर मात्रा फेंटते हुए कहा।

"हाँ ई तुम फैक्ट बात बोले हो। सच में एकदम कर सकता है। ऊ बूढ़ा

साला देखने में भी डेंजर कम थोड़े लगता है! जोर से हँस देता है तो देह सिहर जाता है मर्दे।" अवध नारायण सिंह के ये बोलते समय उस बूढ़े का चेहरा जैसे उनके माथे के सिकुड़न से उभरे लकीरों पर छपा-सा दिख रहा था फूलचंद को। उसने यकायक नजरें हटा ली थी।

"छोड़िए, छोड़िए उसका बात मालिक। प्रेत ही है ऊ। अब देशला है कि गोरखा प्रेत है, उसका चर्चे बेकार है।" फूलचंद ने जैसे अब पिंडछुड़ावन मन:स्थिति को बयाँ करते हुए कहा।

हालाँकि ऐसा होना तो संभव ही नहीं था। अवध नारायण सिंह ने उसे जिस प्रयोजन से बुलाया था वह तो अभी बोला भी नहीं गया था।

"अच्छा हाँ छोड़ो, अब सुनो असली बात।" अवध नारायण सिंह ने ऊपर की जेब से दो-तीन इलायची के दाने निकालते हुए कहा।

"अभी असली बात बाकी ही है?" फूलचंद ने मन-ही-मन माथा धुनते हुए पूछा।

"हाँ तो क्या तुमको यहाँ घर पर भूत और प्रेत का खेल दिखाने बुलाए थे? देखो बात यह है कि तुमको थोड़ा अब जयप्रकाश का देखभाली सँभालना होगा। तुम इस घर का पुराना सेवक है इसलिए तुम पर भरोसा है। सब को नहीं बता सकते ना अभी यह सब बात।" अवध नारायण सिंह बोलते-बोलते उठकर फूलचंद के करीब आकर उसके कंधे पर हाथ रखकर बोलने लगे।

"जी हम देखभाल? जयप्रकाश बाबू का? मने मालिक...अ...?" फूलचंद अभी अपनी पूरी बात नहीं बोल पाया था।

"काहे क्या दिक्कत है? कोई बंधुआ मजदूरी थोड़े करवा रहे? जेनविन पैसा देंगे मर्दे। मने तुरंत तुम लोग साला अपना औकात पर आ जाता है रे? ठीक है तुम पैसा बोलो, जितना बोलेगा उतना देंगे। बोल।" अवध नारायण सिंह अचानक चिढ़ते हुए बोले।

"हे भगवान! नहीं मालिक, पैसा का बात कहाँ बोले ही हैं हम? हमारे मुँह से पैसा निकला क्या? हम पूछ रहे थे कि आप हमको देखभाल का बोल रहे वहीं पूछे कि मतलब क्या? मने कि...?" फूलचंद मध्यम आवेग और अंदर की छटपटाहट में वाक्य न पूरा बोल पा रहा था, न उसका कोई अर्थ ही बता पा रहा था।

"अरे बता तो रहे हम, सुनोगे तब न? असल में हम जाते रहते हैं बाहर-भीतर काम से। अब चौबीसों घंटा हम तो नहीं देख पाएँगे इसको। और मलकाइन से इतना बड़ा आदमी अकेले सँभालने में दिक्कत होगा। इसलिए एक भरोसा वाला आदमी चाहिए हमको। तब न तुमको बोल रहे। तुम रहेगा तो मलकाइन को थोड़ा सपोट मिल जाएगा। बाहर-भीतर का राशन-पानी लाने में भी और जयप्रकाश को जरा देखने सुनने में भी।" अवध नारायण सिंह ने फूलचंद की जिज्ञासा का अंदाजा लगाकर अपनी ओर से पूरा भरोसा जताते हुए कहा।

"जी सब तो ठीक बात। हम पूछ रहे थे कि जयप्रकाश बाबू को क्या देखभाल चाहिए? बीमार हैं क्या? जी कोई दिक्कत है क्या? अभी तो लाए ही होंगे ना मालिक? अभी तो एकदम फ्रेस...मने...अ...मने बूझ रहे न जो हम पूछना चाह रहे?" फूलचंद ने आधे कहे में ही पूरा से अधिक पूछ लिया था।

इस बार कुछ पल के लिए चेहरे पर थोड़ी-सी चुप्पी आई अवध नारायण सिंह के। लेकिन अगले ही पलों में खुद को शायद भीतर से कुछ समेटा या सँभाला था अवध नारायण सिंह ने।

"हाँ बीमार है थोड़ा। आया ही है ना तो थोड़ा चलने-फिरने में दिक्कत है अभी। थोड़ा बोलता-चालता भी नहीं है अभी। हो जाएगा सब नॉर्मल धीरे-धीरे। कुछ तबियत खराब तो होते रहता है न आदमी का।" अवध नारायण सिंह ने इस बार बेहद धीमे स्वर में थोड़ी-सी कसक के साथ कहा था शायद।

मरा हुआ जवान बेटा जिंदा होकर वापस आ गया था यह चमत्कार तो पारलौकिक था ही और ऐसे में एक बाप की खुशी का क्या अंदाजा लगाना! वह तो कल्पना से परे ही होती। पर अभी पुत्र जिस तरह बिस्तर पर पड़ा रहता था बिना खाए-पिए, यह थोड़ी चिंता तो रह ही गई थी अवध नारायण सिंह के लिए।

"अच्छा भगवान पर भरोसा रखिए मालिक, जब ऊ गईल आदमी को ला सकता है तो आईल को चला-फिरा तो सकता ही है न। सब ठीक हो जाएगा।" फूलचंद ने सीधे भगवान के प्रति पूरी आस्था के साथ कहा।

इधर अवध नारायण सिंह भी उस भगवान को याद करना चाह रहे थे लेकिन बार-बार ध्यान में उस कोठी वाले रहस्यमयी बूढ़े का ही अजीब-सा मुस्कुराता हुआ चेहरा आ जा रहा था। चेतन पर अवचेतन का चढ़ बैठना शायद इसी को कहते होंगे।

3

फूलचंद पासी अगले ही दिन से रोज सुबह अवध नारायण सिंह के घर आ जाता और जयप्रकाश को देखता-सँभालता। देखता ही ज्यादा था और सँभालने को बहुत कुछ था भी नहीं!

शुरुआत के कुछ दिन तो फूलचंद कमरे में दाखिल होता तो उसके पाँव काँपते और शरीर में झुनझुनी-सी उठती। वो जयप्रकाश को जिंदा बिस्तर में पड़ा देखकर लाख चाहकर भी मन को सामान्य नहीं कर पा रहा था। कमरे में घुसते ही हृदय गति कभी बढ़ जाती तो कभी अटकी-सी लगती। फिर जब जयप्रकाश की माँ कौशल्या देवी आ जातीं तब जाकर फूलचंद थोड़ी हिम्मत कर अपने काम में लगता।

जयप्रकाश को बिस्तर से उठाकर बरामदे में ले जाना, उसके हाथ-मुँह धोना और वापस बिस्तर पर ले जाकर साँझ तक उसके आस-पास रहना, इसी दिनचर्या में दिन गुजर रहे थे। धीरे-धीरे फूलचंद अब जयप्रकाश के पुनः जिंदा हो जाने के चमत्कार को लेकर सहज होने लगा था।

लेकिन इस दौरान फूलचंद एक और बात को लेकर ज्यादा परेशान और जिज्ञासु था कि आखिर ऐसी कौऩ-सी दिक्कत है कि जिंदा हो जाने के बाद भी जयप्रकाश न चल-फिर पा रहा, न कुछ खा-पी पा रहा। कुछ बोलता भी नहीं है, बस मुर्दा के जैसा तो पड़ा रहता है।

बार-बार मन में आती यह बात माथे को मथनी की तरह मथती।

फूलचंद के लिए तो सबसे असहनीय पीड़ा ये थी कि इतनी बड़ी चमत्कारिक घटना को अभी तक किसी मजलिस में सुना न पाया था और न ही किसी से ये दुर्लभ अकल्पनीय घटना साझा कर पाया था।

अवध नारायण सिंह के व्यक्तित्व और सख्त विचार-दर्शन से फूलचंद अच्छे से परिचित था इसलिए मुँह खोलने का तो सवाल ही नहीं था। इसलिए ये राज उसने सीने में नहीं दबाया था बल्कि सीने के नीचे कहीं जोर से दाबकर उसके ऊपर सीना रख दिया था। लेकिन मन-ही-मन ये जरूर सोचता रहा कि 'साला जब तुरंते जिंदा ही कर ले आया है जैप्रकाश को तो ई इतना बीमार काहे है?'

कई बार उसने मलकाइन कौशल्या देवी से घुमा-फिराकर बातों-ही-बातों में कुछ जानने की कोशिश भी की लेकिन ऐसी कोई बात समझ में आई नहीं।

आज लगभग सप्ताह भर बाद फूलचंद, सुंदर भगत की राशन दुकान पर पहुँचा था।

"अरे आओ-आओ मरदे... क्या भाई, कहाँ रहते हो आजकल? फेर ससुराल चल गए थे क्या फूलचंद?" सुंदर ने फूलचंद को देखते ही कहा।

"उँह! आप भी गजब बात करते हैं। लगता है जैसे ससुरारी में खजाना गड़ल है हमारा! अरे दू टाइम खाना त भारी हो जाता है जाने पर। आप हमारा साला लोग को नहीं जानते हैं न? एक नंबर का दोगला है दोनों। महराज, सास-ससुर को कंट्रोल में रखा हुआ है सब। हमरा इज्जत क्या करेगा!" फूलचंद ने मौका मिलते ही ससुराल को संक्षेप में निपटाते हुए बेंच पकड़ा।

फूलचंद ने हल्का गाल फुलाकर ससुराल पर जो हमला किया उस पर सुंदर भारी ठहाका मार हँसा।

"लेकिन एक ठो साला बढ़िया है तुम्हारा, अरे वो जो शंभू ट्रेभल में पायलट है। अगल-बगल सब दुकान छोड़ हमरे यहाँ ही गाड़ी रोक के खैनी-पुड़िया लेता है। भला आदमी है बेचारा। और सुनते हैं ड्राइबर भी बढ़िया है।" सुंदर ने हँसते-हँसते ठहाके से शुरू कर आखिर तक मुस्कुराकर गंभीर आवाज में अंत करते हुए फूलचंद के साले के दुकान-चयन वाली भलमनसाहत और रेगुलर मार्मिक खरीद पर प्रशंसापूर्वक कहा।

"ओह! आँय! अच्छा, उधारी-फुधारी तो नहीं न दे देते हैं? देखिएगा, फिर हमरे कपार पर पड़ेगा। आप तो मानिएगा नहीं तभी। चुकता हमें करना होगा। और जान लीजिए साले को, कोई डराइबर नहीं है, खलासी है खलासी... खलासी है गाड़ी में। बस धीरे-धीरे उसी में रहते-रहते डराइबरी सीख गया है साला।" एक बहनोई ने साले की प्रशंसा में कहा।

"हा-हा-हा... तुम निश्चिंत रहो मरदे। तुम्हरे नाम पर हम उधारी देंगे! एतना दिमाग खराब थोड़े है हमारा! हमको लेकिन साला... जीजा-जीजा बोलते रहता है, लेकिन हम नगद धरवा लेते हैं तब सामान देते हैं। काहे कि फरकट बहनोई के चालू साला का क्या भरोसा! हा-हा-हा... है कि नहीं?" सुंदर ने सार-बहनोई दोनों के लिए एक सजग व्यापारी का असली संदेश देते हुए कहा।

लेकिन सुंदर का ये सुंदर सार्थक व्यापारिक सिद्धि मंत्र वाला संदेश फूलचंद को चिकोटी काट गया था। संदेश वैसे भी साले पर कम और बहनोई पर ज्यादा प्रकाश डालता प्रतीत हो रहा था।

"हाँ-हाँ, आप कोई नकली बनिया थोड़े हैं जो जिसको-तिसको उधार दे दीजिएगा। आप त बस बड़कवा सेठ-साहूकार लोग को देते हैं उधारी, भले पैसा चुकता करने में आपका नया चप्पल घिस जाए। भला फूलचंद पासी के साला को काहे दीजिएगा उधार?" इस बार हँसते-कुढ़ते अनायास ही बहनोई फूलचंद बोल गया था अपने साले की ओर से।

सुंदर के कँटीले मजाक ने जैसे फूलचंद के भीतर के सोए जीजा को हुरकुच्च कर जगा दिया था, लेकिन सुंदर ने तुरंत ही फूलचंद के जागृत जीजत्व को भाँप लिया और हँसते-हँसते अब बात घुमा दिया। सामने रखे चॉकलेट वाले डिब्बे से एक मेंटोस निकाला और फूलचंद की तरफ बढ़ाया।

फूलचंद के गर्म हो चुके दिमाग को अचानक ठंड का एहसास हुआ। उसने हँसते हुए मेंटोस पकड़ा और मन-ही-मन बड़े साले का स्मरण कर कैंडी का रैपर फाड़ उसे मुँह में फाँक लिया। उसकी जीभ पर शीतलता की एक झोंक उतरी और सारे मुद्दे हवा हो गए।

गाँव-कस्बों में गर्म हुए मुद्दे ऐसे ही हल्की-सी मिठास वाली ठंडक पाते ही हवा हो जाते थे। इसी मॉडल से देश के भी मुद्दे गायब होते रहते थे। हँसी-मजाक में, गप्प गप्प में। देश ऐसे ही चलता था जैसे देश का कोई गाँव। आखिर

गाँव भी तो देश ही था!

मुँह में कैंडी जाते ही फूलचंद अब पैर पर पैर चढ़ाकर इत्मीनान से बैठ गया था।

"अच्छा छोड़ो अब, ई बताओ सच में कहाँ थे इतना दिन?" सुंदर ने गप्प को फिर गप्प बनाने की दिशा में पहल करते हुए पूछा।

"अरे नहीं कहीं महराज, यहीं तो हैं गाँव में ही। अरे थोड़ा वही अवध नरायण बाबू के यहाँ रेगुलर में काम पकड़ लिए हैं। पीछे वाला हाता में साग-सब्जी रोप दिए हैं। वही सब देख-रख, पानी-गोबर करने में दिन भर थक जाते हैं त सीधे घर चले जाते हैं साँझ को।" फूलचंद ने हल्की जम्हाई के साथ सुंदर कहानी बनाते हुए कहा।

"अच्छा ई बात! हट यार ऐसा कौन काम धरा दिया तुमको अवध नारायण बाबू रे मर्दे? एकदम बंधुआ थोड़े हो। अरे थोड़ा-मोड़ा बाजार घूमने आया करो। एकदम भेंट ही नहीं हो पाता है।" सुंदर ने इधर कुछ दिनों की स्थगित बैठकी को फिर से बहाल करने के मन से कहा।

"हाँ, बस थोड़ा दिन और सँभाल देते हैं उनका। फिर बहुत दिन तो हमसे भी कहाँ हो पाएगा सुंदर दादा। अपना भी तो रोपनी का टाइम घुस रहा है। घर भी तो देखना होगा।" फूलचंद ने खैनी निकालकर हथैली पर लेते हुए हल्के से कहा।

"पैसा-कौड़ी का बात ठीक से तय कर लिए हो ना? देखना, फिर बाद में बेगार खटना ना हो जाए। पैसा-कौड़ी में एकदम किलियर रहो।" सुंदर ने अपनी ओर से नेक सलाह देते हुए कहा।

"पैसा तो हम एडभांस में पकड़ लिए हैं। हम माँगे भी नहीं थे, खुदे दे दिए अवध नरायण बाबू।" फूलचंद ने चहकते हुए बताया।

"लो तुम तो तब खुद ही सिटीयस हो मरदे, पैसा एडभांस में खींच लिए। लेकिन ऐ फूलचंद, ऐसा कौन मंतर मारे हो भाई कि एतना दिलदारी दिखा रहे अवध नारायण बाबू तुम पर?" सुंदर ने ठीक ही अंदाजा लगाकर स्वाभाविक उत्सुकतावश पूछा।

सुंदर की बात सुन फूलचंद मुस्कुरा भर दिया। मन में कई बार आया कि सब बता ही दें क्या? लेकिन ठीक उसके पीछे-पीछे ये बात भी आ गई कि अगर बता दिया तो अवध नारायण सिंहवा काट देगा।

फूलचंद जैसे भारी बीहड़ गपक्कड़ के लिए इतना बड़ा जादुई रहस्य छुपाए रखना बेहद असहनीय तो था ही। लेकिन फिर भी जैसे-तैसे उसने अपने मन को नियंत्रित रखा।

"आज चाय नहीं पिलाइएगा क्या सुंदर दादा?" फूलचंद ने मन के भीतर चल रहे उठा-पटक से उपजी गर्मी से उकताकर कहा।

"साले एढभांस पकड़ा है तुम और चाय पिलाएँ हम? अच्छा पी लो, दुकान छोटा है लेकिन दिल त बड़ा हइए न है रे हमारा।" सुंदर ने हँसते हुए कहा और काउंटर से बाहर निकलकर सामने चाय दुकान पर रामदयाल को आवाज दी।

"दिल त आपका बिधायक से बड़ा है। इसमें कोय शक थोड़े है। दिलबर आदमी हैं आप।" फूलचंद ने भी झर से मुस्कियाकर ताली बजाते हुए मसीहा का ही दर्जा दे डाला। सुंदर ने भी लजाते-मुस्काते स्वीकार ही कर लिया।

करीब पाँच मिनट बाद रामदयाल छोटे से मग में लगभग ढाई कप चाय और दो प्लास्टिक कप लिए आया।

"लीजिए पकड़िए कप, देखिएगा हाथ पर नहीं गिर जाए। गरमे-गरम ला दिए हैं।" रामदयाल ने सावधानीपूर्वक गरम चाय से कप भरते हुए कहा।

"हाँ, कभी-कभी तो गरम चाय पिलाते हो तुम। चिंता ना करो बहुत घाटा थोड़े लग जाएगा।" सामान्यत: रामदयाल की ठंडी चाय पीने के आदी हो चुके सुंदर ने कुढ़ते हुए हँसकर ही कहा।

"ल, अरे घाटा तो होगा ही, होता ही है सुंदर भैया। दिन भर चूल्हा तो फूँक नहीं सकते। अगल-बगल बस गया है कलकत्ता, ज्यादा धुआँ होने पर बगल के दुकानदार लड़ते हैं। उपाय है सलेंडर। सलेंडर इतना महँगा हो गया है। आदमी साला एक कप चाय लेने आता है तो उसको भी चाहिए गरम चाय। अब हम एक-एक दू-दू कप के लिए दिन भर चाय गरम करेंगे तो एक सलेंडर केतना दिन चलेगा, आप ही लोग बता दीजिए।" रामदयाल ने इन दोनों से कम, देश से ज्यादा पूछा था। रामदयाल को सुनकर समझा जा सकता था कि देश में चाय बेचने वाले सभी लोग सुखी ही नहीं थे, अधिकतर परेशान थे और परचून की दुकान पर खड़े हो देश से सवाल कर रहे थे।

"त बरफ वाला चाय बेचो। साला चाय आदमी एक कप ले या आधा कप, गरम ही तो लेगा न जी। और आदमी का करे? तुम्हारे यहाँ झुंड बना के

आए! सिंगिल आदमी को एक कप चाय नहीं दोगे तुम? और आए तो ठंडा चाय ले ले? साला चाय बेचने वाले का दिमाग आजकल आसमान उड़ता है। कुछ भी बक देता है ई लोग। कोय दिमाग का बात नहीं...हँह!" सुंदर ने बिना जताए हल्का-सा उखड़कर कहा और कहा भी तो एकदम सरकारों के माफिक। एकदम तार्किक और मान लेने लायक।

"त चायपत्ती त आप ही से तो लेता है चाय वाला। आप भी कम उड़ते हैं! डाइरेक्ट दारोगा से बहस कर लिए थे उस दिन।" रामदयाल ने किसी पिछली घटना का जिक्र करते हुए खिलखिलाकर कहा। ये जिक्र सुनते ही फूलचंद तो जैसे उछल गया। उसे लगा, ये घटना कैसे छूट गई मुझसे!

"अरे-अरे! अरे क्या सुंदर दा? कौन दारोगा वाला घटना? बताइए हमको पता तक नहीं। क्या दादा, हमसे नहीं बताए!" फूलचंद ने दोस्ती का उलाहना देते हुए कहा।

"लो अब तुम आ ही नहीं रहे थे इधर तो कैसे बताते!" सुंदर दुकान के अंदर वाली बेंच से उठकर बाहर आते हुए कहा।

"ओह लो, तुमको पता भी नहीं? अरे बाप रे! सुंदर भैया त खूब रगड़ा-रगड़ी किए, पूरा भीड़ जमा हो गया था यहाँ। मने यहाँ से लेकर हमरे दुकान तक। लगे कि अब-तब खेल हो जाएगा।" रामदयाल ने उचककर अपने दोनों हाथ ऊपर किए और हिलाते हुए घटना की भव्यता का वर्णन करने लगा।

हाथ उचकाने में हाथ में जो चाय की मग थी, उसकी पेंदी में बची हुई चाय का छींटा अभी फूलचंद के मुँह और गाल पर था। अचानक हुए इस चायस्प्रे से फूलचंद थोड़ा-सा तो भिनभिनाया, लेकिन उसने तुरंत अपनी लुंगी की कोर से पूरा चेहरा पोंछकर सुंदर की तरफ ताकने लगा। उसे बस घटना जाननी थी जल्द से जल्द।

वो मन-ही-मन सोच रहा था कि 'साला सात-आठ दिन बाजार क्या छूटा, यहाँ तो समूचा बड़ा-बड़ा घटना हो के खतम भी हो गया!'

"आह! ओह! हाँ कोय बात नहीं, थोड़ा आँख में चल गया था चाय। कोय दिक्कत नहीं। अरे ई बताइए हुआ क्या था सुंदर दा?" फूलचंद ने आँख मलते हुए भी बिना मुख्य बिंदु से भटके हुए कहा।

"अरे कुछ नहीं यार। ई दारोगा आ के नाटक करने लगा दुकान पर।" सुंदर

ने नथुना फुलाते हुए कहा।

"क्या नाटक ? आप बनिया-बेताल से दारोगा को का मतलब !" फूलचंद ने भी जैसे बड़ी देर बाद मौका देखते ही नथुने में हवा भरते हुए पूछा।

"असली बात बताइए न इसको सुंदर भैया। अहा बड़का बवाल था भाई।" रामदयाल भी अपनी दुकानदारी भूलकर यहीं कथा में रमते हुए बोला।

"अबे चुप रहो यार, बवाल क्या ? पुलिस-दारोगा इतना तो करता ही रहता है। उसका साला नेचर है, थोड़े सुधरेगा।" सुंदर ने रामदयाल की बार-बार भीड़ और बवाल वाली बात पर अच्छा-खासा खीझते हुए कहा।

"हट महराज, घटना बताइए न।" फूलचंद भी बेचैनी में खीझकर बोला।

"अरे बताए न, दारोगा का बदमाशी था खाली, बोरोप्लस ले गया था और बदला में बरनोल ला के घुमा रहा था। बोल रहा था कि पकड़ो ई नकली बरनोल और बोरोप्लस दो।" सुंदर ने वारदात को याद करते हुए कहा।

"आँय ? तो आप दिए क्या थे ?" फूलचंद ने माथा खजुआते हुए पूछा।

"बोरोप्लस दिए थे भाई, एकदम नाजायज बात ही बोल रहा था दरोगवा। उसी पर हम बोले कि जो चीज हम दिए ही नहीं हैं, ऊ कैसे रख लें ? जो समान दिए हैं, ऊ लाइए। तो इसी में तैस में आकर उल्टा-सीधा बकने लगा।" सुंदर ने भरसक संक्षेप में बात बताने की कोशिश की।

"हाँ वही सब जो होता है दारोगा का बोली-चाली। कहने लगा पिछवाड़े में डंडा डाल के उलटा देंगे। मिलावट का केस करेंगे और ठेल देंगे तीन साल वास्ते लालघर। यही सब खूब बोला। लेकिन सुंदर भैया भी पीछे नहीं हटे, यहीं सामने खड़े रहे दुकान पर। दरोगवा लास्ट में गाली देते-देते पसीना-पसीना हो गया, थक के चला गया साला।" रामदयाल ने झट से बात को लपककर संक्षेप को विस्तार दे दिया। उसने असल में सुंदर के जले पर बिटनुन घस दिया था जैसे। दारोगा का लौटाया बरनोल जस का तस वहीं सामने दीवार वाली रैक पर रखा हुआ था।

"ठीक है, ठीक है। अब जाओ देखो दुकानदारी भी अपना। गैस का पैसा नहीं निकलेगा अगर ऐसे ही दुकान छोड़कर यहाँ कथा बाँचने में रहोगे तो।" सुंदर ने जोरदार कुढ़न के साथ रामदयाल की तरफ बिना आँख किए हुए ही कहा।

"अच्छा जा रहे हैं। हेतना गरम काहे हो रहे हैं दादा ! हम तो एक ठो असली बात बताने रुके थे। छोड़िए फिर कब्बो बताएँगे।" ये बोलकर रामदयाल ने

अपना पहला कदम उठाया ही था कि,

"अरे रुको रुको भाई। हे रामदयाल, बताओ न भाय, क्या और कुछ नया घटना हुआ क्या? बताइए हम साला कुछ दिन बजार नहीं आए, लगता है दुनिया से ही कट गए। सुंदर दा को दारोगा बेज्जत किया, ये बात तक जब जान नहीं पाए तो और क्या कहें?" फूलचंद ने तपाक से रामदयाल को रोकते हुए कहा।

"बेज्जत नहीं, बहस किया है। अर्थ का अनर्थ मत बोला करो फूलचंद। गलत मैसेज जाता है समाज में। थोड़ा जिम्मेदार बनो यार। उमर हो गया तुम्हारा भी, बुढ़ाने लगे हो। थोड़ा अब सोच-समझ के बोला करो।" सुंदर ने अंदर-ही-अंदर चिढ़ते हुए फूलचंद को नागरिक कर्तव्य की याद दिलाई।

"अच्छा अब मेरा असली वाला खबर तो सुन लीजिए, फिर हम जाएँ जल्दी। आप लोग के गप्प के फेर में मेरा ग्राहक जा रहा।" रामदयाल ने तत्काल अपने कीमती समय का हवाला देते हुए कहा।

"बोलो, बोलो न भाय, जल्दी।" फूलचंद ने सुरफुराते हुए कहा।

"तो सुनिए, भयंकर बात निकल के आ रहा है। ऊ जो डेनियल का कोठी है ना? वहाँ कुछ गड़बड़ का हल्ला है। सब बता रहा है कि वहाँ कोई आदमी रह रहा है और वहाँ अँग्रेज जमाने का करोड़ों रुपया का खजाना दबा है।" रामदयाल ने चाय का खाली मग सुंदर की दुकान के काउंटर पर रखते हुए कहा।

रामदयाल के इतना बताते ही उछल-उछलकर पूछ रहे फूलचंद को तो जैसे लकवा वाला झटका लगा। देह, हाथ और दिमाग सन्न रह गया, आँख खुली रह गई और साथ-साथ मुँह भी। बदन का रोआँ-रोआँ एकबारगी खड़ा हो गया था।

फूलचंद को तो अभी तक यही पता था कि डेनियल की कोठी का जो रहस्य छाती में दाबे वो दिन-रात छटपटाता रहता है, उसका तो बस वही एकमात्र राजदार है। लेकिन यहाँ तो रामदयाल ने कोठी की चर्चा कर उसकी गोपनीयता के परखच्चे उड़ा दिए थे।

फूलचंद मन-ही-मन माथा पकड़े हुए था अभी, अंदर-ही-अंदर दाँतों को रगड़ रहा था और जासूस धतूराचंद के माफिक सोच रहा था- "ई साला खुदे अवध नरायण सिंह कर दिए हैं मिस्टेक। वही कहीं लबर-लबर में बक दिए होंगे।"

"भक्क फालतू बात! वहाँ कोठी में तो चमगादड़ झूलता है। इनको खजाना

मिल रहा! साला दिन-रात तो उस अँग्रेज का भूत बरामदा पर टंडेली मारता रहता है, पूरा गाँव जानता है। इसमें कौन-सा नया बात है!" फूलचंद अचानक कोठी के बारे में बोलने लगा था। उसका वश चलता तो अभी के अभी जाकर तिरपाल से ढक आता कोठी को।

"नहीं भाई, थोड़ा चुप रहो ना तुम फूलचंद, तुम तो अवध नारायण सिंह के पिछवाड़े भिंडी-करेली रोप रहा था, तुमको कहाँ से पता होगा कुछ! इसको बोलने दो ना। रामदयाल का सब बात फालतू थोड़े होता है। एकाध न्यूज सच भी तो हो सकता है।" सुंदर ने फूलचंद को चुप रहने का इशारा करते हुए रामदयाल पर ठीक उसी तरह भरोसा जताते हुए कहा जैसे देश की जनता आज की मीडिया पर जताती है।

रामदयाल यह सुनकर उत्साह से भर गया था। उसने एक फेंकी हुई नजर से फूलचंद की तरफ देखा और सगर्व मुस्कुराहट लिए फिर शुरू हुआ।

"हमारे पास जो भी होता है, फुल जानकारी होता है। वहाँ कोठी में आदमी का आन-जान हो रहा है। कुछ गलत धंधा चल रहा है वहाँ। हमको कोनो फालतू गपक्कड़ नहीं सुनाया यह सब बात। प्रशासन का आदमी बताया है।" रामदयाल ने तरल चाय के विक्रेता होने के बावजूद भी ठोस जानकारी दी।

"वाह परसासन, इसका दुकान पर परसासन भी बैठने लगा है? वाह गजब बात करता है यह भी।" फूलचंद ने भी खुद पर फेंकी हुई नजर को वापस रामदयाल की तरफ फेंकते हुए कहा।

"हाँ-हाँ बैठता है। चौकीदार भागवत हाजरा से 7 बरस का दोस्ती है हमारा। वही बताया है। तुम्हारा दिमाग ढीला होने लगा है फूलचंद, वहाँ अवध नारायण सिंह के यहाँ जा जा के। हमको तो उसका घर ही भूत का डेरा लगता है। खैर छोड़िए, चलें दुकान पर हम। अपना 100 रुपया का नुकसान कर इतना बड़ा भेद भी बताइए और बदला में फालतू भी कहलाइए साला, यही है कलयुग।" रामदयाल ने जाने के अंदाज में पाँव पटकते हुए, बिना गए ही कहा।

"अरे! सुनो-सुनो... गुस्सा ना होओ न भाई। सही कह रहे हो इतना बड़ा खबर है, ई सब को थोड़े पता है। फूलचंद का दिमाग अभी अपसेट है। इसका बात का क्या लिए हो! तुम पूरा मामला बताओ। कुछ बात हमको भी पता चला है कोठी के बारे में।" सुंदर ने नहीं जा रहे रामदयाल को रोकने का प्रयास करते हुए कहा।

इस दौरान दोनों फूलचंद की तरफ नहीं देख रहे थे। फूलचंद काउंटर पर नाखून रगड़कर मन-ही-मन कुढ़ रहा था। उसे तो अब लग रहा था कि कोठी के रहस्य और अवध नारायण बाबू के बेटे की कहानी बोलकर अभी के अभी सब को पछाड़ते हुए इस रेस में निर्णायक बढ़त ले ले।

तभी उसने एक बार फिर खुद को नियंत्रित किया, अपना बायाँ हाथ मुँह पर रखा और दाहिने की मुट्ठी बाँध खुद को संयमित किया। असली जानकारी तो अभी भी इसी के पास थी।

"देखिए, थाना में यह रिपोर्ट गया है कि कोठी में कुछ लोग आते-जाते हैं। अब साला सब भूत-प्रेत ही है अंदर या फिर कोई थ्री-फोर उल्टा-सीधा काम चल रहा है भीतर कोठी में, इसका पता लगा रही है पुलिस। पुलिस तो भयंकर एक्टीभ है। हमको तो सारा बात ही खोलकर बताया है भागवत हाजरा। जरा फूलचंद से भी कह दीजिए कि कहीं कुछ बताए नहीं। प्रशासन का भीतरिया मामला है। हम पर भरोसा कर बता दिया है।" रामदयाल ने पुलिसिया विभाग के प्रति कर्तव्यनिष्ठा और गोपनीयता की शपथ के साथ कहा।

फूलचंद ने अपने लिए कही खास नसीहत सुन ली और बिना रामदयाल की तरफ देखे दाँत कटकटाता रहा।

"आज फिर भागवत हाजरा आएगा क्या? आए तो जरा हमको भी आवाज दे देना। हम भी आ जाएँगे तुम्हारे ही दुकान।" सुंदर ने विशेष जानकारी हेतु प्रशासन से ही सीधे संपर्क कर लेने की भूरि-भूरि मंशा के साथ कहा।

"हे भगवान दिमाग खराब है क्या आपका! गलती से भी अब बोलिएगा भी नहीं चौकीदार भागवत हाजरा के आगे। यह हम लोग का आपसी पुलिस डिपार्टमेंट का बात है। हमारे बारे में सोचेगा कि हम अपना विभागीय बात बाहर कर दिए। विश्वास भी एक ठो चीज है सुंदर भैया।" रामदयाल चाय वाले ने अचानक पुलिस की बहाली लेते हुए अपने विभाग की ओर से बयान दिया।

ये सुन सुंदर ने मुँह बिचकाकर अजीब-सी नजर से देखा रामदयाल को और कुछ बोला नहीं जवाब में।

"अब आप लोग का कहानी पूरा हो गया हो तो एक बात हम भी बोलें?" फूलचंद ने हल्की झुंझलाहट के साथ लंबी साँस छोड़ते हुए बेंच से खड़े होते-होते कहा।

"लीजिए, इसका भी सुन लीजिए। इसके पास तो वहीं अवध पुराण होगा, पिछवाड़े का करेली वाला किस्सा हा-हा-हा..." रामदयाल ने फूलचंद के वर्तमान पदस्थापन पर चुटकी लेते हुए कहा।

"हाँ एकदम, भैया लोग सुन लीजिए! बात तो ऐसा बताएँगे कि अगाड़ा-पिछाड़ा सब का खिस्सा किलियर हो जाएगा। और सुन के आप दोनों का चारों ओर से फेंकेगा धुआँ। हम कोठी के भीतर का वो सच जानते हैं जो बता देंगे ना, तो बेहोश हो जाइएगा आप लोग दोनों।" फूलचंद ने दहकने से पहले झरकते हुए कहा।

"आँय, ऐसा क्या! अरे फूलचंद! सच में क्या!" सुंदर अब यकायक दन्न से फूलचंद की तरफ घूमता हुआ बोला।

"हाँ बात ही ऐसा है। इतना दिन से बाजार नहीं आ रहे थे ना हम? तो अब पूछिए भी कि कहाँ थे आखिर हम। अब छोड़ दीजिए आप लोग अपना सुना-सुनाया गप्प। असली कहानी हम जानते हैं लेकिन यह भी जान लीजिए कि नहीं बताएँगे। बता दिए तो अनर्थ हो जाएगा।" यह बोलते हुए फूलचंद दो कदम निकल चुका था।

"अरे रुको यार फूलचंद, भक्क साले बताओ ना!" सुंदर ने लपककर उसकी कमर के पास पजामे में तीन उँगली फँसाकर खींचते हुए कहा।

रामदयाल भी बेचैन खड़ा था वो सब सुनने को। उसकी सबसे ज्यादा रुचि, वो अनर्थ वाले मैटर में थी कि आखिर क्या है जिससे अनर्थ हो जाएगा। पता चल जाए तो मजा आ जाए।

लेकिन फूलचंद एकदम मन बनाकर उठा था। सुंदर ने दो-चार बार रोकने की कोशिश की लेकिन वह हर बार हाथ झटककर पजामे की डोरी को पुनः वापस टाइट करता आखिर निकल ही गया।

गपक्कड़ों की महफिल में जो बात न कही जाए वही बात महफिल लूट लेती है। फूलचंद महफिल लूटकर निकल गया था। चुगली और गप्प की सबसे बड़ी प्रेरणा है जिज्ञासा। एक चुगलखोर इतना जिज्ञासु होता है जितना न्यूटन या गैलीलियो भी नहीं। उसे हर बात जानने की, सुनाने की लालसा ही उसे दक्ष चुगलखोर बनाती है। अगर कोई बात अधूरी रह जाए तो सीने में काँटे की तरह चुभती है। वही काँटा दोनों के कलेजे में धँसाकर फूलचंद फूल स्पीड से निकल गया था। दोनों बेचैन खड़े अभी सीना मल रहे थे।

4

धम्म की आवाज सुनते ही कौशल्या देवी बदहवास रसोई से दौड़ी आई थीं। बेटा नीचे जमीन पर पड़ा कराह रहा था। देखा तो सिर पर थोड़ी चोट भी लगी थी। मुँह के एक किनारे से लार टघरकर गले तक आ रही थी। माँ कौशल्या देवी आँचल से कभी मुँह पोंछती तो कभी सिर। अकेले उसे उठाकर बिस्तर पर लिटाना मुश्किल हो रहा था। सुबह के लगभग 8 बज रहे होंगे जब अवध नारायण बाबू कहीं बाहर निकले थे और फूलचंद भी आज आने में थोड़ी देरी कर रहा था।

"हेलो! हेलो, कहाँ हैं? जयप्रकाश पलंग से नीचे गिर गया है। माथा पर चोट लगा है। कहाँ हैं? आइए ना जल्दी।" कौशल्या देवी ने रूँधे हुए गले से हड़बड़ी में कहा।

"अरे कैसे? अरे! अ हेलो हेलो!" उधर से अवध नारायण सिंह घबराकर बोले।

"आप घर आइए ना पहले जल्दी। मोबाइले पर सारा इन्कवायरी किए हुए हैं।" झल्लाते हुए फोन काटा कौशल्या देवी ने।

अवध नारायण सिंह भी फोन के कटते-कटते दस फलाँग लगाकर तेजी से घर की ओर निकल चुके थे। बीच-बीच में थोड़े पाँव लड़खड़ाते और लगभग दौड़ते हुए जाने के कारण साँस भी ऊपर-नीचे फूल रही थी।

"अरे क्या हुआ? कैसे पलंग से...? ओह! जरा भी ध्यान नहीं देती हैं

आप भी। सब फूलचंदवा के भरोसे छोड़ घुसे रहती हैं रसोई में। घर में बेजान बेटा पड़ल है, पता नहीं क्या पकवान बनते रहता है रसोई में?" घर में घुसते ही अवध नारायण सिंह भी चिढ़ते-अकबकाते बोलते हुए आँगन पारकर बरामदे से सटे कमरे में दाखिल हुए।

"हम गिरा दिए? हम? आप हम पर चिल्ला रहे हैं? दिन-रात तो यहीं लगे रहते हैं। हमारा बेटा नहीं है क्या? आप ही का है बेटा बस? और पकवान बनता है घर में? आप ही घास खाइएगा? क्या करें? छोड़ दें सब कुछ? हम अपना त चेहरा तक नहीं देखे हैं आईना में, जब से बेटा ऐसा पड़ल है।" वहीं जमीन पर ही बैठी कौशल्या देवी जवाब में तेज स्वर करते हुए लगभग रोने-रोने को होती हुई बोलीं।

"पकड़ो-पकड़ो... पहले इसको उठाकर बिछौना पर तो डालिए भाई। और ई साला फूलचंदवा हरामी साला जब हमारा बेटा गिर-बजड़ ही जाएगा तो इसको क्या थोथना देखने के लिए रखे हैं!" अवध नारायण सिंह पूरी ताकत से जयप्रकाश को खींचकर, कमर के नीचे से उठाकर, पत्नी कौशल्या देवी के सहयोग से उसे बिस्तर पर लिटाते हुए झल्लाई आवाज में बोले।

"ई एक दिन का हाल है क्या! रोज देर से आता है और दोपहर बाद ही जाने के लिए अकबक करने लगता है।" कौशल्या देवी पलंग के उल्टे हिस्से खड़े होकर जयप्रकाश के पैरों को सहलाते हुए बोलीं।

अभी अवध नारायण सिंह ने कौशल्या देवी की बातों की तरफ ध्यान नहीं दिया। वह बेटे के सिरहाने बैठे लगातार उसे निहार रहे थे। जयप्रकाश की दोनों आँखें ऊपर कमरे की छत पर सटी हुई थीं। बीच-बीच में वह कभी पैर-हाथ या शरीर पर जहाँ कोई मच्छर बैठता तो झटके में बदन का वह हिस्सा हिलाता। कभी-कभार मुँह से आ-अ-अअ-आ-अ की आवाजें निकलतीं। ऐसा लगता जैसे एक नवजात शिशु बोलने की कोशिश कर रहा हो।

"हाँ बेटा बेटा, हाँ बोलो, बोलो ना बेटा, हाँ बोलो ना..." ये बोलते हुए अवध नारायण सिंह जैसे रो पड़े थे अचानक।

"कब? कब तक आखिर? बताइए ना कब तक? हम पागल हो जाएँगे। अब बर्दाश्त नहीं होता है जी। यह क्या जिंदगी है बेचारे का? ई जिंदा भी है? ई कैसा जिंदा है? बताइए ना आप हमको?" कौशल्या देवी कहते-कहते फफक

पड़ी थीं।

अवध नारायण सिंह पत्नी को इस तरह रोता देख डबडबाई आँख लिए पलंग के सिरहाने से उठे। पत्नी की बाँहों पर हल्के से दोनों हाथ रखा, लेकिन अंदर की ममता न जाने कितने दिनों से चाक हुई बैठी थी। कौशल्या देवी की आँखों से धार बही जा रही थी। अवध नारायण सिंह भी शायद सांत्वना नहीं दे रहे थे। सिर झुकाए हुए कलप रहे थे। दोनों दुख की नदी साझा कर रहे थे।

"आपको यह सब कैसे देखा जाता है! ई कैसा लीला है भगवान! हमारा बेटा मर गया था ना जी! हम कलेजा पका के पत्थर तो कर लिए थे ना जी! फिर? फिर काहे ई पत्थर को फेर से चूरने ले आए! आँय बोलिए ना, बोलिए ना जी..." अचानक अवध नारायण सिंह के छाती पर सिर पटककर रो-रोकर जार-जार होती, जोर-जोर से बोलने लगी थीं कौशल्या देवी।

"चुप हो जाइए कौशल्या। सुनिए न, सुनिए शांत हो जाइए। ठीक है वह, बोलेगा, चलेगा, सब करेगा, भरोसा रखिए न। देखिए जयप्रकाश हमारा भी तो बेटा है। बताइए ना हमारा कलेजा नहीं फटता होगा इसको इस हाल में देखकर! हम तो साला अपना सब जमा-कमाई देकर खुशी-खुशी बेटा लेकर आए। हम तो यही न चाहते हैं कौशल्या जी कि जल्दी जयप्रकाश दौड़े, बोले, उठे, जागे, बतियाए। फिर से वही जयप्रकाश।" अवध नारायण सिंह ने दोनों हाथों से बाँह पकड़कर कौशल्या देवी को एक बार जोर से झकझोरते हुए कहा।

कौशल्या देवी अभी अपनी पत्थर हुई आँखों से अवध नारायण सिंह को अपलक देखे जा रही थीं।

"चुप! चुप रहिए अब आप! आपको लगता है कि यह सब ठीक हो जाएगा! कैसे होगा? आँय? अरे सब कुछ दे के ही लाए तो खाली इसका देह उठाकर काहे चले आए? इसका दिमाग, इसका बोली, इसका बुद्धि, इसका पूरा जिंदगी... ई सब वहीं काहे छोड़ आए? अरे ऊ कौन पापी तांत्रिक है जो ई खेल कर रहा हमरा बेटा के जिंदगी से?" अचानक विस्फोट हुआ और कौशल्या देवी ने चिल्लाते हुए खुद को झटके से अलग करते हुए कहा।

लगा जैसे कौशल्या देवी की आँख का पत्थर अवध नारायण सिंह की पानी भरी कटोरी में आ गिरा हो। आँसू छलककर अब हथेली पर आ गए थे।

"अरे तो हमारा क्या गलती है साला! आँय? आँय अरे बताए न कोई?

हमरा गलती क्या है! बीस लाख रुपैया ले गए थे गिनकर, अरे चमत्कार देख के आए। मरा हुआ बेटा फिर से जिंदा बनवाकर ले आए। बताइए न, कौन बाप साला खुश नहीं होगा!" अवध नारायण सिंह ने ऊँची आवाज में दर्द से कराहते हुए कहा।

"हाँ, तो कहाँ है जिंदा! कहाँ है जिंदा!" पत्नी कौशल्या देवी ने उससे भी ऊँचे स्वर में कहा और जैसे तनी हुई धनुष की डोर टूटती है उसी तरह ढीली होकर जमीन पर लुढ़क गईं। फफककर रो पड़ी थीं। अवध नारायण सिंह ने लपककर पत्नी को थामा और खुद भी निढाल होकर जमीन पर साथ बैठ गए। इस वक्त दोनों एक-दूसरे के गले में थे। दोनों की बाँहें लगातार भीग रही थीं।

"हमको इस कमरा में घुसने तक में डर लगता है जी। इसको ऐसा देखकर डर लगता है। हम नहीं देख पाते हैं इसको ऐसा। हम नहीं देख पाते हैं अपना बेटा को ई हाल में। ई हमारा जयप्रकाश नहीं है जी। ऊ हरमजादा कौनो टोना कर दिया है, मति भरम हो गया है जी। हमारा बेटा त मर गया है जयप्रकाश के पापा। मर गया हमारा बेटा।" जैसे कंठ में क्रंदन का कोई फोड़ा फट गया था। कौशल्या देवी हहर रही थीं।

अवध नारायण सिंह मानसिक उलझन और चिंताओं के जाल के भीतर से ही किसी तरह हाथ निकालकर पत्नी की पीठ पर रख उसे आस-बेआस की सांत्वना दे रहे थे। बिना हिले-डुले अब दोनों अचानक ठहर गए थे।

अभी ऐसा लग रहा था जैसे दो पत्थर जमीन पर गड़े एक-दूसरे से सटे बैठे हों।

तभी बगल के पलंग पर एक करवट की हरकत हुई। दोनों ने एक साथ नजरें उठाकर उधर देखा। पलक झपकते दोनों उठकर अब जयप्रकाश के सिरहाने थे।

"इसको दूध पिलाए? जाइए कुछ ले आइए न इसके लिए।" अवध नारायण सिंह ने एक हाथ से अपनी आँख पोंछकर दूसरे हाथ से बेटे का सिर सहलाते हुए कहा।

पत्नी कौशल्या देवी चुपचाप बिना कुछ कहे, अपने आँचल से चेहरा पोंछते हुए रसोई की तरफ चली गईं। रसोई में अक्सर खाना बनता तो था लेकिन चूल्हे से उतरा खाना कब कड़ाही में रखे-रखे सूख जाता था, पता ही नहीं चलता था।

उस रसोई में खाना क्या बनता! क्या खाया जाता जहाँ दुख खुशियों को खा रहा हो! घर में जवान बेटा बिस्तर पर पड़ा रहता था, न कुछ खाना न पीना, बस किसी तरह दूध-पानी और कभी-कभी बनी हुई पतली दाल को घूँट-घूँट घोंटकर के वो जिंदा था।

किसी भी माँ के लिए उसका बनाया खाना देवी अन्नपूर्णा भी ग्रहण करें तो छोटी-सी बात है, माँ के हाथों बने खाने की सिद्धि तो उसके बच्चों के ग्रहण करने से ही होती है।

तभी कटोरी में दूध लेकर कौशल्या देवी कमरे में आईं।

"इसका माथा में चोट ज्यादा लगा था क्या?" अवध नारायण सिंह ने हल्के हाथों से पुत्र जयप्रकाश के सिर पर हाथ फेरते हुए पत्नी से पूछा।

"नहीं, क्रीम लगा दिए थे। ज्यादा नहीं लगा था। और क्या पता बेचारा बोल भी तो नहीं सकता है। रो रहा था बस गिरने के बाद।" बोलते ही शांत दिख रही कौशल्या देवी फिर से रो पड़ीं।

"अब धीर भी धरिए थोड़ा। आप भी अगर हिम्मत नहीं दीजिएगा तो इस हाल में हम भी पगला जाएँगे।" अवध नारायण सिंह ने बुझी आँखों में आस का धुँधलका लिए हुए कहा।

कौशल्या देवी ने हर बार की तरह फिर सुबककर आँचल के कोर से अपने आँसू पोंछ लिए। किराना, दूध, अखबार के उधार से लेकर घर के खर्च-कमाई के पाई-पाई का हिसाब रखने वाली कौशल्या देवी आँसुओं के गिरने-रुकने का कोई हिसाब ही नहीं रखती थीं। यह कब गिरते और कब सूख जाते, कुछ पता नहीं रहता।

तभी मुख्य दरवाजे के पल्ले खुलने की हल्की-सी आवाज सुनाई दी।

"फूलवा आया है, लगता है। आज इसको जरा टाइट करते हैं। एकदम मनमर्जी का हो गया है।" अवध नारायण ने अपनी ओर से कम, पत्नी के मन की ओर से ज्यादा कहा था। कौशल्या देवी तो फूलचंद पर खूब गुस्साई हुई थीं ही।

फूलचंद ने एकदम से अंदर घुसते ही काम की मुस्तैदी दिखाने वाले अंदाज में बिना इधर-उधर देखे बरामदे पर रखी बाल्टी उठाकर सीधे पानी लेने के लिए आँगन से सटे नल की तरफ बढ़ा।

"अरे! इधर आओ। इधर आइए फूलचंद बाबू। आजकल बड़ा टाइमली

आते हैं आप तो! जैसे नयका लइका लोग टाइम से जॉब पर आते-जाते हैं। है कि नहीं? आँय?" अवध नारायण सिंह ने अपना मिजाज बता देते हुए पूछा।

फूलचंद तो यह लहजा सुनते ही समझ गया गया था, 'आज मामला गड़बड़ है। अवध नारायण बाबू गरम हैं साला।'

"आज मंदिर में थोड़ा भीड़ था न मालिक, वहीं थोड़ा देर हो गया पूजा करने में। एक भी दिन नागा नहीं करते हैं। रोज पूजा करके आते हैं। जयप्रकाश बाबू के खातिर भी एक ठो फूल जरूर चढ़ाते हैं। भगवान बस जल्दी इनको ठीक करें। जय-जय राम!" फूलचंद ने धर्म के रास्ते परमार्थ का फूल अर्पित करते हुए कहा। फूल जाकर लगा भी एकदम सही बिंदु पर था, सीधे हृदय पर।

हाँ, साला आज के युग में कौन सोचता है किसी के लिए इतना भला! इस बात को सोचने के बाद किसी का भी उबलता हुआ गुस्सा, गुनगुना हो जाए।

"लीजिए सुन लीजिए, जयप्रकाश की माता जी, सुन लो फूलचंद का कहानी। यह तो आपके बेटा खातिर ही मंदिर में पूजा करने में देर हो जाता है। अब क्या बोलें इसको!" अवध नारायण सिंह ने रसोई की तरफ गई कौशल्या देवी को जोर से सुनाते हुए कहा।

"हें हें हें... जी मलकाइन त जानबे करती हैं। हमको कितना बार बतासा और अगरबत्ती का पैसा दी हैं चढ़ाने खातिर।" फूलचंद ने कौशल्या देवी के कुछ कहे से पहले ही हेंहेंआई स्वर में दाँत चिहारते हुए उनका भी आध्यात्मिक रुझान सुना दिया।

"हाँ तो तुमको रोज हवन करके आने बोलते हैं? है न? एक पीस अगरबत्ती जलाने और दू बताशा चढ़ाने में कितना घंटा लग जाता है! इतना देर से आते हो रोज, कम-से-कम मंदिर से आकर तो झूठ ना बोलो। हुँह!" कौशल्या देवी ने रसोई से ही मुँह फुलाए भनभनाते हुए कहा।

"ठीक बात, ठीक बात है एकदम। हाँ सही बात... एक टाइम टेबुल तो होना ही चाहिए।" अवध नारायण सिंह ने उदासीन भाव में चौकी पर रखा अखबार उठाते हुए कहा।

घरेलू मामलों के ऐसे मौके पर इसी तरह तटस्थ हो जाने का अभ्यासी आदमी आगे चलकर गृहस्थ हो जाता है। गृहस्थी गुटखा खाए जोशीले नौजवानों की तरह रफ्तार में धुआँ उड़ाते बाइक चलाना नहीं है। घर तेजी नहीं, धीमा हो

चलने से चलता है। अवध नारायण सिंह समझ रहे थे कि अगर फूलचंद पर ज्यादा बरस गए तो क्या पता कल से आना ही छोड़ दे! फिर कौन करेगा इस परिस्थिति में देखभाल! कहाँ मिलता है आजकल दिनभर घर-दुआर में खटने वाला घरेलू नौकर!

लेकिन इधर पत्नी का भी समर्थन करना ही था इसलिए थोड़ा बहुत नरमी-गरमी से ही समझाकर फूलचंद को समय पर आने की नसीहत दे दी। हाँ, काम कर शाम को जाने के मामले में पूरी उदारता के साथ छूट थी कि चाहे जितनी देर से जाए कोई बात नहीं।

इधर कौशल्या देवी ने भी फूलचंद को देखकर नाक-मुँह थोड़ा-सा और फुलाकर रसोई के भीतर ही दो-चार बर्तन जोर से पटके और गुस्से को तत्काल बर्तन धोते हुए विम बार मिश्रित पानी के साथ बहा दिया।

दोनों प्राणी अभी-अभी शायद अपने-अपने मन में वही एक ही बात सोच रहे थे कि 'कैसे तो बड़ी मुश्किल से एक आदमी पकड़ाया है।' अवध नारायण सिंह ने पहले तो कहाँ-कहाँ न खोजा था कोई खटने वाला मिल जाए। पहली दफे जब पत्नी से फूलचंद पासी के बारे में चर्चा की थी तो कौशल्या देवी ने तुरंत साफ मना कर दिया था, "किसी आसी-पासी को घर के भीतर नहीं घुसाएँगे। जात-धर्म भी कोई चीज है कि नहीं?"

जब अवध नारायण सिंह जगत घूमकर थक-हार गए और इधर कौशल्या देवी से अकेले सँभलने न लगा तो कौशल्या देवी ने ही फिर फूलचंद की याद दिलाई थी अवध नारायण सिंह को, "सुनिए न, अ...अ उ फूलचंदवा को ही रख लीजिए न।"

इस पर अवध नारायण सिंह ने पत्नी से पूछा भी था, "फिर से सोच लीजिए एक बार... जात का पासी है। फिर धरम न जाए रोज-रोज आपका।"

इस पर कौशल्या देवी ने भरे अफसोस में कहा था, "हाँ, तो अब करें क्या! माथा पर विपत्ति है तो इतना तो सहना ही पड़ेगा। हमसे अकेले नहीं हो रहा ई सब कुछ सँभाल। सो अब उपाय भी तो नहीं है। उसको ही लाना होगा।"

अवध नारायण सिंह ने इस पर कहा था, "हाँ, थोड़ा-सा बर्दाश्त करना ही होगा अगर काम करवाना है तो। अब कोई राजपूत-पंडित थोड़े मिलेगा घर में चाकरी करने के लिए। ऐसा लोग तो बहुत है बेरोजगार, पर दिनभर चौपाल पर

भूखे बैठे लूडो खेलेंगे, गाँजा उड़ाएँगे लेकिन कुदाल नहीं उठाएँगे साले।"

तब इतना कुछ समझ-बूझकर भला कौशल्या देवी भी क्या करतीं! दिल भारी कर अंतिम बार कह दिया था, "रख लीजिए, मजबूरी में सब पाप क्षमा है। भगवान माफ करेंगे।"

भगवान सच में माफ कर भी देते थे। उनका तो काम ही था। विपदा में धर्म ढेला हो जाता है, आप अपनी सुविधा के हिसाब से उसे उठाकर किनारे भी रख सकते थे। प्राचीन ग्रंथ में इसे ही आपद-धर्म (आपद्द) कहा गया था।

अक्सर इसे धर्म का लचीलापन कहते हुए विद्धतजन इसे एक उदार तत्व मानते थे। जबकि ये तो धर्म का लिजलिजापन माना जाना चाहिए था। भला किसी भी धर्म में कोई भी व्यक्ति किसी भी हाल में अछूत क्यों हो!

तमाम धार्मिक आपातकाल और शंकाओं के बीच कौशल्या देवी ने अपने पुत्र जयप्रकाश के लिए बरामदे वाले बाहरी कमरे में इंतजाम करके धर्म की संकरी गली से कुछ हद तक समाधान का रास्ता निकाल लिया था। इससे कम-से-कम घर के भीतर वाले पूजा घर और उससे सटे शयनकक्ष तक को तो फूलचंद के प्रवेश से बचा लिया गया था।

यह भी क्या अजीब बात थी ना, जब कि पूजा घर में फूल तो होने ही चाहिए।

5

उस रात फूलचंद बिस्तर पर करवट बदलता रहा था। उसके मन की कुलबुलाहट बार-बार जमी हुई नींद खोद दे रही थी। उसे बार-बार यही खयाल आ रहा था, 'साला आखिर कोठी वाला बात रामदयलवा कैसे जाना? तब तो पुलिस को भी पता चल ही गया होगा! मतलब अब ऐसा नहीं है क्या कि बस एक हम ही सब जानते हैं!"

जो फूलचंद सुंदर भगत की दुकान पर हर साँझ बैठकर गाँव से लेकर दुनिया भर की हर छोटी-बड़ी काम-बेकाम की बातें बतियाकर अपना भोजन पचाता था, मन में इतना बड़ा राज छुपाए अब तक अंदर-अंदर खदक रहा था।

सुबह पंछियों ने अभी अपना डेरा छोड़ना शुरू ही किया था। रात भर पलकछपकी करते फूलचंद ने देह से ओढ़ी हुई चादर पैर के तरफ फेंकी और खटिया के नीचे चप्पल टटोलने लगा। आँखें लाल, पलकों पर अटकी घिसी हुई नींद और मन में अटका हुआ था सवाल।

वो उठकर सीधे अवध नारायण सिंह के घर को निकला। चाल नियमित से तेज थी।

अवध नारायण अपनी दिनचर्या के निमित्त द्वार पर ही चौकी पर बैठे योगा कर रहे थे। सुबह-सुबह चौकी पर बैठ पेट को बिना घुमाए घुमाने का संतोष और जोर से साँस ऊपर-नीचे बाहर-भीतर फेंकने की कवायद करते हुए अजीब-सी आवाज के साथ पूरे बदन की हिलडुलाहट 21वीं सदी का योग थी।

योग से भी ज्यादा ये मात्र पचपन-साठ वर्ष की औसत आयु वाले देश के मनुष्यों में शतायु होकर जीने की जबरिया इच्छा का प्रतीक भी था। योग आदमी को बचाता जितना भी हो, पर यह उससे अधिक यह बताता जरूर था कि प्रकृति का एक-एक चिथड़ा नोचकर खा जाने के बाद भी मनुष्य थका नहीं है, निराश नहीं हुआ है। उसे और जीना है, बची हुई उम्मीदें भी नोच खाने के लिए।

डायबिटीज, दमा, गैस, कब्ज, बवासीर, साँस फूलना जैसी दर्जनों बीमारियों से ग्रसित मर रहे मनुष्य ने जीने की इच्छा नहीं त्यागी थी।

योग एक आशावादी दैहिक क्रिया थी। योग करते हुए ही अल्पायु में भी मरा हुआ व्यक्ति समाज में सकारात्मक सोच तथा अनुशासित जीवन पद्धति को जीने वाला आध्यात्मिक योगैया के तौर पर याद किया जाता था।

इसी गाँव में एक बार जीवन भर बिना किसी परहेज बेछूट खान-पान और अनियमित दिनचर्या जीने के आदती महा-आलसी कहे जाने वाले बाबा भृगुनाथ यादव जी की लगभग 87 वर्ष की आयु में मृत्यु हो गई थी। लोगों ने उनकी तेरहवीं पर पालथी मारकर श्राद्ध का भोज खाते हुए कहा था-'बुढ़ऊ एकदम बिना परहेज का जीवन जीते रहे। खान-पान पर कोई कंट्रोल ही नहीं। आदमी को उमर बढ़ने पर परहेजी होना चाहिए। अगर बाबा भृगु जादव ढंग से थोड़ा योग-जोग करते न, तो अभी 13 बरस और जीते। गारंटी ही 100 बरस पूरा करके जाते। पहलबान आदमी था मर्दे।'

फूलचंद भी गाँव में अक्सर प्रत्येक संभ्रांत परिवार के मुखिया को सुबह-सुबह टीवी चलाकर उस पर आ रहे योग करते किसी बाबा को सामने गुरु और साक्षी मानकर योग करते देखकर बड़ा भयंकर प्रेरित हो गया था। देखा-देखी वो भी अपने घर सुबह-सुबह उठकर अपनी खटिया पर ही साँस ऊपर-नीचे कर उछल-उछलकर हाँफ लेता था। इस दिव्य प्रक्रिया में कई बार उसकी खटिया भी टूट चुकी थी। रस्सी टूटते ही शरीर का निचला-पिछला हिस्सा खट से जमीन पर जा लगता। फूलचंद आँख मूँदकर रोता बेचारा। ऐसा लगातार चार-पाँच बार घटित हो जाने के कारण फूलचंद के पार्श्व भाग पर एक स्थायी काला दाग अंकित हो गया था। योगफल के रूप में ये दगहा वरदान पा लेने के बाद अब फूलचंद ने बहुत दिनों से योग करना छोड़ दिया था।

फूलचंद ने देखा कि चौकी पर अवध नारायण सिंह आँख बंद किए अभी

ध्यान की मुद्रा में बैठे थे। सहसा फूलचंद को ध्यान आया, 'साला! हम त ये वाला काम कभी नहीं किए योग में।' मन-ही-मन उसे अफसोस हुआ।

वो वहीं चुपचाप धीरे से ओसारा पर बैठकर अवध नारायण बाबू के नेत्र खुलने की प्रतीक्षा करने लगा।

गृहस्थ आदमी ध्यान में होता है, ध्यानस्थ नहीं होता। अवध नारायण सिंह को हल्की-सी खुर्र-खार की आवाज से ही महसूस हो गया था कि कोई आया है। उन्होंने झट दोनों हथेलियों को आपस में रगड़ा और धीरे-धीरे आँखों को ठीक इस तरह से खोला जैसे नटराज सर्कस का पर्दा खुल रहा हो। नयन जब खुले तो पाया कि सामने फूलचंद पका-पकाया-सा मुँह लिए बैठा है।

"अरे! तुम हो रे! धत्त! क्या बात है आज सूत उठ के सीधे आ गए हो? चलो मलकाइन के डाँट का असर तो हुआ।" अवध नारायण सिंह ने योगमुद्रा भंग करके ऊपर चढ़ाकर लपेटी हुई लुंगी को पुनः फुल साइज में ढील देते हुए चौकी से उतरते हुए कहा।

"नहीं मालिक, अभी आए कहाँ हैं! अभी तो सूत के उठबे किए हैं। रात भर नींद नहीं आया था।" फूलचंद ने अनुलोम-विलोम दोनों व्यक्त करते हुए कहा, जिसे अवध नारायण सिंह ने तत्काल शायद ही समझा।

"अरे तो आए काहे हो भोरे-भोरे मुँह दिखा देने? अजब बात बोलते हो।" अवध नारायण सिंह बोलते हुए तब तक खीझ भी चुके थे।

"मालिक बात ही ऐसा है। अब पता नहीं कैसे बोलें। यह बताइए कि यह कोठी वाला बात आप कहीं गपशप में किसी को बता दिए हैं क्या?" फूलचंद ने बेहद रहस्यमयी अंदाज में आँख दाबकर थोड़ा अटकते-अटकते सीधे पूछ ही दिया।

"हट साला! साला हम काहे बोलेंगे! चला होगा पता किसी से। कोठी कोई इंग्लैंड में थोड़े है। अब इतना बड़ा बात है तो एक ना एक दिन तो सबको पता चलबे करेगा। लेकिन हम काहे जाएँगे प्रचार करने!" अवध नारायण सिंह ने मामले पर कम आरोप पर ज्यादा बोलते हुए कहा।

"ओह! त जान लीजिए, अरे मालिक यहाँ गाँव में सब को पता चल गया है कि कोई आदमी रहता है कोठी में, उसको कोई सिद्धि-फिद्दी है और बड़का खेल करता है। हम जब सुने तो, हमरा तो माथा ही खराब हो गया था। हम तो

तभी ही सोचे कि मालिक तो ऐसा नहीं करेंगे।" फूलचंद लगाकर बोलता गया।

"क्या ? आँय ? अरे-अरे जयप्रकाश के बारे में सब जान गए क्या गाँव में ? अरे तुम बक दिया क्या रे ?" अवध नारायण ने थोड़ा स्वर ऊँचा कर कमोबेश अकबकाकर ही पूछा।

"हे नहीं-नहीं ! अरे बाप ! हे भगवान ! भैरव जी का किरिया ! आ छोड़िए न, आपका किरिया मालिक ! भला हम बोलेंगे कभी ?" फूलचंद ने दाँत से जीभ काट दोनों कानों को छूते हुए कहा।

"खैर, और पता चल ही जाएगा तो क्या होगा ! खाली पता चलने से क्या होगा ! किसके पिछवाड़े में इतना दम है कि वहाँ से आदमी खरीद लेगा ! भेंट तो होता नहीं है सबको उस पागल बूढ़ा से।" अवध नारायण सिंह ने जोर की आवाज में छिटकते हुए कहा।

"सही बात। सबको थोड़े सब कुछ नसीब है। और गरीब-गरुआ जा के भी का करेगा वहाँ ! सुने हैं पैसा-कौड़ी भी त लगता है वहाँ।" फूलचंद ने अभी ओसारा वाले खंभे से अपना पीठ रगड़ते हुए कहा।

"हाँ जी, और नहीं तो क्या ! चमत्कार भी पैसा-कौड़ी वाला के लिए ही होता है फूलचंद। नहीं तो तब तो सारा कंगाल के भीड़ से कोठी भरल रहता।" अवध नारायण सिंह ने पैर पर चढ़ रही काली चींटी को पैर झटक झाड़ते हुए कहा।

"हाँ.. अ..आ..अच्छा मालिक ई हमारे जयप्रकाश बाबू का कितना पड़ा था ?" फूलचंद ने तो एकदम से जैसे अधिकतम हॉर्स पॉवर वाले पंपिंग सेट के दाम पूछने जितना सहज होकर पूछ लिया था।

पर अवध नारायण सिंह के लिए इतना सहज तो नहीं ही था ये सुनना। अभी तो बेटे की दहेज लेकर बेचने की उम्र थी, इस उम्र में पुत्र खरीदने का मूल्य बताना निश्चय ही असहज करने वाला तो था ही। पर न जाने क्यों अवध नारायण इस बात पर गुस्सा नहीं हुए।

"छोड़ो, जानकर क्या करोगे !" अवध नारायण सिंह अप्रत्याशित रूप से हल्की-सी एक बेबसी ली हुई हँसी के साथ बोले।

"एक बात, जी एक बात बस ! अच्छा मालिक देखने में कैसा है वह बुढ़वा ? ऊ बुढ़वा जो आदमी को जिंदा कर देता है ?" फूलचंद ने अब और

बढ़ती हुई जिज्ञासा के साथ पूछा।

"कुबड़ा है, तनी झुककर चलता, बड़का मुँह है, जबड़ा बड़का। मने देख लोगे तो डर जाओगे। अजबे लगता है मर्दे।" अवध नारायण सिंह ने चेहरा याद करते हुए कहा।

"अच्छा, ई सब छोड़िए मालिक, लेकिन एक बात और मालिक, ई बताइए कि तब तो जिसके पास भी पैसा हो वह जाकर केकरो भी जिंदा करके ला सकता है बुढ़वा के पास से?" फूलचंद ने इसमें जिज्ञासा के साथ-साथ खरीदारी के नियम भी पूछे थे जैसे।

"हाँ एकदम। उसका माँगा मनचाहा पैसा दीजिए तो कोई भी खरीद सकता है। लेकिन बुढ़वा है बदमाश, अनाप-शनाप पैसा बोलता है। बाकी साले जाओ तो तुम अब। बहुत चीज जान लिए आज। काम न धाम कुछ, खाली बेगारी का गप्प करने में मन लगता है तुमको। जाओ जल्दी तैयार होकर आओ काम पर। और ए... सुनो, जयप्रकाश वाला बात गलती से भी मुँह से ना निकले, याद रखना।" इतना बोलकर अब नारायण सिंह पीठ नोचते हुए भीतर घर को चले गए।

फूलचंद ने भी उन्हें टोका नहीं। वह भी वापस अपने घर को निकल आया। घंटा भर बाद वापस अपने नियमित दिन-मजदूरी पर लौट आया। जब तक वो लौटकर आया तब तक अवध नारायण सिंह तैयार होकर कहीं निकल गए थे।

फूलचंद ने चुपचाप दिन भर अपना काम किया और शाम को सीधे घर लौटने के बजाय वहाँ से पहले सुंदर की दुकान पर पहुँचा।

"का हो फूल बाबू, बड़ा आज मिलने आ गए हमसे? उस दिन तो आधा बात ही छोड़कर चले गए थे। बहुत तेजी में रहते हो आजकल। ज्यादा स्पीड ठीक नहीं।" सुंदर ने देखते ही उलाहना देते हुए कहा।

"चाय पिलवाइए पहले चाय, बिस्वास करिए घाटा नहीं होगा। मान लीजिए सुंदर दा।" फूलचंद ने झट से बेंच को अपने गमछे से झाड़कर बैठते हुए कहा। गर्मी ठीक-ठाक थी। उसने चेहरे से टप-टप गिर रहे पसीने को गमछे से पोंछा और मुँह में लगातार पान कचरे जा रहा था।

"आधा बात में आधा ही पिलाएँगे बेटा। पहले बैठो थोड़ा देर।" सुंदर ने बिना रामदयाल की दुकान की तरफ देखते हुए कहा।

"हूँ... हम्म..." फूलचंद ने बस इसी तरह बिना कुछ बोले हल्की से मुस्की खोली और पान चबाता रहा।

गर्मी से तर-बतर फूलचंद एकदम जैसे ऊर्जा से भरा सिलेंडर लग रहा था, अंदर प्रोपेन और ब्यूटेन जैसे हिलोरें मार रही थीं। बेंच से लटके दोनों पाँव समेत पूरा बदन हिलाते-झुमाते हुए वह अभी कला के नौवों रस को कचर-कचर के रसपान का आनंद लेता प्रतीत हो रहा था।

"ऐ सुंदर दादा, और कहाँ गया उ दोगला रामदयलवा? आज बुलाइए न जरा उसको, जरा उससे पूछें कि कितना जानता है कोठी का किस्सा। बुलाइए साले को।" फूलचंद ने एकदम मस्ती भरे अंदाज में रामदयाल को आमंत्रित करने हेतु अपना हार्दिक ललकार व्यक्त करते हुए कहा।

अभी तक सुंदर ने फूलचंद की बातें तो सुनी थीं लेकिन उसकी तरफ बहुत ध्यान नहीं दे पाया था क्योंकि इसी दौरान वह कुछ ग्राहकों का उधारी हिसाब भी अपने खाते में चढ़ा रहा था। लेकिन अब जबकि फूलचंद के इस तेवर पर उसकी नजर गई तो पल भर में उसने फूलचंद के भीतर झूम रहे मस्त कलंदर को देख लिया था। उसे यह समझते तनिक भी देर न लगी कि फूलचंद गर्म चाय की इच्छा से पहले कहीं से कुछ शीतल भी डालकर आया है।

इतना सोचते हुए सुंदर जैसे ही निकलकर अपने काउंटर से बाहर आया, एक देसी खुशबू ने नथुने को छुआ और मामला पुष्ट हो गया। फूलचंद महुआ की तरह गम-गम गमक रहा था।

"अच्छा चाय मँगा रहे हैं। पहले ये लो, पान फेंककर कुल्ला कर लो।" सुंदर ने दुकान के दरवाजे के पीछे रखी पानी की बोतल उठाकर देते हुए कहा।

"बाह बिसलेहरी, बाह! अरे सिल भी टूटा हुआ है। दो नंबर रखते हैं क्या पानी आप?" फूलचंद ने बोतल एक हाथ से उठाकर पहले उसका ब्रांड देखा और ढक्कन खोलते हुए कहा। ढक्कन खुलते ही हाथ से फिसला और दुकान की चौखट से बाहर लुढ़कते हुए निकल गया। फूलचंद अकबक करते झटके में पीछे-पीछे ढक्कन की तरफ दौड़ा और इधर हाथ में रखी बोतल से पानी छलककर गिर गया। फूलचंद का फुलपैंट भीग गया था।

"अरे ओह तुम भी यार! अजब करते हो! जाओ पानी भर के लाओ पहले चापानल से। अभी भर के ठंडा पानी लाए थे और तुम गिरा दिए।" सुंदर ने पैर

से काउंटर के सामने गिरे पानी को काछते हुए कहा।

सुंदर को अभी इतना तो पता ही था कि आज फूलचंद अपने हृदय को महुआ के पवित्र प्राकृतिक रस से धोकर आया है, थोड़ा-मोड़ा हिलेगा-झूमेगा लेकिन आज दिल का सब बात बोल देगा, पक्का, कुछ रखेगा नहीं मन में।

फूलचंद भी पता नहीं आज क्या सोचकर एकदम मिजाज बनाकर ही आया था। बहुत दिनों से संशय में कितनी बातें दबाकर रखा था।

ठर्रा किडनीनाशी बहुत बाद में होता है, पहले तो वह संशयनाशी होता है। मन में कोई उलझन हो, भय हो, अनिर्णय की स्थिति हो, तो न दवा लीजिए, न सलाह लीजिए, ठर्रा लीजिए। एक पौआ ठर्रा एक बड़े निर्णय का मार्ग प्रशस्त कर सकता है। महुए का मदरस निर्णयन क्षमता को तेजी से विकसित कर देता है।

"लीजिए आपका बिसलेहरी ला दिए भर के। आह तनी मुँह हाथ भी धो लिए। अब फरेस लग रहा।" फूलचंद बोतल भर पानी लेकर वापस आते हुए बोला।

"चलो अब पिलाते हैं तुमको चाय। और सुनो, देखो रामदयाल के सामने कुछ मत कहना। आदमी बहुत थ्री-फोर है वह।" अब तो सुंदर जैसे पूरी कहानी सुनने को तैयार था।

"नहीं-नहीं, एक बार बुलाइए ना जरा उसको। उसका भी देख तो लें, कितना दुनिया का खबर रखता है साला। फूलचंद पासी से ज्यादा जानता है रे इलाका को?" फूलचंद बोलते-बोलते हाथ उठाकर मुट्ठी बाँध एकदम पुनः ललकारी मुद्रा में आ गया।

दृष्टि यद्यपि रामदयाल की दुकान की तरफ नहीं रखी थी। कनखी से एक दफे देख लिया था बस। देखा कि रामदयाल ग्राहक को चाय देने में व्यस्त था। फूलचंद ये देखकर फिर बड़बड़ाने लगा। सुंदर ने बिना किसी प्रयास से उसे दो-तीन बार चुप रहने को झिड़का और फूलचंद चुप होकर पलथी मार बेंच पर बैठ भी गया।

"ऐ सुंदर दादा, तो लीजिए सुन ही लीजिए आज समूचा गाथा। और हे, देखिए आपको किरिया रहा कि किसी को मत सुनाइएगा। आप पर भरोसा करके सुना रहे हैं, याद रखिएगा। और ऐसा बात बता रहे हैं आपको कि ओह! सुन

के पगला हो जाइएगा, बिसवास ही तो नहीं होगा।" फूलचंद ने सर्वप्रथम केवल भूमिका के ही बदले में बिना पूछे सामने रखे काँच के मर्तबान से मेंटोस की दो कैंडी निकालते हुए कहा।

सुंदर ने एक टेढ़ी नजर से उधर देखा तो जरूर, पर उस पर टोका कुछ नहीं।

"अबे लो अब सुनाओ यार। भोंसड़ी के, बड़का जैसे कोई दूसरे लोक का किस्सा सुनाओगे? इतना भी क्या नाटक कर रहे हो? बोलो भी अब जल्दी भाई।" सुंदर ने भी पता नहीं अबकी किस बात पर इतना चिढ़ते हुए कहा।

इसके बाद तो अब फूलचंद शुरू हो गया था। वह जैसे-जैसे एक-एक बात बताता जा रहा था, वैसे-वैसे सुंदर की आँखें बाहर की ओर निकलती आ रही थीं। सुंदर सुनते-सुनते कभी का अपनी ही दुकान की जमीन पर बैठ चुका था, उसे होश भी नहीं। लगभग 10 मिनट में फूलचंद ने घटना-दुर्घटना सारी बातें सुंदर को बता दी थी।

फूलचंद ने सुंदर भगत को अभी दूसरी दुनिया में ले जाकर पटक दिया था। छाती पर हाथ धरे ये सब सुन रहा सुंदर, अभी इधर वाली दुनिया में था ही नहीं। दूसरे लोक में चितांग पड़ा था।

"अरे बाप रे बाप! मतलब सेकेंड हैंड आदमी भी मिल रहा है? तुम पक्का अवध नारायण सिंह के बेटा को देखे हो?" सुंदर ने खुले मुँह को और खोलते हुए पूछा।

"अब आप भी गजब कर रहे। आप यह बताइए कि होगा यह सब जानकारी किसी को!" फूलचंद ने गुप्त खबरों के सबसे बड़े गुप्तचर की हैसियत से यह दावा किया।

"हाँ भाई किसके पास होगा! किसी के पास नहीं। हमारा तो सुन के साँस ऊपर-नीचे हो रहा है। तुम तो रोज देखकर आता है। अच्छा, ऐ फूलचंद, ठंडा पियोगे भाई? मिरेंडा?" सुंदर ने फूलचंद से ज्यादा शायद खुद को ही पूछा था।

"उँ...उँ...हम्म! आज तो ई सब का बाप पी लिए हैं सुंदर दा। लेकिन लाइए, मँगाइए, हमारे खातिर पेप्सी ले लीजिएगा।" फूलचंद ने अनमने अंदाज में अनिच्छा के साथ अपनी हार्दिक इच्छा कह दी।

सुंदर अपनी दुकान से निकल बगल वाली दुकान से पेप्सी की दो काँच वाली बोतल लुंगी में छुपाए झट से लेता आया। इधर-उधर देख भी रहा था कि

कहीं रामदयाल की नजर न पड़ जाए। रामदयाल ने भूतकाल में एक दो दफे ऐसी वारदात कर दी थी, जब वह सुंदर को ठंडे की बोतल लाता देख अपनी गर्म चाय चूल्हे पर छोड़ उसकी दुकान जा पहुँचा था।

सुंदर ने बड़ी सफाई से दोनों बोतलों के सटे हुए ढक्कन खोले जो वो दुकान से खुलवाकर लाया था। और फूलचंद की तरफ एक बोतल बढ़ाने से पहले अपनी दुकान की किवाड़ का एक तरफ का पल्ला धीरे से लगा दिया जिससे कि बाहर से किसी को भी भीतर दुकान में चल रहे शीतलपेयन कांड दिखे नहीं। फूलचंद किवाड़ की आड़ में था। उसने बिना कुछ बोले शांति से सुंदर के हाथों से बोतल लिया और घूँट-घूँट पेप्सी पीने लगा।

"जल्दी से पी लो, चाय मँगाएँ फिर। रामदयाल ऐसे भी आ ही जाएगा कौनौ बहाने। इसीलिए फटाक से पीकर खत्म करो।" सुंदर बाहर हुई किसी आहट से क्षण में ही जागृत होते हुए बोला।

"हाँ-हाँ लीजिए ना, ये लीजिए खतम... आह झाँस है, असली है ई।" फूलचंद ने सुंदर के वाक्य खत्म होते-होते बोतल एक ही साँस में गटककर खत्म कर दी। और इसके तुरंत बाद थोड़ा-सा लपककर किवाड़ का पल्ला खोला।

"देखिए-देखिए, इधर ही ताक रहा है साला। रुको चाय का भी बोल ही देते हैं।" पल्ला खुलते ही सुंदर झाँककर बुदबुदाया और जोर से आवाज लगाकर रामदयाल को चाय के लिए बोल दिया। करीब पाँच-सात मिनट में ही रामदयाल चाय की केतली लेकर अपने दुकान से उठा।

"आ रहा है, चाय ले के। बोतल बेंच के नीचे जरा पीछे ठेल दो लात से। और देखना, कोठी के बारे में एक भी शब्द नहीं बोलना है इसके सामने।" सुंदर ने पुनः आगाह करने के लिहाज से कहा।

"हाँ एकदम, इसको नहीं ही पता चले। साला पचास जगत ढोल पीट देगा।" फूलचंद ने भी सुंदर की कूटनीति को अपना समर्थन देते हुए कहा।

मतलब यह भी साफ था कि अब तक फूलचंद के दिमाग से महुआ का रस उतर चुका था। अब मन की पवित्रता पुनः दुनियादारी की धूल में सन होशो-हवास वाले मनुष्य की तरह मलिन हो गया था। तभी तो अभी कुछ ही देर पहले रामदयाल को भी बुलाकर चिल्ला-चिल्लाकर राज खोलने को व्यग्र प्राणी अचानक बात छुपाने को राजी हो गया था।

इतने में रामदयाल चाय लेकर पहुँचा। "यह रहा गरमा-गरम चाय। ठंडा पीने के बाद गर्म चाय के मजा ही कुछ और है।" रामदयाल ने जब केतली से प्लास्टिक कप में चाय भरते हुए यह कहा तो यकायक सुंदर और फूलचंद एक-दूसरे को देखने लगे।

सुंदर ने तो मन-ही-मन सोचा, 'साला! एकदम डायन वाला नजर है इसका, देख लिया था पेप्सी लाते हुए साला ठंडाखोर दलिद्दर!'

"ओह हमको हाफ ही दे दो हाफ।" सुंदर ने मन-ही-मन खीझते हुए कहा।

इसी बीच फूलचंद ने बेंच के नीचे अपने पैर टटोलकर पेप्सी की बोतल को थोड़ा और पीछे ठेलने की कोशिश की।

"अरे देख के फूलचंद भाई, बोतलवा फूट जाएगा, तो अभी बोतल का भी दाम देना पड़ जाएगा दुकनदार को।" रामदयाल ने बिना बेंच के नीचे की तरफ देखे ही कहा। फूलचंद यह सुनकर थोड़ा-सा झेंप गया।

"अरे ही ही ही... थोड़ा आज गर्मी बहुत था। लगा लू मार देगा, एही लिए ठंडा पिए।" फूलचंद ने उसी झेंपी हुई हँसी के साथ दाँत चियारकर कहा।

"हाँ पेप्सी तो काम करता ही है लू में। तुरंत पी लो तो राहत तो देता ही है। मतलब इसलिए तो जब तुम बोले कि लू जैसा लग रहा तो हम तुमको तुरंत कहे कि भाय जान बचाओ पहले... पेप्सी पी लो..." सुंदर ने भी बस कुछ बातों से बात को ढका भर ही था।

"हाँ, ठंडा त एसी का काम करता है। हम तो दिन भर गर्म चूल्हा के ही सामने भट्टी जैसा जलते रहते हैं। हमको कहाँ लगता है गर्मी! आप लोग सुकुमार हैं महराज। खैर छोड़िए एक बात बता देते हैं, सुन के और गर्मी लगने लगेगा। दू लीटर कोका कोला पीना होगा फिर।" रामदयाल ने जोर से केतली को काउंटर पर रखते हुए कहा।

"क्या बात? बताओ न।" सुंदर और फूलचंद के मुँह से एक साथ निकला।

"यही की कोठी में चमत्कार हो रहा है। कोई एक बुढ़वा अँग्रेज रहता है। प्रेत का सिद्धि है। मरा हुआ आदमी को जिंदा कर देता है। बहुत लोग वहाँ जाकर मरा हुआ आदमी को जिंदा करा के लाया है। अब देखिए क्या-क्या होगा कलयुग में। हम तो जब से सुने हैं, पीछे फट गया है हो बाबू मेरा। सोचे आप लोगों का भी दिमाग फरेस हो जाए। बता दिए।"

रामदयाल ने इतना कहा और बिना रुके केतली उठाकर चल दिया। लेकिन यह सुनते ही फूलचंद को तो लगा जैसे पिया हुआ पेप्सी बाहर आ जाएगा। फूलचंद लगातार बस रामदयाल को जाता देख रहा था और सुंदर लगातार फूलचंद को। उसका चेहरा पीला, हरा, लाल सब एक साथ हुआ पड़ा था। अभी-अभी एक सनसनीखेज गुप्तचर के रूप में आए फूलचंद में अब एक गुप्त रोगी नजर आ रहा था सुंदर को। सुंदर अब नजर घुमाकर खाली हुई ठंडे की बोतलें देख रहा था।

6

डेनियल की कोठी वाली बात अब कानो-कान चलते हुए कई जोड़ी कानों तक तो पहुँच ही चुकी थी। आस-पास के गाँवों में भी कुछ लोग इसके बारे में सुनी-सुनाई बातें सुन चुके थे। जो भी चर्चा थी, बहुत ठोस आधार पर भले न थी, लेकिन थी जरूर। एकाध में से कोई-कोई तो खुद जाकर देख आने तक का दावा भी कर देता था। पर रामदयाल चाय वाले को तो ये सब बातें वास्तव में चौकीदार भागवत हाजरा से ही पता चली थीं। भागवत हाजरा को भी किसी माध्यम से यह भनक लगी थी और वो कई दिनों से इसकी सत्यता जाँचने के अपने निजी अभियान के कारण रेकी में लगा हुआ था, लेकिन यह अलग बात थी कि कभी भी खुद से उस कोठी पर जाने की हिम्मत नहीं जुटा पाया था।

भारतीय पुलिस व्यवस्था में गाँव का चौकीदार पुलिस वरीयता क्रम में कहीं नहीं गिना जाता था। और यह भी शायद ही किसी को ज्ञात हो कि इसे वेतन कितना मिलता था। वेतन मिलता है भी कि नहीं! कई लोग तो इसे नौकरी भी नहीं मानते थे गाँव देहात में। लेकिन ग्रामीण सामाजिक व्यवस्था में किसी भी पुलिसिया गतिविधि का जनक स्रोत यह चौकीदार ही होता था। एक चौकीदार वह महत्त्वपूर्ण अदृश्य अनिवार्य जीवाणु होता था जिसके कारण ही किसी केस की दही जमती थी।

चौकीदार मतलब गाँव देहात में पुलिस प्रशासन की सबसे विश्वसनीय आँख। ये अलग बात थी कि भारतीय पुलिस व्यवस्था की ये आँख हमेशा फूटी

हुई रही। इसको दुरुस्त रखने के लिए न कभी सुरमा दिया गया, न कोई चश्मा। पुलिस प्रशासन इन आँखों पर पानी का छींटा मार इसे खोले रहता। इलाके की हर अच्छी-बुरी घटना पर चुपके से खैनी रटाकर जेम्स बांड की भाँति नजर रख उसे थाने पर बताना इनका खानदानी दायित्व होता था। चौकीदारी का पेशा पुलिस प्रशासन इकाई की नाक भी कही जा सकती थी। चौकीदार ही वह नाक होता जो गाँवों में दिन-रात सटा रहता और कुछ भी गंध-दुर्गंध सूँघकर उसे थाने में छिड़ककर आना होता था।

चौकीदार भागवत हाजरा की थाने में बुलाहट थी। दारोगा जोगी सिंह ने आज सुबह-सुबह ही किसी सिपाही से फोन करवाकर चौकीदार हाजरा को याद किया था।

सुबह के करीब 9 बजे होंगे। भागवत हाजरा साइकिल का पैडल मारता हाँफता हुआ थाने पहुँचा। थाना पहुँचकर साइकिल को अहाते की दीवार से टिकाया और सबसे पहले कोने वाले चापाकल पर जाकर पानी मारकर मुँह-हाथ धोया। फिर सिर पर बँधी गमछी को खोलकर उससे चेहरा पोंछा और उसे अपने बाएँ कंधे पर ले लिया। तभी किसी सिपाही ने वहाँ साइकिल पर डंडा मारते हुए पूछा, "अरे ई साइकिल किसका है जी ?"

सिपाही ने अपने थाने की चुस्त-दुरुस्त अभेद्य सुरक्षा चक्र के मेंटनेंस के लिहाज से अचानक अहाते में आ खड़ी हुई एक साइकिल को देखकर बेहद सावधानीयन अंदाज में बतौर जाँच ही ऐसा किया था। सिपाही ने तुरंत दूसरी बार थोड़े और जोर से डंटा बजाया।

साइकिल पर डंडा पड़ते ही झन-झन झन-झन की आवाज सुनकर चौकीदार भागवत हाजरा पीछे मुड़ा। उसकी सदियों पुरानी साइकिल के आगे हिस्से में पड़े लाठी से पिछले हिस्से का मडगार्ड लोहे का चूर्ण गिरा चुका था।

"अरे सर ! ए सिपाही बाबू हमारा है, हमारा। हम चौकीदार भागवत हाजरा, दारोगा बाबू बुलाए हैं।" चौकीदार भागवत हाजरा साइकिल की तरफ तेजी से लौटते हुए बोला।

"का भाई ? अरे कम-से-कम ताला तो रखो साइकिल में। बिना लॉक किए फेंक के जा रहे।" सिपाही ने चलते-चलते कहा और पान थूकता हुआ वापस चला गया।

इस पर जवाब में भागवत हाजरा ने तत्काल सिपाही से कुछ कहा तो नहीं लेकिन कुछ मन-ही-मन सोचकर छप्पन-सत्तावन की उम्र में भी चौकीदार भागवत हाजरा का पचका हुआ सीना तावे पर छटपटा रहे पराठे जैसा आधा फूला और चेहरे पर मुस्कान तैर गई।

भागवत हाजरा ने आज तक अपने साइकिल में ताला नहीं लगाया था। उसका कहना था कि किसी चोर की माँ ने इतना अभागा बेटा जन्मा ही नहीं होगा जो चौकीदार भागवत हाजरा की साइकिल चुराकर अपनी बर्बादी को न्योता दे। इसी शाश्वत दर्शन को पुनः याद करने पर भागवत हाजरा को उस नादान सिपाही पर हँसी आई और तरस भी।

बस यही सब मन-ही-मन विचारते-मुस्काते भागवत हाजरा ने हँसकर एक बार साइकिल के हैंडल पर हाथ फेरा और झटककर दारोगा के कार्यालय कक्ष की ओर बढ़ा। कार्यालय के बाहर वाले बेंच पर करीब 40 मिनट बैठने के बाद उसे अंदर दारोगा जोगी सिंह ने याद किया।

जोगी सिंह अभी कुछ महीने पहले ही नयी तैनाती पर आए थे। यही कोई पैंतालीस-छियालिस की उम्र रही होगी। लंबी-चौड़ी कद-काठी लिए गौरवर्णी काया के स्वामी जोगी सिंह की नाक के नीचे घनी मूँछों का गुच्छ चेहरे के रौब को दारोगा के लेवल से ऊपर उठा देती थी। जोगी सिंह जब कभी मोबाइल को छोड़कर दोनों हाथों से मूँछ की छोर ऐंठते तो उन्हें भीतर से अतिरिक्त मर्दानगी का एहसास प्राप्त होता और चेहरा और भी ज्यादा दमकता महसूस होता। भले सामने वाले को वो केवल बालों के समूह को बेमतलब मरोड़ते हुए एक अजीब-सी बिना काम की हरकत करते हुए आदमी ही दिखते।

ये भी क्या अजब-गजब बात थी कि मूँछ स्त्रीलिंग थी और पुरुष उसका प्रदर्शन कर मर्दानगी दिखाता था। इसका दूसरा पक्ष तो अजीब के साथ विडंबना का भी था कि सदियों से स्त्रीलिंग मूँछ को मरोड़कर पुरुष मर्दानगी दिखाते आए हैं। काश समाज इस संकेत के अर्थ को पकड़ पाता और मूँछों को पुरुषों की ऐंठन से मुक्त कर पाता।

फिलहाल कक्ष के अंदर दारोगा जोगी सिंह टेबल पर लात चढ़ाए हाथ में मोबाइल लिए उसकी स्क्रीन पर तर्जनी रगड़ रहे थे। चौकीदार के प्रवेश करते ही एक नजर उसकी ओर देखा और मोबाइल को तत्काल टेबल पर रखकर कुर्सी

पर आगे की ओर आए।

"क्या जी चौकीदार, यही सब करते हो? पुलिस-प्रशासन में हो के अंधविश्वास को बढ़ावा देते हो? क्या-क्या फैला रहे हो गाँव में? क्या है वो कोठी वाला नौटंकी? क्या देख लिए तुम?" भागवत के भीतर पाँव रखते ही दारोगा जोगी सिंह ने एकदम से दारोगा जितना ही गंभीरता और गुस्से से पूछा।

"नहीं-नहीं हुजूर, नहीं सर, सर एकदम सही बात है। हमारे पास गवाही है हुजूर। वहाँ खेला चल रहा है। अ...अ...मरा लोग को जिंदा कर देता है ऊ आदमी। एक पैसा झूठ बात नहीं है सर। हाँ, अजूब्बा जरूर है। अब बात ही ऐसा है कि कोई जल्दी बिस्वास ही नहीं करेगा।" भागवत हाजरा ने पूरे यकीन के साथ कमर से गर्दन तक का हिस्सा झुकाते हुए कहा।

"का? हा-हा-हा... मने हम चौकीदार से सीधे दारोगा बहाल हुए हैं क्या जी? कोई कॉमनसेंस नाम का चीज है कि नहीं तुममें? बूढ़ा गए हो और एक जरा भी अकल नहीं! तुम जो कहोगे हम मान लें? हम तुमको चौकीदार ही दिखते हैं क्या?" दारोगा जोगी सिंह चौकीदार की बात पर झल्लाकर बोला।

भागवत हाजरा को तो समझ नहीं आ रहा था कि क्या करे। वो तो मन-ही-मन सोच रहा था कि उसकी इतनी बड़ी जानकारी वाली बात को यहाँ तो हल्के में लिया जा रहा है।

"हुजूर, एक बात, अगर कोठी का बात गलत हुआ तो नौकरी से इस्तीफा दिलवा दीजिएगा सर। सस्पेंडिंग कर दिया जाएगा हमको हुजूर, पर एक बार चलकर देख तो लिया जाए।" बेचैन चौकीदार भागवत हाजरा ने सीधे इस बार कर्तव्य पथ पर अपनी खानदानी चौकीदारी न्योछावर करते हुए कहा।

चौकीदार भागवत हाजरा की इस बात को सुनते ही दारोगा जोगी सिंह जोर से हँस पड़ा। चौकीदार हाजरा ने शायद अपने जज्बाती बयान से गुदगुदवा दिया था। दारोगा जोगी सिंह की तो हँसी ही नहीं रुक रही थी। फिर धीरे-धीरे हँसी को नियंत्रित किया और टेबल पर रखे पानी का गिलास उठाकर चौकीदार भागवत हाजरा की तरफ बढ़ाया।

"हा-हा-हा... अरे भाई चौकीदार! हा हाहा... अच्छा लो पहले पानी पी लो, थोड़ा शांत हो जाओ। देखो एक तो तुम को समझना चाहिए भाई कि चौकीदारी साले कोई नौकरी है ही नहीं। और चलो मान लिए कि है तो ये बताओ कि

तुम्हारी नौकरी में ऐसा है ही क्या जो इस्तीफा दोगे? ये सब साला चौकीदारी-फौकीदारी भी कोई नौकरी है! ऊपर से तुम इतना जोश में रहते हो इस बुढ़ारी में। अच्छा चलो, अब जब तुम अपना बचल-खुचल चौकीदारी भी दाँव पर लगाने को तैयार हो तो हम भी एक दफे कोठी घूम ही आएँ।" जोगी सिंह यह कहते हुए कुर्सी से उठा, और उठकर बरामदे की तरफ बढ़ने लगा। पीछे-पीछे चौकीदार हाजरा भी।

"जी... तब किस दिन आ रहे हैं हुजूर? हम रेडी रहेंगे। रात में छापा मारा जाए पहले।" चौकीदार भागवत हाजरा ने बेहद उत्साहित मन से कहा।

"ओ मतलब अब पुलिस और दारोगा को प्लान और योजना भी तुम ही बताओगे! शौक तो एसपी वाला है तुम्हारा? मतलब अब चौकीदार हमको गाइड करेगा! अरे क्या फील्डिंग होता है पुलिस का, हम जानेंगे कि तुम! ऐ चौकीदार, सुनो तुम हमको थोड़ा ठीक से जान लो और एरिया में बता भी दो कि हम पहले का जैसा, दौड़ के बहाली लेने वाला लंठ दारोगा नहीं हैं। हम यूपीएससी का स्टूडेंट रह चुके हैं समझे! किस्मत थोड़ा साथ देता तो एसपी होते इसी जिला में। इसलिए हमारे सामने थोड़ा होशियारी कम ही दिखाया करो। हम तो एसपी का भी लोड हिसाब भर ही लेते हैं। अरे देखा जाए तो बस एक एग्जाम का ही तो फर्क है दारोगा जोगी सिंह और एसपी में।" दारोगा जोगी सिंह ने अपने भीतर के प्रतिभा संपन्न पुलिस कप्तान की गुप्त पदस्थापना के बारे में बताते हुए कहा।

"हम सब समझ गए सर। हम आपको एसपी साहब समझ के ही काम करते हैं। हमारे लिए कोई दूसरा नहीं है हुजूर।" इस बार वास्तव में चौकीदारी का जीवन पर्यंत अनुभव बोला था भागवत हाजरा के मार्फत। चौकीदार भागवत हाजरा इस बार दारोगा जोगी सिंह की उम्मीद से कई गुणा ज्यादा समझ गया था। इसलिए दारोगा जोगी सिंह ने चौकीदार की इस बात पर हँसी नहीं, स्माइल दिया और अपनी बुलेट पर बैठकर जोर का किक मारा। लगभग साढ़े चार-पौने पाँच फीट के ठिगने से चौकीदार भागवत हाजरा ने पैर पटककर जय हिंद कहा और कलेजा चौड़ा कर वापस अपनी साइकिल की तरफ जाने को मुड़ा।

आज चौकीदार भागवत हाजरा के लिए दुनिया के सबसे अनोखे केस के मिशन की शुरुआत थी। संसार के शायद किसी भी चौकीदार के खाते में इतना

हैरतअंगेज केस न आया होगा, यह सब मन में सोचता हुआ भागवत हाजरा साइकिल तक पहुँचा। सामने दिखा कि दीवार पर एक दिल का चित्र बना था जिस पर पिंटू और चंदा लिखा हुआ था। थाना आए किसी जरूरतमंद दिलजले ने कभी न्याय की आस में दारोगा का इंतजार करते-करते गिट्टी-सीमेंट खोद-खोदकर अपना दिल दीवार पर निकालकर रख दिया होगा।

भागवत हाजरा ने एकदम सटकर दिल के भीतर बने तीर की नोंक और पूँछ से लगे दोनों नाम मन-ही-मन अभी पढ़े ही थे कि तभी अचानक उसे ध्यान आया कि, 'अरे हाय! साला साइकिल?'

भागवत ने एक ही बार में चारों तरफ गर्दन घुमाते हुए तेजी से सब ओर देखा। साइकिल सच में कहीं नहीं थी। अब तो लगा कि जैसे दीवार वाला तीर छाती में आकर गड़ गया। भागवत हाजरा बिना हिले हाँफने लगा। लगा अब मूर्छित हो गिर जाएगा। अपना सीना पकड़कर इधर-उधर कभी दो कदम आगे जाए तो कभी दो कदम पीछे। उसे लगा कि जैसे चक्कर न आने लगे।

वह जोर से चिल्लाया, "अरे, अरे हमारा साइकिल के ले गया रे भाई? अरे थाना के भीतर से!"

उसकी आवाज सुनकर बाहर से भीतर जा रहे एक सिपाही ने उससे पूछा, "अरे का हुआ भाई? मिर्गी काहे उठ गया जी?" इतनी सहजता से इतनी आत्मीयता के साथ केवल भारतीय थाने में ही सवाल पूछा जा सकता था।

"अरे-अरे, थाना से हमारा साइकिल चोरी हो गया। बताइए थाना के भीतर से! अरे क्या जुग आ गया? बताइए डायरेक्ट थाना से, उ भी हमारा? एक चौकीदार का साइकिल?" लगभग रो देने के हाल में जोर-जोर से कलपता हुआ बोलता जा रहा था भागवत हाजरा।

देश के लाखों-करोड़ों लोगों का कब का ही इस सिस्टम से भरोसा उठ चुका था, चौकीदार भागवत हाजरा का अभी-अभी उठा था। वह भी तब जब एक चौकीदार की ही साइकिल सीधे थाने से उठ गई। भागवत हाजरा को इतना परेशान देखकर दो-तीन सिपाही वहाँ जुट गए। एक ने कार्यवाही भी शुरू करते हुए पूछा, "कैसा साइकिल था?"

"अजी चालीस साल हो गया। आज ही का नहीं है। हमारे बाप का खरीदा हुआ साइकिल था। वह भी चौकीदार थे।" भागवत हाजरा ने साइकिल का

ऐतिहासिक महत्त्व बताते हुए कहा।

"ओ मने टीपू सुल्तान का घोड़ा था! खानदानी निशानी था मतलब। बढ़िया बात है। ताला लगाए थे?" एक और सिपाही ने पूछा। यह प्रश्न भागवत की खानदानी चौकीदारी के इतिहास पर कलंक जैसा लगा था। चालीस साल से जिस साइकिल में ताला लगाने की जरूरत न पड़ी, आज थाने में खड़ा होकर यह सुनना पड़ा था भागवत हाजरा को।

"देखिए सिपाही बाबू, तीन पीढ़ी का चोर देख लिए। आज तक किसी के आँख का पानी इतना नहीं मरते देखे कि एक चौकीदार का साइकिल चुरा लेगा कोई, वह भी थाना से डायरेक्ट। अब थाना में भी ताला लगाना होगा?" भागवत हाजरा ने चोरी जगत की नैतिकता और चोर-पुलिस आपसी लोकाचार की लाज पर भरोसे के सहारे कहा।

"थाना में ताला नहीं का क्या मतलब होता है जी? थाना क्या देश से बाहर है? अमेरिका में है यह वाला थाना? क्या अनरगल बात करते हो भई? चोर के लिए सब जगह समान होता है, समझे भाई साहब। इतना लापरवाह रहिएगा तो यही सब होगा।"

एक सिपाही ने यह कहते हुए समानता का नया सिद्धांत गढ़ दिया था, 'क्या थाना? क्या मंदिर या मस्जिद? चौर्यक्रिया तो एक स्थाननिरपेक्ष वृत्ति है और यह बिना किसी भेदभाव के कहीं भी संपन्न हो सकती थी।'

"हुँह, छोड़िए। ऐसा नहीं होता है। पुलिस के घर में चोरी? ई व्यवस्था है कोई? छोड़िए-छोड़िए, बहुत चोर देखे हैं।" चौकीदार भागवत हाजरा ने बड़े दर्द के साथ बुदबुदाते हुए भारी कदमों के साथ बाहर की ओर जाते हुए कहा।

"आजकल आँख में बिना पानी वाला चोर भी आ गया है मार्केट में। वो सब लोकलाज नहीं सोचता है इतना, समझे चौकीदार!" पीछे से एक लगभग शुभचिंतक टाइप बुजुर्ग से अनुभवी सिपाही ने अपना अनुभव चिपका दिया।

भागवत हाजरा रोते हुए हृदय से भारी-भरकम दुख लिए धीरे-धीरे कदमों से दो-चार-दस कदम निकल चुका था। मन में लगातार सोच रहा था, 'किसका मुँह देख लिए थे सवेरे-सवेरे आज? साला अपना ही देख लिए थे क्या? आज जा के पहले चौकी के माथा तरफ दीवार पर लगल आईना फोड़ देंगे।' मन में यही सब भावुक बातें चल रही थीं कि सामने गाँव की तरफ जा रही एक ऊपर-नीचे

सवारी लदी टेंपो आई। चौकीदार हाजरा दौड़कर किसी तरह उस में लटका। इतने में कंधे से गमछी सरक गई। भागवत जोर से ड्राइवर को आवाज लगाते हुए चिल्लाया। उसके साथ-साथ पाँच-दस सवारियाँ भी चिल्लाने लगीं। कस्बों-गाँवों की गाड़ी-सवारी में अक्सर लटके हुए सहयात्री इतना सहयोग करते ही हैं।

चिल्ला-चिल्ली सुन टेंपो ड्राइवर ने जोर से ब्रेक मारा। चौकीदार हाजरा लटके हुए से खुद-ब-खुद कूद गया था। दो-तीन और सहयात्री भी लद से नीचे फेंका गए। चौकीदार ने दौड़कर गमछा उठाया। तब तक फेंकाए हुए सहयात्रियों ने हाथ-देह झाड़ लिया था। इससे लटके-लटके जो हाथ-देह का दर्द होता था, उससे आराम मिल जाता था थोड़ा। इसलिए इस तरह गाड़ी से फेंका जाना और कूदकर फिर लटक जाना, बड़ा राहत देता था यात्रियों को। अब सभी एक बार फिर टेंपो पर लटके।

ड्राइवर ने बगल से गरदन निकाल पैसेंजर को गमछा उठाकर लटकते देखा और गुटखा थूकते हुए बुदबुदाया, "ओ समियाना गिर गया था, वही उठा के समेटा साला।" इतना बोलकर टेंपो बढ़ा दिया।

कुछ दूरी पर जाकर टेंपो के ड्राइवर ने खुद उतरकर एक-एक कर सब से किराया लेना शुरू किया।

"अरे बाबू, हम चौकीदार हैं। थाना आए थे, दारोगा साहब बुलाए थे। जरूरी मैटर में आए थे।" भागवत हाजरा ने अपनी बारी आने से पहले ही लटके-लटके ही थोड़ी गरदन लंबी कर ड्राइवर को बेहद जरूरी सूचना दे दी। वो भी एकदम अभिभावकीय अंदाज में। ड्राइवर पसीने से तरबतर मस्तमौला अंदाज में किराया वसूल रहा था। लेकिन भागवत हाजरा की आवाज कान में जाते ही उसने एकदम टेढ़ी नजर से उसकी तरफ देखा और पल भर कुछ सोचने के बाद अचानक आक्रामक हो गया।

"उतर साले, उतर... साले, फ्री में जाने का आदत बना लिया है पब्लिक। थाना प्रभारी और थाना का धमकी देता है। साला बिना थाना में पैसा दिए चला रहे हैं क्या हम टेंपो!" टेंपो ड्राइवर भागवत हाजरा की पैंट खींचता हुआ बोला।

ज्यादा जिरह के फेर में फुलपैंट फट न जाए, एक ही क्षण में यह सोचकर त्वरित निर्णय लेते हुए भागवत हाजरा ने टेंपो से हाथ ढीला किया, गद से कूदा और हाथ झाड़कर खड़ा हो गया। टेंपो ड्राइवर ने उसे पीछे धकेला और बाकी

लोगों से किराया लेने के बाद जाकर टेंपो स्टार्ट कर निकल गया।

भागवत हाजरा फिर मन-ही-मन सोच रहा था, 'साला वर्दी पहनकर आना चाहिए था। रामदयाल ठीक ही बोलता है, शक्ल से हम मास्टर लगते हैं चौकीदार लगते ही नहीं हैं। तब तो आज यह दुर्गति हुआ।'

इसी तरह अपने चेहरे और व्यक्तित्व सहित आज के संपूर्ण दिवस को कोसते हुए वह पैदल ही घर को निकल आया। साइकिल चोरी की एफआईआर भी नहीं लिखवाई थी क्योंकि इससे बतौर चौकीदार उसका रुतबा गिरता। रास्ते में गाँव की ही तरफ जाती उसे एक जानी-पहचानी मारुति वैन दिखाई दी जिसे उसने हाथ भी दिया लेकिन वह नहीं रुकी। वैसे भी टेंपो से धकेलकर उतारे आदमी के हाथ देने से कार कहाँ रुकने वाली थी।

इधर सुंदर की दुकान पर फूलचंद आज बिना किसी तय समय के पहुँचकर बेंच पर पलथी मारे बैठा हुआ था। सुंदर उसे बड़ी देर से शायद कोई बात समझा रहा था।

"बात तो आप सही बोले हैं कि हम अब क्या बताएँ। मेरा तो जीवन का अरमान ही पूरा हो जाएगा सुंदर दा। हम तो सोचे भी नहीं थे कि हम खुद अपना बच्चा ले आ सकते हैं वहाँ से खरीद के।" फूलचंद ने बेहद उत्साहित मन से कहा था।

वर्षों बाद इस तरह के भाव खिलकर उभरे थे फूलचंद के चेहरे पर। एक बार फिर से उसे खोया हुआ बेटा मिल जाएगा इस कल्पना भर से ही न जाने कितने अरमानों से भर गया था फूलचंद।

"यह सच में हो जाएगा ना सुंदर दा? वहाँ सच में बच्चा मिल जाएगा ना?" बेंच से उतरकर इस बार बेहद भावुक हो सुंदर का हाथ पकड़कर कहा था फूलचंद ने।

"कैसा बात कर रहे हो तुम फूलचंद? अब तुमसे ज्यादा कौन जानता है ये बात? तुम तो रोज ही अवध नारायण सिंह के बेटा को देख रहे हो ना? फिर क्या शंका? कोई शंका ही नहीं। एकदम मिल जाएगा वहाँ तुम्हारा भी बेटा।" सुंदर ने भी बहुत अपनेपन से फूलचंद के भरोसे को भरोसा देते हुए समझाया। अभी फूलचंद की आँखें डबडबा आई थीं। इसमें यादों की बूँदें भी थीं और अकल्पनीय उम्मीद का पानी भी। लगभग तीन-साढ़े तीन वर्ष का वह फूल-सा

खिलता-चहकता बच्चा अचानक उन्हीं आँखों में नाच गया था फूलचंद के।

"लेकिन सच कहते हैं कि एक ठो बढ़िया डॉक्टर होता ना गाँव में तो बेटा हमारा जिंदा होता सुंदर दा।"

जब भी बेटे की याद आती यह बात जरूर कहता था फूलचंद। सुंदर ने भी मन-ही-मन अंदाजा लगाया कि लगभग हजारों बार, हजारों बार इस बात को कह चुका है फूलचंद। काश! उनकी यह बात उन लोगों ने भी सुनी होती जिन्हें वास्तव में ये सब सुनने के लिए चुना गया होता है, जिनके पास सामर्थ्य भी होता है और डॉक्टर भी।

कई बार आवश्यकताएँ ऐसे ही बुदबुदाते हुए दम तोड़ देती हैं और व्यवस्था बेखबर रहती है।

"अब तुम ई डॉक्टर-डॉक्टर वाला रट भूल जाओ। डॉक्टर को छोड़ो, देखो न अब तो चमत्कार ही आ गया गाँव। अब चलो ना उसके पास चलते हैं। चिंता क्या करना अब!" सुंदर ने काँच वाले मर्तबान से एक मेंटोस निकाल उसकी तरफ बढ़ाते हुए कहा।

जहाँ बुनियादी सुविधाएँ स्वप्न सरीखे हो जाए वहाँ चमत्कार से ही आस रहती है और यह देश चमत्कारों का ही था।

फूलचंद ने रैपर फाड़ मुँह में कैंडी डाला और कुछ देर चुप रहा। पर मन अभी बहुत गति से दौड़ता प्रतीत हो रहा था। अचानक एक पड़ाव पर ठहरा और उसे सहसा कुछ याद आया।

"लेकिन एक बात और है सुंदर दा कि इसमें पैसा बहुत लगता है। बेहिसाब पैसा, मनमाना एकदम। इतना पैसा कहाँ से लाएँगे!" फूलचंद ने धीरे-धीरे सिकुड़ती हुई मुस्कुराहट के साथ कहा।

"का? अरे हो जाएगा जुगाड़ मर्दे। पैसा तो लगता ही है, ई बात तो सही ही है। हम जानते हैं। लेकिन चिंता ना करो। हम हैं न! साला बहुत होगा तो खेत बेच देना। बेटा से बढ़कर थोड़े है खेत। इतना काहे सोचते हो?" सुंदर ने अपने हिसाब से समझाते हुए कहा।

धरती हमारे लिए माँ समान कही जाती थी और मनुष्यता के इतिहास में इस धरती माँ ने अपने बच्चों के लिए हमेशा अपने को दाँव पर लगाया था। कई बार इंसानों ने अपने सुख-सुविधाओं के लिए जमीनें बेचीं, खेत बेचे तो कभी

आने वाले बाल-बच्चों के भविष्य के लिए। हर बार बिकना धरती माँ को ही था।

लेकिन यह सिक्के का केवल एक पहलू था। ग्रामीण जीवन की जड़ में खेत ही था। कई दफे इसी धरती माँ के लिए बेटों भाइयों की हत्या तक देखती थी दुनिया।

इस मुल्क में खेत की मेड़ों पर न जाने कितने लोगों के लहू के धब्बे भी माटी में सने मिल जाएँगे।

ये एक अकाट्य तथ्य था कि जब कोई व्यवस्था नहीं साथ हो तो यही खेत सदियों से अपने बच्चों को पालते आए थे। आदमी अपनी जान की कीमत पर भी खेत बचाता था। उसे यही आसरा होता था कि उसके बाद भी आगे की पीढ़ी खा-जी सकेगी क्योंकि उनके पास पुरखों का बचाया खेत है।

फूलचंद खेत बेच देने की बात इतनी आसानी से नहीं सोच सकता था जितनी आसानी से सुंदर बोल सकता था।

"खेत? हाँ खेत तो लास्ट में उपाय है ही सुंदर दा। पहले बात तो हो जाए उस कोठी वाले अँग्रेजी तांत्रिक बुढ़वा से।" फूलचंद ने वापस बेंच पर जाकर बैठते हुए कहा।

"तुम दिमाग से पैसा का टेंशन निकाल दो। हम समझ रहे हैं कि तुम सोच रहे कि अभी अचानक खेत का ग्राहक कहाँ मिलेगा। उसमें भी तुम्हारा खेत ढलान पर है जहाँ पानी का दिक्कत है। मेन रोड से भी दूर है, उपज भी कम है। अब ऐसे में खेत तुम्हारा खरीदेगा कौन। यही सब सोच चिंता में हो ना?" सुंदर को लगा जैसे वह फूलचंद के भीतर से टहलकर निकल आया हो।

"हा-हा-हा... अभी ई सब बात हम कहाँ सोचे हैं सुंदर दा! इतना दूर तो अभी दिमाग ही नहीं गया है हमारा।" फूलचंद ने अपने मन का सच कहा।

"ओह हम कह रहे हैं कि आगे यही सब दिक्कत होगा ना तो इसका चिंता अभी ही खत्म कर देते हैं न। आखिर हम तुम्हारा दोस्त हैं, कब काम आएँगे! आँय बोलो। तुम हम से पैसा ले लो। जाओ जैसा भी खेत है हम बर्दाश्त कर लेंगे।" कृष्ण ने अचानक सुदामा के जमीन की कीमत लगाते हुए कहा।

फूलचंद के चेहरे पर अभी थोड़ी-सी हँसी जरूर तैरी लेकिन कोई भी भाव स्पष्ट नहीं थे। एक साथ कई भाव आ और जा रहे थे। वो बस चुपचाप उसी तरह हल्की-सी मुस्कुराहट लिए सुंदर की तरफ देख रहा था। वह शायद पहली

बार अपने दोस्त में एक तैयार खरीदार देख रहा था। मित्रता में क्रेता देख कतई अच्छा तो नहीं ही लगता होगा। एक मित्र दूसरे मित्र से कुछ खरीद भले ले लेकिन उसे एक खरीदार तो दिखना नहीं ही चाहिए। खासकर तब जब बेचने वाला एक मजबूर विक्रेता दिखे।

7

आज सिलेंडर खत्म था, और कमर भी ढीली थी। ऐसे में तुरंत सिलेंडर कौन खरीदता भला! इसलिए रामदयाल ने अभी थोड़ी देर पहले ही दुकान खोलकर चूल्हे में कोयला डाला था। आस-पास धुआँ-ही-धुआँ भरा हुआ था। इस धुआँधार अवसर पर अगल-बगल के तीन-चार दुकानदार अपनी-अपनी दुकान पर ही आँखें मलते हुए वहीं से रामदयाल को गरियाकर पानी पी चुके थे। इसी बीच हाथ से धुआँ छाँटते, आँख मिचमिचाते सामने बेंच पर आकर कोई बैठा।

"अरे आप? आज पैदले? आपका खानदानी बुलेट कहाँ गया?" रामदयाल ने जोर से पंखा हिलाकर धुआँ हटाते-हटाते बेंच की तरफ देखते हुए कहा।

"अब क्या बताएँ! कोई विश्वास नहीं करेगा। हमको खुद अभी तक विश्वास नहीं। तुमको भी नहीं होगा।" चौकीदार भागवत हाजरा ने कपार खुजलाते हुए कहा।

"हमको हो जाएगा, बताइए ना। बाप रे, ऐसा क्या हो गया भागवत काका?" जिज्ञासु रामदयाल अब चूल्हे के पास से उठकर बेंच की तरफ आते हुए बोला।

भागवत हाजरा ने पीड़ा और संकोच के बराबर अनुपात के साथ दनादन उसे अपनी साइकिल चोरी वाली घटना बता दी।

"नहीं काका, ई हमको तो सही में विश्वास नहीं हो रहा। असंभव है। कौन चोर उठाएगा आपका साइकिल! चोर कोई विदेश का होता है क्या! लोकल चोर

ऐसा करेगा! इस जनम में तो नहीं ही।" रामदयाल ने दाएँ-बाएँ गर्दन डुलाते हुए चोरों की तरफ से गारंटी लेते हुए कहा।

"वही तो! लोकल चोर लिहाज करता है, एक इज्जत है हमारे लिए ऊ सब के मन में। हम भी कदर करते ही हैं सबका। सो वो लोग नहीं करेगा ऐसा। हमको तो लगता है कि कहीं कोठी के भूत-प्रेत का तो खेला नहीं? क्योंकि हम उसके पीछे लगे हैं तो हो सकता है हमरे पीछे ऊ लग गया हो? लेकिन साला ये बात भी कहें किस से? कोई विश्वास ही नहीं करेगा।" चौकीदार भागवत हाजरा ने चोरों के चरित्र पर भरोसा करते हुए इसे भूत-प्रेतों की बदमाशी बताते हुए एक भूतिया अनुमान लगाते हुए कहा। उसका मन यह मानने को तैयार ही नहीं था कि कोई चोर चौकीदार का कुछ चोरी करेगा। इतना भरोसा कलयुग में भौजाई को देवर पर नहीं था।

"बस बस यही बात, सेम टू सेम हम भी यही बात सोच रहे थे। लेकिन फिर सोचे कि आप विश्वास करिएगा कि नहीं।" रामदयाल ने भी चौकीदार के भूत में अपनी तरफ से भी एक भूत जोड़ते हुए कहा।

सुबह-सुबह रामदयाल की दुकान पर ग्राहक एक नहीं लेकिन भूत दो-दो आ चुके थे। बेंच पर बैठा चौकीदार हाजरा अपने साइकिल के स्वर्णिम दिनों को याद करता हुआ रामदयाल की बोहनी का इंतजार कर रहा था। क्योंकि बिना बोहनी दुकान खुलते ही पहली ही चाय मुफ्त की पीना धर्म के हिसाब से गलत माना जाता था गाँव में।

मान्यता ऐसी थी कि इससे दिन भर लक्ष्मी नहीं आएगी। दिन भर सिर्फ मुफ्तखोर ही आते रहेंगे दुकान पर। इसलिए कोई दुकानदार भी पहली चाय / पान या कोई भी सामान मुफ्त या उधार नहीं देता था। इसी मान्यता के कारण दोनों को अभी पहले ग्राहक का इंतजार था। चौकीदार को ज्यादा था।

आधा घंटा करीब हो चुका था। दूध का पतीला चूल्हे पर रखा गरमा-गरमा कर भाप फेंक रहा था। अगर बतौर सावधानी रामदयाल रोज दूध में तीन चौथाई पानी मिलाने का आदि न होता तो दूध इतनी देर में जलकर खोवा बन गया होता।

"आज क्या हुआ है यार? दुकान पर भी भूत खेल हो रहा है क्या? साला अभी तक बोहनी भी क्यों नहीं हुआ तुम्हारा?" चौकीदार भागवत हाजरा ने चाय की तिश्नगी का चरम टपने के बाद उकताकर कहा।

"हे काका! अब हमको नहीं पता। आप ही जानिए। हमारा मन साफ है, हम बस यही जानते हैं। कौनो भूत-प्रेत, किसी का हम कुछ नहीं बिगाड़े हैं। कोठी वाला बाबा को भी हम न देखे हैं न उनका कोई बुराई किए हैं कभी। दुकान पर कोई बात क्यों होगा! भगवान सब रक्षा करें। जरा इधर बैठिए, उधर अगरबत्ती जला दें हम।" रामदयाल तो अचानक बदले हुए स्वर में बोला। पलक झपकते उसने अगरबत्ती निकाली, चूल्हे की आग से जलाया और बेंच पर चढ़कर छप्पर पर लटके हनुमान जी की तस्वीर पर घुमाने लगा।

भूत और भगवान एक-दूसरे के पूरक थे। जहाँ भूत प्रकट होता भगवान वहाँ खुद-ब-खुद याद आने लगते थे। भगवान कितना याद किए जाएँगे यह भूत के तांडव पर भी निर्भर होता था। जितना विशाल भूत उतनी मात्रा में भगवान। भूत-भगवान कॉम्बो पैक किसी भी धर्म का सबसे लोकप्रिय आइटम रहा था।

तभी उकताया हुआ चौकीदार भागवत हाजरा बेंच से उठा और रास्ते के उस पार नीचे बोरी बिछाकर उस पर सब्जी सजा रहे गाँव के ही एक सब्जी वाले के पास पहुँचा।

"का जी और क्या हाल है? दुकान बड़ा देर से लगा रहे! और तुम्हारा बड़का भयवा से जमीन वाला केस सलटा? उसमें वारंट तो नहीं आया ना फिर?" चौकीदार भागवत हाजरा ने भोरे-भोरे ताजी सब्जियों के ऊपर कोर्ट-कचहरी छिड़कते हुए पूछा।

"कहाँ चौकीदार बाबू? हम ओझरा गए हैं उस केस में। वारंट तो नहीं आया है लेकिन केस सलटा भी नहीं है। देखिए, अब सब कुछ दारोगा जी के हाथ है। आप भी जरा ध्यान दीजिएगा।"

सब्जी वाले ने अपना दुख करंट अपडेट किया।

"हाँ-हाँ सब ध्यान में है। और क्या हाल? आओ चाय पी लो तब कमाना दिनभर। जाओ चाय पी लो, चाय पी लो पहले। उठो जाओ, जाओ।" चौकीदार भागवत एक अनोखी पहल के साथ उसे जाकर चाय पीने को कहा। इसमें खुद के लिए लेश मात्र भी लालच नहीं था।

"चौकीदार बाबू, अभी बोहनी नहीं हुआ है। होने दीजिए ना फिर पिलाते हैं आपको।" सब्जी वाले ने जो समझा वह कहा।

"अरे हमको नहीं पीना, तुमको बोल रहे कि जाकर पी लो। जाओ, जाओ

चाय पीकर आओ तब लगाना दुकान।" चौकीदार हाजरा ने पुनः पारमार्थिक स्वर में कहा।

"ही ही ही, हम नहीं पिएँगे चाय चौकीदार बाबू। सुनिए न, ई लीजिए पाँच रुपया और आप पी लीजिए।" सब्जीवाले ने अपना पिंड न छूटता देख कलेजे पर पत्थर रखकर बोहनी खराब ही कर लेना स्वीकार करते हुए जेब से पाँच का सिक्का बढ़ाते हुए कहा।

सिक्का निकाला देख तो जैसे चौकीदार हाजरा का स्वाभिमान ही चोटिल हो गया। लगा किसी ने आत्मा पर चप्पल फेंक मारा हो। अबकी वो तमतमाकर बोला, "अबे साले, तुमको बोल रहे साले चाय पीने। हम भीख माँगने नहीं आए हैं।"

सब्जीवाले को तो कुछ समझ ही नहीं आ रहा था। मन ही में बोला- 'ई चौकीदार! आखिर साला ई चाहता क्या है?'

"अरे कितना बार बोलें हम? हम बोल दिया कि नहीं पीना, नहीं पीना भाई। महराज आप जबरदस्ती काहे कर रहे हैं? ई क्या अन्याय है? भोरे-भोरे जत्रा खराब करने आ गए हैं? पैसा पकड़िए और जाइए आप पीजिए न।" सब्जीवाले ने भी अबकी हिम्मत दिखाते हुए पूरी तरह चिड़चिड़ाते हुए कहा।

"ऐ सुनो, लकड़ी काटना, कोयला ढोना, साइकिल चोरी, मोबाइल चोरी, पत्थर तोड़ना, साले कोनो भी केस में नाम डलवा देंगे तो 6 महीना चाय नसीब नहीं होगा जेल में। समझ गए? और अभी भयवा वाला केस तो बाकी ही है तुम्हारा।" चौकीदार भागवत हाजरा ने बोरी पर लात रख उँगली दिखाते हुए कहा।

अभी तक भी सब्जी वाला यह नहीं समझ पाया था कि चौकीदार चाह रहा कि बस किसी तरह कोई जा रामदयाल की बोहनी कर दे। वह तो चौकीदार के कहे-किए पर भौंचक्क ही था। पर अबकी चौकीदार की वाजिब धमकी सुन गरम हुआ सब्जीवाला घच्च से नरम पड़ गया था। अब उसने कुछ भी समझना ठीक नहीं समझा। बिना बोले उसने एक बार अगल-बगल देखा और दाँत पीसते हुए चुपचाप उठकर सड़क के पार रामदयाल की दुकान पर जाकर पाँच का सिक्का उसके पैसे वाले गल्ले पर फेंका।

"अरे वाह! क्या बात मर्दे? आज भोरे-भोरे पहले चाय?"

अभी-अभी चौकीदार और सब्जीवाले के बीच हुए ताजा हरे घटनाक्रम से अनजान रामदयाल ने पैसे उठाते हुए स्वाभाविक-सी एक टिप्पणी की और चाय छानकर बढ़ा दिया। सब्जीवाले ने बिना कुछ जवाब दिए मन-ही-मन कुढ़ते हुए धीमे-धीमे कुछ बुदबुदाते हुए मिट्टी के कुल्हड़ में चाय ली और वापस अपने बोरे पर आकर खड़ा हो गया। अब भी बिना कुछ बोले हाथ में बस कुल्हड़ लिए वो लगभग गुर्राई नजरों से चौकीदार को ही देखे जा रहा था।

उसके मन में अभी क्या-क्या सुंदर वचन चल रहे होंगे, ये चौकीदार हाजरा तो समझ ही रहा था। उसने भी एक नजर कड़े से खिन्न होकर देखा और वापस रामदयाल की दुकान पर चला गया। यहाँ आते ही सामने प्लास्टिक बाल्टी में मग डालकर पानी लिया और गट-गट कर पीने के बाद कहा, "चलो बोहनी हो गया ना? अब पिलाओ चाय हमको। साला ये तुम्हारे सामने सब्जीवाला बड़ी हरामी है यार। साले को कितना भला से बोले कि जाकर चाय पी लो, बोहनी हो जाएगा रामदयाल का। लेकिन साला थ्री-फोर बतियाता है। तब टाइट किए हैं तो दौड़कर आया है चाय लेने।"

ध्यान से चाय छान रहा रामदयाल यह सुनकर चाय का पतीला छोड़ हल्का-सा मुस्कुराया। फिर एक बार वैसी ही दबी मुस्कुराहट के साथ हनुमान जी की फोटो की तरफ देखा और एक बार चौकीदार हाजरा की तरफ। दोनों को मन-ही-मन योगदान के हिसाब से प्रणाम किया और अब उचककर सामने उस सब्जीवाले की तरफ देखा।

"हई देखिए, देखिए... देखे? चाय फेंक दिया साला। सच में काका, है तो बड़ा बदमाश आदमी ये।" रामदयाल ने तेजी से कहा।

"लो देखे, देखे न! बताओ कितना ऐंठ है इसमें! छोड़ो साला को, बोहनी तो किया!" चौकीदार हाजरा ने साधन को तवज्जो न देते हुए साध्य सधे जाने के संतोष के साथ कहा।

बोहनी के उपरांत अल्पहर्षित रामदयाल ने फुल वाली कप में आधा कप चाय डालकर चौकीदार हाजरा की तरफ बढ़ाया। चौकीदार ने अभी चाय का कप पकड़ा ही था कि उसके जेब में रखे मोबाइल की घंटी बजी। घंटी के बजते ही दाहिने हाथ से चाय छिड़ककर उँगलियों पर गिरी और चौकीदार हाजरा खिन्न होते हुए तेज स्वर में बोला, "ओह साला, अभी ही आना था फोन। हट साला ई

मोबाइल तो जिंदगी का चैन छीन लिया है भाई। जंजाल हो गया है जिंदगी का।"

चौकीदार हाजरा ने रूखे मन से फोन जेब से निकाला लेकिन स्क्रीन पर उभरा नाम देखकर चाय बेंच पर रखा और खड़ा हो गया।

फोन तो इसी बीच में उठा भी लिया था, "अ परनाम हुजूर! जयहिंद सर! परनाम सर! जी चौकीदार हाजरा हुजूर। आदेश किया जाए।" चौकीदार के मुँह से निकला।

"हाँ ठीक है। कहाँ हो जी? 10 बजे डेनियल कोठी पहुँचो तुम। आज देखें चलकर तुम क्या-क्या कहानी सुनाए हो। आओ आज जाँच कर ही लेते हैं।" उधर से दारोगा जोगी सिंह की आवाज थी।

"जी एकदम गारंटी हुजूर। साहब आज दूध के पानी, पानी के सरबत हो जाएगा। चला जाए एक बार बस। हम पुल के पास रहेंगे सर। हमको वहाँ से ही ले लीजिएगा सर।" चौकीदार हाजरा ने पूरे आत्मविश्वास के साथ कहा। फोन तो शुरू के दो शब्द के बाद ही कट चुका था। बाकी के बचे हुए कहे शब्द चौकीदार हाजरा का स्वयं से ही आत्मसाक्षात्कार था।

फोन काटने के बाद चौकीदार हाजरा गंभीर मुद्रा में 5 मिनट बेंच पर बैठे इस दौरान मामले की गंभीरता का अंदाजा लगा रहा था। रामदयाल उसे निहार रहा था।

"आज बड़का केस खुलेगा। आज कोठी पर छापा मारने जाना है। दारोगा बाबू का फोन था, वही बोले कि हाजरा जी आप रेडी रहिएगा। मेन लोड हम पर ही डाल दिए हैं दारोगा बाबू।" चौकीदार भागवत हाजरा ने तब से रखी ठंडी हो चुकी चाय को उठाकर शीतल गन्ने के रस की तरह पीते हुए कहा।

"आपको भी मान गए हो काका। लगाकर, लग-भिड़ के आखिर खोज ही लिए कि डेनियल अनाज कोठी में क्या धंधा चल रहा है। जरा जो भी पता चले, हमको फोन करिएगा फटाक। हमारा नंबर सेभ है ना?" रामदयाल ने विश्व इतिहास के सबसे ऐतिहासिक पुलिसिया अभियान के परिणाम और रहस्य को सबसे पहले ही जान लेने की मंशा के साथ भयंकर उत्सुकता के साथ कहा।

"अरे बस पहुँचने तो दो फिर कल या परसों का अखबार देखना। जिला हिल जाएगा मर्दे, जिला!" चौकीदार ने एक बार फिर खड़े होकर पेट भीतर खींचकर किसी तरह पैंट के हुक को लगाते हुए कहा।

कुछ देर रुकने के बाद चौकीदार हाजरा गाँव से निकला और औरंगी नदी वाले पुल के पास खड़े होकर लगातार मोबाइल में समय देखते हुए इंतजार करने लगा। 10:30 बजे से तैनात खड़े हुए अब लगभग 11:45 बजने को थे। धूप से बचने के लिए बीच-बीच में वह थोड़ी दूरी पर खड़े पीपल वाले घने पेड़ की तरफ जाता लेकिन फिर वापस पुल के पास आकर आँखों के ऊपर हथेली का छज्जा लगाकर दूर तक पुलिस की आती हुई जीप की राह तकता। सूरज अब ठीक सिर के ऊपर था। धूप से कपार जलने लगा था।

तभी पुल के उस पार ही हॉर्न बजा। दारोगा की जीप घरघराती हुई पुल पर चढ़ी और उस पार होते गति थोड़ी धीमी हुई। मुस्तैद चौकीदार हाजरा दौड़ते हुए जीप के पीछे लटका और जीप ने फिर गति पकड़ ली। पुलिस प्रशासन ने एक पल भी समय नहीं गँवाया। अब कुछ मिनट बाद जीप डेनियल की कोठी के सामने खड़ी थी। गाड़ी खड़ी होते ही एक बार फिर हॉर्न बजा और पीछे लटका चौकीदार हाजरा झट से नीचे कूदने के बाद देह-हाथ झाड़कर खड़ा हो गया। फिर साथ में आए चार सिपाही भी अपनी बंदूक सँभाले उतरे।

"कहाँ जी हाजरा? चलो भाई दिखाओ। आगे आओ तुम, चलो-चलो भीतर। आज मरा आदमी जिंदा कैसे बनता है, हाजरा जी के कृपा से देख ही लें। है कि नहीं?" इतना बोलते-बोलते दारोगा जोगी सिंह खुद ही आगे चलते हुए कोठी के बरामदे तक चढ़ चुका था। चार कदम और आगे जाकर उसने सामने एक खुली खिड़की से अंदर की ओर झाँका। वह एक बड़ा-सा अँधेरा हॉलनुमा कमरा था। पीछे से दारोगा जोगी सिंह की कमर के पास आकर थोड़ा झुकते हुए छोटी-सी जगह में अपनी गर्दन घुसाकर चौकीदार हाजरा ने भी एक बार अंदर की ओर झाँककर देखा, "सिपाही जी, जरा एक ठो टॉर्च है क्या?" झटके से पीछे होकर चौकीदार हाजरा ने पलटकर साथ खड़े सिपाहियों की तरफ देखते हुए पूछा।

"दिन के 12 बजे टॉर्च लेकर घूमता है आदमी? का चौकीदार, एकदम अनर्गल बात कर देते हो भाई तुम भी!" प्रौढ़ता की ढलान उतरती उम्र के सफेद बालों वाले एक सिपाही ने लगभग झिड़कते हुए कहा।

"अरे कहाँ दिमाग रख आए हो भाई! मोबाइल जलाओ ना।" स्फूर्ति भरी जम्हाई के साथ एक अन्य सिपाही ने प्रकाश की खोज करते हुए कहा।

ज्ञात हो कि इस देश में मोबाइल चलाया भी जाता है और जलाया भी। अलबत्ता मोबाइल ही देश चला रहा अब तो। वैसे भी जब से हर हाथ में मोबाइल आया था टॉर्च वैसे ही गायब होता गया, जैसे आटा पीसने वाली मशीनों के आने के बाद गाँव से ढेंकी और जाँता गायब हो गए थे। लेकिन फिर भी यह जरूर था कि नहीं चलने वाली पुरानी बंदूकें और नहीं जलने वाली पुरानी टॉर्च भारतीय पुलिस के सिपाहियों के साथ वैसे ही साथ निभाते आ रहे थे जैसे फिल्म 'हम दोनों' में जिंदगी का साथ निभाते हुए बेपरवाह युवा के रूप में अभिनेता देवानंद।

अपनी जेब से मोबाइल निकालकर एक सिपाही ने खिड़की से हल्की वाली नीली रौशनी डालते हुए अंदर उस कमरे में झाँका। अंदर घुप्प अँधेरे में एकाध मकड़ी के जालों के अलावा और कुछ साफ दिख नहीं रहा था। इसी बीच दारोगा जोगी सिंह चलते-देखते मुआयना करते हुए अब बगल के एक खुले दिख रहे दरवाजे से कोठी के अंदरूनी हिस्से में दाखिल हुआ। अंदर घुसते एक बड़ा-सा खुला आँगन था जिसके चारों ओर बरामदे से सटे कई कमरे थे। भीतर कोने-कोने में पसरा हुआ सन्नाटा बेआवाज खर्राटे ले रहा था। जैसे एक मक्खी भी उड़कर निकलती तो भिन-भिन की आवाज से बरामदे में तरंग दौड़ता हुआ महसूस होने लगता। चुप्पी इतनी कि दारोगा जोगी सिंह के घिसे जूते भी जब एक बार जमीन पर पड़ते तो ठक्क की आवाज से कोठी के विशाल गोल पाए (पीलर) एक-दूसरे से बतियाते मालूम होने लगते। दारोगा जोगी सिंह ने खुद नौकरी ज्वॉइन करने वाली परेड के बाद आज दूसरी बार अपने जूते की ठक्क वाली रौबीली ठकराना आवाज सुनी थी। पीछे-पीछे चौकीदार हाजरा की चप्पल की चटाक-चटाक वाली आवाजें चाबुक की तरह गूँजतीं। तभी सभी सिपाहियों ने भी चर्र-मर्र मुच-मुच की ध्वनि के साथ प्रवेश किया। आज जैसे बरसों बाद एक गूँगी हो चुकी कोठी के अंदर आवाजें टकरा रही थीं। तभी सामने एक गोल पाए के पास जोगी सिंह को एक कुत्ता बैठा हुआ दिखा। कुत्ता पूँछ हिलाकर मक्खी उड़ा रहा था। लेकिन एक साथ अचानक इतनी आहट सुनकर वह तो अकचका के चारों पैर समेटे खड़ा होने की मुद्रा में हो आया। उसे तो लगा होगा कि उसके शांति उपवन में यह कैसी हलचल होने लगी? फिर उसने गर्दन घुमाकर पुलिस के दस्ते को देखा तो सामान्य होकर यथास्थान पुनः आराम से पसर गया।

"क्या जी जेम्स बांड? कहाँ हो चौकीदार? यही कुकुर-बिलाई दिखाने

लाए थे यहाँ?" दारोगा जोगी सिंह ने चारों तरफ नजरें घुमा-घुमाकर देखने के क्रम में कहा।

"करिया बिलाय है यहाँ सर। मनहूसे जगह है। यहाँ कोई रहेगा भला!" एक सिपाही ने भी अपने पर्यटन मुआयने का हासिल साझा किया।

चौकीदार हाजरा अभी चुपचाप गर्दन झुकाए ही इधर-उधर बगले झाँक रहा था। उसके मुँह से आवाज गायब थी। अभी क्या ही बोलता बेचारा! कुत्ता-बिल्ली दिखाने तो लाया नहीं था, लेकिन दिख रहे बस वही थे। वह तो मन-ही-मन यह प्रार्थना कर रहा था कि 'चमत्कारी तांत्रिक बूढ़ा तो है नहीं, एकाध भूत-प्रेत जैसा ही कुछ दिख जाए। कम-से-कम दारोगा को कुछ तो भरोसा होगा वरना यह मेरा भूत उतार देगा।'

दारोगा-पुलिस से बचाने में वैसे भी भगवान का रिकॉर्ड बहुत प्रभावी नहीं रहा था जनमानस की नजर में। चौकीदार हाजरा भी भगवान की जगह भूत से प्रार्थना कर रहा था। पर तभी उसे यह देखकर निराशा ही होने लगी कि, 'अभी तो साला दिन है। दिन में तो भूतो-प्रेत नहीं निकलेगा।'

"हुजूर, कुछ गनगन-गनगन आवाज जैसा नहीं बुझा रहा? कुछ अजबे साउंड सर!" चौकीदार हाजरा ने एक उम्मीद के साथ कहा।

"हाँ बुझा रहा है। तुम्हारे पीछे के फटने का आवाज है। बुझा रहा है, एकदम बुझा रहा है। पीछे से आ रहा है ना?" दारोगा जोगी सिंह ने लगभग गुस्से में ही कहा। दारोगा जी के सुनने की इस शक्ति को सुनते ही सभी सिपाही ठहाका मार हँसे। यह देखकर अकबकाया हुआ चौकीदार हाजरा दो पल तो सहमा-सा चुप रहा लेकिन अगले ही पल उन सिपाहियों से भी ज्यादा जोर से हँसा।

"ही ही ही... हुजूर हँसी लगाते रहते हैं। केतना बेजोड़ बात बोलते हैं हँसी वाला।" चौकीदार भागवत ने अंदर से हहरती हुई रोती हँसी निकालते हुए कहा।

मानव व्यवहार के अध्ययनशास्त्र में इसी को निरीह का धीरज और लाचार का संयम कहते हैं। दारोगा गुस्सा हैं, सिपाही हँस रहे हैं, ऐसे में एक चौकीदार खुद के उड़ाए मजाक पर भी हँसते हुए उनका सहयोग करे, इसे ही आपद परिस्थिति में मानव का बुद्धिमत्तापूर्ण व्यवहार कहा जाता है। आदमी में ये व्यावहारिक चपलता चाणक्य नीति की किताब पढ़कर नहीं आती। जीवन का अनुभव पटक-पटककर खुद ही सिखा देता है।

"हें हें हें तब देखिए! दाँत चियार दिए। निर्लज्ज होकर अपने भी हँस रहा है। इसको हँसी वाला बात लग रहा है। हम कॉमेडी नाइट हैं? हद बेहूदा आदमी हो तुम यार। यहाँ कोठी में कुत्ता देखने आए थे हम?" दारोगा जोगी सिंह ने इस बार पूरजोर बमकते हुए कहा।

"हट मर्दे, तुम काहे हँसता है जी? तुम पर न बोला जा रहा है? और साला उल्टे तुम ही हँस रहा है? मूर्ख हो क्या एकदम? इतना बुड़बक तो चौकीदारे नहीं देखे थे भाई? साला तनी तमीज सीखो नहीं तो जिंदगी भर चौकीदार ही रह जाओगे।" सफेद बाल वाले बुजुर्ग टाइप के सिपाही ने पीछे से एक और हुरकुच्चन देते हुए सुनाया।

चौकीदार भागवत हाजरा अब बिलकुल काँपने जैसा हो गया था तनाव में। कुछ नहीं सोच पा रहा था। पर इतने तनाव में भी कुछ क्षण अपने निजी कैरियर के लिए निकालते हुए उसने तुरंत यह जरूर सोच लिया कि, 'सिपाही जो कह रहा है, मने अगर तमीज सीख जाएँ तो भविष्य में दारोगा हो जाएँगे क्या! मने साला अपना स्वभाव के कारण ही चौकीदार रह गए हम।'

लेकिन अगले ही क्षण सामने आँखें लाल किए खड़े दारोगा को देखते उसके बेतुके खयाली खीर में मिर्च का पाउडर पड़ा और वह पुनः कंपन दशा को प्राप्त काँपता रहा।

"साला! पच्चीसों इंपोर्टेंट केस रखा हुआ है। सबका जाँच है, सुपरविजन करना है, लेकिन सब छोड़कर यहाँ चले आए। इसके बाद पर अब यहाँ कुत्ता देखिए पूँछ हिलाता हुआ। पर्यटन कराने लाया था डेनियल का कोठी। भोसड़ी के, अँग्रेजी स्मारक घुमाने लाया है यहाँ!" दारोगा जोगी सिंह अब अपना आपा खोते हुए बोल रहा था।

"हम तो सच ही बता रहे थे हुजूर। अब हम क्या बताएँ हमारा खुद ही दिमाग काम नहीं कर रहा। पता नहीं यहाँ कुछ क्यों नहीं मिला? जबकि खबर तो यह भी मिला है हमको कि यहीं गाँव में ही एक आदमी अपना बेटा जिंदा कर ले गया है यहाँ से। लेकिन अब जब तक देख नहीं लें तब तक उसका नाम नहीं बताएँगे। कौन करे गलती फिर? कौन गाली सुने फिर?" चौकीदार हाजरा ने थोड़ी निराशा और डर के साथ निकली थोड़ी हिम्मत के सहारे एक साँस में अपनी बात कह दी। उसे तो वास्तव में इतनी पक्की खबर के झूठ साबित हो

जाने पर अभी तक यकीन नहीं हो रहा था।

"हाँ, अब गाँव के किसी भला आदमी का नाम लेकर उसको भी फँसा दो। अरे साला दिमाग में कादो पानी भरा हुआ है क्या रे तुम्हारे? साइंस-वाइंस पढ़े हो कि नहीं कभी? कोई दूसरा मूर्ख दारोगा होता तो अलग बात था, साला लेकिन हमको सुना रहे हो ये अनप्रैक्टिकल सब बात! आइंदा से इस तरह का खबर मत फैलाना चौकीदार, समझा के जा रहे हैं।" कहते-कहते दारोगा जोगी सिंह कोठी से बाहर निकलकर अपनी जीप में बैठ चुका था।

बैठते ही ड्राइवर को जीप बढ़ाने को कहा। पीछे-पीछे आए हुए चारों सिपाही तेजी से दौड़कर कूदते हुए चढ़े और हिलते हुए सीट पर व्यवस्थित हो गए। जीप घर्र से निकल गई। चौकीदार हाजरा वहीं खड़ा छूट गया, असल में उसे छोड़ दिया गया था। मन-ही-मन गुस्से से भरे हुए उसने एक नजर जमीन की तरफ करके इधर-उधर दौड़ाई। उसे सामने ईंट का एक बड़ा-सा टुकड़ा दिखा। उसने झुकते हुए उसे उठाया और गनगनाते हुए कोठी के अंदर घुसा। अचानक कुत्ते की आवाज से पूरी कोठी चीख उठी। चौकीदार इस वक्त पुल पर खड़ा हाँफ रहा था। वायु की गति से पहुँचा था वहाँ।

8

आज सुबह से ही अवध नारायण सिंह परेशान अपने दरवाजे पर इधर से उधर बेचैनी में चहलकदमी कर रहे थे। तभी अंदर से पत्नी कौशल्या देवी के बुलाने की आवाज कान में पड़ते ही हड़बड़ाते हुए भीतर गए।

"देखिए ना, बहुत ज्यादा खराब हो रहा है तबीयत। माथा छूकर देखिए, बुखार अब बहुत ज्यादा बढ़ गया है।" पत्नी ने रुआँसी आवाज में कहा।

जयप्रकाश का बदन पूरी तरह जल रहा था। तापमान इतना ज्यादा था कि मुँह से आवाज के नाम पर अब कराह भी निकलना मुश्किल हो रहा था। वह लगभग बेहोश-सा पड़ा हुआ था।

"अरे यह तो बहुत बढ़ गया है। मेरा अब माथा नहीं काम कर रहा। क्या करें?" अवध नारायण सिंह ने एक बार पुत्र के तपते बदन को छूते हुए कहा।

"कैसा भाग्य है हमारा! हम एक ही बेटा को दो-दो बार मरते देखेंगे। डॉक्टर भी नहीं बुला सकते। कैसा जीवन है हम लोगों का! का करके रख दिए हैं आप! आप हमको ही मार दीजिए। हमसे नहीं होगा अब बर्दाश्त।" अचानक बिफर पड़ी कौशल्या देवी ने अब फूटकर रोना शुरू कर दिया था बोलते-बोलते।

"चुप भी रहिए आप। कितना अशुभ बोल रहे हैं! आखिर मजबूरी है तब ना डॉक्टर नहीं बुला सकते लोकल से। क्या करें! पूरा दुनिया ढिंढोरा पीटकर बता दें कि यह कैसे वापस लाए हम बेटा को!" अंदर से खुद भी रो रहे अवध नारायण सिंह ने बेबसी के स्वर में थोड़ी-सी झल्लाहट के साथ कहा।

“अशुभ बोल दिए हम? अरे क्या शुभ है हम लोगों के जीवन में! यह क्या जीवन जी रहे! मेरे मन का हाल जानते भी हैं आप! ई संताप नहीं दिखता ना आपको!” कौशल्या देवी आँखों से लगातार झर-झर गिर रहे आँसू को अँचरा से पोंछे बोले जा रही थी।

“और मेरा हाल? हम क्या खुश हैं? हम तो घर खानदान की खुशी के लिए ही लाए थे बेटा। हमको क्या छाती में दर्द नहीं हो रहा!” वास्तव में अवध नारायण सिंह का दर्द ही बोल रहा था।

असल में दोनों प्राणी करते भी तो करते क्या! कोसते भी तो कोसते किसको! इकलौते पुत्र के निधन के बाद से ही जीवन में बाकी सब कुछ संतोष-सा ही कर लिया था। हँसते खेलते जीवन में गिरे इस वज्रपात से अभी धीरे-धीरे ही सही थोड़ा-थोड़ा उबर ही रहे थे।

पत्नी कौशल्या देवी के जीवन से तो जैसे हर रंग उड़ ही गया था। एक पथराई-सी माँ कौशल्या देवी की आँखों में कोना पकड़े रहती। उसकी आँखों का सूनापन उसके नीरस और रूखे हो चुके व्यवहार से गाहे-बगाहे साफ दिखता था। वरना ऐसी तो कतई नहीं थी कौशल्या देवी।

इसी बीच इनके जीवन में एक अजीब से रास्ते होकर एक कल्पना से परे वाली उम्मीद उतरी। अवध नारायण सिंह को किसी मार्फत उस कोठी वाले कुबड़े बूढ़े का पता चला। और उस चमत्कार को जानकर एक बार फिर से लगा कि जिंदगानी के सारे उड़े रंग दुबारा लौट आएँगे। जब साक्षात् रूप में पुत्र को सशरीर पा भी लिया तो वह कल्पना साकार भी हो गई थी। वर्षों बाद जिंदगी फिर उनके आँगन लौट आई थी। अब लगा कि सब कुछ ठीक हो जाएगा। पर नहीं पता था कि खोई जिंदगी जब वापस आएगी तो उसमें जिंदगी के अलावे ही सब होगा।

जिंदगी लौटी तो उसमें जिंदगी ही न थी। जवान बेटा बस साँस लेता बिस्तर पर लेटा हुआ था। न चल पाना, न बोलना, न सुनना, न समझना... जैसे कोई नवजात खेल रहा हो बिस्तर पर। बस उसी भाव में कभी-कभार हाथ पाँव मारता और चेहरे से मुस्कुराने की कोशिश करता था जयप्रकाश। एक लंबे चौड़े शरीर के साथ चेहरे पर ऐसा भाव और यह सब दृश्य देखकर खुशी नहीं होती बल्कि देह सिहर जाता था। यह हृदय में धँसी ऐसी वेदना थी जो न त्याज्य ही थी न ही

ग्राह्य। सामने शरीर तो पुत्र का पड़ा था पर अपना खोया पुत्र खोजे न मिल रहा था उस शरीर में।

एक-दूसरे को बोलते, एक-दूसरे पर चिल्लाते-खीझते माथा पकड़कर बैठे हुए थे दोनों जीव। तभी बाहर दरवाजे पर कोई दस्तक हुई। फूलचंद के आने का समय था यह। अवध नारायण सिंह ने बाहर की तरफ बढ़कर देखा तो दरवाजे पर फूलचंद नहीं था।

"अरे तुम ? क्या बात है चौकीदार ? यहाँ क्या कर रहे हो ?" अवध नारायण सिंह ने चौंकते हुए ही पूछा।

"कुछ नहीं बस इधर से जा रहे थे, पैदल चल के थक गए हैं तो यहीं बैठ गए थोड़ा। पानी प्यास लग गया है, थोड़ा पिला दीजिएगा ?" चौकीदार हाजरा ने बाहर के बरामदे पर रखी चौकी पर बिना पूछे पलथी मार बैठते हुए कहा।

"हाँ-हाँ, पी लो पानी। हाँ, वैसे धूप लेकिन अभी इतना तेज तो नहीं हुआ है।" अवध नारायण सिंह ने ऐसे ही दरवाजे से बाहर की तरफ धूप को देखते हुए कहा।

"हाँ, लेकिन अब उम्र भी तो हो गया है ना अवध नारायण बाबू। जरा-सा चलते हैं तो थक जाते हैं। देखिए न इसलिए साइकिल भी घर पर रख दिए हैं। नहीं चलाया जाता है।" चौकीदार ने एक लंबी साँस लेते हुए कहा।

"हाँ-हाँ, ठीक है। यह लो पानी, पी लो जल्दी।" अवध नारायण सिंह बिना उसकी पूरी बात सुने भीतर जाकर उसकी बात खत्म होने से पहले ही वापस आ पानी की एक बोतल देते हुए बोले। चौकीदार ने बोतल का करीब एक चौथाई पानी गटक कर रखा ही था कि अवध नारायण सिंह ने तत्क्षण कहा, "ठीक है हाजरा, अब जाओ। हमको भी जरा काम है बहुत। ठीक है फिर, चलो भेंट होगा फिर उधर बाजार में ही।" चौकीदार ने यह सुनकर अभी चौकी से उठने की मुद्रा भी नहीं बनाई थी कि अवध नारायण सिंह अपनी बात बोलकर अंदर चले भी गए। अंदर घुसते ही पहले उन्होंने दरवाजे की छिटकनी लगाई।

"साला चौकीदरवा काहे आ गया इस टाइम ? अभी बिहान हुआ ही है। ये आदमी तो ठीक है नहीं साला। पता नहीं क्या सूँघ रहा है ! कुछ तो भनक लगा है साले को। आज साला फूलचंदवा भी नहीं आया अभी तक। इतना देर हो गया।" अवध नारायण दरवाजा बंद कर मन-ही-मन यही बुदबुदाते हुए अंदर की ओर

आए। फिर उनके मन में न जाने क्या आया कि लगभग पाँच मिनट बाद फिर वापस जाकर दरवाजा खोला और अंदर से ही गर्दन बाहर निकाल इधर-उधर एक बार झाँका।

"यह लो, अरे भाई तुम अभी तक बैठा ही है? जा क्यों नहीं रहा? हमारा द्वार पर क्या भूत के जैसा बैठ गए हो? यहाँ चौकीदारी करने बुलाए हम तुमको? पानी पी लिए, अब जाओ ना। हमको भी तो दस तरह का काम है। काम करें कि तुमको देख-देख दुआर अगोरें!" गर्दन बाहर करते ही बरामदे की चौकी पर अभी तक चौकीदार हाजरा को यथावत बैठा हुआ देखने के बाद अवध नारायण सिंह खिन्न होकर बोले।

"ओह! आप भी सिंह बाबू! लीजिए भाई चले जाते हैं। कलयुग ही है। किसी के द्वार पाँच मिनट बैठना मुहाल हो गया। टाउन बन गया है गाँव। चलिए हुजूर चलते हैं। आपका द्वार आपका मन।" चौकीदार हाजरा चौकी से उठा और धीमे-धीमे स्वर में यही सब बुदबुद करता हुआ निकल गया। अवध नारायण सिंह भी पुनः जोर से किवाड़ बंद कर अंदर जा चुके थे।

ठीक तभी पत्नी कौशल्या देवी ने आवाज लगाई। अवध नारायण सिंह अपने कमरे में पहुँच तभी चश्मा खोज रहे थे।

"अरे सुनिए, देखिए, देखिए बेसुध हो गया है। होस खत्म है। हे भगवान, देखिए न जी।" कौशल्या देवी ने बदहवासी में चिल्लाया।

पत्नी की आवाज सुनते ही बिना चश्मा खोजे ही अवध नारायण सिंह दौड़े दूसरे वाले कमरे में गए। कौशल्या देवी बेहोश पड़े बेटे पर रोते हुए ही मुँह पर लगातार पानी के छींटे मार रही थी। उसे बीच-बीच में हिला-डुलाकर भी देख रही थी। अवध नारायण सिंह भी यह दृश्य देखकर अबकी हदस चुके थे। उनके दिमाग में तुरंत कुछ आया और बिना एक भी पल गँवाए अपना फोन निकालकर एक नंबर डायल कर कमरे से बाहर आए। करीब 3 से 4 मिनट किसी से बात करने के बाद दौड़े पुनः अंदर कमरे में आए।

"घबराइए नहीं, डॉक्टर आ रहा है। जरा दूर से आ रहा है, थोड़ा देर लगेगा। तब तक पानी भिगा के पट्टी पोंछते रहिए। लाइए हमको दीजिए पट्टी, हम लगाते हैं।" अवध नारायण सिंह ने चिंता के बावजूद खुद को थोड़ा सामान्य दिखते हुए कहा। पत्नी से ठंडी पट्टी लेकर बेटे के माथे पर रख उसे पोंछने

लगे। जयप्रकाश एकदम बेसुध था। जरा भी हरकत नहीं हो रही थी अभी शरीर में। पिता अवध नारायण सिंह कभी सिर पर पट्टी रखते तो कभी पैर की ओर जाकर तलवे में सरसों का तेल घिसते। करीब आधे घंटे बीते थे कि घर के बाहर स्कूटर की आवाज सुनाई दी।

"लगता है डॉक्टर साहब आ गए। किवाड़ बंद होगा शायद।" यह बोलकर अवध नारायण सिंह दरवाजा खोलने को दौड़े।

"प्रणाम, प्रणाम सर आइए! अरे एकदम बेहोश पड़ा है। समझ नहीं आ रहा कुछ। कल तो ठीक ही था।" डॉक्टर के भीतर आते-आते अवध नारायण सिंह ने पुनः अंदर से दरवाजा बंद करते हुए इतना कह दिया था।

डॉक्टर ने गंभीर मुद्रा बनाए बिना कुछ बोले सीधे बेहोश पड़े जयप्रकाश की नब्ज छूई, फिर आला निकालकर सीने पर रखा। उसके बाद ब्लड प्रेशर की छोटी-सी मशीन निकालकर रक्तचाप की गति मापने लगा। इस बीच दोनों पति पत्नी रुक-रुककर पुत्र जयप्रकाश संबंधी रोज की स्वास्थ्य संबंधी दिक्कतें बताए जा रहे थे। डॉक्टर बिना उनकी ओर देखे चुपचाप पर्चे पर कुछ दवा लिखे जा रहा था।

"शांत... शांत हो जाइए जरा। शाम तक होश आ जाएगा। अभी दे रहे हैं इंजेक्शन। फिर कुछ दवा लिख दिया है पर्चा में।" डॉक्टर ने पर्चा अवध नारायण सिंह की तरफ बढ़ाने के बाद अपने बैग में हाथ डालते हुए कहा।

"सर दवा... अ दवा बाजार से... मतलब यहाँ मिलेगा?" अवध नारायण सिंह ने कुछ और ही कारण से पूछा था शायद।

"दवा बाजार से नहीं लेना है। हम लेकर आए हैं। कैसे-कैसे खाना है वही लिखकर दिए हैं।" डॉक्टर ने इतना कहा और तब तक इंजेक्शन तैयार था। जयप्रकाश की दोनों बाँहों में एक-एक इंजेक्शन देने के बाद बैग से कुछ दवाई निकालने लगा। डॉक्टर को दवाई निकालता देख एक बार कौशल्या देवी ने उसमें से कुछ टैबलेट के पत्ते को देखा फिर एक कशमकश में पति की ओर देखा। वह शायद यह सोच रही थी यह टेबलेट खिलाएँगे कैसे? डॉक्टर साहब को सच बता दें क्या? उनका बेटा तो न खा सकता है, न ही अभी बोलता है न चलता ही है, क्या पता डॉक्टर साहब इसका भी इलाज बता दें? पति अवध नारायण सिंह नजर के मिलते ही पत्नी कौशल्या देवी की उलझन और परेशानी

समझ गए थे क्योंकि लगभग ऐसी ही कुछ बातें उनके भी दिमाग में चल रही थी। लेकिन उन्होंने थोड़ा धैर्य रखते हुए आँखों-ही-आँखों में रुकने का इशारा किया। अब कौशल्या देवी जो बोलना चाह रही थी वापस चुप ही खड़ी रहीं।

"चलिए अब हम को छोड़िए, निकलना है। दवा दे दिए हैं। कैसे खिलाना है, सारा विधि भी लिख दिए हैं।" डॉक्टर ने वापस अपने बैग की चेन लगाई और कुर्सी से खड़ा होता हुआ बोला।

"जी ठीक, ठीक है डॉक्टर साहब। आप आपका नंबर दे देते जरा। थोड़ा इमरजेंसी में जरूरत पड़ जाए तो फोन कर लेते आपको।" अवध नारायण सिंह संकोच और विनम्रता के समानुपाती भाव से बोले।

"हमारा नंबर क्या कीजिएगा, आप जिनको फोन किए थे, वहीं कर दीजिएगा, हमको खबर मिल जाएगा। जैसा जरूरत होगा, आ जाएँगे। ज्यादा नंबर-ओंबर का चक्कर में मत पड़िए भाई।" साहब डॉक्टर ने उतने ही रूखे स्वर में कहा।

अवध नारायण सिंह यह सुनकर थोड़ा-सा झेंप गए थे। किसी तरह जबरदस्ती इस बात पर हँसकर अपनी असहजता छुपाई और कहा "ठीक है, हाँ सही बात है। वही कर लेंगे। ज्यादा आसान रहेगा।"

"हाँ, तो अब हम चल रहे। जरा फ्री करिए हमको जल्दी। एक जगह और जाना है यहीं से।" डॉक्टर साहब अब असल में फीस के लिए झटपट कर रहे थे। जबकि अवध नारायण सिंह अभी तक उस दिशा में पहल तक भी नहीं करते दिख रहे थे। आखिरकार डॉक्टर साहब को साफ कहना पड़ा, "अरे फीस दीजिए ना भाई। अब हमको क्यों खड़ा रखे हैं!" डॉक्टर साहब के मुख से खिसियाया हुआ ताना सुनकर अवध नारायण सिंह का ध्यान टूटा जो पता नहीं क्या-क्या सोचे जा रहे थे खड़े-खड़े।

"हाँ-हाँ सर, जी कितना हुआ सर?" अवध नारायण सिंह ने असहज अवस्था में ही चौंकते हुए पूछा।

"5000 दीजिए जो नॉर्मल रेट है इस टाइप के केस का।" डॉक्टर ने दो टूक कहा।

अवध नारायण सिंह को विश्वास ही नहीं हुआ अपने सुने पर। "आँय केतना बोले सर?" अवाक् अवध नारायण सिंह ने तुरंत दुबारा पूछा।

"5000, और कितना?" डॉक्टर अपने रूखे स्वर में ही बोला।

"अरे डॉक्टर साहब, ये बहुत ज्यादा नहीं है? ये तो अनाप-शनाप पैसा हुआ ना सर! इतना फीस होता है क्या!" अवध नारायण सिंह ने आश्चर्य और क्षोभ के मिले-जुले स्वर में कहा।

"अनाप-शनाप? तो ऐसा भी बीमारी होता है क्या! ऐसा इस इलाके में बस सात से आठ पेशेंट है, जान लीजिए। और सबको हम ही देख रहे हैं। इतना ही पैसा ले रहे।" डॉक्टर ने कहा।

"मतलब? हम नहीं समझे।" अवध नारायण सिंह को कई बार चौंकना पड़ रहा था।

"मतलब यही कि हमसे होशियारी मत करिए। जिसको फोन करके आप आप हमें बुलवाए हैं ना उन्हीं से पूछ लीजिए कि डॉक्टर साहब का फीस कितना है। अरे भाई अगर हम नहीं देखेंगे तो यह सब पेशेंट आप बाहर लेकर निकलिएगा! क्यों लेकर आए हम खुद सारा दवा? सारा टेबलेट को पीसकर पिलाना है पानी में घोलकर, घोंट नहीं पाएगा। कैसे जानते हैं हम, हमसे क्या छुपा है! ज्यादा लफड़ा में मत फँसिए। पैसा दीजिए।" डॉक्टर ने साफ-साफ बता दिया।

"हम तो सोचे डॉक्टर भगवान का रूप होता है।" अवध नारायण बोले।

"हाँ लेकिन भगवान नहीं होता है। फीस देना है कि नहीं?" डॉक्टर ने कहा।

"तो मतलब आप मजबूरी का फायदा उठाइएगा? ये सही चीज है क्या?" अवध नारायण सिंह ने अब सब समझते ही थोड़ा-सा स्वर बदलते हुए कहा।

"एकदम नहीं, मजबूरी कैसा! एक पैसा न दीजिए। जो भेजा था उससे बात कर लेंगे। बस आगे से फोन मत करवाइएगा। आप जानें और आपका पेशेंट। अभी आपका बेटा को कितना साल हमारा जरूरत पड़ेगा, खोज लीजिएगा डॉक्टर सस्ता वाला। साला हम इतना रिस्क उठाकर इलाज कर रहे हैं और आप उल्टा हमें ही डायलॉग दे रहे!" डॉक्टर बड़े आराम से अपना आक्रोश व्यक्त करते हुए अब दरवाजे की तरफ बढ़ा ही था कि तभी पीछे से आवाज आई, "रुकिए डॉक्टर साहब। एक मिनट रुकिए।" कौशल्या देवी दौड़कर अपने कमरे में गईं और तेजी से मुट्ठियों में नोट दबाए वापस आईं।

"यह लीजिए पैसा, दीजिए डॉक्टर साहब को। डॉक्टर साहब आपसे एक

विनती है कि जब भी खबर जाए तो जरा आ जाइएगा। फीस का चिंता नहीं करिएगा, दे देंगे।" कौशल्या देवी ने पैसा लाकर पति के हाथ में देते हुए कहा।

अवध नारायण सिंह अभी मौन थे। बिना कुछ बोले बस पत्नी का हाथों में दिया पैसा डॉक्टर की तरफ बढ़ा दिया। डॉक्टर ने बैग कुर्सी पर रखकर नोट गिना और जेब में रखकर बाहर की ओर जाने को कदम बढ़ाया।

"ठीक है, खबर भिजवा दीजिएगा जरूरत पर। और थोड़ा हस्बैंड को समझाइए। एक तो इतना बड़ा चीज उठाकर ले आए हैं और तैस में भी रहते हैं। ऐसे काम नहीं चलता है। जरूरत आपको है, हमको नहीं।" धीरे-धीरे होती आवाज के साथ कहते हुए डॉक्टर अपने स्कूटर तक पहुँच गए।

अवध नारायण सिंह अभी भी अपने स्थान पर यथावत खड़े थे। पत्नी कौशल्या देवी ने जाकर दरवाजा लगाया।

"साला हरामजादा, ब्लैकमेल करता है।" यही एक वाक्य निकला बड़ी देर बाद अवध नारायण सिंह के मुँह से। कौशल्या देवी ने एक कदम ठिठककर सुना और दौड़ी बेटे जयप्रकाश के पास चली गईं।

इधर फूलचंद कुछ दिनों से नियमित नहीं था। अब अवध नारायण बोल-बोलकर थक भी चुके थे। फूलचंद किसी दिन आता किसी दिन नहीं भी आता। आज भी नहीं आया था। दिन में पता भी किया तो मालूम हुआ कि सुंदर भगत के साथ उसके किसी काम से शहर गया है। उधर शाम ढलते शहर से आने वाली आखिरी बस से दोनों गाँव वापस लौटे।

"चलो यार, ए फूलचंद पहले कुछ नाश्ता कर लें। भूख लग गया है। खा लें, तब घर जाना।" बस से उतरते ही सुंदर ने फूलचंद से कहा।

"हाँ मन तो हमारा भी था। भूख तो सच्चे में लग गया है। चलिए मार लें गरमा-गरम कुछ आलू चप सिंघाड़ा, थोड़ा मुढ़ी खाएँगे।" नेवता पाते ही फूलचंद पेट से बोला।

सुंदर अपनी डायबिटीज की समस्या दिखाने शहर गया था। सो बतौर रोगी अपने साथ एक संगी सहयोगी को भी साथ ले गया था। दिन भर भूखे अस्पताल की परिक्रमा के बाद अब एक बार तो हल्का-फुल्का नाश्ता करवा देना सुंदर का कर्तव्य बनता ही था। दोनों वहीं से बीस कदम पर स्थित भुटन साव के नाश्ता दुकान पर पहुँचे।

"ए भाई हम तेल-मसाला नहीं खाएँगे हो, हम दो ठो मीठा खा लेते हैं। गर्म बना है शायद?" नाश्ते की दुकान में घुसते ही अभी-अभी मधुमेह की दवा लिए आए सुंदर ने मेडिकल साइंस की पाबंदी के खिलाफ विद्रोह का लार टपकाते हुए कहा।

"अरे हाँ खा लीजिए, कितना परहेज! मरना तो है ही एक दिन। नरक में मिठाई तो नहीं ही मिलता होगा, ई तो कनफर्म ही है। है कि नहीं?" फूलचंद ने बेंच पर पलथी मारकर हँसते हुए कहा।

"साले नरक ही जाएँगे?" सुंदर ने टिकट का क्लास सुनिश्चित करने के लिहाज से पूछा।

"स्वर्ग कौन गया है सुंदर दा! ई सब भरम है। ऊपर भी नरक नीचे भी नरक। बस नरक ही होता है। बाकी कुछ नहीं।" ये तो एक मुढ़ी-पकौड़ी फाँकने बैठे मजदूर आदमी ने श्री भगवत गीता के प्रथम श्लोक में ही कुरुक्षेत्र को धर्म क्षेत्र बताने के बाद राजा गुरु को देवराज इंद्र से प्राप्त उस वरदान की अवधारणा को ही चुनौती दे दी थी जिसमें कहा गया था कि यहाँ मरने वाला व्यक्ति स्वर्ग जाएगा। अपने भोगे गए यथार्थ से जन्मा अनुभव ही तो प्रमाणिक सत्य होता है। फूलचंद पासी या उस समय के लोगों का यथार्थ नरक को ही प्रमाणिक मान सकता था। उस स्वर्ग की अवधारणा पर क्या भरोसा करना जिसे कभी लेश मात्र भी अनुभव न किया हो। महाकवि कालिदास ने अपने महाकाव्य रघुवंशम में समृद्ध राज्य को ही स्वर्ग माना था। अब फूलचंद पासी के पास न तो कालिदास जी जैसी कल्पना शक्ति थी, न ही उसने रघुकुल का राज देखा था। उसके काल और देखे राज्य से केवल नरक ही परिभाषित किया जा सकता था। कितने तरह के विषाद, अवसाद से भरे कल्मष, अंहस दुराचारी, अनाचारी संसार को देखकर जो न जाने कितने त्रास, शूल, व्याधि और संतापों से ग्रस्त है, वहाँ किसी प्राणी के अनुभव संसार में स्वर्ग की कल्पना कहाँ से आ सकती थी! वैसे भी कहा जाता है कि प्रत्येक व्यक्ति का अपना-अपना स्वर्ग और नरक होता है।

मानव अपने-अपने कर्मों का चलता-फिरता स्वर्ग-नरक दोनों है। मनुष्य को इसे भोगने कहीं नहीं जाना होता बल्कि इसे भोगकर जाना होता है।

इधर काउंटर पर बैठ ग्राहकों को नाश्ता दे रहा भुटन साव इन दोनों की बातों की तरफ भी एक कान दिए हुए था। भुटन ने तो जैसे ही ये सब आध्यात्मिक बातें

सुनीं, झट से चार सोनपापड़ी वापस उठाकर तराजू में डाला जो वह तभी किसी अन्य ग्राहक को किलो भर वजन में कम दे रहा था। वह अक्सर ऐसा करता ही था लेकिन एकदम से दुकान के सामने ऐसी चर्चा सुनी तो अंतिम दिनों हेतु कुछ पुण्य कमा लेने हेतु आँख खुल गई। उसने अपने तेज हिसाब जोड़ने के अभ्यास से जब अपने कर्म-सत्कर्म जोड़े तो योगफल बराबर नरक निकलकर आ रहा था। तभी एक झटके में काँपते हाथों से उसने सामने वाले तात्कालिक ग्राहक को वजन सही करके दिया।

"अरे भाई आप लोग इस सब क्या नरक-स्वर्ग का गप्प लगा दिए हैं हमारे दुकान पर बैठकर! क्या अपशकुन वाला सब बात बोल रहे हैं गोधूलि बेला में! साला साँझ का समय है, संझा बाती का टाइम है, लक्ष्मी का टाइम है और आप दोनों तब से जमलोक-परलोक कर रहे हैं। नाश्ता करिए और जाकर कहीं और बतियाइए न भाई।" भुटन ने ये सब लगभग उत्तेजित ही होकर कहा।

इन दोनों के गप्प से उपजे धर्म-अधर्म के फेर ने उसे थोड़ा अशांत कर दिया था। यद्यपि लक्ष्मी-गणेश की मूर्ति तो सदा बगल में रहती और उनके सामने कम वजन तौलना कभी भयभीत करने वाला विषय नहीं रहा। धड़ल्ले से आशीर्वाद लेता और बेधड़क कम तौल कर देता। उसे पता था कि यह तो व्यापार फ्रेंडली देवी देवता हैं और व्यापार तो ऐसे ही होता है। लेकिन यमलोक-नरक इत्यादि की चर्चा थोड़ी सिहरन दे गई थी। इसलिए चिढ़ गया था।

"अरे ठीक है साव जी, बड़ा आप जैसे अमर होने आए हैं। नरक के नाम से टेंशन हो गया इनको और काम रोज नरक ही जाने वाला करना है।" सुंदर भगत ने दो जिलेबी और एक सफेद रसगुल्ला खाकर हाथ धोया और अखबार के टुकड़े से हाथ पोंछते हुए कहा।

भुटन साव ने यह सुनते ही एकदम जलजलाते हुए दोनों हाथों को आपस में जोर से ठोंकते हुए कहा, "हे दोनों यमदूत, हाथ जोड़ रहे कि आप लोग खा लिए न, अब यह वापस हुआ पैसा पकड़िए और निकलिए। साले यमपुरी के काउंटर बूझ लिए हैं हमारे दुकान को।"

तब तक फूलचंद भी खाकर हाथ धो चुका था। दोनों अबकी बिना जवाब दिए बस देह चमकाते निकल आए। वहाँ से पैदल चलते हुए अब दोनों को अपने-अपने घर जाना था। इसी बीच सुंदर को कोई बात याद आई।

"अरे फूलचंद, वह कोठीवाला कुछ संपर्क पता चला क्या? चलो चलकर ले आते हैं ना फिर तुम्हारा बेटा।" सुंदर ने चलते-चलते ही कहा था।

"हाँ कोई पता चले पहले। अवध नारायण सिंह से कहने का कोई फायदा नहीं, हमको नहीं लगता कि वह बताएँगे।" फूलचंद ने निरुत्साही मन से ही कहा।

"अरे तो ई चोट्टा रामदयलवा बोल तो रहा ही था ना कि चौकीदार को सब पता है। तो उसी को पकड़कर कहते हैं कि भाई करवा दो काम और कुछ हजार-दो हजार चौकीदार को भी धरा देंगे। सीधे फ्री में थोड़े करवाना है।" सुंदर भगत लेकिन गंभीरता से बोल रहा था।

"हाँ, कह तो सकते हैं लेकिन चारों तरफ ढोल पीटकर भी काम करना ठीक नहीं सुंदर दा। तनी गुप्त ही रहे तो ठीक।" फूलचंद ने कहा।

"तो जैसे भी करना हो, जल्दी कर लिया जाए इसको। लेट करके क्या फायदा! और देखो तुम्हारा खेत भी ऐसे ही परती रहा इस साल भी। भाई तुम पैसा ले लो तो उसमें थोड़ा प्याज रोपने का सोचे थे हम। अब यही समय है बुवाई का लेकिन हम बिना कागजी काम हुए और पूरा पैसा चुकाए बिना खेत में कदम भी नहीं रखेंगे। भले तुम हमारे दोस्त हो। जमीन-जगह का उपयोग मुफ्त में नहीं होना चाहिए।" सुंदर ने सलीके से अपनी बेचैनी का कारण बता दिया था। प्याज बुवाई का सीजन जा रहा था और औने-पौने दाम में ठीक-ठाक खेत मिल जाता। पर विडंबना ऐसी कि सुंदर अभी प्याज खातिर जितना गंभीर था, फूलचंद बच्चा खातिर उतना गंभीर दिख ही नहीं रहा था।

"हाँ-हाँ, प्याज बुवाई का तो सीजन सच में जा रहा है। बात आप ठीक बोल रहे हैं।" फूलचंद उलझे हुए मन से शायद आधा ही बोल पाया था।

"हाँ तो तुम डिसीजन बहुत लेट लेते हो यार। आजकल देख रहे हैं कुछ दिन से तुम्हारा दिमाग सुस्त रहता है। कोई भी बढ़िया काम हो तुरंत नहीं करते हो। जिस बच्चा के लिए दिन-रात मंदिर में माथा पटकते रहते हो, आज सामने मिल रहा तो सोच रहे हो? यह ठीक बात नहीं भाई।" सुंदर के कहने में खिन्नता साफ झलक रही थी।

"वही तो सुंदर भैया, माथा पटकते थे। अब न समझ में आया कि माथा पटकने से कुछ नहीं मिलेगा। मिलता है माथा लगाने से। भगवान से तो माँगते रहे

बच्चा, पर कहाँ मिला अभी तक! अब तो उस कोठी जाकर उस बुढ़वा से माँगना होगा और वहाँ बिना पैसा जाकर क्या मिलेगा?" फूलचंद एकदम स्थिर-सा हो गया था बोलते-बोलते।

"क्या बकते हो यार! अरे हाँ ध्यान आया, आजकल तुम मंदिर नहीं जाते हो ना? पूजा-पाठ काहे छोड़ दिए हो? तब न बुद्धि भँसता जा रहा तुम्हारा। भगवान को मत छोड़ो फूलचंद। उसी का कृपा देखो कि आज बच्चा मिल रहा न तुमको!" सुंदर ने समझाते हुए कहा।

"यही तो बात आपको समझ नहीं आया। अब काहे का भगवान! अगर भगवान को ही देना होता तो वह या तो सीधे बच्चा देता या बच्चा खरीदने का पैसा। हमको दोनों में कुछ नहीं दिया भगवान। अब जो देगा, ऊ बुढ़वा अँगरेजी तांत्रिक देगा, भगवान के ताकत खतम। अब पैर ही पकड़ना होगा तो जाकर उस बुढ़वा का पकड़ लेंगे जो सीधे हमको मरा हुआ बच्चा जिंदा करके दे सकता है। मंदिर में दौड़ के देख लिए। बेकार समय बरबाद किए।"

फूलचंद के यह कहते तो भारतीय नास्तिक दर्शन परंपरा में बुद्ध, जैन या चार्वाक के बाद फूलचंदवाद की ही स्थापना हो गई थी जैसे। नवनास्तिकता के प्रमुख दार्शनिकों रिचर्ड डॉकिंस, डैनेट और सेम हैरिस के बरक्स भारत की ओर से अपनी एक अनोखी ही उपस्थिति थी यह 21वीं सदी में। हालाँकि फूलचंद को इस घटित हो चुकी असाधारण ऐतिहासिक घटना का कहाँ पता भला! सच में एक साधारण से व्यक्ति का सामान्य-सा अनुभव कितना असाधारण दर्शन उपजा देता है। जीवन और मृत्यु ईश्वर के दो साथी हैं, अगर ईश्वर से यही दो बिछड़ जाएँ तो ईश्वर कितना अकेला हो जाए! जैसा कि फूलचंद ने अपने अनुभव में शायद ईश्वर के उस अकेलेपन को भाँप लिया था और उसे मंदिर में अकेला ही छोड़कर आ चुका था।

9

जेब में मोबाइल की घंटी बजने लगी। जेब से फोन निकालकर स्क्रीन पर उभरा नाम देखते ही हजामत के लिए सीने पर डाला गया तौलिया हटाने को कहा।

"अरे मालिक क्रीम घँस दिए हैं। दाढ़ी बनवा लीजिए ना। तुरंते तो छील देंगे।" हज्जाम ने अस्तुरा नचाते हुए कहा। लेकिन अवध नारायण सिंह ने बिना कुछ बोले खुद तौलिया हटाया और उसी तौलिया से गाल पर लगा क्रीम पोंछकर हज्जाम की दुकान से बाहर आ गए।

अब वापस उसी नंबर पर फोन लगाया।

"हाँ प्रणाम! अरे वह दाढ़ी बनाने घुस गए थे सैलून। जी कहिए, कोई बात?" अवध नारायण सिंह ने पहले इधर से कहा।

"मुड़वा लिए दाढ़ी? अरे आपके फेर में तो हमारा मुंडन ना हो जाए साला।" उधर से एक रूखी-सी आवाज आई।

"हम समझे नहीं, कोई बात हुआ क्या?"अवध नारायण सिंह ने विस्मित भाव से सिर खुजलाते हुए आँखों के ऊपर वाले दोनों भौंहों को जोड़ते हुए पूछा।

"बात? अरे बात तो फैल ही चुका। यहाँ सँभालना मुश्किल हो रहा है। और आप लोग अपनी गलती के कारण समस्या बढ़ा रहे हैं। सब तरफ हल्ला हो चुका है, आपके ही गाँव का एक चौकीदार, क्या नाम है? हाँ हाजरा, वो साला सब किस्सा-कहानी सुनाए घूम रहा।" उधर से कड़वी आवाज आनी जारी थी।

"अब हम तो अपने हिसाब से सब गुप्त ही रखे हैं। अब क्या बताएँ, हर एक आदमी से यह सब चीज छुपा भी तो नहीं सकते। गाँव वाला लगा रहता है साला। हाँ भागवत हाजरा आया तो था मेरे दुआर। सही बोल रहे आप। अब आप सँभालिए जैसे भी हो। हमारा तो आप ही पर विश्वास है।" अवध नारायण सिंह ने कहा।

"हम पर विश्वास है तो काम भी विश्वास वाला करिए। आप डॉक्टर साहब को पैसा देने में आनाकानी कर रहे थे। डॉक्टर बिदक गया तो अनर्थ ही समझिए। अरे ऐसा मैटर में थोड़ा पैसा-कौड़ी बचा लेने का लालच मत करिए।" उधर से ठीक बात समझाई गई।

"अरे साहब तो हम कहाँ पैसा देने में कोताही किए! 5000 माँगा, 5000 दे तो दिए। अब थोड़ा हिसाब से तो पैसा बोले। यह तो मजबूरी का फायदा उठा रहा सब। एक तो बताइए हमारा बेटा किस काम का! ना उठ पा रहा, ना बोल पा रहा है, ना दिमाग है बेचारा में। तब भी हम बर्दाश्त कर रहे। पैसा पानी के जैसा बहा रहे हैं, आँख मूँद के।" अवध नारायण सिंह ने झल्लाहट में भी संयम का साथ पकड़े हुए कहा।

"अरे चुप ही रहिए थोड़ा बाबू साहब। मजबूरी किस बात का! हम देख रहे हैं कि यह शब्द आप तीन हजार बार उच्चारण कर चुके हैं। बार-बार बोलते हैं। आपका मरा हुआ बेटा वापस जिंदा मिल गया इसको मजबूरी बोल रहे हैं? साला किसी को अरबों-खरबों खर्चा कर भी ये नसीब होता है! यह तो कहाँ से ऊपर वाला का चमत्कार कहिए कि ऐसा कोई चमत्कारी बुड्ढा आ गया है कहाँ से। पता नहीं कौन अलौकिक शक्ति है उसको! हथौड़ा सटाता है और आदमी जिंदा।" उधर से जोर के स्वर में आवाज आ रही थी फोन पर।

"हाँ यह बात तो है ही। इसलिए तो बर्दाश्त कर रहे हैं ना।" अवध नारायण सिंह ने अबकी थोड़े धीमे से कहा।

"फिर वही फालतू बात। बर्दाश्त नहीं, देखिए यह काम तो इल्लीगल है ही ना! गैरकानूनी है पूरी तरह से। अब बात खुल रहा है। प्रशासन सक्रिय हो रहा है। ऊपर तक बात जा चुका है। अनैतिक वर्क है ही यह। समझ रहे हैं कुछ? केस तो ऐसा बनेगा की उम्र कैद ही होगा। मरा आदमी को जिंदा करना, साला हत्या से बड़ा अपराध है यह। और हम आपको इसलिए फोन किए कि दबाव

बढ़ रहा है। इस इलाका में सात-आठ लोग हैं ऐसा। जैसे मामला खुला सब जेल जाइएगा। बुड्ढा तो अब बस दो-चार दिन में भीतर जाएगा ही।" उधर से सधी हुई चेतावनी के रूप में कहा गया।

"आँय! अ...अ...अरे क्या बोल रहे हैं सर! अरे तो, हम तो, हम तो बस आपके भरोसे हैं महराज। सर सुनिए ना, कोई उपाय तो होगा। बचा लीजिए। अब इतना उपकार तो करिए। इस झंझट से निकाल दीजिए। कितना सहें और? देखिए कोई हो उपाय तो..." अचानक अवध नारायण सिंह की आवाज अब अटक-अटककर निकलने लगी।

"मरदे उपाय तो सब चीज का है लेकिन आप तो फट से मोलभाव सौदा करने लगिएगा। आपसे यही तो दिक्कत है। थोड़ा कलेजा कड़ा और हाथ ढीला करिए तो निश्चिंत कर देंगे। चाहे हमको जान पर खेलना हो तो भी कोई बात नहीं।" उधर से पहली बार भरोसा बोला था।

"पैसा बोलिए। कितना?" अवध नारायण सिंह ने भी सीधे-सीधे उपाय पूछा।

"मात्र 2 लाख।" उधर से भी बस काम का ही एक वाक्य कहा गया।

"चलिए दे देंगे। अब क्या बोलें! किस हाल में हम पैसा जुगाड़ कर रहे और दे रहे हैं ये हम ही जानते हैं। अब जब भाग्य में ही यही लिखा है तो यही सही। हेलो! हेलो!" फोन शायद पहले दो शब्द सुनने के बाद ही काट दिया गया था। काम की बात में सिर्फ वही दो शब्द काम के थे भी।

अभी अवध नारायण सिंह फोन की स्क्रीन देखते हुए कुछ सोच ही रहे थे कि तभी दोबारा वही नंबर फिर चमचमाया स्क्रीन पर।

"हाँ हेलो! हेलो-हेलो!" अवध नारायण सिंह ने दो-तीन बार कहा।

"अरे मेरा बात सुनिए। पैसा कहाँ देना है, कब देना है, हम बता देंगे।" उधर से सिर्फ इतना कह फिर फोन कट गया।

इधर से अवध नारायण सिंह हेलो-हेलो करते रहे। पर उधर से कुछ सुनने को नहीं बल्कि सिर्फ अपनी सूचना देने को ही फोन आया था।

अवध नारायण सिंह ने सुनकर दाँत कटकटाते हुए फोन वापस जेब में रख लिया। थोड़ी-मोड़ी कुछ तत्काल निर्मित मौलिक गाली बुदबुदाए। पैर-वैर पटका और घर की ओर चल दिए। दो-चार कदम चले ही थे कि पीछे मुड़कर एक

बार रुकते हुए वापस सैलून की तरफ देखा।

फिर अपने गाल पर हाथ दिया और मन-ही-मन शायद महसूस किया कि 'अब मुड़ा तो गया ही। जो भी छिलाना था, छिलवा तो लिए। अब झाँट छिलवाएँ!' इस दर्शन के मन में आते ही वापस मुड़े और घर का रास्ता धर लिया।

घर पहुँचकर अभी देहरी पर पाँव रखा ही था कि अंदर से पत्नी की आवाज सुनाई दी। कौशल्या देवी दोनों हाथों से सिर को पकड़े उल्टी कर रही थीं।

"क्या हुआ? आपका तबीयत तो ठीक है?" अवध नारायण सिंह ने झुकते हुए पीछे से पीठ पर हाथ रखते हुए पूछा।

ओक...आ...आ...आक्क...आक्क...उल्टी हो ही रही थी। दोनों आँखें लाल हो चुकी थीं सूजकर।

"मन खराब हो गया था थोड़ा। सब ठीक है।" कौशल्या देवी ने एक बार जोर से साँस लेते हुए कहा।

"ओह... कैसे?" अवध नारायण सिंह ने अब सीधे खड़े होते हुए पूछा।

"रहने दीजिए ना। नहीं, कुछ नहीं।" कौशल्या देवी ने उठकर पानी से कुल्ला करते हुए कहा।

कौशल्या देवी सच ही कह रही थीं। असल में जयप्रकाश ने बिस्तर पर ही शौच कर दिया था। जब कौशल्या देवी कमरे में पहुँचीं तो वह अबोध शिशु की तरह सारी गंदगी हाथ में लगाए करवट लेकर लेटा हुआ, पैर-हाथ चलाता हुआ दिखा। बिस्तर पर लोट-लोट करने से अब गंदगी पूरे शरीर पर लग चुकी थी। तीस-बत्तीस वर्ष के बेटे को इस तरह बिस्तर पर पड़े उसके पूरे शरीर पर लगी गंदगी को देख कौशल्या देवी पहले तो फफककर रो पड़ी थीं और बाहर आईं तो अचानक ओकाई भी आ गई थी।

ऐसा क्यों हुआ? इस अनियंत्रित क्रिया पर वास्तव में उसका नियंत्रण नहीं था। बस देखकर उल्टी आई, और कर दिया।

अवध नारायण सिंह पत्नी से सुनकर जयप्रकाश के कमरे गए। देखा कि जयप्रकाश अभी भी हँसता हुआ वैसे ही गंदगी से खेल रहा था और मुँह से गिरता हुआ लार गर्दन से होकर छाती तक आ गया था।

"साफ करिए, साफ करिए इसको। नहवा दीजिए पहले बाबू को।" देखते

ही आँख मीचे वापस आए पिता ने कहा।

सवाल यह नहीं था कि एक माता-पिता द्वारा पुत्र के शरीर से निकले अवशिष्ट को बदन पर लिपा हुआ देख घिन आ रही थी। ऐसा कतई नहीं था। पर देह सिहर जाता था 30-32 वर्ष की उम्र के लड़के को ऐसे बेबस और लाचार देखते हुए। बेहद अप्राकृतिक महसूस होता था ये सब। और मन में जो घिन पैदा होती वह दृश्य से ज्यादा अपने अंदर जम चुकी वेदना के सड़न से आ रही थी। एक ऐसा दर्द जो माता-पिता के भीतर रहे-रहे अब स्थायी घाव होता जा रहा था और उन्हें महसूस होता कि उसी घाव से मवाद निकल रहा है।

कौशल्या देवी बाल्टी में पानी और हाथ में कपड़ा लिए जयप्रकाश के कमरे गई। बाल्टी-कपड़ा नीचे रख उसे दोनों हाथों से खींचकर पहले उठाकर गले लगा लिया। फफक-फफककर रोने लगी थीं। आखिर इसी बच्चे को पूरे बचपन अपने ही हाथों से तो पाला था, जैसा कि दुनिया की हर माँ पालती है। जब गोदी में बच्चा पेशाब कर देता तो माँ खिलखिलाती और सिर को सिर से टिकाकर प्यार करती, चूमती। कौशल्या देवी भी तो ऐसी ही एक माँ थीं। माँ कौशल्या देवी अभी भी उसे सीने से लगाए पलंग पर बैठी हुई थीं। कौशल्या देवी की साड़ी में और हाथ में जयप्रकाश के शरीर से लिपटी गंदगी लग गई थी। पर माँ कौशल्या देवी उसे छाती से लगाए शायद अभी इस अफसोस पर फफक पड़ी थीं कि उसे पुत्र के शरीर से निकले अवशिष्ट को देख ओकाई क्यों आई। अब तो उन्हें अपने आए ओकाई पर ओकाई आ रही थी। आँखों से पश्चाताप जरूर बह रहा था लेकिन यह भाव केवल माँ के हृदय जैसे सुकोमल भाव भूमि में ही उपज सकता था। ऐसे भाव की उपज ईश्वर के लिए भी हृदय में मिलना मुश्किल है। पीछे से पिता अवध नारायण सिंह भी आ गए थे। उन्होंने कपड़ा पानी में भीगोकर कौशल्या देवी को दिया। कौशल्या देवी ने बिस्तर पर ही उठाकर बेटे के बदन को अच्छी तरह साफ किया। उसे साफ कपड़े पहनाए।

अपने बच्चे खातिर यह सब करना कठिन नहीं था एक माँ के लिए, न ही अजीब। लेकिन अजीब था एक व्यस्क लड़के को यह सब करवाते हुए बेबस और लाचार देखना। कलेजा फटता और होंठ फफकने लगते थे यह सब करते हुए।

कौशल्या देवी बेटे जयप्रकाश को ठीक से साफ-सुथरा कर बिस्तर पर

लिटाकर पति के पास आकर ऐसे ही उदास चुप-सी बैठ गईं। कुछ देर दोनों चुपचाप बैठे रहे।

"क्या बोलें! हम खुद भी आपका दुख समझते हैं। अपने किस्मत पर रो रहे हैं। बेटा पाने के लिए कुछ भी करने को तैयार थे। हम सोचे थे कि आपको फिर से जीवन मिल जाएगा। अब देख रहे हैं आपको भी तिल-तिल तड़पते।" एक बुझे से स्वर में अपने भीतर के टीस को बाहर निकालते हुए अवध नारायण सिंह ने ही उदास चुप्पी को तोड़ते हुए कहा।

"हम अपना बारे में नहीं सोचते हैं। उस बच्चे पर क्या बीत रहा होगा! हम लोग अपने खुशी के खातिर कि हमारा बेटा फिर मिल जाए, आँख के सामने रहे, इस खातिर उसको कष्ट दे रहे हैं। भले ऊ बिछौना पर मरा हुआ के जैसा पड़ा रहे, हमलोग ऊ बच्चा को तड़पा-तड़पा के जिंदा रखे हुए हैं। बस इसलिए कि हमको संतोष हो कि हमारा बेटा जिंदा है। उसको एक-एक घड़ी तड़पने खातिर छोड़ रखे हैं। उसका कोई जिंदगी है! यह सोचिए ना कि हम दोनों को बेटा मिल गया लेकिन बेटा को जिंदगी कहाँ मिला!" बोलते-बोलते फिर हमेशा की तरह रोने लगीं कौशल्या देवी।

"हम जानते कि ऐसा हाल होगा तो कभी ना लाते इसको इतना कष्ट देने के लिए। सच में नर्क तो हो ही गया है उसका जिंदगी।" अवध नारायण सिंह के भीतर का पश्चाताप बोला।

"आप पकड़िए न उसको जो आपको ले गया था उस बूढ़ा के पास। जो ई सब करवाया। वह आदमी अगर जिंदा कर सकता है तो वही चमत्कार से हमारे बेटा को ठीक भी तो कर सकता है!" कौशल्या देवी ने अपनी उम्मीदों की आस के साथ कहा।

"वह लोग? मत ही पूछिए। कुछ नहीं करेगा अब वह लोग। आपको क्या लगता है कि हम कोशिश नहीं किए होंगे! अब उससे भेंट हो तब ना! ऊपर से वो लोग को तो जब बोलो खाली पैसा माँगते रहता है। सब तरह से ब्लैकमेल करता है। हमको कंगाल तो कर दिया। फिर अभी आज ही तो दो लाख रुपया माँगा है। बताइए कैसे देगा कोई! गहना बेचें कि खेत!" अवध नारायण सिंह ने बेबस और कातर स्वर में कहा।

"हमारा बेटा को पापी लोग कैसा संताप दे दिया! हमको अपना बेटा का

मुक्ति चाहिए। इस कष्ट से मुक्ति। इस हाल में उसको अब देखना हमसे नहीं हो सकेगा। कौन माई अपना बेटा को जान-बूझकर रोज मरते देखेगी, बताइए?" कौशल्या देवी ने धँसी जा रही आँखों को पोंछते हुए कहा।

इस वक्त पता नहीं कौशल्या देवी के चेहरे पर एक अजीब-सा भाव उभरकर आ रहा था। जैसे दृढ़ता की कोई परत चढ़ने लगी हो। पुत्र को इस कष्ट से मुक्ति दिलाना है, एक माँ के इस निश्चय को अब आँसुओं में नहीं बहा देना चाहती थी कौशल्या देवी। शायद इसलिए अचानक जैसे समंदर सूख-सा गया था। रेत ही रेत... एक बूँद पानी नहीं।

10

रात के करीब 10 बजे होंगे। चारों तरफ सन्नाटे का डेरा। नौरंगी नदी के पानी की स्पष्ट कलकल ध्वनि दूर से ही नदी का पता दे रही थी। लकड़बग्घों का एक झुंड भेलवा पहाड़ी से उतरकर नदी के किनारे प्यास बुझा रहा था। जंगल के बीचो-बीच रह-रहकर भगजोगनी नाचती दिखाई देती। बीच-बीच में सियार हुँआ-हुँआ कर ऊँचा राग अलापते। बास्को के जंगलों में आगे बढ़ते ही झींगुरों के घराने का संगीत पेड़ों से झड़ता सुनाई पड़ रहा था।

तभी घुप्प अँधेरे को लाँघती आई एक मोटरसाइकिल डेनियल की कोठी के ठीक पास आकर रुकी। एक हट्टा-कट्टा-सा आदमी उतरकर पहले अपनी फुलपैंट ऊपर करके थोड़ी बेल्ट कसा, फिर मोटरसाइकिल की डिग्गी से तीन सेल वाली टॉर्च निकालकर करीब आधा मिनट के लगभग इधर-उधर देखने के बाद सीधे कोठी के मुख्य दरवाजे की ओर बढ़ा। आदमी आठ-दस कदम चलकर अंदर आँगन के क्षेत्र पहुँचते ही अपनी टॉर्च फिर जलाया। सामने आँगन से सटे विशाल बरामदे के पास बने छोटे से चबूतरे पर एक परछाईं-सी दिखी। आदमी ने टॉर्च उस ओर घुमाया। टॉर्च में यकायक सामने से बड़े जबड़े के बीच सीधे दाँत निकाले मंद-मंद मुस्कुराता हुआ एक सफेद-सा चमकता हुआ झुर्रीदार चेहरा निकल आया। वो आदमी क्षण भर ठिठक गया। सामने दिखे शख्स की गर्दन धीरे-धीरे दाहिने से उठती हुई बाईं ओर झुकी और उसने सिर में बँधा हुआ गमछा उतारते हुए आँख चमकाई।

"हय रे महाराज... का बाबा! डरा देते हो भाई। क्या मशानी प्रेत के जैसा बैठे रहते हो! अरे अँगरेजी तांत्रिक हो, जरा तरीके से एक ढिबरी तो जलाकर रखा करो। बस खाली आदमी बना के बेचना जानते हो, हा-हा-हा।" आए हुए आदमी ने अपना पसीना पोंछते हुए बेमतलब ही हँसकर कहा।

उस विराट जबड़स्वामी बूढ़े के चेहरे पर इस बात की कोई प्रतिक्रिया नहीं थी। वह अपनी ही धुन में खोया चेहरे पर एक अजीब-सी मंदहास लिए हुए बैठा हुआ था।

"तुम्हारा पीत वस्त्र कहाँ है दारोगा? ये श्वेत रंग तुम पर नहीं फबता। रुको प्रकाश लेकर आता हूँ, साफ-साफ देख सकोगे।" बूढ़े ने मुस्कुराते हुए कहा और उठकर भीतर एक कमरे की ओर जाने लगा।

उस बूढ़े के उठकर उधर जाते ही जोगी सिंह ने अपनी शर्ट की ऊपरी जेब से हनुमान चालीसा की छोटी-सी पॉकेट वाली पुस्तक निकालकर अब अपने फुलपैंट की दाहिनी जेब में रख लिया। इसका अर्थ था कि अब दारोगा जोगी सिंह सहज थे और तत्काल हनुमान चालीसा को ऑफ कर रख दिया। ऊपरी जेब में होना मने चालीसा ऑन होना था दारोगा जोगी सिंह के लिए। असल में जोगी सिंह अक्सर कोठी में आते वक्त पॉकेट साइज हनुमान चालीसा जेब में रख ही लेते थे। रात-विरात जंगल से कोठी और फिर कोठी का वीरान माहौल, ऐसे में बड़ी हिम्मत मिलती थी अंदर से। दुनिया का भरोसा नहीं और उसमें भी एक ऐसे अजूबे आदमी का जो अपनी बनाई मिट्टी की मूर्ति को जिंदा आदमी में बदल देता है। किसी दिन इसी ने कुछ उल्टा-सीधा कर ही दिया और ऐन मौके पर सरकारी पिस्टल से काम नहीं ही सँभला तो आपात स्थिति के लिए एक आंतरिक भरोसा वाला तांत्रिक उपाय तो रहना चाहिए न, बस उसी खयाल से दारोगा जोगी सिंह यह उपाय जेब में लेकर चलते थे।

और वैसे भी ये दारोगा की बूढ़े से कोई पहली मुलाकात नहीं थी। दारोगा तो वहाँ नियमित था। लेकिन कोठी वाले स्थान की भयावहता और बूढ़े के रहस्यमयी व्यक्तित्व का इंद्रजाल जितनी बार दिखे, थोड़ा-बहुत कलेजा-वलेजा हिल तो जाता ही था।

"ये लो, प्रकाश में आओ और देखो श्वेत रंग तुम पर आकर्षक नहीं लगता।" वापस हाथ में एक काँच की बोतल वाली ढिबरी जलाकर आए बूढ़े

ने पुन: उसी स्थान पर बैठते हुए कहा।

"हाँ, खाकी तो सबसे ज्यादा शोभता ही है ना पुलिस पर! अभी तो सिविल ड्रेस में आ गए। यहाँ रात को दारोगा का वर्दी में आना ठीक नहीं ना, किसी का नजर ही पड़ जाए तब?" दारोगा जोगी सिंह ने विशेष कारणवश खाकी वर्दी स्थगन और तत्काल धारण हेतु सिविल ड्रेस चयन के तार्किक कारणों को बताते हुए कहा।

"हाँ, पीतरंग तो श्री विष्णु को प्रिय है। वह तो ऐश्वर्य-प्रसाद आनंद और वैभव का रंग है। दारोगा जब ये वर्ण धारण करता है तो यह सारे सुख स्वाभाविक प्राप्त होते हैं। और मैं विष्णु से तो मिला नहीं कभी, पर तुम्हारे रौब और ठाट देखकर उस विष्णुलोक की संपन्नता का अनुभव तो कर ही सकता हूँ।" बूढ़े ने सहज स्वर में कहा।

"ओह...अच्छा! विष्णु से नहीं मिले? जैसे बगल के बिरनीपुर पंचायत के प्रधान हैं विष्णु? गजबे बात है। हा-हा-हा... बाह जी तांत्रिक जी।" दारोगा जोगी सिंह ने ऐसे ही थोड़ी खीझ वाली चुटकी लेते हुए कहा।

"इधर देखो, देखो तभी तुम्हारी वर्दी का रंग केसरिया नहीं, हरा नहीं। भला एक दारोगा त्याग और विश्वास का वस्त्र धारण करके क्या उपलब्धि प्राप्त कर सकेगा! तुम्हें देख रहा हूँ कि दिन-रात सेवा कर्म में लगे रहते हो। इतना मेहनत करते हो तो उस मेहनत का सुफल तो मिलेगा ही।" बूढ़े ने चेहरे पर भाव स्थिर स्थितिप्रज्ञ मुस्कुराहट के साथ कहा।

"बुरा लगा हमको बाबा, बहुत बुरा लगा। खैर जाने दो। वैसे अच्छा वाह, मेरे इस सफेद शर्ट में क्या दिक्कत है! बहुत प्रवचन दे दिए जो!" जोगी सिंह ने भरसक उखड़ते हुए ही कहा।

"दाग... दाग दिख जाता है श्वेत रंग में। मत पहना करो।" उस बूढ़े ने बड़ी सफेदी से कह दिया।

सुनकर दारोगा जोगी सिंह को अच्छा तो कतई नहीं लगा था। जोगी सिंह ने झेंप के एक-दो बार इधर-उधर नजरें घुमाईं और वापस बूढ़े की तरफ देखते हुए बोला, "कितना आदमी बनाए होगे अभी तक? कितना को जिंदा किए मतलब?"

"हत्या की होती तो गिनती रखता। अरे जीवन दिया है, पुण्य को क्या

गिनना! पाप की गिनती की जाती है क्योंकि उसके बदले दंड मिलना होता है।" बूढ़े ने अपनी उसी धीर स्थिर मुस्कुराहट के साथ धीमे स्वर में कहा।

"लेक्चर भी दे लेते हो बढ़िया। अब एक जरूरी बात सुनो। इसलिए हम यहाँ आए इतना रात में।" दारोगा जोगी सिंह ने पाँव के जूते निकालकर उसे किनारे रख इत्मीनान से पलथी मारकर कहा।

"यहाँ जिसे भी जरूरी बात करनी हो, रात में ही आता है। दिन में आने वाले को यहाँ कुछ नहीं मिलता।" बूढ़े ने बैठे-बैठे ही आगे-पीछे झूमते हुए कहा।

"पागलपंती से काम नहीं चलेगा। बात यह है कि अब धीरे-धीरे पब्लिक को इस कोठी का खेल पता चलने लगा है। हम कितना दिन सँभालेंगे! ऊपर का अधिकारी का भी फूल प्रेशर है। किसी तरह उसको समझा-बुझा कर रखे हैं। वह भी इस वाले एसपी साहब का तबादला हो गया तो समझो सब खेल खत्म। मीडिया प्रेस को भी भनक लगने लगा है। हम अकेले तुम्हारे लिए सब मैनेज कर रहे हैं। नहीं तो, काम तो तुम इतना गैरकानूनी कर रहे हो कि साला इसमें तुमको दो बार फाँसी होगा। अगर पकड़ा गए तो बाप रे बाप, सीधे प्राण जाएगा।" जोगी सिंह ने बड़े मित्रवत भाव से सारी समस्या सुनाई थी, जिसमें खुद नहीं बल्कि बूढ़े के प्रति फिक्र थी, उसके भविष्य की ही चिंता थी।

"हा-हा-हा... बताओ और कितना धन? और कितनी मुद्राएँ चाहिए दारोगा तुम्हें? इस वक्रोत्ती अलंकार की क्या आवश्यकता! मेरे समक्ष स्पष्ट रहो।" बूढ़े ने बड़ी बेफिक्री से पहले ठहाका लगाया फिर शांत होते हुए कहा।

"छी छी छी... यही तो, तुम्हारा काला काम के जैसा काला दिमाग भी है। खाली धन-दौलत-पैसा, यही सोचते हो। हर बात पैसा के लिए नहीं होता बाबा। हम इतना लालची आदमी नहीं। हमको तुमसे जो पैसा मिलता है वह साला ऊपर पहुँचाने में चला जाता है। तुमसे तो बस एक लगाव हो गया है बुढ़ऊ। इसलिए बिना स्वार्थ तुमको अभी तक बचाए हुए हैं।" दारोगा जोगी सिंह ने भयंकर भावनात्मक फ्लेवर में कहे कथन के साथ अपने हृदय का कपाट खोल दिया। उससे निस्वार्थ सेवा भाव ऐसे झड़ रहा था जैसे चादर झाड़ने पर धूल।

"इतना त्याग करते हो मेरे लिए! अगली बार से कुछ मुद्राएँ अपने लिए अवश्य ले लेना। तुम्हारे साहब के लिए जब देता ही हूँ तो तुम्हारे लिए क्यों कम पड़े!" बूढ़ा भी हिसाब लगाकर ही बैठा था और दारोगा के अनुपात में ही भावुक

होकर बोला। मंद-मंद मुस्कान वैसे ही चेहरे पर बनी हुई थी।

"नहीं बाबा, अरे धन जाए भाड़ में। भगवान के कृपा से दारोगा का नौकरी में पैसा खूब कमाए। अब तुम्हारे जैसा अनोखा प्राणी से दोस्ती हो गया है तो कुछ अलग ही देकर जाओ बाबा। साला जिंदगी में याद तो रहेगा। देखो हम कम पैसा नहीं समेट के लाए तुम्हारे लिए। एक-एक ग्राहक खोज कर लाए हैं। तुम्हारे कोठी से खुद गाड़ी चलाकर जिंदा हुए आदमी को पहुँचाए हैं। जितना बड़ा रिस्क हो सकता है उठाए हैं तुम्हारे लिए। नौकरी खतरा पर डाल के। याद है न पहला बार का भेंट?" दारोगा जोगी सिंह ने अपने द्वारा की गई निस्वार्थ सेवा का ध्यान दिलाते हुए कुछ अलग ही, मतलब कुछ टेस्ट द थंडर टाइप माँगने की इच्छा व्यक्त की थी।

"तुम नहीं मिले थे। मैंने तुमको चुना इस कार्य के लिए।" बूढ़े ने इतना कुछ सुनने के बाद मुस्कुराते हुए बस यही कहा।

"अरे हाँ, ठीक है, ठीक है। तो दूसरा किसी का औकात भी था क्या ई सब देख के भी बर्दाश्त कर लेना और इतना रिस्क उठा के भी तुम्हारा काम करना! वो तो हम ही थे जो निभा दिए। अब बस हमारा जीवन का एक चीज पूरा कर दो बाबा।" दारोगा जोगी सिंह अब मन की बात कहने ही वाला था।

"क्या चाहिए? यह चमत्कार करना सीखना चाहते हो? मरे इंसान को फिर से जिंदा करना?" बूढ़े ने बड़े सहज स्वर में ही पूछा। जोगी सिंह को तो यकायक यकीन नहीं हुआ कानों पर। ये तो सोचा ही नहीं था उसने। पर अब ये सुनते ही एक अप्रत्याशित अकल्पनीय संभावना की कल्पना भर से झूम गया था।

"क्या? क्या ये हो सकता है? संभव है बाबा? हम भी ऐसा...?" मारे खुशी के आधा वाक्य ही निकला मुँह से।

"हाँ, अवश्य। लेकिन इसके लिए बस एक बार तुम्हें मरना होगा।" बूढ़े ने गंभीरता से ही कहा।

"आँय? हट्ट, भक्क, फिर फालतू बात! क्या उल्टा-पुल्टा बोल रहे मर्दे! रहने दो, रहने दो। यह तंत्र-मंत्र नहीं सीखना।" अपने अंदर अचानक उसी लहर को एक पल में सिहरन में बदला महसूस कर सीधे मना किया दारोगा जोगी सिंह ने।

"इतनी बड़ी शक्ति मिल जाएगी, एक बार मर नहीं सकते! लोगों को

जिंदा करने की शक्ति चाहते हो और एक बार मरने से डर लगता है! मुझ पर तो भरोसा करो, मैं फिर जिंदा कर ही दूँगा।" बूढ़ा तो जैसे ये विधा सिखाने को गंभीर ही हो गया था।

"अरे नहीं भाई, बंद करो ई सब बात। ज्यादा होशियार ना बनो बाबा। पुलिस-दारोगा से मजाक नहीं। ना ज्यादा दिल्लगी अच्छा। बता दे रहे हैं। कानून से डरो। कुछ भी गड़बड़ मत करना। जेल में सड़ जाओगे। वहाँ यमराज भी जाने से डरता है, याद रखना।" जोगी सिंह पसीने से तरबतर होते हुए धकधकाते कलेजे को सँभालते हुए बोल रहा था।

वास्तव में, दारोगा जोगी सिंह के सामने एक ऐसा आदमी बैठा था जो मृत्यु को जीवन में बदल देता था। ऐसा व्यक्ति कभी डरावना नहीं लगा था। आज तक उससे कभी डर नहीं लगा था दारोगा जोगी सिंह को। लेकिन जैसे ही उस व्यक्ति ने मृत्यु वरण की चर्चा की, जोगी सिंह को उसमें साक्षात् काल नजर आने लगा। भीतर-ही-भीतर कलेजा धकधकनेस के चरम पर था। माथे से निकला पसीना नाक से होकर होंठ छूते हुए गर्दन की तरफ बहा जा रहा था। अक्सर यही होता भी है, जीवन देने वाला हमें उतना महत्त्वपूर्ण नहीं लगता। जीवन लेने वाला सारे मायने रखता है। तभी तो जन्म देने वाले ब्रह्मा की सर्वत्र पूजा कहाँ होती है! इनके लिए यहाँ अपवाद स्वरूप एकमात्र मंदिर कहीं दूर देश के किसी कोने पुष्कर में सुना गया था। जबकि संहारक के रूप में ख्यात महाकाल शिव गाँव-गाँव पूजे जाते थे।

दुनिया ऐसी थी जहाँ जन्मदाता जीवनदाता माता-पिता की उपस्थिति से संसार के वृद्ध आश्रम भरे होते थे और मनुष्य उस सामर्थ्यवान के पाँव पूजता था जो उसे नुकसान पहुँचा सकता था, नष्ट कर सकता था।

"हा-हा-हा... दारोगा, मैं कोई हत्यारा नहीं। मैं तो प्राण लौटाता हूँ। मुझे जेल क्यों भेज रहे! वैसे तो लाखों लोग तुम्हारे जेल में बंदी हैं। क्या वे सब हत्यारे हैं! अच्छा तो एक बार यहाँ की यात्रा करा ही दो।" बूढ़े ने जोर से हँसते हुए कहा।

"ओ अभी हवा नहीं लगा है न तुमको जेल फाटक का! बाबा जान लो, इसलिए मौज सूझ रहा अभी तुमको।" दारोगा जोगी सिंह ने चिढ़ के कहा।

"सुनो, मैं वो लोग नहीं। मैं, मैं हूँ। जेल-कारागार, ये सब बंधन अर्थहीन है दारोगा। मृत्यु नतमस्तक है मेरे आगे। मैं प्राण लौटाता हूँ।" बूढ़े के स्वर में

देने के परमार्थ का अहं था। 'मैं प्राण लौटाता हूँ', इस वाक्य की प्रतिध्वनि में कितना कुछ गूँज रहा था।

'हम' के अभिमान को सँभाला जा सकता है पर 'मैं' का अहंकार बहुत फूहड़ शोर करता है। लेकिन बूढ़े ने जो कथन कहा था वह भौतिक रूप से तो सत्य था ही।

"हें हें हें... बहुत मजा आ रहा जेल का नाम सुनकर? अभी भी समझा रहे, चले जाओगे ना तब समझ में आएगा कि किस नरक में आ गए हैं।" दारोगा जोगी सिंह ने बाँह से सिर का पसीना पोंछते हुए जेल की महत्ता बताते हुए चिढ़कर कहा।

"नहीं, तब तो नर्क तो मुझे नहीं जाना।" बूढ़े ने जैसे नर्क का नाम सुनते ही जेल भ्रमण की योजना स्थगित कर दी।

"हा-हा-हा... आ गया होश! यह कोठी में लाखों रुपया दबाकर खजाना भर रहे हो, जिस दिन हम इधर-उधर हुए कि जेल तो जाना ही होगा। लेकिन बुढ़ऊ, अब सुनो काम का बात। जब तक तुम्हारा यहाँ धंधा चल रहा है चलाओ आराम से, जिस दिन कोई दिक्कत हुआ तो हम वादा करते हैं कि तुमको बचा के निकाल देंगे। झोला समेटना और निकल जाना, फकीर आदमी हो। हाँ, बस एक काम हमारा भी कर दो, तुम्हारे आगे हाथ ही जोड़ रहे हैं, समझ लो।" जोगी सिंह ने बिना जोड़े ही हाथ जोड़ने जैसा मान लेने का निर्देश देते हुए निवेदन किया।

"कार्य बताओ।" बूढ़े ने पूछा।

"अलग से कुछ नहीं, अरे यही काम जो तुम करते हो। बस हमारे लिए 4 सिपाही बना दो। हमारा सिपाही, एकदम प्राइवेट जो साला हमारे लिए काम करेगा। यह साले डिपार्टमेंट वाले कंट्रोल में नहीं रहते हैं आजकल। पैसा-कौड़ी का हवस भी बढ़ गया है इनमें। हिसाब में गड़बड़ी करते हैं। बिना दारोगा को सूचित किए जहाँ-तहाँ से पैसा उगहाते रहते हैं।" दारोगा जोगी सिंह ने बड़ी व्यावहारिक और विभागीय जिम्मेदारी से भरी माँग की थी। थाने को निजी हाथ में देने की नयी सदी की भारतीय अवधारणा का सूत्रपात यहीं से हुआ था। इतिहास शायद ही इसे दर्ज कर अपनी जिम्मेदारी निभाता।

बूढ़े ने दारोगा की माँग सुनकर एक लंबी साँस खींचकर छोड़ी और बड़ी शांति से पूछा, "खानदान में कितने सिपाही मरे हैं तुम्हारे?"

"हमारे खानदान में क्यों मरेगा सिपाही! अरे जमींदारों का परिवार रहा है हमारा। क्या बात करते हैं बाबा! सिपाही का फैमिली से लगते हैं हम क्या!" दारोगा जोगी सिंह का सीना फूलकर खुद सामने आ गया बोलते-बोलते।

"तो फिर सिपाही कैसे जिंदा करके दे दूँ! तुम दिखाओ बाप-दादा की तस्वीरें, जिंदा कर दूँगा उन्हें।" बूढ़े ने आँख मटकाकर कहा।

"मतलब? अरे तुम तो किसी को भी जिंदा कर सकते हो ना! फिर कर दो न बाबा। हाथ जोड़ रहे सच में इस बार।" दारोगा ने क्षण भर चौंकने के बाद उत्सुकतावश ही कहा।

"निश्चय ही, किसी को भी। पर उसके लिए मरना भी तो अनिवार्य है। जो मरा ही नहीं उसे जिंदा जैसे कर दूँ!" बूढ़े ने धीमे-धीमे स्वर में शांति से मुस्कुराते हुए कहा।

"अरे तुम तो मूर्ति में जान भर देते हो बाबा। चार मूर्ति बना के उसमें जान भरो और दे दो हमको?" दारोगा जी सिंह ने अपनी ओर से विधि बता दी।

"क्या कहा! हा-हा-हा... दारोगा नहीं, जो मरेगा वही जिंदा हो सकता है। मैं किसी अज्ञात में कोई अज्ञात आत्मा नहीं डाल सकता। और एक शर्त यह भी जान लो मैं केवल उसी को जिंदा करता हूँ जिस मरे हुए व्यक्ति का कोई परिजन आकर तस्वीर दे। इसके बिना किसी को जीवित नहीं करता मैं।" बूढ़े ने अपनी चमत्कारी शक्ति के कायदे की सीमा बताते हुए कहा।

"अरे यह क्या बात हुआ! अब हमसे भी कानून और नियम बताने लगे! अनाप-शनाप पैसा लेकर आदमी बेचने का धंधा करते हो और एक दारोगा को उसी के ही एरिया में नियम बता रहे हो! याद रखो बाबा, याद रखो हमारे हेल्प के कारण आज तुम पैसा का टीला जमा करके बैठे हो। अब बदले में एक काम कर दो मेरा। कोई एहसान नहीं है यह। कर दो, याद रखेंगे और अभी दस ग्राहक खोज ही लाऊँगा। रुपैया सँभाल न पाओगे, क्यों चिंता करते हो!" दारोगा ने अपनी ओर से भरसक सब तरह से समझाने का प्रयास करते हुए कहा।

"मैं कुछ नहीं कर सकता। तुम अगर कहो तो सुबह होने से पहले कोठी छोड़कर चला जाऊँगा। पर यह तो हो ही नहीं सकता।" बूढ़े ने स्पष्ट कहा था।

"हट चुप, यह क्या पागलपन है! नाटक ना करो। लो, लो, साला पैर पकड़ता हूँ। बना दो बाबा। साला मैं पागल था जो तुम्हारे खातिर इतना कुछ

किया और साला बोलते हो चला जाऊँगा? कहाँ जाओगे? अरे जहाँ जाओगे वहाँ पकड़े जाओगे।" जोगी सिंह एकदम आग बबूला हो गया था। सिर पर हाथ पीटते हुए बोल रहा था।

लेकिन उसकी इस चिल्लाहट पर बूढ़े की आँखें धीरे-धीरे लाल होनी शुरू हो गई थीं। शायद अब उसके अंदर भी कुछ रासायनिक समीकरण क्रियाशील होने लगे थे। बूढ़े की मुट्ठी भिंच गई थी। दारोगा जोगी सिंह अभी तक शायद इस हलचल से अनभिज्ञ था। वह तो अपने ही नशे में था।

"चिल्लाना नहीं दारोगा, जोर से नहीं बोलना। धीमे एकदम धीमे। रात में आवाज दूर तक जाती है, यमराज तक भी पहुँच सकती है। तुम्हारे हित की बात कह रहा कि नियंत्रण करो स्नायु तंत्रों पर और स्वर को न्यून रखो। वरना पकड़े तुम जाओगे।" बूढ़े ने तनी हुई भौंहों को और फैलाते हुए कहा। बूढ़े के चेहरे पर से वो स्थायी मंदहास अभी अनुपस्थित था।

यह सब सुनते और बूढ़े का ये रूप देखते ही दारोगा जोगी सिंह सकपका गया था। पर भीतर-ही-भीतर गुर्रा भी रहा था। लेकिन शीघ्र ही चेहरे पर याचना के भाव ले आया।

"चिल्ला नहीं रहे हैं बाबा। अरे वो आप जाने की बात कर दिए तो भावुकता में थोड़ा चिल्ला दिए। आपको कहीं नहीं जाने देंगे। यहीं रहो ना जब तक चाहो। बस एक उपकार कर दो हम पर, कर भी दो बाबा।" दारोगा अबकी वास्तव में हाथ जोड़े खड़ा हुआ था और किसी भी कीमत पर यह मौका नहीं छोड़ सकता था।

बूढ़े की बातें और उसकी सनकमिज़ाजी देख दारोगा इतना तो समझ ही गया था कि यह बूढ़ा अब किसी भी सुबह गायब हो ही सकता है। मन में आया कि जितना पैसा कमाना था कमा चुके, अब जाते-जाते एक स्थायी दीर्घकालीन जुगाड़ कर ही लेना चाहिए। इस खातिर वह किसी भी तरह बूढ़े को मना लेने में लगा था।

दारोगा जोगी सिंह हाथ जोड़े अभी और कुछ सोच ही रहा था कि बूढ़े ने जेब से एक बीड़ी निकालकर सामने आँगन के चबूतरे पर बैठते हुए कहा, "चलो जाओ, चार मरे सिपाहियों की तस्वीर ले आओ। और उनके परिजन वाली शर्त पूरी कर दो, बना दूँगा।" यह कहकर बूढ़ा बीड़ी फूँकने लगा।

"जी, जी ठीक है। ठीक है कर लेंगे ये काम। काम तो लेकिन बहुत हार्ड ही है लेकिन कर लेंगे कुछ उपाय।" दारोगा जोगी सिंह ने अब प्रसन्नता के साथ खुद को ही चुनौती देते हुए कहा और पैर में जूते डालकर दोनों हाथों को झाड़ पुनः सीधा खड़ा हुआ।

"मुझे पता है कि तुम ले ही आओगे। लोभ की प्रेरणा में असीम ऊर्जा होती है, स्वार्थ भीषण आत्मबल और साहस देता है। यह अवसर तुम कतई न छोड़ोगे।" बूढ़े ने आधी जल चुकी बीड़ी को जमीन पर फेंकते हुए कहा।

"खैर, अभी तुम्हारे हाथ में हुनर है, अब जो भी बोलो। कृपा कर दो। और अच्छा एक बात पूछना था कि वो अवध नारायण सिंह के बेटे का तबीयत कब ठीक होगा? साला वह तो दो महीना का बच्चा जैसा हरकत करता है। बाकी भी जिस-जिस को ले गए यहाँ से, उनका भी यही दिक्कत है। अब सब हमें पूछ रहा। थक के एक डॉक्टर रखे हैं। उसी से बहला रहे।" दारोगा जोगी सिंह ने एक बात पूछी।

"चार सिपाहियों के छायाचित्र ले आना जल्दी। कहीं विलंब न हो जाए। अब विदा लो अभी।" बूढ़ा बस अपनी बात बोलकर बगल के कमरे की ओर जाने लगा। दारोगा जोगी सिंह ने खड़े-खड़े कुछ पल उसकी पीठ की तरफ देखा और फिर बिना कुछ बोले वह भी कोठी से बाहर निकल आया। बूढ़े ने चलते-चलते जो कहा था, जोगी सिंह ने वो सबसे जरूरी बात समझ ली थी। बाहर आते ही बिना कोई क्षण ठहरे मोटरसाइकिल स्टार्ट हुई और जंगल को चीरती हुई सीधे पुल तक आई। पुल पर आते ही एक बार मन में आया कि मोटरसाइकिल रोकी जाए लेकिन शायद दिल से संकेत न मिलने के कारण धीमी हुई गति को फिर तेज कर दिया। करीब 20 से 25 मिनट के बाद दारोगा जोगी सिंह अपने थाने पर था। रात आधी हो चुकी थी। दारोगा जोगी सिंह ने घड़ी की ओर देखा भी नहीं और कुर्सी पर बैठते ही अपना मोबाइल निकाला।

"हेलो! क्या जी? 10 बार रिंग पर फोन उठाते हैं!" दारोगा जोगी सिंह कुर्सी पर पीछे की ओर लेटते हुए बोले।

"रात का एक बज रहा है। आदमी इस टाइम में सोया ही ना रहेगा सर। एक तो हमारा कलेजा धक कर गया कि इतना रात फोन कर रहे हैं आप। आधा नींद में हड़बड़ाकर उठे।" अवध नारायण सिंह ने कच्ची नींद में ऊँघते हुए कहा।

"अरे तो पुलिस का कोई फिक्स टाइम होता है जी! जब जरूरत पड़ता है जनता को पुलिस को फोन लगा देती है, तो पुलिस भी लगा दिया। वैसे अभी आप ही के काम का बात बताने के लिए फोन किए हैं। अपना स्वार्थ नहीं है कुछ, समझे। कैसा है अभी आपका लड़कवा? पगले जैसा ही कर रहा है ना अभी भी! हेलो! हेलो!" जोगी सिंह ने भी इधर से जम्हाई लेते हुए कहा।

"हाँ हेलो, बोलिए ना, सुन रहे हैं। बेटा का तो जो हाल है कि बस मौत नहीं आ रहा। अच्छा फेरा में डाले आप हमको जोगी बाबू।" अवध नारायण सिंह की नींद अब पीड़ा के स्वर में बदल गई थी।

"हद बात है। अरे वही उपाय तो बता रहे हैं। आज बुढ़वा को पकड़कर सारा मैटर बताए। लेकिन वही बात कि बुढ़वा है लालची दानव। फिर पैसा चाहिए उसको, तब बता देगा उपाय, ठीक ही कर देगा। तो क्या हुआ वह पैसा? लेट ना करिए, नहीं तो फिर चल जाएगा मौका। पैसा कल तक दे दीजिए। हम आदमी भेज देंगे। जाइए अब सुतिए।"

"अब क्या सोएँगे रे राक्षस साले!" फोन कटने के साथ ही यही मुँह से निकला अवध नारायण सिंह के।

सही ही निकला था। अब नींद भला क्या आनी थी! एक तो पुत्र वापसी के रूप में मिली एक जिंदा लाश की देखभाल से उपजा दुख और अवसाद लगातार पति-पत्नी को खाए जा रहा था दूसरी ओर इसी चक्कर में फँसकर आर्थिक हालात पर भी असर पड़ रहा था। अब कमर टूटने लगी थी। मन में तो हमेशा लगा रहता कि कब दारोगा का फोन आ जाए और कुछ भी पैसा देने को बोल दे। अवध नारायण को समझ नहीं आ रहा था कि इस मुश्किल से अब निकला कैसे जाए। सारी बातें इस बिंदु पर आ अटकी थीं कि बेटा ही स्वस्थ्य नहीं, वर्ना तो शायद ही किसी बात की फिक्र करते अवध नारायण सिंह।

"हेलो! हेलो! अरे जोगी बाबू! यह पैसा कितना देने बोले आप?" बिस्तर पर बैठे अचानक ही कुछ याद आते ही अवध नारायण सिंह ने तत्काल ही फोन लगाकर पूछा।

"तीन लाख, भूल जाते हैं? लिख लीजिए कहीं, थ्री लाख।" उधर से उबासी ली हुई आवाज आई।

"अरे आप तो दो लाख बोले थे! थोड़ा दया भी रखिए दिल में सर। एकदम

अब मेरा चमड़ा तक छीलकर ले लीजिएगा क्या!" एक किलसी-सी आवाज निकली थी अवध नारायण सिंह के मुँह से।

"ऐ, ई विदुर-विलाप बंद करिए। डकैत नहीं हैं हम, पुलिस हैं। वाजिब अमाउंट बोलते हैं, जब भी बोलते हैं। हमको मिलना है क्या इसमें एक पैसा! सब ऊपर जाएगा और आधा बुढ़वा के पास। वह भी आपका लड़का ठीक हो जाए इसलिए दे रहे बूढ़ा को। अरे ढाई लाख दे देना आप। अब बंद करिए। सौदाबाजी खराब लगता है।" दारोगा ने सौदेबाजी के विरोध में सौदा तय करते हुए कहा।

"हाँ-हाँ, छोड़िए दारोगा बाबू। बेटा ठीक होगा कि नहीं, नहीं पता। लेकिन हम खत्म हो जाएँगे जल्दी। अब हमको भी कुछ सोचना होगा। देखते हैं पैसा का जुगाड़ हो गया तो दे देंगे।" अवध नारायण सिंह मन-ही-मन कुछ तय करते हुए बोल रहे थे।

"ठीक है। बनिया के चट्टी पर धान नहीं तौलवाना है जो आपके जुगाड़ का इंतजार होगा यहाँ। प्रशासन को आपके नौटंकी से नहीं मतलब। जल्दी पहुँचा दीजिए नहीं तो अपना देख लीजिएगा। जो होगा फिर हम कसूरवार नहीं। फिर रोने का भी फायदा नहीं। हम तो नहीं ही बचा सकेंगे। चलिए शुभ रात्रि!" दारोगा जोगी सिंह ने हल्की तल्खी में कहा और अपनी तरफ से बोलकर फोन काट दिया।

इधर से जवाब में कुछ भी नहीं बोलने का अवसर पाए अवध नारायण सिंह ने फोन कटते ही मोबाइल हाथ में पकड़े हुए दो-चार पल उसे देखा और फिर गुस्से में मोबाइल को जोर से अपने पलंग के गद्‌देदार बिछौने पर पटक दिया। इसका लाभ यह हुआ था कि खीझ भी निकल गई और मोबाइल भी नहीं टूटा। आवेग में भी यही संतुलन होनी चाहिए, गुस्से में भी यही संयम और क्रोध में भी ऐसी ही सावधानी होनी चाहिए। सामान्यतः मध्यमवर्ग इसी प्रवृत्ति का ठीक-ठाक अभ्यासी होता है।

11

करीब आधे घंटे तक शौचालय के भीतर रहने के बाद सफेद कोठारी गंजी पर आधी लुंगी उठाए हाथ में बाल्टी और पीला-काला हो चुका एल्यूमीनियम का एक बड़ा-सा मग लिए दारोगा जोगी सिंह पसीने से भीगे बाहर निकले। पूरे थाने में हाते के पीछे कोने पर बना शौचालय ही एक ऐसा एकांत था जहाँ दारोगा इत्मीनान से बैठे अक्सर अपनी आगामी हैरतअंगेज योजनाओं पर सोचा करते थे। आज भी कम देर नहीं सोचा था। अभी सबसे ज्यादा दिमाग इस बात पर लग रहा था कि आखिर वे कौन से चार सिपाहियों की तस्वीर खोजी जाए जिन्हें उस बूढ़े को सौंपकर चार जिंदा सिपाही लाए जा सकें।

जैसे कई लोगों का दिमाग संसार के कोलाहल से दूर कहीं नितांत एकांत में ध्यानमग्न होने पर खुलता है, दारोगा जोगी सिंह का भी शौचालय में जाकर खुला था। उसने बाल्टी-मग थाने के छोर वाले बरामदे पर रखकर नल पर जाकर हाथ पैर धोया, लुंगी से ही पूरे हाथ को बढ़िया से पोंछा और फिर लुंगी-गंजी में ही सीधे थाने के रिकॉर्ड रूम में पहुँचा। अंदर दरवाजा खुलते ही उसका कक्ष का स्थायी निवासी एक चमगादड़ अचानक झपटकर दारोगा जोगी सिंह के कान के बगल से फड़फड़ाते हुए बाहर निकला।

अंदर मकड़ी के जाल ने सुरक्षा घेरा बना रखा था जरूरी सरकारी फाइलों के लिए। दारोगा जोगी सिंह ने आगे बढ़कर दोनों हाथों से जाले तोड़े और सदियों पुरानी रैक पर वर्षों से चिर निंद्रा में लीन फाइलों के ऊपर से मोटी मैली गर्द की

बिछी चादर हटाने लगा। रैक में हाथ जाते ही कभी किसी फाइल से तिलचट्टा निकलकर हक्का-बक्का दौड़ने लगता तो कभी कोई छिपकली कूद के चमका दे रही थी। पसीने-पसीने हुए जोगी सिंह ने बाहर जाकर एक हथौड़ी लाई और उस कमरे की चारों खिड़कियाँ को बड़ी आसानी से दस-बीस बार पीटकर खोल दी। थाने के किसी भी सिपाही को दारोगा जी ने बुलाया नहीं था तो वह भी दूर से ही खैनी रटाए ठक-ठक की आवाज को सुनकर भी अनसुना कर आपस में गप्प करने में मशगूल थे।

हाँ उन्हें इतना समझ में आ ही रहा था कि 'दारोगा जी किसी खास केस के पीछे पड़ गए हैं, हथौड़ा लेकर। आज सब फाइल का तेलचट्टा मर जाएगा।'

करीब 2 से 3 घंटे की मशक्कत के बाद पूरे बदन पर धूल का बॉडी पैक लगाए दारोगा जोगी सिंह हाथ में एक छोटा-सा पुर्जा दाबे हल्की-सी गुप्त मुस्कान लिए उस रिकॉर्ड रूम से निकला। एक बार निकलते ही इधर-उधर नजर घुमाई तो कुछ सिपाही पेड़ के नीचे, कुछ नये थाने आए लोगों से बातचीत करने में व्यस्त दिखे। जोगी सिंह किसी को बिना कुछ टोके अब अपने आवासीय कक्ष की ओर निकल गया। पसीना टप-टप जमीन पर ऐसे गिर रहा था जैसे खून के धब्बे, मतलब एक अनजान आदमी भी आता तो उन धब्बों का पीछा कर रिकॉर्ड रूम से दारोगा जी के कक्ष तक जा सकता था, जिसकी जरूरत ही क्या थी! अब अंदर से दारोगा जोगी सिंह लगभग आधे घंटे में नहा-धोकर वर्दी पहन बाहर निकला।

इतने लंबे वक्त में बहुत से फरियादी, मवाली, घरेलू झगड़े वाले भाई-भाई, ननद-भौजाई, पकड़े गए पॉकेटमार, धरे गए चोर वगैरह तमाम तरह की वैरायटी की भीड़ जमा हो गई थी। अनुभवी सिपाही लोग तब तक उन सब से पात्रानुसार डीलिंग कर ही रहे थे। दारोगा जी को ऐसे मामलों में बस निकलकर एक औपचारिक अनुमति भर दे देनी होती थी। देश के थाने इसी सहयोगात्मक मॉडल पर चला करते थे। सो जोगी सिंह ने निकलकर कुछ देर खड़े-खड़े कुछ मामले देखे-सुने और अनुभवी एवं विश्वसनीय सिपाहियों के जिम्मे सारा मामला देकर कह दिया, "हाँ तो तुम लोग देख लो, हम जरा एक जरूरी काम से निकल रहे हैं।"

विश्वसनीयता तो ठीक थी लेकिन अब तो यहाँ जोगी सिंह के दिमाग में

अपने निजी सिपाहियों को लाने की तैयारी चल रही थी। एकदम प्राइवेट वाली जोगी बटालियन। अब चार ऐसे सिपाही को लाने की तैयारी जो गुलाम होते जोगी सिंह के। विश्वसनीय होना भला किसी का गुलाम होना थोड़े होता है। दारोगा जोगी सिंह और ज्यादा महत्त्वपूर्ण मिशन पर निकल रहे थे और इसलिए इस मिशन में किसी भी विश्वसनीय साथी सिपाही को शामिल करना उचित नहीं समझा था।

मजे की बात तो यह थी कि थाने के किसी भी सिपाही को कोठी वाले असली खेल का पता भी नहीं था। उन्हें बस यह पता था कि कोठी में एक विदेशी गोरा बूढ़ा रहता है जो कुछ तस्करी या अन्य गैरकानूनी धंधा करता है और दारोगा साहब की नेक दिली के कारण यहीं कोठी में ही डेरा डाले हुए है। उन सिपाहियों को तो ये पता था कि कोठी से आम लोगों को दूर रखने के लिए दारोगा जी ने ही वहाँ भूत-प्रेत के रहने और उसके द्वारा आदमी जिंदा कर देने जैसी अफवाह फैला रखी है, जिससे कोई कोठी के आस-पास भी न जाए और इस अजीबो-गरीब बात पर किसी को यकीन भी न हो। इसलिए एकाध बार जब कहीं ये लोग बूढ़े के बारे में कोई बात सुन भी लेते तो उसे दारोगा जी का रचा झूठा खेल समझकर मुस्कुराते।

इधर दारोगा जोगी सिंह बिना कुछ किए ही उन सिपाहियों को मासिक कुछ पैसे उस कोठी में हो रही तस्करी के नाम पर दे देते थे। सभी सिपाही इस खातिर दिल से उस बूढ़े और दारोगा को दुआ देते कि यह धंधा यूँ ही चलता रहे। सिपाहियों ने तो खुद कभी न बूढ़े को देखा था, न कोठी गए ही थे अकेले। चूँकि सिपाहियों को तो हाथ में वास्तव में ठीक-ठाक पैसा मिल रहा था तो ऐसे में भला किसी प्रकार की भी शंका करने का कोई मतलब नहीं था।

अलबत्ता कभी जब दारोगा जी रात-बिरात गायब होते भी तो सिपाही जान-बूझकर उन्हें सहयोग ही करते और निश्चिंत रहते कि दारोगाजी लौटकर आएँगे तो कुछ माल बनाकर ही आएँगे। इन सब चीजों को इस तरह योजनागत तरीके से प्रबंधित कर सबसे बचा-छुपाकर संपादित करना आसान न था। पर जोगी सिंह जानते थे कि दारोगा की नौकरी कौन-सी आसान नौकरी है! इसलिए न कठिन परिस्थिति से डर रहे थे न खतरा उठाने से। जबकि इसके बदले हासिल भरपूर हो रहा था, सो आया पैसा और खतरा उठाने को ही प्रेरित करता था।

पैसे में पृथ्वी से ज्यादा गुरुत्वाकर्षण और अप्सरा से ज्यादा आकर्षण होता है। आदमी उस गुरुत्व के कारण कहीं भी खिंचा चला जा सकता है। पैसा आपको न्यूटन के सेब से लाख गुना ज्यादा नीचे गिरा सकता है। लालच के पेड़ से टपका आदमी जमीन पर नहीं, पाताल में गिरता है। ऐसे किसी आदमी को गिरता देख विज्ञान के सिद्धांत नहीं गढ़े जाते, मर्यादा की मौत को देखना होता है।

दारोगा जोगी सिंह अब चोर-उचक्के, दीन-दुखियों की दुनिया से निकलकर फुलपैंट की चैन पकड़े थाने के पीछे वाले शौचालय की ओर गया। इधर सिपाही अपने डीलिंग में मगन थे। दारोगा जोगी सिंह शौचालय में घुसा जरूर लेकिन घुसते ही पैंट नहीं, मोबाइल खोला।

"जय हिंद सर! सर जय हिंद!" दारोगा जोगी सिंह ने जोर से पाँव पटकते हुए कहा। नीचे टूटी फर्श पर जमा पानी का छींटा छपाक फुलपैंट से ऊपर वर्दी और मुँह तक आ गया था। जोगी सिंह ने बाएँ हाथ से मुँह वाला छींटा पोंछा।

"व्हॉट्सएप कॉल करो बेवकूफ।" उधर से एक खुरदरी-सी आवाज आई। यह सुनते जोगी सिंह ने बिजली की गति से फोन काटा और स्क्रीन पर इधर-उधर उँगली कर दोबारा व्हॉट्सएप कॉल किया।

"हूजूर एक प्रॉब्लम बढ़ रहा है। मैटर फैल रहा है थोड़ा।" दारोगा जोगी सिंह ने धीमी आवाज में थोड़ा हिचकते हुए कहा।

"क्या बात हो गई? तुम मुझे सुना रहे हो? फिर तुम क्या करोगे? वहाँ बहुत दिक्कत है रहने में? बताओ तो प्रॉब्लम खत्म कर दूँ तुम्हारी?" यह आवाज जिले के पुलिस कप्तान की थी।

"नहीं-नहीं सर, नहीं सर। सब ठीक है। वह तो हल्का-सा बात था। ओके है सर।" दारोगा जोगी सिंह को लगा जैसे वो शौचालय वाले छेद में न घुस जाए हिलकर बोलते-बोलते।

"अरे बताओ हुआ क्या है?" कप्तान साहब ने फिर भी पूछा।

"जी सर कुछ नहीं, एक छोटा-सा बात था कि गाँव का ही एक चौकीदार है यहाँ। बड़का जेम्स बांड बनता है। इसको कोठी का बात सब थोड़ा पता चल गया है। यह जिंदा आदमी तक देख चुका है। अब वही थोड़ा हम सोच रहे हैं कि बात बहुत फैल न जाए।" दारोगा जोगी सिंह ने भी कह ही दिया।

"चौकीदार है? अरे भीतर डालो साले को किसी केस में। ज्यादा सिरियस

हो तो पुलिस के लिए शूट सोल्युशन सबसे बेहतर और नॉर्मल होता है। ओके ?" एसपी साहब ने कहा।

"जय हिंद सर!" दारोगा जोगी सिंह ने इस बार बिन पाँव पटके कहा।

जोगी सिंह ने फोन कटने के बाद एक-दो पल फोन की स्क्रीन की तरफ देखा और तत्क्षण ही बड़बड़ाने लगा- "साले, ऊपर बैठकर आदेश दे देता है। कल जब सारा मामला का भंडाफोड़ होगा तो अपने कपार पर एक मर्डर का केस भी लें! साला कैसे एसपी बन जाता है ऐसा सब आदमी! असली टैलेंट तो यहाँ थाने में सड़ रहा है।"

अब मोबाइल जेब में डालकर दोनों हाथों से मुँह पोंछते जोगी सिंह शौचालय से बाहर निकला। अब जेब में हाथ डालकर एक बार फिर से वही लिखा हुआ पुर्जा निकाला, उसे एक नजर देखा और दूसरी नजर बरामदे पर खड़ी रहती बुलेट पर डाला। देखा कि बुलेट वहाँ नहीं थी। वह थाना अहाते के एक किनारे चिड़चिड़ी के पेड़ के पास खड़ी थी। एक सिपाही ने बड़े पेशेवर सर्विसिंग वाले अंदाज में अच्छे से धोकर वहीं खड़ी कर दी थी।

पर दारोगा जोगी सिंह के बुलेट को देखते ही मुँह से निकला, "अरे साला, यह बुलेट को धूप में कौन खड़ा कर दिया जी? रंग उड़ जाएगा, समझ नहीं आता है!"

"सर, पानी सूखने खड़ा किया था। पलक में पानी चल जाता है न सर धोने से। सीट पर भी पानी था।" एक सिपाही ने दूसरे सिपाही के किए पर दूर से ही थोड़ी तेज आवाज में कहा। इस पर दारोगा जोगी सिंह ने इस बार कुछ कहा नहीं। धीमे से खुद ही में बुदबुदाया, "ये साले मूर्ख लोग, कपड़ा से नहीं पोंछ सकता है! गोबर भरा है दिमाग में। तब ना सिपाही है। जीनियस होते तो साले दारोगा नहीं होते इसी थाना में!"

इतना सोचते-बुदबुदाते दारोगा अब बुलेट पर सवार हो चुका था। बैठते ही सामने के दाहिने शीशे में एक बार अपना मुँह देखा। फिर पहली किक मारी। दूसरी जैसे मारी, बुलेट के भड़भड़-भटभट से हाता गूँजने लगा। दारोगा जोगी सिंह ने एक बार और झाड़कर एक्सलेटर घुमाया। भटभट की स्वीट कर्कशी आवाज से थाने की सरकारी छत थिरकती मालूम पड़ने लगी। लेकिन इस शोर के बीच दारोगा जोगी सिंह ने अचानक हैंडल एक्सलेटर छोड़ दिया। आवाज

धीमी हो गई। दारोगा किसी और हलचल की आवाज सुनना चाह रहा था। एक बार फिर से जेब में रखा पुर्जा निकालकर देखा और वापस जेब में रख लिया। चेहरे पर भाव थोड़े से बदल गए। हलचल खुद के अंदर चल रही थी। उस पर भटभट की आवाज खुद को ही गड़ रही थी। अब बुलेट का स्टार्ट बंद हो चुका था। दारोगा चाबी निकाल वापस उतर गया।

आदमी जब अपने भीतर एक चोर लिए चलता है तो उसे अंदर-बाहर दोनों के शोर से डर लगता है। आदमी अपनी ही आहट पर भी चौंक जाता है। अपनी साँसों की आवाजाही भी उसे दरवाजे पर किसी की दस्तक मालूम पड़ती है।

दारोगा जोगी सिंह अभी शायद किसी गुप्त मिशन पर ही निकल रहा था। पता नहीं क्या सोचकर बुलेट से उतर गया और एक सिपाही को आवाज लगाई, "ए मिश्रा जी, अपना मोटरसाइकिल का चाभी दीजिए तो, उसी से जाएँगे।"

सफेद बालों वाले बुजुर्ग से दिख रहे सिपाही मिश्रा जी ने दौड़कर दारोगा को चाबी दी। दारोगा जोगी सिंह अब सिपाही मिश्रा जी की सीडी डॉन लेकर निकल ही रहा था कि सामने जैसे अभी के अभी इतिहास के पन्ने से निकलकर एक साइकिलनुमा मोटरसाइकिल लूना मोपेड फर्र-फुर्र करती थाने के मुख्य द्वार से घुसी। घुसते ही लूना सवार ने दोनों पाँव को रगड़ते हुए कस के हाथ से ब्रेक दबाते-दबाते किसी तरह लूना रोक ली। चारों तरफ पैर की रगड़ से उड़ी हुई धूल उठी जैसे कुरुक्षेत्र में कर्ण के रथ को ब्रेक लगा हो। अब मुँह भर धूल खाया सवार उतरा।

"अरे! का जी हाजरा! वाह लूना ले लिए?" दारोगा जोगी सिंह ने उसे देखते ही पूछा।

"प्रणाम! जय हिंद की सर! हा-हा-हा... हुजूर नया नहीं लिए, एक सेकेंड हैंड मिल गया है। बगल गाँव के एक चौकीदार का ही था। साइकिल से ज्यादा मजा देता ई।" चौकीदार हाजरा ने हर्षित मन से कहा।

लूना तो एक जमाने में वो लोकप्रिय मोपेड मोटरसाइकिल थी जिसने साइकिल चलाने वाले को सीधे हवाई जहाज के एहसास तक पहुँचा दिया था। यह साइकिल की तरह दिखने वाली पैडल के जोर से पैर मार घुमाने पर स्टार्ट होकर हुर्र-हुर्र फर्र-फुर्र कर सड़क पर जब दौड़ने लगती तो जैसे हेलीकॉप्टर में होने का मजा देती थी गाँवों-कस्बों और छोटे शहरों के सीमित साधन वाले

साइकिलपसंद अभ्यास सवारों को। सीमित आय वाले धोती पहने मास्टर साहब लोगों के लिए तो यह तब वरदान बनकर उतरी थी बाजार में। धोती पहनने वालों के लिए लूना चलाना इसलिए भी आसान था कि बीच में दोनों पैरों के बीच खुला स्थान होता था और उसमें उनकी धोती नहीं लझबझाती थी। निम्न आय से लेकर मध्यम आय वाले साइकिल सवारों की सवारी अब लूना हो गई थी उन दिनों।

'चल मेरी लूना' की टैगलाइन भारतीय विज्ञापन जगत में शायद इस पहले प्रयोग के लिए जानी जाएगी जिसमें बोलचाल की भाषा का इस्तेमाल हुआ था। दशकों पुरानी उसी लूना के बचे अवशेष को पता नहीं चौकीदार ने कहाँ दूर गाँव के किसी परिचित चौकीदार से ही खरीदा था।

"अरे यहाँ क्यों आ गया तुम? तुमको मोबाइल भी तो दिए हैं ना हम? हद मूर्ख हो तुम भी भाय?" दारोगा जोगी सिंह ने हाजरा के हर्षित मन को मूर्छित करते डाँटते हुए कहा।

"थोड़ा मरजेंसी था तो..." चौकीदार ने आधा ही कहा।

"तो मरजेंसी बात में फोन नहीं लगता है क्या! मोबाइल तुमको इत्मीनान का काम करने दिए हैं! तुरंत आ गए लूना लेकर! साइड आओ इधर।" दारोगा जोगी सिंह उसे लगातार डपटते हुए चलते-चलते थाने के पीछे उधर शौचालय की तरफ ले गया।

"हुजूर एक पार्टी..." बड़े उत्साह के साथ तेज आवाज में अभी शुरू ही हुआ था चौकीदार।

"अरे साले धीरे... धीरे बोलो। आवाज नीचे।" दारोगा ने उसका वॉल्यूम मरोड़कर कम करते हुए कहा।

"जी हुजूर, हाँ धीरे बोल रहे हैं। अ...अ बात था कि हमारे गाँव का ही एक पार्टी है। पासी है जात का। उसका चार बरस का बेटा मर गया था। तो वही हम से संपर्क किया है। सोचे कि तुरंत हुजूर को खबर पहुँचाना होगा। तो वही लूना उठाए और आ गए।" चौकीदार हाजरा ने धीमे से ही कहा।

"पासी है? पैसा है?" दारोगा जोगी सिंह ने पलक झपकते ही आर्थिक जनगणना करते हुए पूछा।

"सर पैसा तो रखा होगा। तभी तो बात किया है। हम किलियर बोल भी दिए हैं कि छोटा बच्चा का कोई कम पैसा नहीं लगेगा। कोई कनसेसन नहीं होता है

ई सब में।" चौकीदार हाजरा ने प्रशिक्षित एजेंट की भाँति कहा।

वास्तव में चौकीदार हाजरा जितनी जल्दी सब कुछ सीख गया था उतना तो पुलिस प्रशिक्षण केंद्र से एक दारोगा भी सीखकर नहीं आता है। कुछ दिन पहले तक दारोगा जोगी सिंह के इस रहस्य वाले धंधे की सबसे बड़ी समस्या बना चौकीदार हाजरा अब उसी धंधे में दारोगा का विश्वसनीय सेवक बन चुका था। असल में जब जोगी सिंह को यह समझ में आया कि चौकीदार तो सारी बात जान ही चुका है, धीरे-धीरे सब के आगे बकबक करके बताएगा। फिर जितनी बात खुलती जाएगी उतना नुकसान होगा। तब दारोगा जोगी सिंह ने सोचा कि एक तो चौकीदार रहता भी थाने से अलग गाँव में है। इसकी इच्छा-आकांक्षा भी छोटी-सी होगी। महीने में दस-पंद्रह हजार भी मिल जाएँगे तो इतना पैसा देखकर मुँह बंद ही रखेगा और उल्टे इसी के द्वारा नये-नये ग्राहक भी खोजा जा सकता था। जोगी सिंह की यह भी स्पष्ट समझ थी कि आज न कल तो कोठी वाला मामला खुलेगा ही इसलिए जितना हो सके, जल्द बना लिया जाए।

साथ ही उसने सोचा कि जब पोल खुलेगी तो जिस तरह एसपी साहब ने मन-ही-मन मुझ दारोगा को बकरा हलाल कर लेने का सोच रखा है, मुझे भी उससे बचते हुए एक मुर्गा रखना चाहिए जिस पर बाद में सारा मामला डाला जा सके। यानी उस कोठी वाले धंधे के बारे में पुलिस विभाग में एक तो जिले के कप्तान को, दूसरा दारोग़ा जोगी सिंह को, जिसने ये सारा मामला सेट ही किया था और अब तीसरा चौकीदार को पता था। दारोगा को अपने पुलिस कप्तान की मंशा पता थी इसलिए उसने भी अपनी तैयारी सोच रखी थी। दारोगा या पुलिस कप्तान के द्वारा अब यह कितनी सफल और चौकस योजना थी इसका तो नहीं पता पर पंचायत से लेकर जिला स्तर तक एकसूत्र में पिरोया यह त्रिस्तरीय ढाँचा ही व्यवस्था द्वारा पोषित किसी भी भ्रष्ट धंधे से संबंधित क्रियान्वयन एवं समन्वय का आदर्श मॉडल था। चौकीदार-दारोगा-पुलिस कप्तान... इसे कहते थे नीचे से ऊपर तक एकरूप ढाँचा। चाहे ऊपर से लगना शुरू हो या नीचे से, यह घुन की मर्जी, मगर लगनी पूरे में थी।

"ठीक है, इसको बाद में भेंट करना। अभी एक रिटायर बड़ा बाबू है। उसका काम है। जब लूना ले लिए हो तो तुम ही चले जाना। कुछ चीज देगा तुमको। चुपचाप लेकर चले आना।" दारोगा ने कहा।

"हुजूर फोन नंबर दे दीजिए ना, हम आज ही चले जाएँगे।" हाजरा ने नित नये मिल रहे लाभदायी दायित्व से हर्षित हो उत्साहित मन से कहा।

दारोगा जोगी सिंह अब वापस मोटरसाइकिल पर बैठने ही वाला था कि पीछे-पीछे आकर खड़े हो गए चौकीदार हाजरा की नजर एक ऐसे दृश्य पर पड़ी कि उसकी आँखें फटी नहीं, फटकर अटक गईं। उसे असल में सामने साइकिल से एक सिपाही आता दिखाई दे दिया था। चौकीदार हाजरा ने दो-तीन बार आँख मीचकर खोला, हाथ से मला और फिर देखा।

"अरे! अरे! अरे! मिल गया, आह मिल गया! अरे ई तो हमारा साइकिल ही है!" हाजरा ने मानो वर्षों पहले किसी मेले में छूट जाने से खोए हुए अपने इकलौते बेटे को देख लिया था। नहीं, ये तुलना तो कम ही थी। व्याकुलता, आश्चर्य और खुशी समेत दस-बीस तरह के और भाँति-भाँति के भाव चेहरे पर लिए वो उधर ही देखता हुआ लूना की दोनों हैंडिल छोड़ टाँग-हाथ छीरिया कर साइकिल की ओर खींचा हुआ दौड़ने को हुआ।

पहला कदम उस दिशा में पड़ा ही था कि पीछे धुडुप से लूना के गिरने की आवाज आई। उसने चमक कर पीछे देखा, खरीदते वक्त लूना का आधा टूटा हुआ लुकिंग गिलास अब पूरा टूट चुका था। चौकीदार हाजरा माथे पर हाथ धरे एक फलांग में अब वापस लूना की तरफ कूदा। झट से उसे उठाया, स्टैंड पर खड़ा करने लगा। लूना भी आज पता नहीं क्या लेने के मूड में थी! जंग लगा स्टैंड लात से खुल नहीं रहा था। शायद अभी-अभी गिरने के बाद वह और अंदर की तरफ धँस गया था। चौकीदार हाजरा ने जल्दी-जल्दी में दो-तीन बार जोर से टाँग मारी तो स्टैंड के बगल में एक निकला हुआ टिन का नुकीला टुकड़ा अँगूठे में गड़ गया। चौकीदार हाजरा ने दर्द से इस्स्स करते हुए आँख बंद किया और हिचकी ली। अब झट से झुककर हाथ से ही स्टैंड को खींचा। जिद्दी स्टैंड अभी भी नहीं निकला। अब उसने उसे भी घुड़काकर ठीक साइकिल की ही तरह हाते के दीवार के सहारे खड़ा कर दिया। वह बार-बार हर दो-तीन क्षण पर पीछे मुड़कर भी देख रहा था। उसे लग रहा था कि कहीं फिर गायब न हो जाए नजर से साइकिल।

चौकीदार की उछल-कूद देखते जा रहे दारोगा जोगी सिंह ने निकलते-निकलते पूछ दिया, "क्या जी? इतना हड़बड़ा काहे रहे हो?"

"अरे सर, हमारा चोरी हुआ साइकिल सिपाही जी के पास देखे। वहाँ देखिए ना, मिल गया।" चौकीदार हाजरा ने साइकिल देखने को बरामदगी समझते हुए खुशी से कहा।

"आँय? हट्ट पागल आदमी! दिमाग खराब है?" चंद कदम पर खड़े एक सिपाही ने ये सुनते ही चौंककर कहा।

"हमारा ही है। यहीं थाना से चोरी हुआ था ना।" चौकीदार हाजरा ने साइकिल की तरफ देखते हुए दूसरी तरफ बाइक पर बैठे दारोगा जोगी से कहा।

"भट्ट! फालतू बात। थाना से कहीं सामान चोरी होता है! रुको पहले समझने दो हमको।" इतना कहकर दारोगा जोगी सिंह ने बाइक का स्टार्ट बंद करते हुए एक सिपाही को आवाज लगाई। एक सिपाही झटककर चलते हुए आया। साइकिल चलाकर आया सिपाही साइकिल खड़ी कर थाने के अंदर जा चुका था।

"किसका साइकिल है? वो टूटलका-पूरनका साइकिल जी?" दारोगा ने सिपाही से पूछा।

सिपाही ने झटके से खैनी मुँह में फाँका और कहा, "भूपेंदर भाई चलाते हैं। थोड़ा बाहर-भीतर करने में काम आता है तो वही रख लिए हैं थाना में।"

"वही तो हम भी सोचे कि साला थाना से कहीं साइकिल चोरी होता है! चौकीदार का दिमाग भी अजब-गजब घूमते रहता है। सिपाही लोग उठा के थाना में रखा है अपना लेकर। थोड़ा जिम्मेदारी से बोलो चौकीदार। आँय, यही सब गलतफहमी से न पुलिस को बदनाम कर देता है पब्लिक। ओह! चलो ठीक है।" इतना बोल लगभग मुस्कुराते हुए दारोगा जोगी सिंह ने किक पर लात मारी।

इतने में तो चौकीदार हाजरा साइकिल तक पहुँच, उसे पकड़कर लगभग विलापी मुद्रा में लिपट गया था। यह दृश्य अभी बना ही था कि उधर ही खड़ा सफेद बालों वाला एक सिपाही गरजा, "ऐ! अरे! हट दूर हट! दूर हट! सरकारी चीज छूता है? थाना का एक तिनका भी इधर से उधर नहीं होता है जोगी सर के राज में। और इनको पूरा साइकिल ही चाहिए? उसको भी अपना बोलता है? चोरी का बात बोलता है? हद है मर्दे।"

यह गरज के छींटे पड़ते ही चौकीदार हाजरा दन्न से उछलकर पीछे हट गया।

दारोगा जोगी सिंह ने तो जैसे ही सिपाही से अपनी गाथा सुनी, उसका सीना खुद-ब-खुद बिना साँस फूलाए फूल गया था। मन-ही-मन सोचा- 'अब ये सब हमारा ही कमाया प्रताप तो है।" लेकिन अगले ही पल यह भी खयाल संग-संग आया कि आखिर चौकीदार हाजरा तो अभी उसके सबसे गुप्त सहयोगियों में से एकमात्र था। दारोगा जोगी सिंह के लिए उसे भी एकदम निराश कर देना उचित नहीं था।

"हाजरा... इधर आओ। अच्छा साइकिल छोड़ो न जी। इधर आओ।" जोगी सिंह ने हाजरा को साइकिल के पास खड़ा देखकर कहा।

चौकीदार हाजरा मुँह लटकाए धीरे-धीरे कदमों से दारोगा की तरफ आया। न बेचारे से कुछ बोलते बन रहा था, न सोचते। उसे तो समझ ही नहीं आ रहा था कि, 'आखिर हमारी साइकिल हमारे ही सामने एकदम खटाक प्राइवेट से सरकारी कैसे हो गया!'

उसे निजी संपत्तियों के राष्ट्रीयकरण की यह प्रक्रिया तनिक भी समझ न आई थी। जबकि यह देश में वह दौर था जब अखबारों में अक्सर सरकार द्वारा सरकारी उपक्रम को नीलाम करके निजी हाथों में देने की खबरें आती रहती थीं। लेकिन पूँजीवाद के इस घनघोर दौर में सरकारीकरण की लाज असल में अब जोगी सिंह के थाने ने ही बचाकर रखी थी।

"जी हुजूर, साइकिल तो हमारा था हुजूर, हुजूर पैर पकड़ते हैं। दिलवा दीजिए ना। पुश्तैनी साइकिल है। बाप-दादा का निशानी है। 40 बरस से ज्यादा समय हो गया।" चौकीदार हाजरा साइकिल की पुरातात्विकता और पुश्तैनी लगाव का भावुक वर्णन करते हुए जैसे रो पड़ा था।

"सुनो अब, बुड़बक जैसा जिद ना करो। चलो मान लिया तुम्हारा साइकिल है। अब छोड़ो ही पुराना साइकिल। सिपाही लोग सनकी होता है। लावारिस पड़ा देखा होगा तो सामान को सुरक्षित रखने के लिए थाना में रख लिया है। अब बात को समझो, बिना कोई एविडेंस चाहकर भी किसी को साइकिल कैसे दे देगा पुलिस! अब कोई एफआईआर दर्ज हुआ होता तभी ना साइकिल को लौटा सकता है पुलिस! जो चीज पुलिस रेकॉर्ड में चोरी ही नहीं हुआ उसको बरामद कैसे दिखा देगा पुलिस! अब तुम चौकीदार होकर अगर कानून नहीं समझोगे तो कौन समझेगा! ऐसे चलेगा पुलिस का सिस्टम! तुम तो कानून का मैटर समझो

चौकीदार, पुराना आदमी हो विभाग का।"

दारोगा जोगी सिंह ने दुनिया भर के सारे कानून और पुलिस व्यवस्था की सारी लाज चौकीदार के ऊपर रखते हुए कहा।

"ए हुजूर, आप चाहें तो क्या नहीं मिल जाए! एकदम सच बोल रहे हैं हमारा ही साइकिल है।" चौकीदार हाजरा ने आखिरी उम्मीद नहीं छोड़ी थी अभी।

"देखो अब मेन बात समझो। अब ई साइकिल छोड़ो यार, दिलवा दिए तो सिपाही लोग डिमोरलाइज हो जाएगा। ऐसे ही न मनोबल टूट जाता है पुलिस का।" दारोगा जोगी सिंह ने प्रशासन का इकबाल बचाते हुए कहा।

"सुनो यह रखो पैसा, तुमको भी तो अपना बाल-बच्चा खातिर आगे के लिए पुश्तैनी निशानी चाहिए, तो ई खटारा साइकिल कितना दिन तक! लो पैसा और जाकर बढ़िया नया सेकेंड हैंड साइकिल खरीद लो। सुन रहे कि एटलस का फैक्ट्री बंद हो रहा, उसी का ले लेना किसी का साइकिल बिक्री देखकर गाँव में। बड़का निशानी रह जाएगा।" जोगी सिंह ने पाँच सौ के नोट के रूप में अंतिम निर्णय थमाते हुए कहा।

चौकीदार हाजरा भी अब समझ गया कि कुछ भी हो पर उसकी ये साइकिल अब नहीं मिलने वाली। बुझे मन से उसने धीरे से हाथ बढ़ाया और नोट को हथेली में लेकर मुट्ठी बंद कर ली। एक बार पुनः बड़ी कारुणिक दृष्टि से खड़ी उस साइकिल की तरफ देखा। अब तक दारोगा बाइक स्टार्ट कर जा चुका था। चौकीदार हाजरा के शरीर की बची-खुची फुर्ती इस वक्त शरीर छोड़ चुकी थी। वह बेहद बोझिल कदमों से लूना तक पहुँचा। लूना को किसी तरह हिला-डुलाकर स्टार्ट किया। एक बार लूना बढ़ी तो फिर दोनों पाँवों को घसीट कर उसे रोका, फिर एक नजर साइकिल की तरफ देखा। एक पुरानी टूटी जर्जर-सी साइकिल लेकिन फिर भी लगाव ऐसा कि जाते-जाते भी नजर नहीं हट रही थी। किसी की यादों से बिछड़ना इतना ही कचोटता है। आदमी बिछड़ तो जाता है पर बिछड़ा नहीं जाता। उस बरसों पुरानी साइकिल की सीट और पीछे लोहे के कैरियर पर न जाने कितनी यादों की गठरी बँधी-लदी हुई थी। चौकीदार हाजरा का मन साइकिल के लिए नहीं उस गठरी की खातिर रो रहा था। जब जाता है तो सब चला जाता है।

12

सुबह के करीब 8 बज रहे होंगे। सुंदर भगत अभी अपनी दुकान के दरवाजे खोलकर झाड़ू ही लगा रहा था। तभी फूलचंद एकदम से नहाए-धोआए पहुँचकर सामने खड़ा हो गया।

"अरे आज भोरे-भोरे एकदम ?" सुंदर ने उसे देखते ही झाड़ू रोककर कमर सीधी करते हुए पूछा।

"हाँ जा रहे हैं ड्यूटी पर ही। वही अवध नारायण सिंह के घरे।" फूलचंद ने जानी हुई बात बताई।

"ओ फिर से जा रहे हो ? बीच में छोड़ दिए थे ना ?" सुंदर ने पुनः झुककर झाड़ू लगाते हुए पूछा।

"नहीं, छोड़े थोड़े थे सुंदर दा। हाँ बीच-बीच में अपसेंटी मार देते हैं।" फूलचंद ने खड़े-खड़े ही कहा।

"हाँ अवध नारायण सिंह का भी तो मजबूरी है, तुमको हटा थोड़े सकता है। एक तो सारा बात तुम जानते हो उसका और दूसरा आज के टाइम में ई सब घरकरनी मौगा वाला काम करने वाला आदमी भी कहाँ मिलता है! इसलिए आराम ही है तुमको। मनमौजी ड्यूटी करो।" सुंदर भगत ने मुँह बिचकाते हुए अपने भीतर के संपूर्ण मर्दाना मवाद को छींटते हुए कहा।

फूलचंद को बात बुरी तो जरूर लगी थी लेकिन उसने सुंदर की इस बात पर बिना कोई प्रतिक्रिया दिए बस हल्की-सी एक भावविहीन मुस्कुराहट लिए

पलक झपकाता खड़ा रहा।

सुंदर ने फिर झुककर एक बार झाड़ू चलाई। सामने रखे बेंच को हटाकर उसके नीचे से धूल बटोरी और बेंच सीधा करते हुए फूलचंद को बैठने का इशारा किया।

"बैठेंगे नहीं अभी सुंदर दा। हमको भी जाना है थोड़ा जल्दी।" फूलचंद ने बेंच पर बैठते हुए कहा। गाँव-देहात में लोग हड़बड़ाते भी हैं तो बड़े इत्मीनान से, चलने की बात भी बैठते हुए कहते हैं।

"जाओ तब शाम को भेंट होगा। अरे लो, अभी याद आया, क्या हुआ वह तुम्हारा बच्चा वाला मैटर? लेना है कि नहीं? पैसा-कौड़ी हुआ जुगाड़? तुम खेत का भी कुछ नहीं बोले फिर?" सुंदर ने झाड़ू किनारे रखते हुए पूछा।

"हाँ-हाँ, अरे वही तो बताने आए थे आपको।" फूलचंद ने बेंच से थोड़ा उचककर कहा।

"हाँ तो क्या? पैसा दे दें तुमको? खेत का कागज-पत्तर बाद में तैयार कर लिया जाएगा। उसका चिंता नहीं।" सुंदर ने सुनते ही उदारता के साथ चहकते हुए कहा।

"नहीं सुंदर दा। हम खेत नहीं बेचेंगे। यही सोचे कि आपको बता दें। आप झूठ का आसरा में काहे रहें फिर, है कि नहीं?" फूलचंद ने तो एकदम अलग ही बात कह दी थी।

सुंदर यह सुनकर कुछ पल तो जैसे कुछ कह ही नहीं पाया।

"अ...अ...ओह! अच्छा यह बात है। ठीक है जैसा तुम्हारा मर्जी भाई। जब पैसा का इंतजाम हो जाए तो कोई काहे खेत बेचेगा! है कि नहीं!" सुंदर का स्वर धीमा निकला। जैसे कोई कर्जदार तय देनदारी से मुकर गया हो, ऐसा कष्ट महसूस कर रहा था अभी सुंदर। दोस्त का खेत नहीं बिका, बिक जाता तो कुछ पैसे हो जाते दोस्त को। शायद मित्र का यही भला न होता देख मन मुरझा गया था सुंदर का। सुमित्र सुंदर पैसा अंटी में हमेशा बाँधे बैठा रहा था खेत खरीदने को। दोस्त ने ही विचार बदल दिया।

"खेत भी बेच दिए तो कल बच्चा के लिए क्या रहेगा! बच्चा को क्या देंगे सुंदर दा!" फूलचंद ने जैसे टुकड़ा भर भविष्य बचाते हुए कहा।

"अरे मर्दे पहले बच्चा आएगा तब ना! बिना खेत बेचे जब बच्चे नहीं आएगा

तो किसके लिए बचा रहे थे खेत तुम! क्या दू सौ साल जियोगे तुम! तुम क्या देश का प्रधानमंत्री हो!" सुंदर ने अपनी तर्कशक्ति के साथ कहा।

"तो क्या करें! खेत गरीब का माई-बाप होता है सुंदर दा। अब माई-बाप ही बेच के तो बेटा नहीं ही खरीदेंगे ना सुंदर दा!" फूलचंद के भीतर से फूटा कुछ छटाँक भर आत्मविश्वास तो जरूर था उसके स्वर में।

सुंदर यह सब सुनने को अब वहाँ खड़ा नहीं था। बाल्टी उठाकर दुकान के सामने पानी छींटने में लग गया था। उसे समझ आ गया था कि 'ई सब ज्ञान का बात सुनकर क्या करेंगे भोरे-भोरे बोहनी बट्टा के बेला में! प्रैक्टिकल बात नहीं कर रहा फूलचंद। अभी पैसा का जुगाड़ करने में खून उगल देगा दौड़ते-दौड़ते। तब समझ आएगा कि माई-बाप कौन होता है!'

पानी का छींटा मारने के बाद बाल्टी रखकर सुंदर भगत ने किवाड़ पर रखी गमछी उतारी, उससे हाथ-मुँह पोंछा और उसी को घुमाते हुए चेहरे पर हवा झलने लगा।

फूलचंद ने भी शायद अपनी बात कह ही दी थी। इसलिए वो भी अब निकलने के लिए बेंच से उठा।

"एक बार लेकिन कह देते हैं फूलचंद, भले तुमको जो लगे। देखो, खेत-बाड़ी यही सब दिन-दुर्दिन के लिए होता है, बेचकर काम सँभालने के लिए। वैसे भी अब बिजनेस का जुग है। खेती-बाड़ी हटाकर पैसा कोई काम में लगा दो अगर सच में बच्चा के भविष्य का चिंता है तो। नहीं तो जो तुम्हारा मन।" सुंदर ने बड़े बुझे मन से अपने मन की बात फूलचंद के मन पर छोड़ते हुए कहा। इस बार दोस्त से ज्यादा दोस्त के उस बच्चे के लिए चिंता दिखी जो बच्चा दोस्त के पास था ही नहीं।

असल में सुंदर छोटा-मोटा ही सही लेकिन एक व्यवसायी था। परचून की दुकान चलाता था, खेतिहर नहीं था। उसने तो फूलचंद से सस्ते में खेत लेकर तत्काल ही डेढ़ गुने दाम पर उसे शहर के किसी सेठ को बेचने तक की बात कर रखी थी।

एक व्यवसायी के लिए जमीन एक धातु का वह टुकड़ा है जिसे वह जब चाहे बेचकर तरल मुद्रा में बदल सकता है। लेकिन एक किसान के लिए जमीन उसकी आत्मा का वह हिस्सा है जिसमें उसकी देह का नमक घुला होता है।

पीढ़ी-दर-पीढ़ी उसके पुरखों के बदन से बहे पसीने का लवण मिला होता है उस मिट्टी में। किसान अन्न तो दूसरों के लिए उपजाता जाता है लेकिन वह जिंदा रहता है उसी नमक को चाटकर। फूलचंद भी शायद अपना खेत नहीं, जीने खातिर चुटकी भर नमक बचा रहा था।

"अब हम तो ई भी नहीं बोल सकते हैं कि देखिए भगवान जो करे। जो करना है, हम गरीब को खुद ही करना है। पैसा का प्रबंध होगा तो बच्चा आ ही जाएगा। वैसे अगर कोई जरूरत पड़ा तो आपको ही तो बोलेंगे!" इतना बोलकर फूलचंद वहाँ से निकलकर अब जाने के लिए सड़क पर आ चुका था।

सुंदर ने उसे नहीं टोका। फूलचंद के बीस-तीस कदम दूर निकल जाने के बाद बुदबुदाते हुए अपनी दुकान के भीतर घुसा, "हाँ, जब बिनास आता है कपार पर तो भगवान पर थोड़े भरोसा होता है। कहता है भगवान से नहीं बोल सकते! भगवान जैसे इनके विरोधी पार्टी के अध्यक्ष हैं! हाय रे पसीया के बुद्धि! जाओ साले देखेंगे कि कब तक खेत नहीं बेचोगे। जिस दिन दारू पीने का पैसा खत्म होगा न, उसी दिन बिकेगा खेत। हट हम भी क्या किसके बारे में सोच रहे! भोरे खराब कर रहे अपना, हट।"

सुंदर यही सब कुछ बड़बड़ाते हुए अब काउंटर के भीतर लगे स्टूल पर जा बैठा। उसे तभी महसूस हुआ कि बिना जोर से बोले भी इस बड़बड़ाहट से ही उसका कंठ थोड़ा सूख-सा गया है। साँस तेज चल रही है और मिजाज थोड़ा गर्म-सा हो गया है। उसने घर से लाई पानी वाली बोतल खोली और करीब एक चौथाई पानी पी गया। मन थोड़ा शीतल हुआ अब। सुंदर को प्रभु पर पूरा भरोसा था कि भगवान एक दिन फूलचंद के खेत बेचवाकर रहेंगे।

भक्त अगर चाहे तो भगवान से ये सब भी करा लेता है। और फिर सुंदर ने सोचा कि जब प्रभु बेचवाएँगे ही, तो हम ही खरीदेंगे। इस श्रद्धापूर्ण विश्वास के मन में आते ही अब वह थोड़ा शांत और अच्छा महसूस कर रहा था। बीच-बीच में उचककर काउंटर के बाहर भी देखने लगता। वह शायद अब बोहनी की बाट जोह रहा था।

एक दुकानदार के लिए तो ग्राहक ही असली भगवान है। भक्त दर्शन खातिर व्याकुल था। दिन चढ़ने लगा। सुंदर अपने छिटपुट आ रहे ग्राहकों को सामान देने में व्यस्त हो गया। सामने रामदयाल की चाय दुकान में भी एकाध चाय पीने

वाले आ-जा रहे थे।

ठीक तभी उसकी दुकान के आगे एक रिक्शा आकर रुकी। रिक्शे पर लगभग बासठ-तिरसठ वर्ष की आयु के एक बुजुर्ग खादी का कुर्ता और धोती पहने बैठे हुए थे। रिक्शा रुकते ही रिक्शा चालक ने गमछे से पसीना पोंछा और सीट से उतरकर उसने उस बुजुर्ग से कोई पर्चा लिया। उस पर्चे को लेकर चाय दुकान पर रामदयाल को दिखाने गया। पर्चा देख रामदयाल द्वारा सिर हिलाकर कुछ जवाब मिलते ही वहीं चाय दुकान से ही जोर से बोला, "हाँ यही है सर। थोड़ा दस रुपया बढ़ा करके दे दीजिए सर। बहुत उठान पड़ गया इधर आने में। लेकिन जगह पर पहुँचा दिए आपको।"

"अरे लो भाई इतना भी दूर नहीं था। चलो पकड़ो पैसा।" बुजुर्ग ने मोटे फ्रेम का चश्मा सँभालते हुए कुर्ते की दाहिनी जेब से पैसा निकालकर देते हुए कहा। इधर से रामदयाल उसी ओर ही देख रहा था। रिक्शा के जाते ही बुजुर्ग ने अपने काँधे पर लटका कपड़े वाला झोला सँभाला और दुकान की बेंच पर आकर चुपचाप बैठ गया।

"अभी थोड़ा देर में आ जाएँगे चौकीदार जी, अगर आपको बोले हैं तो। रामदयाल हम ही हैं। यही चाय दुकान है।" रामदयाल ने चुप बैठे बुजुर्ग की ओर मुँह करके पर्चे पर लिखे नाम और पते की दोबारा पुष्टि करते हुए कहा। जवाब में बुजुर्ग ने केवल सिर हिलाया।

"चाय पीजिएगा ? हाफ पाँच रुपया वाला दें ?" रामदयाल ने फिर सार्थक पहल करते हुए पूछा। जवाब में इस बार भी बुजुर्ग ने फिर न कहते हुए सिर हिलाया। बात ही नहीं शुरू हो पा रही थी जबकि रामदयाल व्याकुल था बतियाने के लिए। उसके मन की बेचैनी वाजिब ही थी। वो तो तब से सोच रहा था कि, 'आखिर कौन है बुढ़वा ? चौकीदरवा क्यों बुलाया है ? क्या बात है ?'

और यह बुजुर्ग थे कि मुंडी हिलाने के अलावा किसी और बात में रुचि ही नहीं दिखा रहे थे।

"क्या सर कोई केस है क्या ? कहाँ से आए हैं ?" रामदयाल ने एक अन्य ग्राहक के लिए चाय छानते हुए उस बुजुर्ग से एक बार और पूछा।

इस पर, इससे पहले कि बुजुर्ग अपना सिर पुनः हिलाकर कुछ उत्तर देते, उनके झोले में राष्ट्रगीत बजा। बुजुर्ग ने झट झोले से मोबाइल निकाला और बेंच

से उठकर झटककर पाँच-सात कदम दूर निकले।

"हाँ, हेलो हरिहर बाबू। सर ऊ चयवा वाला रामदयलवा से कुछ बतियाइएगा मत। कुछ भी पूछे तो इधर-उधर बात घुमा दीजिएगा। ठीक है? हम पहुँच रहे हैं बस।" उधर से चौकीदार हाजरा की आवाज थी फोन पर।

"हरिहर! अरे नहीं, हरिहर बाबू नाम है हमारा। समझे चौकीदार जी, ई चायवाला हमको क्या चरा लेगा!" एकदम झुंझुआए हुए अंदाज में बहुत देर बाद मुँह खोला था बुजुर्ग ने।

"हाँ ठीक है, वही। चलिए आते हैं।" उधर से चौकीदार ने भी लगभग उसी स्वर में कहा।

इधर जब से चौकीदार हाजरा की दारोगा जोगी सिंह संग कृपा सेटिंग हो गई थी, चौकीदार बाजार कम ही आता था। चौकीदार ने रामदयाल की दुकान पर बैठकी भी अब बंद कर दी थी और पहले जैसा हेल-मेल भी नहीं रखता था। इसलिए अपने से मिलने आए आदमी को भी लगातार फोन पर आगाह कर रहा था। हरिहर बाबू फोन काटकर वापस दुकान की बेंच पर आकर बैठ गए। उनके बैठते ही रामदयाल फिर जिज्ञासु नेत्रों से उनकी ओर देखने लगा। अभी फिर से कुछ पूछने के लिए रामदयाल ने साँस भीतर खींचने के बाद कुछ बोलने को मुँह खोलना ही चाहा था कि हरिहर बाबू ने ही इधर से बोल दिया, "एक कप जरा चाय दे दो भैया। जरा बढ़िया से खौलाकर देना। दूध गाय का है? भाई इधर दूध कहाँ से लेते हो? सवेरे ले लेते हो? फट नहीं जाता है! साँझ के लिए भी लेते हो बीच में कि एक ही बार सीधे सुबह ही?" एक साथ पाँच सवाल पूछ दिए थे हरिहर बाबू ने।

हरिहर बाबू के ताबड़तोड़ पंचाक्रमण से अकबकाया रामदयाल अपना सवाल घोंट गया। इस बार तो रामदयाल ने ही जवाब में बस छोटा-सा 'हूँ हम्म' किया और चाय की छोटी वाली कप भर के हरिहर बाबू की ओर बढ़ा दिया।

"बुढ़वा है साला सिटीयस। कुछ बोलेगा नहीं। उल्टे हमीं का घोटाला जाँच कर रहा है।" चाय देते हुए मन-ही-मन यही बड़बड़ाया रामदयाल।

हरिहर बाबू ने चाय हाथ में लेते ही तीन से चार सुड़क में ही मिट्टी का कप खाली कर उसे सड़क की तरफ उछालकर फेंक दिया।

"अरे यार! ए देखकर भाई! देह पर ही फेंका जाता... ओह!" तभी ही

दुकान के ठीक सामने एकदम से आकर कच्च से लगी ब्रेक के बाद किसी तरह लूना सँभालते हुए चौकीदार हाजरा के मुँह से निकला।

फेंका गया कप जाकर लूना के हेडलाइट से लगकर फूटा था। "ओह देखकर रोड पर फेंकिए सर। कपार मत फोड़ दीजिए किसी का।" तुरंत रामदयाल ने चिड़चिड़ाते स्वर में हरिहर बाबू को नागरिक कर्तव्य का ध्यान दिलाया। हरिहर बाबू बिना उस पर ध्यान दिए उठकर मग से पानी लेकर हथेली पर डालकर चौकीदार हाजरा की तरफ गए। चौकीदार हाजरा लूना खड़ी कर अभी बेंच से चार कदम दूर ही खड़ा था।

"चाय-वाय पी लिए सर?" चौकीदार हाजरा ने हरिहर बाबू से मिलते ही पूछा था।

"हाँ-हाँ, अरे बस अभी ही। देखे नहीं, ऊ हम ही तो पी के कप फेंके थे न, जो आपको लगते बचा।" हरिहर बाबू ने तत्क्षण ध्यान दिलाया। यद्यपि उन्हें खुद ये नहीं समझ आया था कि ये बात चौकीदार ने उनके लिए नहीं बल्कि अपने चाय के लिए पूछी थी।

गाँव-कस्बों में बात करते वक्त कई बार लिहाज और संकोच का लेवल इतना हाई हो जाता है कि छोटी-सी बात को भी उलट कर कहना पड़ता है। इसमें कर्ता अपनी बात दूसरे कर्ता का इस्तेमाल करते हुए कहता है। हिंदी व्याकरण में इसे है घुम्माफेरी अलंकार कहते हैं। इस अलंकार का सर्वाधिक उपयोग आज भी गाँव-कस्बों में भोज के लिए पाँत में बैठे खाना खाते खवैया लोग द्वारा खूब होता है जिसमें खुद रसगुल्ला खाने को बेचैन व्यक्ति अपने बगल में बैठे अल्पाहारी सज्जन के नाम पर गरज के डाँटते हुए रसगुल्ला मँगाता है और दाँत चियारकर भरमन रसगुल्ला खुद के पत्ते में गिरवा लेता है।

हरिहर बाबू ने चाय लेने के साथ ही 10 रुपये का नोट रामदयाल को पकड़ा दिया था। रामदयाल ने बचे पाँच रुपए लौटाने को गल्ले की तरफ हाथ ही बढ़ाया था कि उसकी नजर चौकीदार हाजरा से मिली। रामदयाल ने अब गल्ले से हाथ खींचा और केतली उठाकर एक कप में चाय भर दी।

"लीजिए चाय पीजिए चौकीदार काका। पाँच रुपैया पहले ही दे दिए हैं सर।" रामदयाल ने मुस्किया के हरिहर बाबू की तरफ कनखी से देखते हुए चौकीदार की तरफ चाय बढ़ाते हुए कहा।

"अरे अभी जस्ट ए तुरंत चाय पी के तो निकले थे घर से। अच्छा लाओ जब कप में डाल दिए तो मना नहीं करना चाहिए।" चौकीदार हाजरा ने शास्त्रसम्मत कदम उठाते हुए अपना वाक्य पूरा करने से पहले ही चाय लपककर ले लिया था।

हरिहर बाबू दिन दहाड़े अपने 5 रुपये की खुलेआम लूट पर बिना कुछ बोले अब दुकान से चार कदम हटकर निकल आए थे।

"अच्छा यह बूढ़ा बाबा क्यों आए हैं? क्या केस है काका?" अंदर तभी से खदबदा रहे रामदयाल ने काँख खुजलाते हुए धीमे से अब चौकीदार से भी पूछ लिया।

"हा-हा-हा... नहीं-नहीं केस नहीं है। केस कहाँ है कोई! अरे हम ई लूना बेच रहे हैं अपना। तो ई बेचारे बूढ़े आदमी हैं, खरीदना चाहते हैं। हम बोले कि एक बार आके देख लीजिए। पसंद आए तो तुरंत हाथा-हाथी पैसा दीजिए और लूना लेकर चले जाइए। वही यहीं बुला लिए। अब अपना तेल जलाकर कहाँ जाएगा आदमी मोटरसाइकिल दिखाने! पैट्रोल का रेट पता है न!" चौकीदार हाजरा ने बिना झिझके मन की बात बता दी।

"लूना खरीदने आया है बुढ़वा? ई लूना? आपका हई लूना? मने सेकेंड हैंड भी हो तो कोई बात हो। बाप रे बेच दीजिए, तुरंत बेच दीजिए। मान गए असली चौकीदार हैं आप। कुछ भी बेच सकते हैं।" रामदयाल ने क्रमशः चौंककर कहा।

"अजब बात करते हो तुम! अरे बूढ़ा आदमी क्या बुलेट खरीदेगा! और यह लूना अब मिलता कहाँ है! पुराना मजबूती है। हम खुदे जिससे सेकेंड हैंड खरीदे थे वह बेचारा कहीं से सेकेंड हैंड लाया था खरीद के। गाड़ी स्थिर कहाँ है ई! इतना बार बिकने के बाद भी चाल देख लो इसका। मजबूती भी वही है। खैर छोड़ो, तुम चाय बेचो। ढेर हॉलसेलर ना बनो।" चौकीदार हाजरा कहते-कहते अब वहाँ से निकल लिया था। जाकर लूना को स्टार्ट किया और गर्दन से इशारा कर हरिहर बाबू को पीछे बैठने को कहा।

साइकिल की मध्यम गति से थोड़ी अधिक की चाल में करीब पाँच-सात मिनट के बाद दोनों गाँव के बाहर छोर पर पेड़ों के झुरमुट से सटे खाली मैदान पर पहुँचे। लूना रोककर अब हरिहर बाबू से उतरने को कहा।

"साला ई चाय वाला रामदयलवा तो खूब दिमाग लगाता है। बताइए,

हिम्मत देखिए कि हम से भी पूछताछ करने लगा। खुद प्रशासन से ही सवाल! अच्छा बैठ के लगावे दिमाग साला, इससे क्या हो जाएगा!" लूना से उतरते ही चौकीदार हाजरा बड़बड़ाया।

"हमारे तो पेट में ही घुस के बात निकालना चाहता था। हम भी मुँह पर ताला ही मार के बैठे थे। बहुत कोशिश किया कुछ निकलवाने का। बड़ा सिटीयस है।" हरिहर बाबू ने भी एक बार चश्मे को कुर्ते के कोने से पोंछकर दोबारा पहनते हुए कहा।

"अच्छा छोड़िए साले को। हाँ फोटो लाए हैं? और एडवांस पैसा? तो फोन करें दारोगा साहब को?" चौकीदार हाजरा ने असल प्रयोजन की तरफ ध्यान दिलाते हुए कहा।

यह सुनकर एक बार हरिहर बाबू ने अपने टँगे झोले की तरफ देखा। फिर एक दृष्टि चौकीदार की तरफ डाली और जाकर एक लंबी साँस लेते हुए स्टैंड पर खड़ी लूना पर जा बैठे।

"हमारा प्रोग्राम कैंसिल हो गया चौकीदार जी। दारोगा जी को मना कर दीजिएगा। माफी माँग लीजिएगा। नहीं चाहिए हमको हमारा वाइफ।" हरिहर बाबू का गला यकायक रुँध-सा गया था बोलते हुए।

"अरे! मतलब? अरे ऐसा क्या हो गया सर? पैसा ज्यादा बुझा रहा क्या? अरे तो चलिए ना दारोगा जी के पास। सीधे हाथ-पैर जोड़िएगा तो थोड़ा ऊपर-नीचे तो हो ही जाएगा। ऐसा चमत्कार को ना बोलते हैं कहीं! आप को फिर से मरा हुआ जनानी जिंदा मिल जाएगा, कुछ समझ रहे हैं! भला इसमें पैसा देखता है आदमी!" चौकीदार हाजरा एक घिसे हुए सेल्समैन की तरह समझा रहा था।

"हाँ, पैसा देखता है आदमी। आदमी तो पैसा ही देखता है। आदमी जो भी देखता है, उसमें भी पैसा ही देखता है चौकीदार।" हरिहर ने बिना पैसे कीमत वाली बात बोली थी।

"मने आप मुफत में चाहते हैं! पैसा नहीं देखे आदमी! यही न मतलब है आपका!" चौकीदार हाजरा ने अपने मूल स्वभाव से थोड़ा इधर-उधर हो झल्लाते हुए कहा।

"फ्री में तो बेटा बाप को काँख का बाल नहीं देता नोच के और हम यहाँ आएँगे मुफ्त का काम सोच के! जहाँ तुम फ्री में बतिया तक नहीं रहे, एक कप

चाय पी लिए हो पहले तब खड़ा हो बात करने। समझे, चौकीदार हो दारोगा ना बनो। ज्यादा बोल दिए हो, अब चुप हो जाओ।" हरिहर बाबू अचानक लावा की तरह फूट पड़े।

"वाह सर! पाँच रुपैया का चाय भी जोड़ लिए आप! रहने दीजिए हुजूर, हम तो छोटा-मोटा चौकीदार हैं। हम काहे पिए आपका चाय! दे देंगे सर, दे देंगे, लिख लीजिए कहीं हिसाब।" सामने वाले के गुस्से के जवाब में गुस्सा दिखाते हुए भी चौकीदार हाजरा ने बिना 5 रुपये लौटाए ही जवाब दिया।

एक संयमित योद्धा ऐसे ही युद्ध में अपनी क्षति बचा लेता है, जैसे चौकीदार हाजरा ने अभी अपने 5 रुपये बचा लिए थे। कोई अतिउत्साही और अधीर लंपट लड़ाकू वीर होता तो झट से क्रोध में 5 रुपये का सिक्का निकालकर कपार पर दे मारता लेकिन एक धैर्यवान स्थिरचित्त वीर खुद पर काबू पा अपना नफा-नुकसान तत्क्षण ही जोड़-घटा लेता है।

चौकीदार हाजरा का ये पाँच रुपया सेविंग कांड 5 करोड़ की लड़ाई वाले योद्धा के लिए एक प्रेरक पाठ है। पैसा और जबान, क्रोध से उबरकर शांत हो जाने के बाद ही खर्च करने वाली चीज है।

"अरे हट्ट, ऐसा पाँच रुपैया हम रोज फेंकते हैं चाय दुकान पर।" हरिहर बाबू ने तो एकदम आई डोंट केयर वाले भाव से कहा।

यद्यपि अपने इस तेवर के परिणाम स्वरूप हरिहर बाबू ने अपना संभावित लौट सकने वाला पाँच रुपैया गँवा ही दिया था। कोई सजग चतुर शीतलमति धैर्यधारेण्य प्रतिद्वंद्वी होता तो इतना बहसा-बहसी और गर्मा-गर्मी के बाद तो पटककर छीन लेता पाँच रुपये।

लेकिन हरिहर बाबू ने ऐसा कुछ नहीं किया। एक निम्न मध्यमवर्गीय सरकारी कर्मचारी के लिए रिटायर्ड जीवन में कभी-कभी ऐसा तेवर दिखाने के लिए 5 रुपये की कीमत अदा कर देना कोई खास महँगा सौदा नहीं था। ऐसे मौकों पर पाँच-दस रुपये का नहीं सोचना चाहिए।

इस बेमतलब की हो रही बतकुच्चन और मुँहजोरी के कारण अभी शायद दोनों लोग अपने यहाँ मिलने आने का मूल प्रयोजन ही भूल गए थे। तभी अचानक गर्म से सुसुम हुए हरिहर बाबू की खोई चेतना ने वापस आकर उन्हें स्पर्श किया।

उन्हें याद आया, "अच्छा ऐ, सुनो भाई चौकीदार, हम हाथ जोड़कर कह रहे कि हमने जो अपनी वाइफ के खातिर कहा था दारोगा बाबू से वह अब नहीं चाहिए। बस यही बताने आए थे तुम्हारे पास। भैया बता देना उनको। और बूढ़ा आदमी हूँ, बेकार में मेरा ब्लड प्रेशर चढ़ा दिए। हाँफ गया हूँ साला। चलो जरा चौराहे तक तो छोड़ दो लूनवा पर बिठा के। वहाँ से कोई टेंपो या जीप पकड़ लूँगा।" हरिहर बाबू ने सुर-सप्तक का कोमल स्वर लगाते हुए कहा।

"अजी हुजूर हम काहे आप को गर्म करेंगे भला! आपसे काहे बहस करेंगे सर! ठीक है आपका काम है आपका मन, लेकिन सर यह बात तो आप फोन पर भी बोल देते! यही बोलने यहाँ आने का, कोठी के पास आकर बोलने का क्या फायदा! बेकार हमको भी तेल जलाना पड़ा न लूना में। खून भी अलग जला। आपको भी थकानी हुआ। चलिए फटाक छोड़ दें बाजार वाला चौराहा पर अब आपको।" चौकीदार हाजरा ने भी अपनी ओर से मीठे में ही बोलने की कोशिश की और अब लूना स्टार्ट कर लिया था।

"भाई एक कृपा कर दो, जरा एक बार वह कोठी दिखाते ले चलोगे क्या चौकीदार भाई!" हरिहर बाबू ने धोती उठाकर पीछे की सीट पर बैठते ही अति विनम्र स्वर में कहा। यह सुनते तो जैसे चौकीदार के दिमाग पर हथौड़ा लगा।

"ओ डाइरेक्ट जाना है! गजब तेज हैं आप! कमीशन बचा रहे जैसे। नहीं-नहीं... नहीं हुजूर, कोठी उधर दूसर दिशा में है हम अब उल्टा साइड नहीं जाएँगे। आप के फेर में बहुत तेल जल चुका है मेरा। देह हाथ भी झरक गया है अब। आप का मन है तो पैदल उतरिए और देख आइए। दिन में भी डर लगता है वहाँ। आज तक साला कोई मनुष्य नहीं गया वहाँ। सब नहीं पहुँच जाता है वहाँ। ढेर होशियार ना बनिए। मरा-भूला जाइएगा वहाँ जाने-देखने के फेर में। फिर भी बुढ़ापा में अपने हिसाब से पसंद का मौत मरना है तो पैदल चले ही जाइए। ओह बाप रे, इनको डायरेक्ट जनानी लेना है जा के। होशियार के नाती!" चौकीदार हाजरा ने दाँत किटकिटाते हुए लूना बढ़ाते हुए एकदम झल्लाए स्वर में कुढ़ते हुए कहा।

"अरे यार सनकी हो क्या! हम तो ऐसे ही कह दिए। इतना लंबा-चौड़ा अपने मन से काहे सोच रहे! चलो ठीक है नहीं जाएँगे। चलो हमको बाजार वाले चौराहा तक तो छोड़ दो।" हरिहर बाबू ने बाएँ हाथ से घुटने तक धोती उठाया

और लपककर लूना पर बैठते हुए बोले।

“हे सुनिए, उतर जाइए हुजूर, हम नहीं ले ज़ा सकेंगे आपको। आज दिन भर खराब किए न आप हमारा! हमारा तेल जला सो अलग। और खून कितना जला उसका तो हिसाबे नहीं।” चौकीदार मंडप पर रूठे दामाद की तरह गंभीर बने बिना पीछे देखे ही लूना की हैंडिल पकड़े बैठा रहा।

“अरे तो उपाय है हमारे पास। तुम थोड़ा बातचीत का अंदाज सुधारो तो बताएँ उपाय। जलल खून और तेल दोनों का भरपाई हो जाएगा।” हरिहर बाबू उचकाकर चौकीदार के कंधे के पास अपनी गर्दन ले जा चुके थे।

“क्या उपाय?” चौकीदार के मुँह से निकला और उसकी आँखों की काली गोलाई नाची।

“भाई एक पार्टी पकड़ा दे रहे तुमको। एक हमारा साथे रिटायर हुआ है सचिवालय से, रजा बाबू नाम है।”

“आंय?” चौकीदार ने एक दफे हल्के से पीछे की तरफ देखा।

“हाँ, ऊ हम बात करा देंगे। उसका एक ही बेटा था, वही मर गया। अच्छा, बिदेश में मरा, सऊदी गया था कमाने। वहीं कुछ हुआ होगा।” हरिहर बाबू ने अपना मोबाइल टीपते हुए थोड़ा धीमे स्वर में ही कहा था।

चौकीदार ये सब सुन कुछ क्षण चुप ही रहा। अब उसने लूना की पैडल पर एक लात रख दिया था।

“आप दुनिया का छोड़िए न सर, अपना परिवार का सोचिए न! जब आपको अपना वाइफ का चिंता नहीं, कौन राजा बाबू का बैना दिला रहे हमको!” चौकीदार ने लूना को रफ्तार पकड़ा दी थी। इस बार हरिहर बाबू चुप हो गए थे। एक हाथ से पीछे का लोहे वाला करियर पकड़ा था और दूसरा हाथ चौकीदार हाजरा के कंधे पर था।

इस वक्त लूना जितनी गति से आगे जा रही थी, हरिहर बाबू उससे ज्यादा गति में उतने ही पीछे जाकर कुछ सोचे जा रहे थे।

13

हरिहर बाबू को पीछे बिठाए लूना अब बाजार वाले चौराहे को पहुँचने वाली थी।

हरिहर बाबू का पूरा नाम हरिहर प्रसाद सिन्हा था। वह दामुसिंघा गाँव से लगभग 30-32 किलोमीटर दूर बगल के एक गाँव के रहने वाले थे। जिला समाहरणालय में बड़ा बाबू के पद से सेवानिवृत्त हुए थे। परिवार में पत्नी के अलावा दो पुत्र और पुत्रवधू समेत कुल जमा तीन पोते-पोतियों का भरा पूरा खुशहाल संसार था। हाल ही में पत्नी का लंबी बीमारी के बाद स्वर्गवास हो गया था।

घर भरा होने के बाद भी हरिहर बाबू की जिंदगी में एक रिक्तता आ गई थी। अभी कुछ महीने ही बीते थे कि जब एक उसी अकल्पनीय आश्चर्यजनक खबर ने उनके भी जीवन से गई रौशनी के फिर से लौट आने की उम्मीद जगा दी थी।

जब इन्हें दामुसिंघा गाँव के उस रहस्यमयी डेनियल की कोठी का किस्सा पता चला तो पहले यकीन नहीं हुआ। उन्होंने जब पता लगाया तो पाया कि यह कल्पना से परे चमत्कार तो वास्तव में साकार हो रहे थे और कई लोग जिंदा हो चुके थे उस कोठी वाले बूढ़े द्वारा। हरिहर बाबू ने तो पहले खुद ही सीधे उस विचित्र मायावी बूढ़े आदमी से संपर्क करने की कोशिश की जो किसी भी मृत व्यक्ति को उसकी तस्वीर देखकर पुनः जिंदा बना देता था। लेकिन उससे मिलने में नाकाम रहे थे। तब कहीं से पता चलने पर दारोगा जोगी सिंह से संपर्क किया

और तब डेनियल की कोठी का असली संपर्क सूत्र मिला।

आज दारोगा जोगी सिंह ने उसी सिलसिले में चौकीदार हाजरा को अपनी ड्यूटी के मुताबिक हरिहर बाबू से तयशुदा राशि और उनकी स्वर्गवासी पत्नी की तस्वीर लेने भेजा था। हरिहर बाबू ने स्वयं तीन दिन पहले ही फोन कर आज खुद जाकर भुगतान कर तस्वीर दे देने की बात तय की थी। उसी खातिर आज नियत तिथि पर चौकीदार से मिलने आए भी थे। लेकिन यहाँ जब चौकीदार हाजरा से मिले तो अचानक उसे मना कर दिया। अपना इरादा ही बदल दिया था। चौकीदार हाजरा तो लूना चलाते हुए भी अब तक हैरान था कि ऐसा हुआ क्या!

हरिहर बाबू ने आज से ठीक सप्ताह भर पहले यह डेनियल की कोठी वाली बात अपने घर पर बताई थी। पहले तो उनके पुत्रों और पुत्रवधुओं को भी यकीन नहीं ही हुआ। यह बात ही बकवास भुतहा फिल्म की तरह लगी। लेकिन कुछ विश्वसनीय प्रमाणों के बाद उन्हें इस अजीब लीला पर विश्वास करना पड़ा। अब चूँकि हरिहर बाबू अपनी पत्नी को वापस लाना चाहते थे तो अपनी इच्छा बता दी थी। अब भला उनकी इस इच्छा पर किसे आपत्ति होती! सब ने हाँ ही कर दिया।

थोड़ी-बहुत इस बात पर चर्चा जरूर हुई कि इसमें पैसे बहुत लग रहे हैं। लेकिन जब पुत्रों ने पिता को अपनी जीवनसंगिनी के लिए कितना भी पैसा खर्च कर देने को तैयार देखा तो कुछ और न कहा। वैसे भी सारे पैसे हरिहर बाबू अपने रिटायरमेंट के एकमुश्त भुगतान में मिले पैसे से दे रहे थे। एक रुपया भी पुत्रों से नहीं लेना था।

पुत्रवधुओं ने ससुर को एकबारगी इतना पैसा निकालने का निर्णय लेते देखा तो बातों ही बातों में गुजर चुकी सास की बीमारी और उनके जीते जी शारीरिक कष्टों की याद दिलाई। एक ने कहा, "हमें तो उनकी बहुत याद आती है। कितना प्यार करती थीं! हमें एक बेटी की तरह माना। लेकिन अंत समय शरीर में कितना कष्ट हो गया था! सौ बीमारी हो गई थी। हे भगवान, सारी बीमारी मुझे दे देते लेकिन मम्मी जी को नहीं जाना था।"

ये सुनकर दूसरी भी छलक उठी, "हाँ, मुझसे तो उनके शरीर का कष्ट देखा नहीं जाता था। हरदम बोलती थी कि बस मुक्ति मिल जाए। मम्मी जी को उस शरीर में कष्ट था। भगवान, उनके दर्द मुझे मिल जाते लेकिन उस कष्ट के साथ जीना उनके लिए बहुत बुरा था। मैं तो यही प्रार्थना करती हूँ कि अगले जन्म भी

वही मुझे माँ के रूप में मिलें।"

पुत्रवधू के रूप में पुत्रीस्वरूपा ऐसी शीलवान, संस्कारी, संवेदी और करुणा से भरी आत्मीय बहुएँ पाकर हरिहर बाबू धन्य-धन्य टाइप हुए जा रहे थे। मानो ईश्वर ने खुद से चुनकर दो बेटियाँ भेज दी थीं। अब डेनियल की कोठी वाला बूढ़ा पत्नी जिंदा कर भेज दे तो जीवन फिर से पूर्ण हो जाए, यही सोचकर बड़े भावुक हो भरे गले से मुँह में स्नेह का बताशा लिए हरिहर बाबू बोले, "कोई बात नहीं बेटी। अगर तुम्हारी माँ फिर से जीवित होकर वापस आ गई तो क्या पता अब उसे बीमारी ही ना हो! जब कोई किसी को जिंदा कर सकता है तो उसे बीमारी से मुक्त भी तो कर सकता होगा! एकदम चिंता ना करो। चाहे जितना पैसा देना पड़े मैं जल्द तुम्हारी माँ को लेकर आता हूँ।"

यह सुनकर तो दोनों पुत्रवधुएँ भावुक से थोड़ा ऊपर की डिग्री पर पहुँच गई थीं। पहले माथे का पसीना पोंछा और फिर आँख के कोर का बहता काजल। और फिर संस्कार के सारे स्वर केवल दो शब्दों में गूँथ कर कहा- "जी पापा जी!"

इन्हीं सब चर्चा-विमर्श के बाद हरिहर बाबू ने बड़े प्रसन्न मन से बैंक जाकर एक बार अपना बैंक खाता का भी अद्यतनीकरण करा लिया था। सेवानिवृत्ति के भुगतान की बची किश्त भी आ चुकी थी खाते में। उम्र के इस पड़ाव पर उम्र भर की भी कमाई लुटाकर अगर उम्र भर वाला जीवनसाथी मिल जाए तो भला किसे यह सौदा महँगा लगेगा! हरिहर बाबू बहुत खुश थे, रोमांचित भी।

दारोगा जोगी सिंह से बात हो ही गई थी और चौकीदार हाजरा को आज की खातिर समय दे दिया था।

इसी बीच ठीक कल साँझ कहीं बाहर से घर लौटे तो दरवाजे पर ही उन्हें घर के अंदर से कुछ कोलाहल सुनाई दिया था। दोनों पुत्र और उनकी बीवियाँ सामने के बैठक वाले कक्ष में ही बैठकर झाँव-काँव कर रही थीं। तभी हरिहर बाबू ने कानों में उड़ते-उछलते कुछ शब्द पड़े और उनके पैर ठिठक से गए। वे एक क्षण को रुके और दरवाजे से हटकर बगल हुए। अब पीछे जाकर बैठक कक्ष से लगी खिड़की के पास गए और थोड़ा किनारे लगकर कान लगाया।

"इतना तो बीमार थी शरीर से। न चल पाना ना उठ पाना। अब आप लोग बता दो, जिंदा लाश उठाकर ले आएँ घर में? पापा जी को कौन समझाए

भाई ? उम्र के साथ जिद्द भी बढ़ने लगा है उनका।" बड़ी बहू अँचरा से पसीना पोंछकर झुंझुआते हुए बोल रही थी।

"हम तो कभी ना कहें यह उटपटाँग काम करने। और चलो मुफ्त में कोई जिंदा हो जाए तो एक बार बर्दाश्त भी कर लें। लेकिन ये लाखों रुपैया पानी में बहाकर एक बीमार बूढ़ी को लाने का क्या फायदा! आखिर एज भी तो देखिए मम्मी जी का। कुछ दिन में पापा जी का भी तो हेल्थ गिरेगा। फिर आखिर इनके इलाज में भी तो खर्च होगा। उस आफत-विपत के लिए पैसा बचाना जरूरी है कि नहीं! पापा जी तो बरबाद करके मानेंगे सारा रिटायरमेंट का पैसा, देखना आप लोग।" छोटी बहू ने भयंकर चिंता में कपार पर हाथ पीटते हुए कहा।

इन सबों में यह विमर्श शायद काफी देर से चल रहा था। अब बैठकी शायद निर्णायक दौर में थी। खूब घीटवा-मंथन हो चुका था। घर-परिवार के भविष्य के लिए जो उचित कदम होता अब बस वह उठने ही वाला था।

बाहर खिड़की के किनारे ओट लिए हरिहर बाबू के पाँव काँप रहे थे। अचानक आए पसीने से सिल्क का पतला कुर्ता भीग चुका था। कलेजे पर जैसे किसी ने उनके हाथ में फँसे छाते की नोक भोंक दी हो, ऐसा महसूस कर रहे थे वह। पैर लड़खड़ाने लगे तो किसी तरह शरीर को दीवार का सहारा देकर टिका दिया था। उनके कान कक्ष की तरफ और एक बिखरा हुआ ध्यान उसी दीवार के पार बैठी अपनी नियति के पक्ष की तरफ था जो अब बस विपक्ष में फैसला सुनाने वाला ही था।

ठीक तभी बड़े बेटे की आवाज गूँजी, "हाँ, ठीक कह रहे हो सब लोग। माँ को वापस लाकर कष्ट देने का कोई मतलब नहीं। पैसा भी बरबाद होगा और बेकार में फिर बुढ़ापा भोगेगी माँ। देखभाल में भी दिक्कत होता है। हाँ अगर बाबूजी नहीं रहे तो एक बार सोचा भी जाए। उनमें पैसा लगा भी तो पेंशन भी तो आता रहेगा उनके जिंदा रहने से।"

"यही! यही! हाँ यही ठीक रहेगा। सच में बाबू जी के गुजरने पर भले उनको ले आएँगे। तब कुछ पैसे खर्च करें तो बदले में जितना वर्ष चाहो पेंशन तो आता रहेगा। भले बीमार लाचार भी होकर बिस्तर पर लेटे रहेंगे। और अब एक आदमी की सेवा तो यह दोनों मिलकर कर ही लेंगी।" छोटे बेटे ने निर्णय पर मुहर लगा दी थी।

"हाँ, अब बस पापा जी को समझा तो लो आप लोग तब ना! बाप रे, इस उम्र में भी इतना जिद्दी हैं। अपने पैसा का अलग गुमान है उनको। अब किसी का सुनें तब ना!" बड़ी बहू ने सोफे से उठते हुए कहा।

"मान जाएँगे, सब मान जाएँगे। आखिर फैमिली का डिसीजन भी तो कोई चीज है। आने दीजिए ना, सब मिलकर बोलते हैं। मानना ही होगा। और एक बात, पापा जी को जब लाएँगे ना जिंदा करके, तो एक स्टाफ रख लेंगे उनकी देखभाल के लिए। यह अभी ही कह देती हूँ।" छोटी ने सब तय करते हुए बहुमत के निर्णय को लगभग लागू मानकर ही कहा।

खिड़की से शब्द नहीं बाण आकर लगा था हरिहर बाबू के सीने पर। वो छलनी हुए दीवार से चिपक-से गए थे। पैरों पर खड़ा नहीं हुआ जा रहा था। ऐसा लगा जैसे किसी ने कपार पर टन भर पत्थर लाकर पटक दिया हो। बाहर से सशरीर अक्षुण्ण दिख रहा आदमी भीतर से चूर हो चुका था। आँखों के आगे अँधेरा छा गया था और हरिहर बाबू उस अँधेरे में दूर-दूर तक अपने रास्ते मकड़ियों के जाले देख रहे थे। वह जाले जिसे वह खून का रिश्ता समझ रहे थे। उन्होंने खुद को सँभाला, जैसे एक तबाहीदार सुनामी से टकराकर भी समुंदर के तट से सटा कोई पुराना पेड़ सँभाल लेता है खुद को। यह जानते हुए भी कि इस मकड़जाल में उलझे रहना ही नियति है। इससे मुक्ति कहाँ!

मानव कीट जब अपने विद्रूप कुत्सित प्रवृत्ति के लिजलिजे रसायन से स्वार्थ के जाले बुनता है तो सारी संवेदना, मानवीयता रिश्ते-नाते सब को उसी जाल में उलझा मारकर खा लेता है।

हरिहर बाबू ने अपने अंदर के उठे तूफान और भीतर की उजड़ी दुनिया को समेटा और कुर्ते की कोर से आँखों से ढरका लोर पोंछा। भीतर-ही-भीतर सारा विष पी लिया जो अभी-अभी मिला था। स्वयं को ऐसे शांत किया जैसे खौलता मैग्मा अंदर दबाए पृथ्वी के ऊपरी सतह की शीतलता।

दरवाजे की तरफ आकर बरामदे पर ही कोने में छाता रखा, अपने चमड़े के जूते उतारे और निर्भाव चेहरा लिए अंदर प्रवेश किया। पिता को यकायक आया देख दोनों पुत्र सहित दोनों पुत्रवधुएँ एक बार तो लगभग अकबका गए। लेकिन फिर दो-चार क्षण में ही सहज भी हो गए।

हरिहर बाबू बिना किसी से कुछ बोले अंदर चले गए थे। उनके भीतर जाते

ही चारों पुत्र-पुत्रवधुओं ने आँखों-ही-आँखों में एक-दूसरे से कुछ कहने की चेष्टा की। वे एक-दूसरे से बातचीत की पहल करने को कह रहे थे। तभी चुपके से छोटी बहू ने अपने पति को चिकोटी काटकर बात शुरू करने को कहा। वह सब चाहते थे कि जल्द पिताजी को समझा-बुझाकर मना लिया जाए। अभी ये लोग बैठे यह सब सोच ही रहे थे कि पिता हरिहर बाबू पानी का गिलास लिए बैठक कक्ष में ही आ गए।

"अरे बेटा, अच्छा है अभी तुम सब लोग इकट्ठा हो घर में। मैंने एक विचार किया है और तुम लोगों से भी उम्मीद है कि मान लोगे। अपने पिता की बात नहीं काटोगे।" हरिहर बाबू गिलास का पानी पीने के बाद बोले थे।

"जी कहिए ना, क्या बात है?" बड़े पुत्र ने एक बार सब की ओर देखते हुए बेहद अल्प जिज्ञासा के स्वर में पूछा था। बैठे हुए बाकी लोगों ने भी एक-दूसरे को देखा था।

"हमने विचार किया है कि अब तुम्हारी माँ को वापस नहीं लाते हैं। बेचारी को मुक्ति मिल गई। श्री चरणों में स्थान मिल गया। देवलोक चली गई। अब क्या वापस लाकर दुख भोगवाना उसे! क्या हमारे विचार से राजी हो?" हरिहर बाबू ने एकदम वास्तविक अभिनय के साथ पूछा था।

यह सुनते तो जैसे चारों लगभग उछल ही जाते पर किसी तरह अपनी खुशी पर नियंत्रण कर लिया था।

"अ ई क्या कह रहे आप बाबूजी! अरे माँ को... ले आना... अब आप रोक रहे हैं! अब हम लोग क्या बोलें! आपका बात से बड़ा कुछ नहीं। अगर आप नहीं बोल रहे तो नहीं आएगी माँ। कलेजा पर पत्थर रख लेंगे हम लोग। आप हैं, यही हमारे लिए बहुत है। आप ही माता हैं, पिता हैं।" बड़े बेटे ने भावुकता और संस्कार का कंचनजंघा छूते हुए कहा। कलयुग में इस तरह अक्षरशः पिता की आज्ञा कौन मानता है! अभिषेक बच्चन भी नहीं।

"हममें से कोई आपकी बात से बाहर नहीं। आप जो बोलिएगा वही होगा। निश्चिंत रहिए। भाभी को और इसे हम लोग समझा लेंगे। माँ नहीं आएगी।" छोटे पुत्र ने अपनी तरफ से गारंटी देते हुए प्रस्ताव का अनुमोदन कर दिया था। पीछे से दोनों बहुओं ने भी बिना कुछ बोले ही हाँ-हाँ के नारे के साथ अपना समर्थन दे दिया था। हरिहर बाबू मुस्कुराकर कुर्सी से उठे और पानी का खाली गिलास

लिए पुनः बैठक कक्ष से निकल आए थे।

लेकिन उन्होंने तब तक चौकीदार हाजरा या दारोगा को फोन कर अपना बदला हुआ निर्णय नहीं बताया था। आज जब चौकीदार हाजरा से मिलने उसके गाँव आ गए थे तब मिलकर ना कह दिया था।

इतने में चौकीदार हाजरा की लूना में ब्रेक लगा।

"लीजिए उतरिए बाजार वाला चौक आ गया। अरे सो गए हैं क्या महराज? ध्यान किधर है! उतरिए जल्दी। अब यहाँ से जो गाड़ी मिलेगा पकड़िए और जाइए जिधर मन हो। हमारा तो बोहनी ही खराब हो गया साला।" चौकीदार हाजरा ने बिना पीछे मुड़कर देखे ही कहा। हरिहर बाबू उसके वाक्य पूरा होने से पहले ही उतर चुके थे।

"आ सुनिए, उतर के तुरंत चल क्या दिए! जरा ऊ राजा वाला नंबर त सेभ कराइए। और सुन लीजिए अब इसमें आप बीच में नहीं पड़िएगा। बता दिए पहले ही।" चौकीदार के कहते रहने के बीच ही हरिहर बाबू ने मोबाइल की स्क्रीन पर वो नंबर निकाल उसकी तरफ़ बढ़ा दिया था।

करीब दो से तीन मिनट चौकीदार गर्दन लटकाए उस स्क्रीन में घुसा रहा और कुल दस में से छह अंक अपनी स्क्रीन पर दर्ज कर पाया था।

"अरे हट्ट, मुँह से बोलिए। बोलिए जल्दी। बहुत हाड गर्मी है, देह-हाथ जल रहा है।" चौकीदार ने इतना कह अपना मोबाइल ही हरिहर बाबू की तरफ बढ़ा दिया। हरिहर बाबू ने नंबर टीपकर मोबाइल वापस किया। चौकीदार ने मोबाइल हाथ में लेते उसे पल भर ध्यान से देखा, उँगलियों से कुछ हरकत की और बिना कुछ बोले सामने की ओर देखने लगा। हरिहर बाबू अभी चौकीदार की ओर ही देख रहे थे। तभी लूना पुनः फुर्र निकल गई।

दोपहर का समय हो चला था। धूप कपार छेद रही थी। धरती तावे की तरह तप रही थी। जिंदा हो जाने के चमत्कार को नकारकर जिंदा रहने का जंजाल लिए खादी का झोला लटकाए खड़े हरिहर बाबू आँखों पर हथेली का छज्जा बनाकर धूप से आँखें मीचे जा रहे थे। वह किधर से आए थे, किधर जाएँगे, उन्हें अभी कुछ अंदाज़ा नहीं लग रहा था। वह अब भी चौराहे पर खड़े थे।

14

हल्की-हल्की बारिश हो रही थी। लेकिन बिजली जोर-जोर से कड़कती और बीच-बीच में दक्षिण पश्चिम से हाँय-हाँय कर हिलोर मारती हवा घर के दरवाजे खिड़कियों के पल्ले पटक रही थीं।

यह तो नहीं कहा जा सकता कि दारोगा जोगी सिंह इसी तरह के किसी मौके का इंतजार कर रहा था लेकिन इतना जरूर था कि आज मौके पर ही ऐसे मौसम ने दस्तक दे दी थी। सड़कें सुनसान, दूर-दूर तक एक भी प्राणी न दिखता। आवारा कुत्ते तक कहीं किसी बंद दुकानों के कोने में घुसे पड़े थे। अब बारिश थोड़ी रफ्तार पकड़ने लगी थी। दारोगा जोगी सिंह ने अपने आवासीय कक्ष की खिड़की बंद की। पानी के झंटास से बिछौना भीग गया था थोड़ा। वर्दी उतारकर काले रंग की पैंट पर नीले रंग की शर्ट डाल जोगी सिंह बाहर बरामदे में निकला। इधर-उधर एक बार नजर घुमाने के बाद बगल अहाते से सटे अस्थायी टिन की छत के नीचे खड़ी अपनी मारुति वैन के पास गया। कार में घुसकर बैठते ही चाबी घुमाई और कार की आगे-पीछे की बत्तियाँ जल उठीं। दारोगा ने धीरे से गाड़ी निकाली। बरसती मोटी बूँदों के बीच ही सड़क पर फुदक रहे मेंढकों को रौंदते रजत धूसर रंग की मारुति वैन पुल पार करके जंगल का रास्ता पकड़ चुकी थी। यही कोई 20 से 25 मिनट के बाद मारुति वैन डेनियल की कोठी के सामने खड़ी थी। दारोगा के आवास से कोठी की दूरी अधिक नहीं थी लेकिन पुल के बाद जंगल का कच्चा रास्ता थोड़ा समय ले ही लेता था।

गाड़ी खड़ी करने के बाद भी लगभग 5 मिनट तक वैन का दरवाजा नहीं खुला। अब बारिश बहुत तेज हो चुकी थी। तभी झटके से दरवाजा खुला और अंदर से एक हाथ में टॉर्च और दूसरे हाथ छोटी छतरी लिए दारोगा जोगी सिंह तेजी से बाहर निकला। निकलते ही जोर की हवा चली और हाथ से छतरी छूटकर उड़ने लगी। दारोगा ने भीगते हुए उस तरफ बढ़कर टॉर्च जलाया तो छतरी थोड़ी दूर जाकर हवा से जूझ रही थी।

दारोगा ने भीगते-भीगते दौड़कर छतरी उठाई और उसे तुरंत मोड़कर वैन का दरवाजा खोल उसके भीतर फेंका। और अब दौड़कर कोठी के बरामदे पर चढ़ा। अब तक ठीक-ठाक भीग चुका था। अब जोगी सिंह ने टॉर्च को दोनों घुटनों के बीच फँसाया और जेब से रुमाल निकालकर सिर और चेहरे को पोंछा। एक लंबी साँस ली और बरामदे में इधर-उधर टॉर्च जलाकर उसे घुमाया। वहाँ कोई नहीं था। तभी उसकी देह चमककर सिहर-सी गई। उसे लगा पीछे से कोई आया। पलटकर देखा तो वही कुत्ता पूँछ हिलाता बरामदे के दूसरे छोर से आ रहा था। दारोगा ने उसकी तरफ टॉर्च तो जलाया लेकिन उसकी चमचम करती आँखों में रौशनी पड़ते ही वह भयंकर दिखने लगा था। एक बार फिर दारोगा के शरीर का सारा रोंआ खड़ा हो गया था।

कुत्ता तेजी से मुख्य दरवाजे की चौखट फाँदकर अंदर कोठी में चला गया। दारोगा भी अब धीमी-धीमी चाल में अंदर दरवाजे से दाखिल हुआ। भीतर जब विशाल आँगन के चबूतरे पर दृष्टि गई तो हल्का धुआँ-सा उड़ रहा था।

"अरे बाबा, आप तो एकदम डरा देते हो भाई! साला जितनी बार आता हूँ, उतना बार भय लगता है यहाँ।" दारोगा ने चबूतरे पर बैठकर बीड़ी पीते उस बूढ़े को देखते ही कहा।

"भय! भय तो जीवन के साथ ही जाता है दारोगा। भय न हो तो मनुष्य न जाने और कितना भयंकर होता। मृत्युलोक में जो कुछ भी बचा है उसके पीछे भय है। हमने तो सुना है कि यहाँ प्रीत तक भय के बिना संभव नहीं। और यह भी क्या विचित्र विडंबना है कि मनुष्य को जब-जब लगा कि उसे भय नहीं लगता, वह कोई एक चीज नष्ट कर देता है। इसलिए भय ही उत्तम है। उसमें भी सबसे उत्तम मृत्यु का भय।" उस बूढ़े ने बीड़ी फूँकते चेहरे पर अनगढ़-सी मुस्कुराहट लिए हुए भय का दर्शन बाँचते हुए कहा।

भयग्रस्त दारोगा के माथे पर अभी बारिश की बूँदें नहीं, हल्का-हल्का पसीना था और सामने भय का उत्सव मनाता एक सहज बूढ़ा।

"अ... हमको डर-फर नहीं लगता बाबा। खौं-खौं... अ... खौं..." दारोगा डरे हुए स्वर में कहते-कहते खाँसा।

"हा-हा-हा... डर और भय में अंतर है दारोगा। डर तो बाहरी उलझन है लेकिन भय अंदर चेतना में बैठी जटिल निर्बलता है। मृत्यु भयभीत करती है, बाकी चीजें केवल डराती हैं। डर को हराया जा सकता है, भय स्वयं विजेता है।" बूढ़ा तब तक चबूतरे से बिना उठे बोलता रहा जब तक कि 5-7 बीड़ी न फूँक गया।

दारोगा जोगी सिंह को उसकी बातें किनारे से हवा देकर निकलती प्रतीत हो रही थीं। उसे डर और भय, यह दो शब्द छोड़कर कुछ भी समझ नहीं आ रहा था।

"सुनिए ना, ऐ बाबाजी, ई सब फालतू का बात हटाइए। मेरा सिपाही लोग कहाँ हैं? जल्दी दिखाइए बाबा, मन हुलफुल कर रहा है बस वही देखने खातिर।" दारोगा ने भयाख्यान से ध्यान हटाते हुए कहा।

"हा-हा-हा... हैं दारोगा हैं, अब तो तुम्हारे ही हैं चारों सिपाही। मुझे आश्चर्य है कि तुमने मेरी शर्त पूरी कर दी और आज यह सिपाही लेकर जा रहे हो।" उस बूढ़े ने उँगलियों में फँसी बीड़ी का आखिरी कश लेकर उसके बचे टुकड़े को फेंक खड़ा होते हुए कहा।

"हा-हा-हा... जय भोले नाथ की! जय हो कुबड़े वाला बाबा आपकी! अब आप ही बताओ, चोर को 84 बुद्धि होता है। हम हुए पुलिस, हम चोर पकड़ते हैं। हमारे पास तो कम-से-कम पच्चासी बुद्धि तो होता ही है बाबा! उसमें भी हम ठहरे दारोगा जोगी सिंह, अजी हमारे पास पंचानबे दिमाग है बाबा। आपने देखा ना कैसे आप का नियम भी नहीं टूटा और मुझे मेरे सिपाही मिल गए। हा-हा-हा।" अभी पहली बार दारोगा हँसा था ठहाका मारकर।

कोठी वाले बूढ़े ने सही ही हैरानी जताई थी। बूढ़े की अनिवार्य शर्त थी कि वह केवल परिजनों के द्वारा लाए तस्वीर को ही जिंदा मनुष्य के रूप में बनाता था। दारोगा जोगी सिंह ने इस शर्त को जिस तरह निभाया उसकी कल्पना किसी ने नहीं की थी।

दारोगा जोगी सिंह ने अपने थाने जाकर वैसे पूरे कागजी रिकॉर्ड खंगाल लिए थे और उसमें से वैसे चार सिपाहियों का इतिहास निकाला था जिनकी मृत्यु हो चुकी थी। इसमें ध्यान यह रखा कि वे लगभग उसके थाने से अधिकतम दूरी के गाँव-कस्बों के हों, इससे आगे की योजना में अनुकूलता रहती। उसके बाद दारोगा ने सबके घर-परिवार का पता लगाया। दिन-रात मेहनत कर उन सबके परिजनों का संपर्क सूत्र हासिल कर उनसे मुलाकात की। फिर उन सभी घरवालों को बताया कि उन सिपाहियों की मृत्यु के बहुत सालों बाद उनके लिए एक सरकारी मुआवजा आया है जिसे पुलिस विभाग ने ही उनके लिए माँगा था। अब जाकर इतने वर्षों बाद मुआवजे की राशि का सरकार ने भुगतान करने को कह दिया है। विभाग में वह पैसा आ भी गया है।

फिर दारोगा ने बताया कि इस पैसे को लेने के लिए उनके घर वालों को बस इतना करना होगा कि उन्हें सिपाही की एक तस्वीर ले उक्त दिन एक नियत समय पर दामुसिंघा गाँव के पास जंगल वाले अँग्रेज जमाने की सरकारी कोठी पर आ जाना है। वहाँ एक बूढ़ा सरकारी कर्मचारी रहेगा जिसके हाथ वह फोटो और मृत सिपाही का पूरा परिचय लिखकर जमा कर देना है। साथ ही अपने बैंक खाते का विवरण दे देना है। पैसा खाते में आ जाएगा। इस पूरी प्रक्रिया को समझाने के बाद भी एक-दो परिजनों ने उतनी दूर जाने में थोड़ी ना-नुकुर की। इस पर दारोगा जोगी सिंह दो अलग-अलग दिनों में उन चारों मृत सिपाहियों के घर से एक-एक परिजन को खुद अपने मारुति वैन में बिठाकर डेनियल की कोठी ले आया था।

और उन्हीं के हाथों इस बूढ़े को तस्वीर दिलवा दी थी। इसके बदले दारोगा ने अपनी ओर से पच्चीस-पच्चीस हजार रुपये उन सभी के खाते में डाल भी दिया था। कोठी में बैठा बूढ़ा दारोगा की इस करतूत पर मंद-मंद मुस्कुराता हैरान था। लेकिन चूँकि उसकी शर्त पूरी हो गई थी इसलिए अब उसे जिंदा सिपाही बनाकर दारोगा को सौंपना ही था। आज दारोगा जोगी सिंह उन्हीं सिपाहियों को लेने पहुँचा था। इस अजूबे अवैध धंधे से दारोगा ने लाखों कमाए थे। उसी में से मात्र एक लाख रुपये निकालकर उसके खुद के गुलाम चार सिपाहियों का मिल जाना उसके लिए घाटे का सौदा नहीं था।

"जरा जल्दी करो बाबा। देर हो रहा है। फिर कहीं सवेरा ना हो जाए डेरा

पर पहुँचते-पहुँचते। भोर से पहले पहुँचना है।" दारोगा जोगी सिंह ने छटाँक भर डर और भरपूर उत्सुकता के मिले-जुले स्वर में कहा। वह जल्द-से-जल्द अपने चारों गुलाम सिपाही देखने को बेचैन था।

"बताओ, इस संसार में ऐसे भी लोग हैं जो सवेरा होने से डरते हैं। सूरज के निकलने से आक्रांत हो जाते हैं। यह भी क्या अजीब विडंबना है दारोगा कि संसार को रौशनी चाहिए, सूर्य की किरणें चाहिए और तुम्हें चाहिए अँधेरा!" बूढ़े ने धीरे-धीरे कोठी के बरामदे से सटे कोने वाले कमरे की ओर बढ़ते हुए कहा।

लेकिन यह भी तो सच था कि जिस आदमी ने अपने जीवन में इतना कुछ अँधेरी रात की ही कालिख को पोतकर कमाया हो उसके लिए उजाला एक डर है। एक तामसी को तमस ही तो प्रिय होगा। रौशनी की कमाई में सबका श्रम अपनी मेहनत साझा करता है। उजाला बराबर-बराबर बाँटता है हर कमाई को। उजाले की कमाई छुपाई नहीं जाती। उजाले में झपट्टा मारकर कमाया भी नहीं जा सकता। लेकिन अँधेरे की कमाई किसी से कुछ साझा नहीं करती। एक हाथ झपटे तो कई बार दूसरे हाथ को भी कुछ पता नहीं चलता। उजाले में दुनिया कमाती है, अँधेरे में लूटती है। उजाला सबका होता है, अँधेरा नितांत अकेला। दारोगा अँधेरों से जुगनू लूटता आया था।

तभी उस कोने वाले कमरे से आवाज आई, "उठाओ इन्हें ले जाओ। बड़ा हट्टा-कट्टा लाए थे।" बूढ़े ने अंदर एक ढिबरी की रौशनी में दीवार से टिकाकर रखे चारों सिपाहियों पर रौशनी डालते हुए कहा।

"हा-हा-हा... चुन-चुनकर निकाले थे इन लोगों का फोटो। सबका सब मजबूत देह-काठी का खोजे थे।" दारोगा ने लगभग दौड़ते हुए कमरे में दाखिल होते हुए कहा।

"हाँ, इस बार बोझ भारी है दारोगा।" बूढ़े ने कहते हुए उनमें से एक जिंदा किए गए सिपाही का बाल पकड़कर खींचा और उसे ले जाने के लिए कमरे से बाहर किया।

फिर एक-एक कर बाकी सिपाहियों को भी बाहर निकाला। बूढ़ा जो भी इंसान बनाता, बनने के कुछ देर तक वह बेहोशी लिए होते थे। इसलिए हमेशा उन्हें उठाकर लाना होता था। कुछ घंटों के बाद उन्हें होश आ जाता था। यह बात दारोगा जोगी सिंह तो जानता ही था। उसका तो यही धंधा ही था, बूढ़े द्वारा जिंदा

कर बनाए गए इंसानों को उनके परिजन-ग्राहक तक पहुँचाना।

"बोझ भारी है इस बार? मतलब समझे नहीं हम?" दारोगा का ध्यान अचानक बूढ़े के कहे पर गया।

"हर बार दूसरों के लिए ले जाते थे। इस बार तो यह तुम्हारा ही है ना। वह भी एक नहीं, चार-चार। चारों इतने हृष्ट-पुष्ट। चलो पुलिस तो इतने कर्तव्यों का बोझ उठाती है। थोड़ा-बहुत यह भी सही।" बूढ़े ने चमकती आँखों को नचाकर मुस्कुराते हुए कहा।

"कोई बोझा-ओझा नहीं है। ड्यूटी है हमारा ड्यूटी। यही पीठ पर पुलिस लाश तक ढोता है जरूरत पर। यह तो जिंदा आदमी है। वह भी अपना पट्ठा हा-हा-हा... भगवान आपका कल्याण करे बाबा! वैसे साला जो मरा आदमी ही जिंदा कर दे, भगवान उसका क्या कल्याण करेंगे! हा-हा-हा... है कि नहीं बाबा! मान गए! जिंदगी भर नहीं भूलेंगे आपका ही मदद। मजा आ गया मर्दे। आखिर कैसे लेकिन? कैसे आदमी जिंदा कर देते हो बाबा?" दारोगा जोगी सिंह मारे प्रसन्नता और रोमांच के कुछ भी बोले जा रहा था। जवाब में बूढ़े की तरफ से कोई उत्तर न पाकर उसे कुछ महसूस हुआ।

"अच्छा छोड़िए, आपका अपना गुप्त विद्या है। है कि नहीं! हमको क्या लेना! काम से मतलब है।" दारोगा ने खुद से खुद को कहा।

बाहर बीच-बीच में बिजली का कड़कना जारी था। दारोगा ने अब बिना विलंब के बूढ़े से थोड़ी मदद लेते हुए जिंदा किए गए चारों सिपाहियों को एक-एक कर मारुति वैन में चढ़ाया। बूढ़े ने इस दौरान भी कुछ न कहा। अब दारोगा मारुति स्टार्ट कर निकलने वाला था। दारोगा ने एक बार गाड़ी से उतरकर बूढ़े को हाथ जोड़ नमस्कार किया और तेज होती बारिश को भेदती गाड़ी निकल गई। बूढ़ा धीरे-धीरे कदमों से चलकर अब बरामदे पर चढ़ गया था। जाती हुई गाड़ी को देखते हुए उसने अपनी फुलपैंट की जेब से एक आधी भीगी हुई बीड़ी निकाली और उसे उछालकर मुँह में ले लिया। फिर वहीं ताखे पर हाथ डालते ही माचिस की डिब्बी आ गई थी शायद उसके हाथ में। कुछ क्षण बाद ही उसके मुँह से धुएँ का गोला निकलता दिखाई देने लगा। बिजली की कड़-कड़ बादल की गड़-गड़ के बीच मुँह में बीड़ी को लगभग चबाता हुआ बूढ़ा अब बरामदे की छत से निकलकर खुले आसमान में आकर खड़ा हो गया। बारिश की बौछारें

देह से टकराकर झरने की तरह गिर रही थीं। दोनों हाथों से चेहरे और बाल से पानी उतारते बारिश में भीगते हुए बूढ़े पर जब रह-रहकर बिजली की चमकती रौशनी पड़ती तो उसका रंग बदला हुआ जान पड़ता। होंठों में दबी बीड़ी बुझ नहीं रही थी। हवा जोर-जोर से चल रही थी। मुँह से धुएँ का गोला ऐसे निकल रहा था जैसे बादल का कोई टुकड़ा भटकता हुआ नीचे आ गया हो। बूढ़ा अभी आग और पानी से जैसे अठखेलियाँ करता प्रतीत हो रहा था।

क्षिति-जल-पावक-गगन-समीर... एकाकार थे।

पंचभूत मिल रहे थे आपस में जैसे। तेज बारिश की बूँदें और मोटी हो गई थीं। कोठी की दृश्यता अब और न्यून हो चुकी थी।

इधर दारोगा जोगी सिंह गाड़ी लेकर अपने ठिकाने पहुँच चुका था। अपने थाने से कुछ ही दूरी पर उसने तीन कमरे का एक मकान पहले ही तय कर रखा था जहाँ वह अभी पहुँचा था।

गाड़ी रोककर दारोगा जोगी सिंह ने कुछ देर गाड़ी की स्टेयरिंग पर हाथ धरे ही इधर-उधर नजरें घुमाईं। चारों तरफ भीगता हुआ अँधेर वीराना था। अब रात के करीब ढाई बजने को थे। दारोगा जोगी सिंह ने गाड़ी के डैशबोर्ड पर रखा मोबाइल उठाया।

"अरे तुम कहाँ हो मरदे? तुम घर में सुता हुआ है!" जोगी सिंह ने चिड़चिड़े स्वर में कहा।

"हेलो! हेलो हुजूर! हुजूर अभी हाँ... अ हम तो जागे ही हैं सर! सर लेकिन अभी पानी पड़ रहा है सर। रात का एक बज रहा है।" उधर से आधी नींद से उठी ढिमलाई-सी आवाज आई।

"एक बज रहा है तुमको! अबे भोर हो गया। 4 बज जाएगा थोड़ा देर बाद। तब क्या सवेरा होने पर करेंगे यह सब! पानी पड़ रहा है! साले लूना खरीदे हो दिन में मटरगश्ती करने के लिए! तमाशा किए हो! उठ और तुरंत आव।" दारोगा जोगी सिंह ने कहा नहीं, अब आदेश निकाला।

"सर... और... सर एकदम। वह भोर से पानी पड़ रहा था न सर। अच्छा, बस तुरंत पहुँच रहे हैं।"

चौकीदार हाजरा ने अब मुरझाए हुए बेबस मन से एकदम ताजी आवाज में कहा। चौकीदार हाजरा का तो वहाँ पहले ही पहुँच जाना तय था। दारोगा ने कह

रखा था। पर आलस्य ने चौकीदार को खटिया पर लिटाया तो फिर नींद ने बाँध दिया। अभी दारोगा जोगी सिंह की कड़क आवाज ने बदन का पोर-पोर खोल दिया और जागृत कर दिया था चौकीदार हाजरा को।

यह दारोगा जोगी सिंह के जीवन का सबसे बड़ा मिशन था। चौकीदार उसी में लेट हो गया था। चौकीदार जानता था कि जोगी सिंह पगलाने पर जिधर-तिधर लाठी हुरकुच देता है। मन में यही सब अच्छे-बुरे खयाल लिए उसने झटपट कपड़े पहने और ताखे पर जमा की हुई पॉलिथीन में से दो पॉलिथीन निकालकर सर पर लगाया। गमछा शर्ट पर ओढ़ा और लूना लेकर तेजी से निकला।

दारोगा जोगी सिंह गाड़ी में बैठा आधे से कम शीशा उतारे सिगरेट फूँकता हुआ इंतजार कर रहा था। तभी पानी में सरगद नहाया हुआ चौकीदार हाजरा दूसरी तरफ की खिड़की से शीशे के बाहर से ही भीतर की तरफ झाँका। दारोगा जोगी सिंह ने धीरे से गर्दन बाईं ओर घुमाया और दाहिनी ओर की खिड़की से आधी फूँकी हुई सिगरेट को फेंक दिया।

"चलो तुरंत करो। हम गाड़ी बरामदा से सटाकर लगाते हैं। तुम हाता का गेट में ताला लगाकर आओ जल्दी। देर नहीं करो अब।" दारोगा ने गाड़ी का बायाँ शीशा खोलते हुए चौकीदार से कहा। और गाड़ी को बैक कर उसे बरामदे के बिलकुल करीब लगा दिया। अंत में दोनों ने मिलकर जल्दी से चारों सिपाहियों को गाड़ी से उतारकर दो-दो की संख्या में दो अलग-अलग कमरे में लिटाया। चारों को कमरे में पहुँचा देने के बाद दोनों का दम फूल रहा था। आदमी से ज्यादा भार तो आदमी छुपाने के तनाव का था कि कहीं कोई देख न ले। जोगी सिंह इसलिए ज्यादा हाँफ रहा था।

"चलिए चमत्कार को प्रणाम है हुजूर। साला गजबे प्रेत का खेला करता है बुढ़वा। अँग्रेज साले ऐसे ही नहीं राज किए हमरे देश पर। हजार बिद्या जानते थे। ये ही देख लीजिए अँग्रेजी तांत्रिक को। भगवान, हमको तो कभी विश्वास नहीं होगा। चारों में तो एक सिपाही को हम बढ़िया से जानते हैं, अपने सामने लाश देखे थे इसका। कितना बढ़िया एकदम मरा हुआ था। बताइए आज जिंदा देख रहे हैं! ओह रे कलजुग!" चौकीदार हाजरा ने अपने भीगे गमछे का पानी गारते हुए कहा।

"हूँ... हम्म... इसमें दिमागे मत लगाओ। जो देखे सब भूल जाना है,

समझे? याद रहा तो मुश्किल न हो जाए कुछ। बस यही याद रखना।" दारोगा जोगी सिंह ने कुर्सी खींचकर निढाल हो बैठते हुए कहा।

"का! का बात बोल रहे हैं हुजूर! हमको कहाँ कुछ याद! भला हमारा दिमाग खराब है क्या जो कुछो याद रहेगा! हमको तो बस इतने याद है कि आप हम पर भरोसा किए हैं, हमारा सौभाग्य है ई। बस यही कृपा रहे बनल।" चौकीदार हाजरा बिन सुमन ही श्रद्धा से हाथ जोड़ते हुए एक छितरी-सी बिछी हुई निसार मुस्कुराहट लिए हुए बोला।

"भरोसा नहीं चौकीदार, और कोई उपाय नहीं था। ई सब काम अकेले नहीं होता है। और ये सब काम में कोई डूबता भी अकेले नहीं है। पहले छोटका डूबता है लेकिन, इसलिए तुमको सावधान कर दिए। बाकी तुमको उम्मीद से ज्यादा, साला भाग्य से भी ज्यादा माल मिल ही जाता है। जिस दिन दिमाग लगाओगे और अगर कुछ भी याद आएगा, तो फिर हमको याद ना करना। ना ही कोई दोष देना।" दारोगा ने एक हल्की-सी जम्हाई लेने के बाद कायदे से धंधे का दर्शन बताते हुए डूबने और बर्बादी का क्रम भी समझा दिया।

दारोगा के कहे में एक शाश्वत सत्य छुपा हुआ था। अगर अपना मन साधना हो तो वह अकेले साधा जाता है। लेकिन अगर अपना हित साधना हो तो सहयोगी चाहिए ही। इसमें सब अपने धुर्तई से एक-दूसरे को साधते हैं। कौन किसे कितना साध पाया, इस उठा-पटक को ही सांसारिक जीवन का जंजाल कहते हैं।

साधना अकेली होती है। स्वार्थ साधना के संग तो रेला होता है। आगे भीड़ और पीछे मेला चलता है।

करीब 4-5 मिनट की चुप्पी के बाद दारोगा ने देह झाड़ते हुए कुर्सी को थोड़ा दीवार की तरफ खींचा और एक गहरी नजर से चौकीदार की तरफ देखते हुए कहा, "एक कल्याण कर ही देते हैं तुम्हारा। तुम्हारा तो कोई बाल-बच्चा नहीं है ना! बोलो चाहिए क्या? जाओ वरदान ही दे दिए तुमको। कोनो बच्चा का फोटो ले आओ, तुमको मिल जाएगा बच्चा। वंश तो चलेगा न! अब क्या चाहिए!" दारोगा जोगी सिंह ने कृपानिधान वाले आत्मविश्वास में कहा। सत्ता का एजेंट इसी अंदाज में बोलता है जिसे बूढ़े के भरोसे दारोगा ने कहा था।

"बच्चा? दिलवाना ही है तो एक चीज कर दीजिए न सर... एक ठो बुलेट बना के दे देगा बुढ़वा! कागज-पत्तर समेत!" चौकीदार हाजरा ने बेस्ट चॉइस

माँग ली थी। कैटलॉग से एकदम इतर।

“पागल हो क्या बे! क्या है ऊ! जो मन आए सब कर लेता तो ऊ बूढ़ा खुदे अडानी नहीं हो जाता!” दारोगा ने चौकीदार को चमत्कार की सीमा समझाते हुए कहा।

“तो फिर रहने दीजिए हुजूर। हम बच्चा ले के क्या करेंगे! हमको तो वाइफ भी नहीं है हुजूर।” चौकीदार हाजरा ने एक नीरस-सी हँसी के साथ कहा।

“आँय! काहे यार? एकदम हलबंडा की तरह ही रह गए क्या जिंदगी भर? शादी-बिहा भी नहीं किए?” दारोगा जोगी सिंह ने हँसकर ही थोड़े तेज स्वर में पूछा था।

“नहीं-नहीं, अरे हमको तो अपना वाइफ था हुजूर। बच्चा भी था। पंद्रह बरस पहले औरत हमारी पीहर जा रही थी। गाड़ी एक्सीडेंट में सब... सब खतम...” चौकीदार हाजरा का स्वर ऊँचे से धीमे-धीमे मध्यम होता गया।

“अरे यार! यह तो बड़ा दुख का घटना हुआ तुम्हारे साथ! तो बोलो न फिर, बच्चा चाहिए?” दारोगा जोगी सिंह ने वास्तव में पूछा था।

“अरे नहीं हुजूर। अब क्या, पूरा जिंदगी तो काट लिए। अब बुढ़ापा में कहाँ बच्चा पालेंगे! आपका कृपा बनल रहे बस। ज्यादा का लालसा नहीं है। छोटा आदमी हैं हम लोग।” चौकीदार हाजरा ने एक बार और हाथ जोड़ते हुए कहा।

“अबे एकदम अकेले रहना है जिंदगी भर?” एक बार और पूछा दारोगा ने।

“बस हुजूर, अब इसी का आदत हो गया है। अब पूरा जिंदगी तो अकेले ही कट गया। बाकी भी अकेले ही...” चौकीदार हाजरा ने लंबी साँस लेते हुए एक दार्शनिक माफिक कहा था।

चौकीदार वैसे तो सच में पिछले कई वर्षों से अकेला ही था। लेकिन यह भी तो सत्य है कि आदमी अकेला होता कहाँ है! अकेला होना दुर्लभ है। हम अपनी दुर्बलताओं, असीमित इच्छाओं, वासनाओं, विद्रूपताओं के साथ होते हैं। अकेला कौन होता है भला यहाँ!

15

दूर जाता हुआ केसरिया सूरज आधा दिखाई पड़ रहा था। आधे को काले बैंगनी बादल के टुकड़ों ने झाँपे रखा था। जैसे किसी सुर्ख मुखड़े पर आँखों के ठीक नीचे गहरा हिजाब तान दिया गया हो। यह निश्चित रूप से सूर्यास्त का समय था। कहते हैं कि सूर्यास्त जीवन का सार बताता है, पर पूछने वाले को। पर इस उगातुर युग में डूबते को पूछता ही कौन है! जो पूछता सो जानता अन्यथा अलग-अलग करोड़ों-अरबों लोगों के लिए यह केवल भूगोल का पाठ्यक्रम है अथवा कुदरत का दैनिक खेल।

हरिहर बाबू को आज तीन दिन हो गए थे डेनियल की कोठी के पास दिन-दिन भर मँडराते हुए। आज उन्हें तो पता भी नहीं चला था कि कब सूर्य डूबा और अँधेरा जुटने लगा। अभी अचानक कालिमा छा गई थी। हरिहर बाबू ने घड़ी की ओर देखा, इतना अँधेरा तो अभी नहीं होना था, मन में सोचा।

तभी शीतल बहती हवा ने चलते-चलते खादी के कुर्ते को छुआ और बदन में सुरफुरी-सी हुई। हरिहर बाबू ने बाँह सिकोड़कर सिर उठाकर ऊपर की ओर देखा तो सिर के ऊपर का आसमान काले चादर से ढक चुका था। जोर-जोर से हवाएँ दौड़ाती हुईं उसे पूरे आकाश में बिछाए जा रही थी। अचानक मौसम बदल गया था। गर्म साँझ की बारिश होती भी है जोरदार। हरिहर बाबू अभी कुछ समझ पाते कि मोटे-मोटे चाँदी के सिक्के जैसी बूँदें कपार पर गिरने लगी। हरिहर बाबू झटककर दोनों हाथों से माथा ढके सामने दिख रहे आम के पेड़ की ओट

से जा सटे। अब तो गड़-गड़ की आवाज से सन्नाटा फट-फटकर गूँजने लगा।

डेनियल की कोठी के आस-पास का एकांत और सूनापन पानी की बूँदें पड़ते ही जागृत हो गया था। अब बिजलियों ने भी कड़ककर बजना शुरू कर दिया था। जोर की आँधी-वर्षा से आम का पेड़ अब पानी से तरबतर झूम रहा था। अँधेरा घना ही होता जा रहा था।

हरिहर बाबू मुंडी गाड़े खड़े थे। दोनों कंधा भीग चुका था और पानी की धार कमर से नीचे धोती तक जाने लगी थी। हरिहर बाबू ने एक बार डेनियल की कोठी की तरफ देखा और कुछ सोचकर अपना पहला कदम हिलाया भर था कि बिजली की कड़कड़ाहट से आँखें चौंधिया गईं। पाँव पीछे खींचा और कड़कन की खनकी आवाज पर दोनों हाथों से कान दबाया। आवाज धीमी पड़ते ही बिना इधर-उधर देखे कोठी की तरफ दौड़े और पंद्रह-बीस फलांग में अब कोठी के बरामदे में खड़े थे। पूरे बदन से पानी चू रहा था। अब घुप्प हो चुके अँधेरे के बीच जब रह-रहकर बिजली चमकती तो बरामदे के गोल विशाल खंभे चम से चमककर गायब हो जाते। बारिश थी जो तेज ही हुए जा रही थी। आँधी भी लगातार और तेज गर्जना भी जोरों पर। ऐसा लग रहा था जैसे मरुतों के देवता अपने बिजली के रथ पर सवार हो कोठी की छत पर आ उतरे हों। हरिहर बाबू अब वास्तव में परेशान हो चले थे।

साँझ की बारिश रात में घुल चुकी थी। चारों तरफ आदमी का कोई नाम पता तक नहीं। ऊपर से कोठी की विशालता से भयावहता अपने रुतबे में झाँक रही थी। उन्हें समझ नहीं आ रहा था कि इस अँधेरे में अकेले यहाँ करें क्या। मन-ही-मन चल रहा था, 'एक मिनट भी पानी रुके तो निकल जाएँ यहाँ से। यहाँ भयंकर लग रहा है। बढ़िया आभास नहीं हो रहा। आज टॉर्च भी छूट गया, ओह!'

तभी ठीक पीछे कुछ आहट हुई। हरिहर बाबू सिहरते हुए पीछे मुड़े। धुँधला-सा कुछ दिखा। तभी बिजली कड़की और उसमें दो आँखें जुगनू की तरह चमकीं। हरिहर बाबू ने देखा एक मरमराया-सा कुत्ता पूँछ हिलाए दरवाजे की ओर से देख रहा है। उसके देखने भर से भीतर कँपकँपा गए थे हरिहर बाबू। यद्यपि वह बेचारा कुत्ता भी जिस तरह वापस ठिठककर भीतर की ओर भागा, शायद वह भी उतना ही भौंचक्क रहा होगा कोठी के बरामदे में इस अँधेरे और

खराब मौसम में किसी अकेले आदमी को देखकर।

"साला कुकुर ही था ना! हाँ वही होगा।" वही अपने मन से ही पूछकर मन ही में ही कहा हरिहर बाबू ने।

'इतना रात तक यहाँ नहीं रहना चाहिए था। गलती कर दिए हम। ई बरसात और सुनसान रात में कहाँ जाएँगे हम! पानी छूटने का नाम ही नहीं ले रहा।' मन-ही-मन बुदबुदाए हरिहर बाबू।

मन में यही सब सोचते-काँपते हृदय को हिम्मत देकर चार कदम आगे बढ़े और एक बार हिम्मत कर दरवाजे से भीतर की ओर झाँका।

अंदर देखते ही उनका मुँह खुला रह गया था। बरामदे से आँगन से सटे चबूतरे पर एक लाल बिंदी-सी रौशनी दिखी। हरिहर बाबू ने बचपन से अभी बुढ़ौती तक में जितने भी देवी-देवता की तस्वीरें देखी थी सबको याद कर मुट्ठी बाँधे हुए काँपते पैरों को थोड़ा नियंत्रित कर थोड़ी-सी हिम्मत जुटाकर अंदर बरामदे की तरफ नजदीक गए। सामने कुबड़ा बूढ़ा बीड़ी पीता सिर को गाँते बैठा था।

हरिहर बाबू के माथे से बारिश का पानी सूख चुका था और टप-टप पसीना टपक रहा था। चेहरे पर यकायक भय का धुँध छा गया था। हरिहर बाबू ने सूखते गले को अंदर की तरफ जोर लगाकर साँस लेकर गटकते हुए अँधेरे में ही दोनों हाथों को दाएँ-बाएँ करते हुए दीवार टटोलने लगे।

"घबरा क्यों रहे हो? विचलित क्यों हो रहे हो? इधर अंदर की तरफ आ जाओ।" एक भारी-सी खनकती हुई आवाज गूँजी।

"जी-जी! जी प्रणाम! प्रणाम! हाँ-हाँ! जी, कौन हैं आप?" बस और कुछ बोल नहीं पाए थे हरिहर बाबू।

"हमें ही तो खोज रहे थे तुम! भटक रहे थे। अब मिल गया हूँ तो डरो मत।" पुनः आवाज गूँजी।

"जी-जी! आप आप वही हैं ना सर! सर... बाबा... मतलब वही सिद्ध पुरुष! सर प्रणाम सर!" हरिहर बाबू लगभग रो देने की हालत में कँपकँपाते स्वर में बोले थे।

मुँह से बार-बार सर का संबोधन निकल जा रहा था। आदमी रिटायर होकर भले ऑफिस से निकल जाए पर आदमी के भीतर से ऑफिस निकलने में वक्त

तो लगता ही है। 30-35 वर्ष एक ही कार्यालय की एक ही कुर्सी पर बैठते-बैठते वह कार्यालय और कुर्सी भीतर बैठ जाती है, जहाँ सामने से गुजरने वाले हर बड़े अधिकारी को कुर्सी से उठकर 'सर प्रणाम' करने की आदत जिंदगी का हिस्सा बन जाती थी। आज तो सामने जीवन पर ही अधिकार रखने वाला, साँसों पर ही अधिकार रखने वाला इतना बड़ा अधिकारी सामने था। इसलिए हरिहर बाबू उसे लाख कोई तांत्रिक या कोई तपस्वी समझने की कोशिश कर रहे थे पर मुँह से सर ही निकल जा रहा था।

"निश्चिंत हो जाओ थोड़ा। रुको पर्याप्त प्रकाश देता हूँ। अँधेरा डर है, उजाला साहस। थोड़ी हिम्मत देता हूँ। बहुत काँप रहे हो, भयग्रस्त क्यों हो?" बूढ़े ने मंद-मंद मुस्कुराते हुए धीरे-धीरे कमर को सीधा करते हुए कहा।

"नहीं-नहीं, आपके रहते डर का क्या बात! हाँ-हाँ बाबा, थोड़ा-सा रौशनी कर दीजिए।" हरिहर बाबू ने अपनी कँपकँपी पर थोड़ा काबू पाते हुए कहा।

तब तक बूढ़े ने सामने एक और जलती हुई ढिबरी लाकर रख दी थी। अब बूढ़े का चेहरा और उसकी पूरी काया स्पष्ट दिख रही थी। हरिहर बाबू उसे जितना देखना चाहते, उतनी सिहरन बढ़ जाती पर हिम्मत कर एक बार नजर मिला ही ली। सामने बूढ़ा वैसे ही प्रज्ञा अवस्था में बैठा मुस्कुरा ही रहा था। हरिहर बाबू ने भर नजर निहारा।

"आप बाबा यह डेनियल जी जो थे, उनके संबंधी हैं क्या! मतलब कि कोठी तो आप ही का है ना! अँग्रेज हैं ना आप! बहुत अच्छा किए हैं आप यहाँ आ गए। बहुत अच्छा काम कर रहे हैं आप। मतलब... सर... अ... बाबा आप वो काम कर रहे हैं जो वर्ल्ड में आज तक कोई किया ही नहीं। और सबसे अच्छा बात तो यही है कि आप हिंदी समझ लेते हैं।" हरिहर बाबू ने मुट्ठी बाँध दीवार का सहारा लेकर बैठे-बैठे हनाहन जो मन में आया बिना कुछ अधिक विचारे दनादन पहले बोल दिया। अब थोड़ी-थोड़ी हिम्मत बढ़ने-सी लगी थी।

"अपने आगमन का प्रयोजन बताओ।" अब बूढ़े के मुँह से निकला। सुनते ही यकायक तो हरिहर बाबू को बात ठीक से समझ नहीं आई। लेकिन अगले ही पल मस्तिष्क ने सूचना देकर सँभाल दिया।

"जी-जी बस वही बाबा! एक कृपा हम पर भी कर दीजिए। आपका आशीर्वाद हमको भी मिल जाए..." हरिहर बाबू ने उठकर खड़े हो हाथ जोड़कर

कहा।

"अपनी पत्नी को पुनः जीवित चाहते हो? तो इस खातिर तुम्हें यहाँ आने की आवश्यकता क्या थी?" बूढ़े ने इतना कह ढिबरी की तरफ देखा, उसकी लौ थोड़ी और ऊँची हो गई थी।

हरिहर बाबू तो ये अवाक् से हो गए। मन में सोचा- 'बिना बताए कैसे पता चल गया इसको?'

फिर तत्क्षण दिमाग में आ गया- 'ओह! दारोगा से बात तो हुआ ही होगा!'

"हाँ-हाँ, आप तो अंतर्यामी ही हैं बाबा। बस हाँ यही पूरा कर दीजिए। सोचे हम आपका दर्शन भी कर लें तो जीवन धन्य होगा। बाबा मानव जीवन में कौन करा होगा ऐसी दिव्यता का दर्शन! साक्षात् ब्रह्मा का ही तो रूप हैं आप। इसी लालच में हम खुद चले आए बाबा।" हरिहर बाबू ने हाथ जोड़े ही कहा।

"जाओ आज से तृतीय दिवस मध्य रात्रि में चले आना। उधर ताखे पर जाकर अपनी अर्धांगिनी की छाया प्रति रख दो।" इतना कहकर बूढ़े ने हरिहर बाबू को अब कोठी से जाने का इशारा कर दिया था। हरिहर बाबू भी ये इशारा मिलते ही और कुछ बोलने-समझने से पहले ही ताखे की ओर गए, जेब से पत्नी की तस्वीर निकाली और वहाँ रखकर बाहर की ओर निकल गए।

कुछ कदम चल बाहर आते ही हरिहर बाबू के पैर रुक गए। रात का समय था और चारों तरफ घुप्प भयावह अँधेरा। हरिहर बाबू को समझ नहीं आ रहा था कि, अभी जाएँ तो कैसे जाएँ। हल्की-हल्की वर्षा अभी भी हो ही रही थी। हरिहर बाबू अभी इसी उधेड़बुन में खड़े ही थे कि पीछे से पुनः एक आहट-सी हुई। पीछे वही मंद मुस्कान लिए खड़ी काया थी।

"तुम्हें तो अँधेरे में डर लगेगा जाने में। तुम यहीं ठहर जाओ। बरामदे में सो जाना। डरना तनिक भी नहीं। उजाला होते चुपचाप चले जाना।" इतना बोलकर वह अंदर चला गया। आने के साथ ही उसने एक जलती हुई ढिबरी बाहर चौखट पर छोड़ दी थी।

हरिहर बाबू ने पहले सोचा कि पीछे उसके अंदर ही चले जाएँ लेकिन फिर न जाने क्या सोचकर पाँव को रोक लिया। झुककर चौखट से ढिबरी उठाकर उसे एक बड़े से गोल पाए के पीछे रखा। न्यून प्रकाश में हाथ टटोलकर वहीं जमीन को छुआ और वही पलथी मार बैठ गए।

वह अभी कहाँ थे? यह रात कैसी थी? यह पल क्या हुआ? आगे क्या हो सकता था? हरिहर बाबू अभी कुछ भी नहीं सोच रहे थे और ऐसा उन्होंने बहुत सोचकर ही किया था। अभी के लिए सबसे बेहतर यही था शायद।

इधर सुबह-सुबह गाँव दामुसिंघा में अवध नारायण सिंह के यहाँ अलग ही माजरा था। अवध नारायण सिंह दुआर पर माथा धरे चौकी पर बैठे थे। घर के पीछे वाले हिस्से में फूलचंद पिछवाड़े की दीवार पर खड़ा था। कौशल्या देवी अपने कमरे में अलमारी का सारा सामान छितराकर बैठी थीं। बेचैन अवध नारायण सिंह उठकर भीतर आए और आँगन को टापकर घर के पीछे की तरफ गए।

"अरे वहाँ क्या देख रहा है! पीछे क्या मिलेगा!" अवध नारायण सिंह ने फूलचंद से कहा।

"नहीं मालिक, पानी पड़ा है न रात भर, तो वही कादो में पैर का निशानी देख रहे थे। देखिए न हमको लगता है यहीं से फाना होगा!" फूलचंद ने जासूस करमचंद की भाँति कहा।

"हट्ट, इतना बरसात में इधर जंगल-झाड़ से कैसे आएगा आदमी! पता नहीं, हो भी सकता है। साला चोर को चौत्तीस बुद्धि।" अवध नारायण सिंह ने भारी बेचैनी वाले स्वर में कहा और पुनः अंदर चले गए।

फूलचंद अभी भी दीवार और आँगन की तरफ जाँच-पड़ताल में लगा रहा। उसे यकीन था कि कोई-न-कोई सुराग खोज ही निकालेगा चोर तक पहुँचने का।

"यह कैसे हो सकता है! लॉक भी तो नहीं टूटा है!" अवध नारायण छटपट मन से कमरे में दाखिल होते हुए ही बोले।

"एक भी सामान नहीं बचा है। एक-एक गहना उठा के ले गया। जिंदगी भर का जोगा हुआ सब खतम। शगुन का मंगटीका तक नहीं बचा जी।" अलमारी से एक-एक सामान निकालकर उसे झाड़कर देख रही कौशल्या देवी हताश स्वर में बोलीं। अलमारी के भीतर का एक-एक खाँचा खँगाल लिया था। कुछ पुराने नोट और एकाध चाँदी के सिक्के फर्श पर बिखरे पड़े थे। कौशल्या देवी को याद आ रहा था कि कल दोपहर तक अलमारी सुरक्षित ही थी फिर उन्होंने शाम और रात तो उसे खोला भी नहीं।

आज सुबह जब अवध नारायण सिंह ने कुछ पैसे निकालकर देने को कहा तो अलमारी खोलने से ही कौशल्या देवी को लगा कि अंदर कपड़े और कुछ अन्य सामान बेतरतीब से बिखरे मालूम पड़ रहे हैं। उसने एक क्षण में ही चौंकते ही झट सबसे पहले गहनों वाला दर खोलकर देखा। देखते ही लगा हृदय गति रुक जाएगी। सारे सोने-चाँदी के गहने गायब थे। तब तक फूलचंद भी काम पर आ ही गया था। यहाँ यह हाल देख वह भी घबरा गया था। तब से अवध नारायण सिंह और कौशल्या देवी के साथ-साथ वह भी परेशान था। बेचारा इधर-उधर खोजबीन कर अपनी कोशिश कर रहा था।

भला अब वह गहने कहाँ मिलने थे! चोर तो माल साफ कर निकल चुका था। घर के लोग और उनका सहयोगी फूलचंद माथा पीट रहे थे। अब अवध नारायण सिंह के साथ यह भी तो एक समस्या थी कि वह चोरी होने का हल्ला भी नहीं कर सकते थे। वर्ना गाँव में लोग घर पर जुट जाते और पुत्र जयप्रकाश वाला मामला खुल जाता। अवध नारायण सिंह गहरी चिंता में गहन चिंतन करते अंदर बरामदे पर टहलने गए। फूलचंद भी नीचे पीलर के पास चुकूमुकू बैठ गया। अंदर कौशल्या देवी अब धीरे-धीरे बिखरे कपड़े वापस समेट-हटा रही थीं।

"अच्छा एफआईआर नहीं लिखवा सकते लेकिन दरोगवा को तो कह ही सकते हैं। अपने लेवल से पता कर भी सकता है। जोगी सिंह घाघ आदमी तो है ही। इलाका का कौन चोर को नहीं जानता होगा!" यकायक मोबाइल निकालकर अवध नारायण सिंह बटन टीपते हुए ही बोले।

"दारोगा? हाँ-हाँ, उसको फोन करिए। पुलिस-दारोगा आएगा का मालिक!" फूलचंद ने बैठे-बैठे यूँ ही पूछा।

"अरे पहले बात तो हो जाए। फोन ही वेटिंग जा रहा है। और नहीं मर्दे, घर पर थोड़े बुलाएँगे। तब तो समूचा दुनिया ढिंढोरा पीटा ही जाएगा। हम बस एक जानकारी दे देना चाह रहे हैं पुलिस वाला को।" अवध नारायण उस ओर बिना देखे बोले।

"हाँ, सही बात। कल दिन फिर पुलिस नहीं बोले कि उसको बताए नहीं।" फूलचंद ने अपनी ओर से बहुत सोच-समझदारी से समझ एक बेमतलब की बात कही।

"अरे ठहरो, ठहरो। चुप-चुप दो मिनट। दारोगा का खुद ही फोन आ गया।

हाँ हेलो प्रणाम सर! हेलो!" अवध नारायण सिंह ने हाथ में रखे मोबाइल के बजते ही सचेता अवस्था में आते हुए उछलकर दो-तीन कदम चलते हुए कहा।

"हाँ प्रणाम! क्या बात है, फोन आ रहा था आपका? पैसा का इंतजाम हो गया? अरे भाई जल्दी दे दीजिए जरा। फिर काम बिगड़ ना जाए। आप बहुत लसकाते हैं काम को भाई।" उधर से दारोगा जोगी सिंह ने बिना कुछ सुने अपने मन की बात कहनी शुरू कर दी थी।

मोबाइल के इस छोर पर खड़े अवध नारायण सिंह को तो यह झटका ही समझ में नहीं आया।

"अरे हुजूर वही तो बता रहे हैं। हमारा बात तो सुन लीजिए। पैसा अब कहाँ से लाएँगे! बरबाद तो हो गए हम।" अवध नारायण सिंह अभी भी बिना अपनी कहने वाली बात कहे।

"वाह! मतलब नहीं हो पाएगा! ठीक है, ठीक है फिर। फिर सँभालिएगा मैटर आप खुद ही। आप तो बहुत होशियार हैं ना! जमींदार रह चुके हैं ना आपके बाप-दादा! चलिए रखिए फोन। साला, आदमी का भला करना चाह रहे और यहाँ साले, उल्टे आदमी खुद अपनी बर्बादी लिखवा रहा है। अब आप देखिए कल से खेला।" दारोगा जोगी सिंह एकदम से क्रोध में तमतमाते हुए बोला। लगा बस अब फोन कटने ही वाला था।

"अरे हे भगवान! अरे सुनिए भी तो हुजूर! हम पैसा देंगे। सब देंगे, लेकिन एक घटना हो गया ना सर। हमारे घर चोरी हो गया। सारा गहना-पैसा चल गया। अब आप ही सहारा हैं। इसको किसी तरह पता लगाइए। हे जोगी बाबू हाथ जोड़ रहे हैं।" जल्दी-जल्दी में इस बार अटकते-अटकते अपनी बात बताई अवध नारायण सिंह ने।

"आँय चोरी! हा-हा-हा... और कोई बहाना नहीं मिला अवध नारायण सिंह! इतना चूतिया समझ के रखे हैं इंडियन पुलिस को आप! मने आप चोरी का बहाना बना दीजिए और हम मान लेंगे!" दारोगा जोगी सिंह ने ठहाका में दाँत पीसने को मिक्स करते हुए कहा।

"अरे सर अपना बच्चा का कसम खाकर कहते हैं। अरे आप विश्वास करिए। यह बात हम झूठ नहीं बोलेंगे। एक भी गहना नहीं रहा। घर का अलमारी खोल के सब ले गया। लॉक भी नहीं तोड़ा है। आप आ जाइए जोगी बाबू, घर

का हालत, मेरा हालत देख लीजिए न एक बार, बस एक बार।" अवध नारायण सिंह ने रुँधे हुए गले से लगभग रोते हुए ही कहा।

"अलमारी नहीं टूटा है? घर का कोई दरवाजा? घुसा किधर से चोर?" दारोगा जोगी सिंह को उधर से आई रोती हुई आवाज पर अचानक थोड़ा-सा यकीन हो गया था।

"एक भी चीज नहीं तोड़ा है। दिन में हुआ कि रात में ही, ये भी समझ में नहीं आ रहा। बस अलमारी खोला है और माल निकालकर लगा भी दिया है।" अवध नारायण सिंह हहरती आवाज में बोले।

"अरे महाराज, तो मतलब साफ है। क्लियर है कि चाबी से खोला है। इसमें इतना दिमाग क्या लगाना है! चोर घर में ही है आपके। पकड़िए और माल रिकवरी कर लीजिए।" दारोगा जोगी सिंह ने भारतीय चोरी अनुसंधान के इतिहास में प्रथम ऑनलाइन गवेषणा करते हुए सबसे कम समय में चोर पकड़ने का ऐतिहासिक रिकॉर्ड स्थापित कर दिया था।

"क्या बात बोल रहे हैं सर! ऐसा ही है क्या! शंका सही है क्या! कौन होगा सर?" अवध नारायण सिंह ने बात करते-करते कनकी से एक नजर चुपचाप बैठे फूलचंद की तरफ देखा और फिर गर्दन दूसरी तरफ घुमाते हुए दारोगा से पूछा।

"अरे लीजिए न कन्फर्म बता रहे, आपकी वाइफ मर्दे और कौन! वही उड़ाई है माल। देख ली कि मरद पैसा निकाल सही चीज में लगा रहा है तो दिमाग लगा दी अपना। उसको लगा होगा कि मुफ्त में बेटा ठीक हो जाएगा। आपको तो बोलती ही होगी ना इतना पैसा काहे देंगे! एक बार तो दे ही आए इतना पैसा? बोलती होगी न? अरे बोलिए न, बोलती है न?" दारोगा जोगी सिंह ने यकायक बड़े ऊँचे स्वर में पूछा।

"आँय? हम्म, थोड़ा-बहुत..." अवध नारायण सिंह अभी बोलते क्या! बस थोड़ा-बहुत ही बहुत था।

"हाँ, बोलती ही होगी। वही तो हम बोल रहे। तो जरा उसको समझाइए कि अरबों रुपया देकर भी मरा आदमी जिंदा नहीं होता है। इस चमत्कार के आगे दुनिया का सब धन-दौलत कम है।" दारोगा जोगी सिंह ने हल हो चुके केस की विस्तृत विवेचना करते हुए कहा।

"अरे सर? अरे हुजूर मने क्या बोल रहे हैं आप! ऐसा होता है क्या भला! मेरा वाइफ ई सब करेगी!" अवध नारायण सिंह अब फूटे थोड़ा और फिर इतना भी किसी तरह बोल पाए थे।

"औरत बहुत चालू चीज होती है भाई। मर्द का मेहनत और पैसा, और उसमें बुद्धि लगाएगी ये लोग। आपको हम बता रहे हैं कि पकड़िए वाइफ को अपना। वही की है खेला।" दारोगा जोगी सिंह बोलते-बोलते पता नहीं कब भावुक हो गए और उन्हें अपना घर याद आ गया था इस वक्त। बोलते-बोलते यकायक शायद अपना निजी अनुभव साझा कर गए थे।

"औरत जो होती है ना, पत्नी... समझे... सब का एक जैसा होता है।" अगले ही क्षण जोगी सिंह ने पुष्ट भी कर दिया।

"हेलो सर! एक बात बोलें? आप पगला गए हैं, समझे। वहाँ उस कुबड़ा बूढ़ा के पास जाकर आपका भी दिमाग खराब हो गया है। तंत्र-मंत्र के चक्कर में पड़ गए हैं आप। और सुनिए सबका बीवी, आप ही का बीवी जैसा नहीं होगा दुनिया में। सबको नहीं तौलिए एक्के तराजू में। ठीक है? और अब आपको जो करना है कर लीजिए। हम साला अब नहीं बर्दाश्त कर पाएँगे ये जिंदगी। जाकर कहीं कुआँ में कूद जाएँगे साला। हट साला जिंदगी! अरे फोन धरिए आप, अरे धरिए आप फोन।" अवध नारायण सिंह बोलते-बोलते अब भय का पहाड़ लाँघ गए थे। दिमाग को यह सोचने का अवसर बिना दिए कि उस पार अंधी-गहरी खाई होगी या बहती हुई कोई नदी। बस इस वक्त मन कर रहा था लाँघ जाओ। क्योंकि वह अभी जहाँ खड़े थे वह काँटों का जंगल था।

उधर इससे पहले कि ये सब सुनकर तिलमिलाए और हैरान हुए दारोगा जोगी सिंह के मुँह से जवाब में एक भी शब्द निकलता, फोन कट चुका था।

"साला पापी हरामी, ब्लैकमेल करके जिंदगी नरक कर दिया मेरा। पहले कंगाल कर दिया पैसा ले-लेकर हमको और अब साला परिवार तहस-नहस कर रहा है।" अवध नारायण क्रोध से अंगार हुए बुदबुदा रहे थे।

"क्या बोला दारोगा मालिक? आ रहे हैं क्या? कोई भरोसा दिया क्या? आँय मालिक?" वहीं चुपचाप बैठा तब से दूर से ही अवध नारायण को बात करता देख रहे फूलचंद ने खड़े होकर यहीं से जोर से पूछा।

"अरे चुप, चुप तुम। तुम घर जाओ, घर जाओ अभी। मेरा चोरी हुआ है

न! क्या होगा हम देख लेंगे। तुम मुँह बंद रखो, निकलो यहाँ से अभी।" अवध नारायण उस पर भी भड़कते हुए बोले और बिना उसकी तरफ देखे ही सीधे घर के भीतर गए।

अंदर से पत्नी कौशल्या देवी अभी कुछ क्षण पहले आईं खिड़की से टकटकी लगाए सब देख रही थीं। पति के भीतर आते ही बोलीं, "फूलचंदवा पर गुस्सा करके क्या होगा! उसको काहे भगा दिए! एक आदमी है, उसको अपना काम करने दीजिए न। उसका क्या दोष! कहाँ से ला दे पकड़ के चोर! अच्छा ई बताइए, दारोगा क्या बोला? कुछ दिया भरोसा?"

"दारोगा? दारोगा सब चिंता से मुक्त कर दिया। बहुत अच्छा बात बोला। बोला है चिंता ना करिए सब ठीक होगा।" अवध नारायण सिंह वास्तव में चिंता छोड़ रहे थे। उन्होंने पत्नी कौशल्या देवी का हाथ पकड़ा और जयप्रकाश के बिस्तर के पास जाकर खड़े हो गए।

16

तीन दिन हो गए थे दारोगा जोगी सिंह को थाने गए हुए। थाने पर कोई फरियादी मामला लेकर पहुँचा तो उन्हें पता चला कि दारोगा साब किसी जरूरी काम से गाँव गए हैं, कोई घटना हुआ है परिवार में। रिलेशन में मर गया है कोई।

पर इधर दारोगा जोगी सिंह तो मरे को जिंदा कर लाने के चमत्कार में फँसे पिछले तीन दिन से लगातार खुद ही मरे जा रहा था। पूरा दिन और रात इन्हीं दो कमरों की दौड़ में बीत रहा था। कभी इस कमरे बिस्तर पर लेटे दो सिपाही को देखते तो कभी भागकर उस कमरे के बिस्तर पर लेटे दो सिपाहियों को हिला-डुलाकर उसके उठ खड़े होने का इंतजार करते।

"हे हुजूर, ई सब देख अब हमको तो डर लग रहा है। ई देखिए न कैसा पागल जैसा करता है चारों!" वहीं कमरे के बाहर नीचे जमीन पर बैठे नींद से ऊँघ रहे चौकीदार ने लगभग बैठ चुकी घरघराती आवाज में कहा।

"चिंता तो हमको, तुमसे ज्यादा हो रहा है। पता नहीं क्या खेल कर के दिया है साला कुबड़ा बूढ़ा! क्या होना है पता नहीं! उठ काहे नहीं रहा ई साला चारों सिपाही?" नींद को मारे लाल आँखें रगड़ते करते हुए दारोगा जोगी सिंह ने कहा।

"हुजूर देखें आप? बिछौना पर मूत भी दिया ऊ मोटा वाला सिपाही। हुजूर हमको ओकाई आ रहा है। इतना उमरदराज आदमी सबको ऐसा देख देह का बाल खड़ा है। जा रहे हुजूर। हे हुजूर, पैर पकड़ते हैं मालिक, अब घर जाने

दीजिए हमको।" चौकीदार भागवत ने दोनों हाथ जोड़ अधखुली आँखों में निरीह निवेदन किया।

"ऐ हाजरा, होशियारी नहीं। अभी कहीं नहीं जाओगे। तुमको दिक्कत क्या हो रहा है रे! साला पैसा देते हैं न तुमको! समूचा टेंशन तो हमारा है। तुमको एकाध दिन रुकने में ओकाई आने लगा!" दारोगा जोगी सिंह ने आँखें तरेरकर कड़े स्वर में कहा।

दारोगा जोगी सिंह की कड़क आवाज सुनते ही उठकर खड़े होने की जरा-सी कोशिश कर चौकीदार भागवत हाजरा झटके से पीछे जाकर पुनः यथास्थान स्थिर हो गया। असल में जोगी सिंह ने पिछले तीन दिनों से एक बार भी चौकीदार भागवत को भी वहाँ से बाहर नहीं निकलने दिया था। उसने मन-ही-मन सोच रखा था कि पहले चारों सिपाही सामान्य होकर अपने ड्यूटी पकड़ लें, तब चौकीदार को वहाँ से निकलने दें। क्योंकि उसे भीतर-ही-भीतर कहीं-न-कहीं भय और आशंका तो थी ही कि गलती से भी सिपाही जिंदा कर लाने का यह भेद कहीं खुल न जाए। इसका एकमात्र राजदार अभी बस एक चौकीदार भागवत हाजरा ही था।

इस कारण जोगी सिंह ने कम-से-कम अभी तक तो उसे अपने पास ही रोके रखा था। चौकीदार भागवत हाजरा लगभग बंधक की भाँति वहाँ फँसा हुआ था। उसने तो सोचा भी नहीं था कि अब तक जिस चमत्कार की घटना का केवल राज जानने और दारोगा के लिए ग्राहक से पैसा उगाहने के बदले उसे मजे से काम भर से ज्यादा पैसे मिल जाते थे, आज उसी चमत्कार को साक्षात् देख लेने के बाद ऐसे ही रोआँ खड़ान संकट में पड़ जाएगा।

पूरे तीन दिन से बेचारा दारोगा के पीछे-पीछे, पीछे से खड़ा हो चारों सिपाहियों के बिस्तर पर नवजात सदृश क्रियाकलाप देखता और आँख बंद कर मुँह से इस्स्स-सी...सी...ई...ई... की आवाज निकाल भगवान-भगवान बुदबुदाता। दारोगा जोगी सिंह ने तो एक क्षण के लिए भी पलक न झपकाई थी। दोनों आँखें चारों पर गड़ी हुई थीं। पर अब दारोगा का भी धैर्य जवाब दे रहा था।

वहाँ जो कुछ घटित हो रहा था, वह दृश्य वास्तव में विडंबना, विद्रुपता और विषाद एक साथ रच रहा था। दारोगा जोगी सिंह को ये माजरा समझ नहीं आ रहा था कि आखिर ये जिंदा हुए सिपाही जिंदा होकर भी जिंदा खड़े क्यों नहीं

हो रहे! तभी सहसा उसे कुछ कौंधा। उसने लपककर चार्ज में लगे मोबाइल को चार्जर से नोंचा और तेजी से कहीं फोन लगाया।

"हैलो-हैलो, अरे कहाँ हैं आप अभी?" दारोगा जोगी सिंह ने उधर कॉल के उठते ही इधर से पूछा।

"हाँ हैलो! कहाँ रहेंगे दारोगा जी, आप तो हमको ऐसा फँसा दिए हैं कि क्या बताएँ। अभी भी आप ही के क्लाइंट के यहाँ जा रहे हैं। कल से बुला रहा था, अभी जा रहे हैं यहीं बगल के गाँव।" उधर से आवाज आई।

"फँसा दिए? हम? अरे वाह मर्दे! आप तो मनमाना माल खींच रहे हैं। फँस तो हम गए हैं। भेंट करिए जल्दी, तब ना बताएँ! आइए जरा, बहुत जरूरी बात है।" इधर से दारोगा जोगी सिंह ने व्याकुल स्वर में कहा।

"अरे दारोगा बाबू बोल तो दिए न, कि देखकर आ जाते हैं एक पार्टी को। जाना ही होगा, पैसा एडवांस दे गया है। लौटकर आपके पास आते हैं। कहाँ आना है?" उधर से झंझुआ के कहा गया।

फोन पर उधर से ये जवाब सुन दारोगा जोगी सिंह का मन दो क्षण तो बुरी तरह भन्नाया लेकिन फिर स्वयं पर नियंत्रण किया।

"अच्छा, समझ गए। क्या हुआ है पार्टी को?" दारोगा जोगी सिंह ने बस मन के क्रोध को पीते हुए दो शब्द कहा।

"होगा क्या! वही जस का तस। सब बिस्तर पर पड़ा रहता है। जा के फिर चार सुई लगा देंगे। एकाध बोतल पानी चढ़ा देंगे।" फोन पर उधर असल में डॉक्टर खड़ा था।

दारोगा जोगी सिंह के दिमाग में फोन पर उस डॉक्टर से बात करते हुए भी मन-ही-मन में यह ऊहापोह जारी थी कि अभी इसे सिपाहियों वाला राज बताएँ कि नहीं। इसलिए दारोगा जोगी सिंह थोड़ा अटक-अटक और सँभल-सोचकर बेहद संयमित होकर ही बात कर रहा था।

"अरे डॉक्टर हैं मर्दे आप! आप बीमारी नहीं पकड़ पा रहे क्या!" दारोगा जोगी सिंह ने कुछ सोचकर पूछा।

"बीमारी? अरे बीमारी हो कोई तब ना पकड़ें!" डॉक्टर ने दो टूक कहा।

"अरे यही तो आपसे हम पूछना चाह रहे हैं कि ये जो जितना भी पार्टी आपको हम दिए, सब का हाल एक ही जैसा है क्या! एक भी नॉर्मल नहीं है क्या

साला!" दारोगा जोगी सिंह अब अधीर होकर पूछ रहा था।

"नॉर्मल? अरे सबका ब्रेन खतम है। बच्चे के जैसा बिस्तर पर लोट रहा है सब। एक भी नॉर्मल नहीं है। आप पता नहीं किस चक्कर में हमको फँसाए हैं। खुद हमारा दिमाग भी अब नॉर्मल नहीं रह रहा है साला ये सब भूतहा खेल में। ये कोई काला टोना है दारोगा जी। अपने भी निकलिए और हमको भी मुक्ति दीजिए। जितना पैसा बनाना था, बना लिए, अब पार्टी लोग भी नहीं देना चाहता पैसा।" स्वभाव से खड़ूस और बेहद कम बोलने वाले डॉक्टर ने पहली बार लगभग फूटते हुए इतना कुछ एक ही बार में कह डाला।

"मतलब ये कि... अ मतलब कि सब का सब एक ही जैसा बिछौना पकड़े हैं ना! सब बिस्तर पर उल्टी, पेशाब, लेटरिंग कर रहा! जन्म लिया बच्चा के जैसा हाथ-पाँव फेंक रहा न!" दारोगा जोगी सिंह ने चकराते हुए सिर पर एक हाथ धरे एक ही साँस में पूछा।

"अरे हाँ-हाँ, यही तो हम बता रहे। आप सुनते कहाँ हैं! हमें तो भाई कभी नहीं लगा कि मरा आदमी जिंदा होता है। ये सब या तो मरा हुआ नहीं था या तो जिंदा नहीं हुआ है। अब हुआ क्या है, हमको खुद नहीं पता, हमारा दिमाग अब आपके इस काम का लोड नहीं ले पा रहा। ऊपर से जिस दिन भंडा फूटेगा, पता नहीं जेल है कि फाँसी है इस केस में! साला इस तरह का केस भी तो पहली बार है दुनिया में, पता नहीं क्या सजा भी नया ही मिलेगा कुछ। पैसा का लालच में हम भी कभी सोचे नहीं इस पर। अब दिमाग में आ रहा है न कि क्या हो रहा है! क्या कर रहे हैं हमलोग! कौन दुनिया में हैं!" डॉक्टर अब मरीज को देखने जाना भूलकर लगातार बोले जा रहा था।

शायद वो कई दिनों से गुबार और विकार दोनों दबाए बैठा था। इसी दोनों के विषैले संयोजन ने उसे भी मानसिक तौर पर परेशान ही कर रखा था। वो एक अँधेरी सुरंग की यात्रा की तरह दारोगा के बताए गए मरीजों के घर जाता और उसी अँधेरे में जितना संभव हो पाता, झपट्टा मारकर माल बटोर ले आता। मरीज के परिजन कितना भी रोते-गिड़गिड़ाते, ये बड़ी निष्ठुरता से मनमाफिक पैसा वसूल ही लेता। फिर जमा किए गए फीस में से कुछ हिस्सा दारोगा जोगी सिंह का भी होता था। यही करते-करते कुछ ही दिनों में डॉक्टर का स्वभाव भी एकदम पत्थर दिल हो चुका था। वो खुद भी महसूस कर रहा था कि अपने

परिवार, पत्नी और बच्चों के लिए एकदम बदल चुका है।

अवैध पैसे ऐंठने के लिए एक डॉक्टर के रूप में उसका चढ़ाया गया गंभीर और निर्मम आवरण अब उसका स्थायी भाव बन गया था। डॉक्टर ने कई दिनों से अपने फूल से दस वर्षीय बच्चे के साथ खेला नहीं था, उसके गाल नहीं चूमे थे, उसके लिए कोई मिठाई या खिलौना नहीं ले गया था। डॉक्टर को कुछ दिनों से ये भी महसूस हो रहा था कि जब भी वो अपनी तिजोरी में जमा पैसों को छूता तो उसकी उँगलियाँ जैसे पिघलने लगती हैं, जैसे कोई गर्म लावा छू लिया हो।

पता नहीं उन पैसों में कितनों की आह की आग थी!

डॉक्टर जब खुली आँखों से नोट की गड्डियाँ देखता तो वे रंग-बिरंगे ठीक ही नजर आते लेकिन जब उँगलियों को पीछे खींच आँख बंद करता तो उसे तिजोरी में खून के धब्बे लगे कागज दिखते। वो माथा पकड़कर बैठ जाता, कई बार अकेले में चीखा भी था। पर वो उस अँधेरी गुफा से निकल नहीं पा रहा था।

आज पता नहीं अचानक जैसे भीतर कुछ फूटा और वह बेचैन हो बाहर निकलने को आतुर हो गया था पैसे के हवस की खोह से। फोन पर उस पार खड़ा दारोगा जोगी सिंह, डॉक्टर के मस्तिष्क में हो रहे हलचलों से अनजान ही था। अभी खुद उसके भी चेतना का घोड़ा इधर-उधर बाड़े में ही उछल-कूद रहा था। कई बार पछाड़ खाता था और फिर उठकर सरपट दौड़ता।

दारोगा जोगी सिंह मोबाइल पर कान सटाए एक बार फिर अंदर कमरे में गया जहाँ एक चौकी पर दो सिपाही लेटे हुए थे। पीछे-पीछे धीमे से उठकर चौकीदार भागवत हाजरा भी आँख मलते हुए भीतर घुसा।

"हैलो, हैलो अरे फोन कट गया क्या! ऐ डॉक्टर साब!"

दारोगा जोगी सिंह ने मोबाइल एक बार कान से हटाकर उसे पुनः कान से सटाते हुए कहा।

"नहीं कटा है, कट हम गए हैं, अपना परिवार से, बच्चा से, दुनिया से। पैसा तो आ रहा है दारोगा बाबू लेकिन बाकी सब जैसे लुटा गया हमारा। घर से बाहर निकलते हैं न तो लगता है चोरी करने जा रहे हैं, कोई देख न ले। साला कोई आपका ई कोठी का राज जान न ले इस कारण न समाज में किसी से मिलते हैं न रिश्तेदार तक से बात करते हैं। अब नहीं... अब हमको इन सब से पार पाना है। पैसा प्रेत के जैसा लटक गया है हममें। हमको मुक्ति चाहिए।" डॉक्टर ने

अपनी ओर से शायद आखिरी बात कह दी थी।

दारोगा जोगी सिंह के मुँह से अभी कुछ भी नहीं निकला। मोबाइल जस का तस पकड़े वो अपने लाए गए सिपाहियों को देख रहा था। तभी जोगी सिंह के कान का पर्दा हिला। जोर की रिंग टोन जब उसके कानों से टकराई तब सहसा उसका ध्यान टूटा।

"हैलो, क्या हुआ जी? तुम लोग से दो-चार दिन भी नहीं सँभलता है काम? तुरंत फोन लगा देते हो!" दारोगा जोगी सिंह ने फोन उठाते ही कहा।

ये थाने से आई कॉल थी। जोगी सिंह ने झल्लाहट के साथ फोन काटा और कमरे से बाहर बरामदे में चहलकदमी करने लगा। पीछे-पीछे चौकीदार हाजरा भी निकलकर खड़ा हो गया।

"ऐ भागवत, सुनो एक बात! अब एक चीज तुमको सँभालना होगा।" चौकीदार की तरफ अचानक पीछे मुड़कर दारोगा जोगी सिंह ने अभी इतना ही कहा।

"हमको?" एकबारगी हक्का-बक्का हुए चौकीदार हाजरा के मुँह से यही निकला। उसे तो एक ही झटके में खयाल आया कि अब कौन-सी नयी आफत! अरे बाप!

"हाँ तुमको। तुमको अब यहाँ दस-पंद्रह दिन रहना होगा। ई चारों सिपाही का देखभाल करो तब तक। पैसा-कौड़ी मुँहमाँगा से ज्यादा ही मिलेगा, बस कुछ दिन सँभाल दो। जाओ घर जाकर अपना कपड़ा-लत्ता ले आओ।"

जोगी सिंह ने गंभीर स्वर में लगभग आदेश दिया।

"अहो हुजूर, अरे सर ई इतना बड़ा-बड़ा अधमरल हाथी-घोड़ा हमसे सँभेलगा अकेले! हम क्या करेंगे ई सिपाही लोग का! हमारा तो देख के ही देह सिहर जा रहा है सर।" चौकीदार ने अकबकाए स्वर में कहा।

"अरे चौकीदार, तुमको साला इतना बढ़िया से समझा रहे हैं तभी से तो बात समझ लेना चाहिए न। कहाँ जाओगे? घर? और अभी ई पोल खुल गया तो? तो क्या हम जेल जाएँगे? दारोगा फँसेगा कि चौकीदार? अकल से काम लो भागवत।" जोगी सिंह ने चेतावनी नहीं आदेश ही देते हुए कहा।

अब ये सुनने के बाद चौकीदार भागवत हाजरा के शरीर के भीतर हो रहा कंपन बाहर निकल आया था। हाथ-पैर में हल्की-सी थरथराहट के साथ वो हाथ

जोड़े झपकी लेने लगा। दशा ही बता रही थी कि अब सर्वस्व जोगी सिंह पर न्यौछावर करने के अलावा चारा ही क्या था।

"अरे नहीं हुजूर, आपके बात से बाहर थोड़े हैं। रो के रहें चाहे मर के रहें, रहेंगे ही, अपना काम है। आपका आदेश है।" हवा से हिलते हुए दरवाजे के पल्ले की तरह हाथ जोड़े खड़े चौकीदार हाजरा ने चेतनाशून्य स्वर में धीरे से कहा।

"ठीक है, एक काम करो कि तुम आज साँझ घर जाकर अपना एकाध कपड़ा-लत्ता ले आना। और भी कुछ जो भी तुम्हारा अपना काम का चीज हो घर पर, दिनचर्या का, ले आना साँझ को जा के। एक झोला में भर लेना जो भी सामान होगा। कुछ दिन रह के जरा देख-भाल कर दो।" दारोगा जोगी सिंह ने इस बार सामान्य स्वर में ही कहा।

"और आप एकदमे नहीं आइएगा क्या हुजूर!" चौकीदार भागवत ने मन को थोड़ा बल दे एक सवाल पूछ ही लिया। दारोगा ये सुनकर एक पल को तो खिन्न हुआ लेकिन अगले ही पल में उसने खुद पर नियंत्रण कर लिया।

"अरे हम अमेरिका थोड़े जा रहे हैं। हम थाना ही तो जाएँगे, आते-जाते रहेंगे। इतना काहे दिमाग लगाते हो! तुमको कोई दिक्कत नहीं होगा भाई। बस रहो भी तो पहले।" दारोगा जोगी सिंह ने झुंझलाहट की एकदम न्यून मात्रा के साथ कहा।

चौकीदार हाजरा ने एक बार नजर नीची की और दुबारा कुछ बोलने के लिए सिर ऊपर करते हुए हल्के स्वर में ही बोला "अ, एक बात है हुजूर!"

"देखो काम का बात है तो बोलना। अभी फालतू के बात मत उठाना हाजरा, बता देते हैं! माथा खुद ही बहुत खराब है हमारा।" जोगी सिंह ने तर्जनी को भाला की तरह दिखाया।

"फालतू एकदम नहीं, हम गलत काम ही नहीं करेंगे हुजूर। हुजूर एक पार्टी था। पैसा दे देगा जैसे-तैसे कर के।" चौकीदार ने फालतू नहीं बल्कि मालतू बात यानी माल दिलाने वाली बात कह दी थी।

"पार्टी? अबे चौकीदार, अभी साला अपने पहले ई चक्कर से तो निकलें, फिर खोजना पार्टी! तुम भी न... अ अच्छा चलो इसका कर देंगे। माल देगा न ठीक ठाक? कहाँ का है? आजकल जरा होशियारी से पार्टी खोजा करो। आगे-

पीछे पता लगा लिया करो। पता नहीं कौन है, नहीं है ? बहुत लोग को भनक भी तो लग रहा है इस खेल का।" दारोगा जोगी सिंह अब शायद वास्तव में परेशान था भीतर-बाहर दोनों तरफ़ से।

"जी हुजूर, हुजूर इसका पता वही किरानी दिया हमको। लेकिन आप सच्चे बोल रहे हैं कि जरा धयान से तो करने ही चाहिए ई सब काम। सर हम खुद पार्टी से बात किए हैं। लेकिन ई साला किरानी एक बात हमको बताया ही नहीं था। जब हम बात किए तब पता चला। अब आपसे बोलने में हिचक हो रहा है थोड़ा।" चौकीदार हाजरा ने हिचक वाली बात बेहिचक कही।

"क्या बात ? अरे तो बोलो न यार। तुम साला पहेली बहुत बुझाता है मरदे। बहुत गलत आदत है ई तुम्हारा। साला चौकीदारी का नौकरी है, कोई प्रेशर तो है नहीं सर्विस का, तो यही सब किस्सा बनाते रहते हो। दारोगा जैसा बड़ा पोस्ट पर रहता न तब पता चलता कि नौकरी क्या चीज है !"

"जी हम किलियर बोल रहे, पैसा तो दे देगा लेकिन ... अ लेकिन जात का मियाँ है सर... मोहमडन है। मोहमडन को भी जिंदा कर देगा बुढ़वा सर ? करेगा मंतर काम मियाँ पर ?" चौकीदार हाजरा ने चिंता में कम जिज्ञासा में ज्यादा पूछा था।

"मोहमडन है ? तुम बात किया क्या ? क्या बोला ?" जोगी सिंह ने पुनः पुष्टि चाही।

"जी हुजूर, वही तो बता रहे। अरे ऊ किरानी है लेकिन गजब का खच्चड़ साला। हमको नाम राजा बाबू बता दिया। जब हम पूछे डाईरेक्ट पार्टी से तो रजा मुहम्मद खान बताया। मेरा त हुजूर एक मिनट दिमागे उड़ गया। फिर हम सोचें कि अच्छा हुजूर से बोल के देखते हैं।" चौकीदार ने उड़े हुए दिमाग की रिकवरी वाली दास्ताँ सुनाई।

"हम्म्म्म, अच्छा ट्राय मारते हैं। ई तो सोचें ही नहीं कभी कि बूढ़ा खाली हिंदू जिंदा करता है कि मुसलमान पार्टी भी का भी काम कर देगा! अच्छा तो एक काम तो कर ही सकते हैं न, बूढ़ा को बताएँगे ही नहीं कि हिंदू है कि मुस्लिम। उसको क्या पता साला !" जोगी सिंह ने मन-ही-मन में कुछ और भी सोचते हुए कहा।

"जब ऊ कोई भी आदमी को जिंदा कर देता है, तो हिंदू या मुसलमान में

बहुते फरक तो नहीं बुझाता है सर। उन्नीस बीस का फरक कर के जिन्दा तो कर ही देगा। हमको तो लगता है।"

बात जब तक आदमी की चल रही थी तो भला कभी कोई उलझन ही नहीं रही थी आज तक। आज आदमी अचानक से हिंदू और मुसलमान हो गया था। समस्या अब शुरू हुई थी। दारोगा-चौकीदार दोनों असमंजस में थे।

जरा सोचिए कि इंसानों को जात-जात, धर्म-धर्म और लिंग-रंग में बाँटकर दुनिया कितने गफलत में रही होगी, कितनी उलझ गई दुनिया इंसानों को अलग-अलग खाँचों में बाँट!

"किसको जिंदा करेगा, किसको नहीं करेगा, इसमें तुम काहे ढेर बैज्ञानिक बन रहे हो? हम कर लेंगे न बात! ऊ बूढ़ा तो अँग्रेज है। उसको क्या हिंदू मुसलमान से! इ सब झंझट हमलोग का है न जी। सुनो, काम मुश्किल तो है। क्या पता उसको हिंदू मंतर का सिद्धि हो। और अभी तो हमारा खुद का सिपाही पहले होश में आए, तब कोई पार्टी का काम करवाएँगे। तो ई सब दिक्कत है। तो सुनो, बोल दो डबल पैसा लगेगा। मंजूर है तो आधा माल तुरंत माँग लो।" जोगी सिंह ने धंधे को ना नहीं कहते हुए कहा।

"हुजूर अभी फोनवे ऑफ़ है। भाग गया क्या साला!" चौकीदार हाजरा ने जोगी सिंह के कहने से पहले ही फ़ोन लगा भी लिया था।

"बस, बस यही तो दिक्कत है। इसलिए कह रहे थे कि तुम भोंसड़ी के फालतू बात ना उठाया करो। समझे तुम!" अचानक ही गरज उठा था दारोगा जोगी सिंह। चौकीदार बेचारा जोर से मोबाइल को हथेली में चाँपे फिर से सिर झुका खड़ा हो गया था।

"अरे फ़ोन लगाओ हरिहर सिन्हा को। उससे पूछो न! वही बताया था न इस मियाँ के बारे में!" जोगी सिंह इस वक़्त अपनी वो सिपाही वाली सारी परेशानी भूल पार्टी से संपर्क को ले बेचैन-सा छटपट करने लगा।

असली धंधेबाज को ऐसा ही होना चाहिए, लाख बाधाएँ घेरें लेकिन अपने पेशे के प्रति यही लगन, यही समर्पण होना चाहिए। यही लगन तो किसी चपरासी को भी बिड़ला और किसी दारोगा को टाटा बना देने की क्षमता रखती थी भारतीय सरकारी सेवाओं में।

"हू.. हुजूर इसका भी फोन बंद है।" चौकीदार ने किसी तरह बोल दिया

हिम्मत करके। और आँख मीच के शायद इंतजार करने लगा जोगी सिंह के पुनः अमृतमई गर्जन का।

पर अभी वहाँ चुप्पी छा गई थी। जोगी सिंह ने इस पर कोई प्रतिक्रिया नहीं दी थी। उधर दोनों के फोन बंद मिले और इधर दोनों को अपने-अपने मन शायद यही ज्ञान कि हिंदू-मुस्लिम किसी का भरोसा नहीं। धंधा में कोई भी चकमा दे सकता है।

तभी कमरे के अंदर से धम्म की आवाज आई। दारोगा जोगी सिंह चमककर कमरे की तरफ दौड़ा। चौकीदार सामान्य चाल में पीछे-पीछे कमरे में घुसा। एक सिपाही बिस्तर से लुढ़ककर चौकी से नीचे गिर गया था। दारोगा जोगी सिंह के नीचे झुकते ही चौकीदार हाजरा भी उसमें लपककर लगा और दोनों ने उसे उठाकर वापस चौकी पर रखा।

17

रात का पहला पहर उतर गया था। बास्को जंगल में जुगनुओं ने मिलकर हर पेड़ पर हरे चमकीले झालर टाँग दिए थे। झिंगूरों का संगीत घराना रियाज कर रहा था। नौरंगी नदी के पुल के इस पार-उस पार दूर-दूर तक कोई मानव गंध नहीं। खिले हुए सखुआ के फूल की कसैली खुशबू से जंगल का पोर-पोर गमक रहा था। कुछ लकड़बग्घे और सियार अपनी जागीरदारी में टहलते-घूमते जंगल से निकलकर सड़क पार करते तो थोड़ी हलचल-सी होती। घने जंगल के किनारे खड़े डेनियल की कोठी का सन्नाटा अचानक टूटा जब चार-छह चिड़ियों का एक झुंड अचानक फड़फड़ाते हुए कोठी के भीतरी छज्जे से निकला। तभी कोठी के बरामदे पर हल्की-सी रौशनी चमकी शायद यह टॉर्च की रौशनी थी। दिखे हुए प्रकाश ने धीमे से अब मुख्य प्रवेश द्वार की चौखट लांघ भीतर को प्रवेश किया।

"ये अपराध है किरानी! तुम ऐसे प्रथम व्यक्ति हो जिसे बिना पूर्व अनुमति भी प्रवेश करने दिया गया, अन्यथा स्मरण हो तुम्हें कि आज द्वितीय दिवस है। तुम्हें मैंने तृतीय दिवस को आने कहा था।" मेघ की तरह गरजती हुई आवाज आई कोठी के आँगन से। गूँजती ध्वनि के कानों में जाते ही हाथ से टॉर्च छूटा और हरिहर बाबू ने किसी तरह काँपते पैरों पर नियंत्रण कर दूसरे हाथ में पकड़ा अपना झोला सँभाला।

"जी-जी! अ... सर... बाबा! बाबा बस मेरा बात सुन लीजिए एक बार

बाबा! आज आना मजबूरी था, इसके लिए माफी माँगते हैं बाबा।" हरिहर बाबू ने हदस के बावजूद हिम्मत कर कहा।

"किंतु तुम्हारी अर्धांगिनी (पत्नी) तो कल रात्रि मिलेगी तुम्हें। आज क्यों आए? इतनी व्याकुलता दिखाने से कल को प्राप्त होने वाला फल आज थोड़े मिल जाएगा! अविलंब जाओ यहाँ से।" बूढ़े ने भारी और कड़कड़ाते स्वर में आदेश ही देते हुए कहा।

"कल आते तो बहुत देर हो जाता बाबा। इसलिए आज ही आना पड़ा। कल का विकल्प ही कहाँ था!" हरिहर बाबू ने जैसे कोई पहेली बोली थी।

"नियत समय से पूर्व आज ही आने का प्रयोजन बताओ। स्पष्ट बताओ। इच्छा प्राप्ति की तुम्हारी अधीरता को देखकर मैं निराश हुआ हूँ किरानी।" इस बार बूढ़े के स्वर में कठोरता तो नहीं थी लेकिन एक रुष्टता जरूर थी।

हरिहर बाबू ने अब अपने हृदय गति के कंपन को थोड़ा सामान्य होता महसूस किया। यद्यपि इस घने जंगल के वीराने में डेनियल की कोठी जैसी सदियों से सूनी पड़ी जगह पर इस अँधेरी रात में इस अकल्पनीय चमत्कारी कुबड़े बूढ़े के सामने किसी भी सामान्य मनुष्य के लिए सामान्य होकर बिना काँपे खड़ा रह पाना कहाँ से संभव होता तथापि हरिहर बाबू को पहली ही मुलाकात में अपने से ज्यादा उस कुबड़े बूढ़े पर भरोसा-सा हो गया था। उनके मन के भीतर कहीं-न-कहीं किसी कोने में थोड़ा ही सही लेकिन यह विश्वास बैठा जरूर था कि इस कोठी में उनके साथ कुछ बुरा नहीं करेगा ये बूढ़ा।

अलबत्ता जब जंगल के सन्नाटे से अकेले गुजरते हुए हरिहर बाबू की जान धकधकाते रही थी तब यहाँ डेनियल की कोठी पहुँचते ही उन्होंने एक लंबी साँस ली थी कि, 'अब जान नहीं जाएगी, यहाँ तो गई हुई जान लौटा देने वाला दाता रहता है।'

हरिहर बाबू ने अब हौले से अपना चश्मा उतारा, कुर्ते की बाँह से चेहरा पोंछा और अपना झोला नीचे भूमि पर रखकर वहीं बैठ गए। वह बूढ़ा भी अब अपने स्वाभाविक उदात्त चैतन्य अवस्था में चबूतरे पर गहरी शांति में डूबा बीड़ी पीने लगा।

"बाबा, ई झोला में लगभग हमारे जीवन भर का कमाई है। रिटायरमेंट का सारा पैसा है, ई सब किसी तरह निकाल के ले आए हैं।" हरिहर बाबू ने सबसे

पहले झोले को चबूतरे की तरफ सरकाते हुए कहा।

"ये सब अपनी अर्धांगिनी को पाने के लिए? उसकी खातिर अपने जीवन की समस्त पूँजी, संपूर्ण बचत दे रहे हो? मैंने तुम्हें तो मूल्य के बारे में कहा भी नहीं था किरानी। फिर भी तुम्हारी इतनी आकुलता, व्यग्रता मेरे समझ नहीं आ रही है।" बूढ़े ने उँगलियों में फँसी जलती हुई बीड़ी को दूसरे हाथ के अँगूठे और तर्जनी से दबाकर बुझाते हुए कहा।

"हाँ बाबा, हमको हड़बड़ी था, इसीलिए जल्दी-जल्दी आए हैं, कल तक पत्नी जिंदा हो जाती और सब खत्म हो जाता। असल में हमें अपनी पत्नी वापस जिंदा नहीं चाहिए बाबा।" इस बार हरिहर बाबू ने चौंका दिया था।

"क्या? तुम्हें नहीं चाहिए!" बूढ़े को अचंभा हुआ।

हरिहर बाबू की आँखें इस वक्त गीली हो रही थीं। यहाँ आकर न कह देना जैसे अपनी पत्नी को दूसरी बार विदाई देने जैसा ही था। हरिहर बाबू ने दोनों हाथों से आँखों को धीमे से मला, बाहर निकल आई बूँदों को पोंछा और जो धार बाहर बहने को तैयार थी, एक लंबी गहरी साँस लेकर उसके वेग को पीछे की तरफ धकेला और पी गए।

"बाबा हम अपनी पत्नी से, जी बहुत-बहुत प्रेम करते थे बाबा। और इसलिए अब हम नहीं चाहते हैं कि उसको जिंदा हो के फिर मरना पड़े। और जब उसके सामने हम मरें तो उसको अकेले रोज-रोज मरना पड़े।" इतना बोलकर एक बार फिर फफक पड़े थे अब हरिहर बाबू।

सामने बैठा बूढ़ा पहली बार इतने अचंभे में था। वो व्यक्ति जिसके चमत्कार से संसार चकित हो जाए वह खुद विस्मय से भरा हैरान बैठा था। उसे एक साधारण मनुष्य की साधारण-सी दिखने वाली बात ने अचरज में डाल दिया था। एक साधारण से मनुष्य की जटिलता इतनी गहन थी कि उसने संसार के अद्वितीय चमत्कार को उलझा दिया था। उस बूढ़े को यह विश्वास नहीं हो पा रहा था कि किसी के जीवन को वापस पाने का अवसर, किसी के पुनः जिंदा हो जाने के चमत्कार को कोई मनुष्य कैसे अस्वीकार कर सकता है! जीवित होना, किसी भी हाल में मरे रहने से तो उत्तम होता ही है! ये सवाल अभी उस बूढ़े को मथ रहा था।

अभी बूढ़ा अपने भीतर उठते प्रश्न को आकार दे ही रहा था कि हरिहर

बाबू फिर बोले, "बाबा जानते हैं खाली जिंदा होने से क्या हो जाएगा! जीना भी तो पड़ता है!"

हरिहर बाबू के यह कहते ही बूढ़े की आँख चमक उठीं। वो प्रश्न जो उसने अभी पूछा भी नहीं था, उसका उत्तर अब शायद मिलने ही वाला था।

"तुम बोलते जाओ किरानी।" अभी बस चार शब्द कहे बूढ़े ने।

"क्या बोलें बाबा! बोलने लायक भी तो नहीं हैं हम। बोलने लायक है भी तो नहीं ई सब।" हरिहर बाबू अब बोलते-बोलते थोड़े सहज हो रहे थे और बूढ़े के साथ दोस्ताना होने लगे थे।

"तुम्हें तुम्हारी अर्धांगिनी क्यों नहीं चाहिए फिर जिंदा? ये बताओ।" इस बार बूढ़े का स्वर कड़क था। वह जैसे अपने सीधे-सीधे सवालों के बदले साफ-साफ उत्तर सुनना चाह रहा था।

हरिहर बाबू एकाध क्षण सिर को नीचे किए चुप से रहे और एक गहरी साँस लेकर गर्दन ऊपर किया। बूढ़े ने भी अपने शर्ट की ऊपरी जेब से बीड़ी निकालकर सामने रखी ढिबरी से उसे जला लिया। अब हरिहर बाबू ने अपने घर का हाल सुनाना शुरू किया। अपने बेटे-बहू के बारे में बताते हुए हरिहर बाबू की आँखें फिर धीरे-धीरे धार पकड़ने लगी थीं।

हरिहर बाबू ने उस दिन की अपनी कानों से सुनी बेटे-बहुओं के द्वारा की जा रही बातचीत को जब उस बूढ़े को सुनाया, बूढ़े ने आधी जलती हुई बीड़ी को किनारे जमीन पर रखा और एक बार अपनी दोनों हथेलियों को अपने चेहरे पर ले जाकर छुआ, जैसे चेहरा पोंछा हो।

"तो फिर तुम उस दिन यहाँ अपनी अर्धांगिनी के छायाचित्र को क्यों छोड़ गए? उस दिन क्यों मना नहीं किया?" बूढ़े ने गंभीर स्वर में पूछा।

"बाबा, आपका दर्शन करने आए थे, सच में। और जो बात हम उस दिन कहने आए थे, नहीं कह पाए। वही बात अब आज कहने आए हैं। उस दिन तो जब सामने आपको देखे तो कुछ समझ ही नहीं आया। ना बोलना था और हाँ बोल दिए अकबका के बाबा।" हरिहर बाबू ने हाथ जोड़े।

"तो ये बताओ कि आज फिर ये मुद्राएँ क्यों लाए हो थैले में बटोर के?" बूढ़े ने एक नजर झोले की तरफ देखकर पूछा।

"बाबा, यही तो हमको उस दिन करना था। यही बात तो उस दिन बताने

आए थे। लेकिन फिर बाद में सोचे कि पहले पैसा ले लें, फिर जल्दी आ जाएँ। देखिए बाबा असली बात सुना जाए हमारा, मन से बोल रहे हैं एकदम, कि जब भी कभी, जब भी हम कभी मर जाएँ और मेरे बेटे मुझे जिंदा कराने यहाँ आ जाएँ तो आपसे यही प्रार्थना है कि आप मुझे जिंदा मत करना। उसके बदले ही मैं आपको अपना ये सारा पैसा देने आया हूँ।" हरिहर बाबू ने जैसे जीवन का मोल चुकाते हुए कहा।

"क्या? तुम भी नहीं होना चाहते फिर जिंदा होना! मैं विश्वास नहीं कर पा रहा हूँ कि कोई व्यक्ति जीवन को कैसे नकार सकता है! तुमने मुझे न जाने कितने गहरे आश्चर्य में डाल दिया है। कोई मृत्यु से डरता है। तुम जिंदा होने से! क्या सचमुच जीवन इतना दुरूह है किरानी! क्या जीवन भी निर्मम हो सकता है!" बूढ़े के स्वर में कुछ था जो शायद पहली बार था।

उसने अपने हृदय वाले हिस्से में जैसे कुछ उथल-पुथल महसूस किया। जैसे पत्थर पर फूटकर घास उग आई हो। उसके दोनों हाथ इस वक्त दोनों तरफ कंधे तक हवा में खुले हुए थे और वह गर्दन नीचे किए अपने छाती से लिपटकर सिसक रहे हरिहर सिन्हा को देखे जा रहा था।

पलक झपकते वे दोनों हाथ अब हरिहर सिन्हा की पीठ पर थे। आँखें बंद कर हरिहर बाबू की पीठ और सिर पर थपकी दे रहा था। जैसे अकेलापन अकेलेपन को मलहम दे रहा हो। इस वक्त बूढ़े के चेहरे पर जो भाव थे वो संभवतः पहली दफा थे। तभी मरुस्थल में पानी दिखा, बूढ़े की आँख से दो बूँद टपककर हरिहर सिन्हा के माथे पर गिरा। और लगा जैसे कठोरता की ऊब पर भावनाओं की दूब उग आई हो।

कुबड़े बूढ़े की मुख भंगिमा करुणा के तेज से नहाई हुई लगने लगी। आदमी को जिंदा कर अकल्पनीय अलौकिक सामर्थ्य रखने वाला महामानव पिघलकर एक मानव हो रहा था। हरिहर सिन्हा अमरबेल की भाँति बूढ़े बरगद से लिपटे हुए थे। अमरबेल ने जैसे अपने पोषक पेड़ के अहं और प्रचंड शक्ति को चूसकर उसे शीतल हृदयी मनुष्य बना दिया था।

अलौकिक सामर्थ्य का ताप जब शीतल हुआ तो बूढ़ा बुद्ध की भाँति दमकने लगा था और हरिहर बाबू उस वीर की तरह जो बोधिवृक्ष की छाया में समाधिस्थ हो अर्हत हो गए हों।

एक अदने से मानव ने महामानव को पिघलाकर बहा दिया था, और महामानव ने डूबते मानव को बचा लिया था।

कवक और शैवाल के बीच कल्याणकारी संबंधों का उदाहरण देकर चलने वाली जीव विज्ञान की कक्षाओं में शायद ही सहजीविता को पढ़ाने के लिए ये अनुपम उदाहरण दिया जाएगा।

18

शनिवार का दिन था। सुंदर भगत नहा-धोकर काँसे के लोटे में चापानल से पानी लेकर अपने घर के पीछे वाले पीपल के पेड़ में जल अर्पण कर हाथ जोड़े धार्मिक मुद्रा में आँख बंद किए खड़ा था। नूतन पूजन परंपरा में भक्त सरकारी नल के पानी में रत्तीभर श्रद्धा फेंट दें तो वह जल बन जाता है। ये अपना मौलिक रसायनशास्त्र था, प्राच्य परंपरा की अपनी रसायनिक-वैज्ञानिक उपलब्धि। नल के पानी और जल में यही मूल अंतर होता है कि पानी में केवल हाइड्रोजन और ऑक्सीजन होता है जबकि जल में श्रद्धा भी एडेड होती है।

जलार्पण के बाद ध्यानस्थ खड़ा सुंदर भगत कुछ हिंदी में ही मंत्र टाइप बुदबुदाकर धार्मिक क्रियाकलाप करने जैसा ही कुछ कर रहा था। करीब 20 से 30 सेकेंड ऐसा अटूट अनंत ध्यान करने के बाद उसने लगभग पहले से ही खुली हुई आँख पूरी तरह खोली।

असल में सार्वजनिक स्थलों पर पूजा-पाठ और ध्यान ऐसे ही आँखों को दो-चौथाई बंद और दो-चौथाई खुला रखकर करना होता है क्योंकि आदमी को ठीक इसी वक्त अपने खोले गए चप्पल, पूजा की थाली, काँसे के बर्तन, पीतल की बाल्टी या लोटा और प्रसाद वगैरह पर भी नजर रखनी होती है।

पर ऐसा नहीं था कि गाँव-देहात या भारतीय कस्बों अथवा शहरों का माहौल इतना खतरनाक, दुर्दांत, अनैतिक, दुराचारी तथा धर्म-विरोधी था और सदा अधार्मिक कुकृत्यों में लिप्त था और इसी कारण मंदिर से चप्पल चोरी,

पूजा स्थल से पूजन सामग्री, पूजन पात्र या प्रसाद की चोरी के डर से आदमी ध्यान में भी आँखों को खुला रखता था। नहीं, ऐसा बिलकुल नहीं था। ऐसा जो लिखते-बताते थे, झूठ मानिए उसे।

असली बात तो यह थी कि कई बार पूजा करने के बीच कोई कुत्ता आकर बर्तन चाट सकता था तो कई बार कोई गाय या भैंस चप्पल खींचकर मुँह में चभलाते हुए चली जा सकती थी। कई बार तो कोई बकरी आकर प्रसाद की पॉलिथीन खींच सकती थी। ध्यान में लीन भक्तों को ध्यान में ही इन सब पर भी ध्यान देना होता था, इसी कारण ध्यान में भी आँखें काम भर खुली रखा करते थे।

वैसे भी मनुष्य और पशुओं के बीच खींचातानी का इतिहास सभ्यता जितना पुराना है। मनुष्यता और पशुता एक-दूसरे की खींचते रहे और इसी खींच-खाँच में पशुता ने कुछ चीजें मनुष्यता से ली और बदले में मनुष्यता ने बहुत कुछ पशुता से।

आँख पूरी तरह खोलते ही सुंदर ने श्रद्धा भरे नयन से पीपल पेड़ के ठीक बगल में खजूर वाले पेड़ पर अपने द्वारा टाँगी हुई पॉलिथीन की तरफ देखा। देखकर उसे राहत मिली, अच्छा लगा कि पॉलिथीन अपनी जगह पर ही टँगी हुई थी, गायब नहीं हुई थी। उसने तीन कदम चलकर पॉलिथीन को उतारा और उसकी कसकर बाँधी हुई गाँठ को नाखूनों के सहारे खोला। अपने द्वारा इतनी कसकर बाँधी गई गाँठ को खोलने के ही लिए सुंदर भगत अपने काले नाखून बढ़ाकर रखता था। कई बार ग्राहक भी तो ऐसे आते थे जो एक पाव सामान लेते और पैसे घट जाने पर कसी हुई पॉलिथीन से एक सौ ग्राम खोलकर निकलवा देते। ऐसे में धारदार नाखून बड़े उपयोगी होते थे।

पॉलिथीन की गाँठ खोलते ही सुंदर उसे लेकर पुनः पीपल पेड़ के सामने खड़ा हुआ और जोर से 'जय शनिदेव' का जयकारा लगाते हुए अब पॉलिथीन का मुँह पेड़ की जड़ की तरफ खोल दिया। तुरंत पॉलिथीन से कुछ गिरा नहीं। लेकिन कुछ क्षण इंतजार के बाद दस-बीस बूँद तरल पदार्थ गिरा। असल में पॉलिथीन के आखिरी छोर से मुँह तक आने में तरल पदार्थ को इतना वक्त तो लग ही जाना था। हालाँकि सुंदर ने अब अँगूठे और तर्जनी से दाबकर ससारते हुए पॉलिथीन से दस-पाँच बूँद और निकाल दी। यह पवित्र सरसों का तेल था। किसी रिश्तेदार ने किसी जानकार ज्योतिष से पूछकर प्रत्येक शनिवार को

शनिदेव पर सरसों का तेल चढ़ाने को बताया था। बताया कि इससे दुकान में नफा होगा और भूमि लाभ भी होगा। अब चूँकि गाँव में शनि मंदिर था नहीं, तो इस पर जानकारी दी गई थी कि प्रत्येक शनिवार, शनिदेव पीपल पेड़ पर वास करते हैं। अब सुंदर यह तो नहीं जानता था कि शनिदेव शनिवार को कितने बजे तक पेड़ पर आ जाते हैं लेकिन एक मोटा-मोटी अंदाजा लगाकर वह अपनी दुकान खोलने से पहले सुबह के करीब 6-7 बजे तक पूजा-पाठ कर लेता था। लेकिन वह अपनी तेल वाली पॉलिथीन जितनी देर में गारकर अर्पण करता संभवत: उतने देर में पेड़ पर शनि देव बैठे भी होंगे, तो वापस चले जाते होंगे। कई बार तो वह तेल अर्पण भी नहीं करता बल्कि तेल लगे हाथ से पेड़ को मसाज कर देता। उतने से तेल में अर्पण जैसी क्रिया संभव भी कैसे हो सकती थी! अर्पण में धार तो होनी चाहिए न!

खैर, अच्छी बात तो यह थी कि सुंदर की शनि पूजा अब फलित भी होने ही वाली थी। सुंदर ने फूलचंद की जमीन को बतौर वरदान शनिदेव से माँग ही लिया था। और परिस्थिति ऐसी बन ही रही थी कि अपने बेटे को लाने के लिए पैसों की जरूरत खातिर फूलचंद जमीन बेचता ही। शनिदेव की कृपा से वह भी औने-पौने दाम में।

अभी सुंदर पूजा करके भर मन श्रद्धा और भक्ति लिए लोटा उठाकर अपने दुकान की तरफ बढ़ा ही था कि तभी तरोताजा नहाकर सफेद कुर्ता-पजामा पहने सामने से फूलचंद फलाँगे मारता आता हुआ दिखा। सुंदर को देखते ही वह उत्साहित होकर बोला, "आप ही को खोजने घर गए थे आपके।"

"हाँ लेकिन आज शनिचर है ना। शनि देवता के पास आते हैं हम परतेक शनिचर को।" सुंदर ने भक्त मन से कहा।

"सुंदर दा, चलिए जल्दी दुकान। आज आपसे एक बात करना है।" फूलचंद ने सुंदर से आगे चलते हुए कहा।

"ऐसा क्या बात है, अरे यहीं बताओ पहले। दौड़ा-दौड़ा मत करो। मर्दे बताओ, बताओ. जल्दी।" सुंदर ने वापस सांसारिक मोहमाया में लौटते हुए व्याकुल मन से कहा। 'भोरे-भोरे ऐसा क्या बताने आ गया यह', यही मन में नाच गया सुंदर के। उसने लोटा से फूलचंद की पीठ पर हुरकुच्चा मारते हुए पुन: पूछा।

"बस सुंदर दा, अब जल्दी फाइनल कर लीजिए चौकीदार हाजरा से।

उसको भी इतना दिन से बोलकर रखे हैं, अब जाकर महूरत बना है। पैसा चाहे जितना लगे, बेटा लाना है अब।" फूलचंद ने पूरे उत्साह के साथ कहा।

सुंदर ने तो जैसे ही यह सुना, चेहरे पर बाँध से छूटे पानी की तरह खुशी पसर गई। उसने मुस्कुराते हुए ही सबसे पहले पीछे मुड़कर देखा। दो-तीन पल खड़ा रहा और तेजी से वापस पीपल के पेड़ के पास गया। हाथ में लोटा धरे पुनः वृक्ष को प्रणाम किया और पीपल पर चढ़ाए सरसों के तेल के निशान को अंदाजन महसूस कर उँगली से छुआ और माथे पर तिलक लगाया।

"क्या हुआ हो सुंदर दा?" फूलचंद ने पीछे से आकर कहा।

"कुछ नहीं भाई, बस तुम्हारा बच्चा वास्ते शनिदेव को प्रणाम कर लिए। इतना अच्छा खबर दिए तुम। तुमको बुद्धि तो हुआ आखिर। तुम्हारे कहने पर हम कितना ही बार चौकीदार को बोल चुके हैं, अब लाज भी लगता था भेंट हो जाने पर। खैर अब उसको बस पैसा देना है फिर तो हो ही जाएगा काम।" सुंदर ने पवित्र मुस्कान के साथ कहा।

सुंदर को तो अपनी मात्र पाँच सप्ताह की लघु तपस्या से प्राप्त इस त्वरित वरदान प्राप्ति पर भरोसा ही नहीं हो रहा था। मन-ही-मन वह शनिदेव को बारंबार धार्मिक भाव से थैंक्स बोल रहा था। उसे तो लगा कि यह तो साक्षात् शनिदेव ने ही फूलचंद को भेज दिया खेत लेकर। उसे अभी शनि देव दिख जाते तो उन्हीं के हाथ से कागजात लेता। उसे तो मन-ही-मन लग रहा था कि, 'इतना जल्दी भूमि प्राप्ति का लाभ तो हनुमान जी को नहीं मिलता, अपना मंदिर स्थापित कराने के लिए, लेकिन हमको तो एकदम से फटाक दे दिए शनि भगवान। अब साफ मन से किया गया भक्ति का फल है सब।'

"पैसा-कौड़ी का इंतजाम हो ही जाएगा जोड़-तोड़ के।" फूलचंद ने लगभग निश्चिंत भाव से कहा।

"अरे हाँ-हाँ, उसका टेंशन हम पर छोड़ो ना तुम। तुम बस खेत का कागज-पत्तर निकलवा लो। जमीन का पुराना खतियान और परचा जरा निकलवा लेना। चलो आखिर खेत ही काम आया, वंश बचा लिया यही खेत। और खेत भी रहा तुम्हारे दोस्त के ही पास। है कि नहीं?" सुंदर ने सुंदर मन से कहा।

"अ... मतलब? हम समझे नहीं सुंदर दा! कागज-पत्तर क्या होगा?" फूलचंद ने लगभग चौंकते हुए ही कहा।

“अरे तो बिना कागज दिए, बिना पर्चा के ही खेत बेच दोगे?” इस बार सुंदर भी कम नहीं चौंका।

“अरे सुंदर दा, हम खेत काहे बेचेंगे! हम यही तो पूछ रहे हैं आपसे।” फूलचंद ने तो नयी ही बात कह दी थी।

“क्या? तो बिना खेत बेचे पैसा ले लोगे बच्चा लाने खातिर! वाह! मने गजब आदमी हो यार तुम। बात से पलट रहे!” इस बार जले हुए स्वर में कहा था सुंदर ने।

“तो हम कब बोले! पैसा कौन माँग रहा आपसे? !हम तो बस आपसे कह रहे कि कोठी का हिसाब-किताब पता करने में मदद कर दीजिए। पता करके संगे चलकर बच्चा ले आएँगे।” फूलचंद ने स्थिरता से कहा।

“तो पैसा?” सुंदर ने हैरत में चलते-चलते खड़ा होकर बोला।

“पैसा का इंतजाम हो गया है। एक हमारा ससुराल का साला है, वही मदद किया है। ब्याज पर पैसा उठा लिए हैं उसी से।” फूलचंद ने साफ-साफ कहा।

“वाह! तब ये बात! मतलब अब खेत नहीं बिकेगा! यही ना!” सुंदर यह कहते हुए जहाँ खड़ा था वहीं माथा पकड़कर बैठ गया।

यद्यपि लगा ऐसा कि जैसे बड़े चैन से बैठ गया हो। लेकिन असल में वह चैन होने पर नहीं, चैन खोने पर बैठा था। माथे पर जो सरसों का तिलक लगाया था, सुंदर उसे ही अब तर्जनी उँगली से ललाट पर घिसने लगा।

“क्या हुआ सुंदर दा?” अचानक जमीन पर बैठकर सुंदर को माथा घिसता देख फूलचंद ने पूछा।

“अरे कुछ नहीं। थोड़ा माथा दर्द कर रहा है। तुम अभी जाओ। हम थोड़ा देर बाद जाएँगे दुकान खोलने। अभी थोड़ा घर जाकर आराम कर लेते हैं।” सुंदर ने बेहद खिन्न मन से उकताए हुए स्वर में कहा। सुंदर तो इस वक्त वहीं से चुकूमुकू बैठा दूर से दिख रहे पीपल के पेड़ को देख रहा था कि आज पेड़ पर शनिदेव आए थे या नहीं! सारा तेल कौन पी गया? एक झलक तो उसे लगा कि आज पेड़ पर राहु बैठा हुआ था क्या!

“ठीक है सुंदर दा। लेकिन हमारा काम कब करवाइएगा? चौकीदार से आप ही बात किए हुए हैं।” फूलचंद ने सुंदर की निराशा से अनभिज्ञ अपनी बात कही।

"अच्छा हो जाएगा यार। जरा एक दिन तो धीरज धरो अब। अभी तक तो तुमको होश ही नहीं रहता था बच्चा लाने का। रोज हम ही कहते थे। अब आज यह कहाँ से कर्जा-पैंचा कर पैसा ले आए हो तो अकबका रहे हो। भला जब हम थे ही, तो भी कर्जा लेना सही था क्या! अरे आदमी बरबाद हो जाता है कर्जा चुकाने में। लेकिन तुम को क्या समझाएँ! तुमको लगेगा कि सुंदर भैया का कोई स्वार्थ है।" सुंदर ने बैठते दिल के साथ उठते हुए एक साँस में कहा।

"नहीं सुंदर दा, आप तो हैं ही बड़ा भाई हमारा। असल में रिश्तेदारी में ही लिए हैं पैसा। इसलिए ज्यादा ब्याज भी नहीं लगेगा और चुकाने का हड़बड़ी भी नहीं रहेगा। आप बस बच्चा लाने में मदद कर दीजिए।" फूलचंद ने विनम्र स्वर में भावपूर्ण तरीके से हाथ जोड़ते हुए कहा।

"ठीक है। अब पता लगाना होगा न थोड़ा। चौकीदार तभी बोला तो था लेकिन क्या सच और क्या झूठ! ई सब काम तुरंत मुँह से निकलते ही थोड़े होगा! चाहे कोई कितना भी पैसा वाला हो, मरा आदमी को फिर जिंदा करना मामूली बात थोड़े है मर्दे! चलो हम पूछते हैं चौकीदार हाजरा से।" सुंदर ने अचानक सब कुछ कठिन से कठिनतम करते हुए कहा। उसके लहजे की खिन्नता उसके भीतर की झुंझलाहट को स्पष्ट दर्शा रही थी।

फूलचंद ने भी कमोबेश उसके रूखे स्वर से कुछ-कुछ बातें तो जरूर समझ ली थीं। अब फूलचंद इतना तो समझ ही रहा था कि सुंदर खेत नहीं ले पाने के अफसोस में है। पर फूलचंद की भी अपनी सीमा थी। आखिर गाँव-घर में कोई साथी-संगी भी तो चाहिए ही था मौका-कुमौका पर किसी जरूरत के लिए। इसलिए सीधे-सीधे बिगाड़ तो नहीं ही कर सकता था।

समाजशास्त्र समाज को समझ लेना भर नहीं होता है बल्कि सब समझते हुए भी समाज के साथ चलना होता है। फूलचंद भी एक सामाजिक प्राणी था। परस्पर सहयोग, परस्पर अभाव का समानुपाती होता है। जिसे जितना अभाव और जरूरत पड़ने की संभावना, उसका सामाजिक जीवन उतना ही सघन।

साधन संपन्न तो पहले सामाजिक बंधन तोड़ता है, फिर समाज को, और फिर एक दिन एकांत के हथौड़े से खुद को।

सुंदर और फूलचंद, दोनों को एक-दूसरे की आवश्यकता पड़ती रहती थी। इसलिए मनभेद तो चल सकता था लेकिन संबंध-विच्छेद नहीं। फूलचंद

ने तत्काल सुंदर का मिजाज खराब देख वहाँ से बिना किसी जिरह निकल लेना ही उचित समझा।

"हाँ बात एकदम सही है। ठीक है अभी आप आराम कर लीजिए। साँझ को भेंट होगा फिर।" इतना कहकर फूलचंद भी वहाँ से निकल लिया था।

इधर फूलचंद अपने बच्चे को लाने खातिर डेनियल की कोठी से संपर्क साधने के लिए परेशान था तो दूसरी तरफ पड़ोसी गाँव के हरिहर बाबू तो अब रोज नियमित रूप से साँझ ढलते कोठी जाने लगे थे।

जैसे ही दिन जाने के बाद नौरंगी नदी के पुल से लोगों की आवाजाही बंद होती, हरिहर बाबू तेज-तेज कदमों से जंगल का रास्ता पकड़ लेते। अब साँझ ढलते ही डेनियल की कोठी के छज्जों पर झूल जाने वाले चमगादड़ों ने ठिकाना बदल लिया था। क्योंकि सदियों से खड़ी गूँगी दीवारें अब बोलने लगी थीं। कोठी के भीतर बोलने-बतियाने की आवाजें चहकतीं। कोठी के आँगन में बने चबूतरे पर वह कुबड़ा बूढ़ा उँगलियों में बीड़ी धराए बैठ जाता और सामने पाए से सट के पलथी मारे हरिहर बाबू।

पिछले कई दिनों से लगातार हरिहर बाबू की यही रातचर्या थी। वह दोनों आपस में बतियाते और उस बूढ़े के पास दुनियादारी से संबंधित ढेरों प्रश्न होते। कोठी में डेरा डाले वह बूढ़ा हरिहर बाबू के दिए जवाबों से ही दुनिया की सैर करता। वहीं हरिहर बाबू की सबसे ज्यादा जिज्ञासा रहती कि आखिर ये आदमी है कौन? कहाँ से आया है? कैसे कर लेता है यह इतना बड़ा चमत्कार? पर यह भी सत्य था कि इतने दिनों में हरिहर बाबू को शायद ही इन जिज्ञासाओं का उत्तर मिल पाया था। उन्होंने कई बार उस बूढ़े से उसका घर, उसका पता पूछा था और जवाब में बस वही मंद मुस्कान...

आज भी हरिहर बाबू शाम ढलते पहुँच चुके थे। घंटे-दर-घंटे समय कब निकल जाता पता ही नहीं चलता था। आज तो बूढ़े ने पहली बार हरिहर बाबू को अपनी एक बीड़ी जलाकर दे दी थी पीने को। पान के आदती हरिहर बाबू ने कभी सिगरेट-बीड़ी पी नहीं थी। एक लोअर मिडिल क्लास सरकारी कर्मचारी की जिंदगी में दफ्तर-घर आते-जाते और फाइलों का बोझ ढोते-सँभालते ही इतना धुआँ निकल जाता है कि अतिरिक्त धूम्र की आवश्यकता ही नहीं पड़ती कभी। पर आज बूढ़े के दिए बीड़ी को प्रसाद समझकर ले लिया था और खाँसते

हुए एक दो कश लेकर बीड़ी को चुपके से जमीन पर रगड़ बुझाकर अपनी जेब में डाल दिया था।

"एक बात बताओ किरानी। वो जो मुद्राएँ तुम मुझे देने आए थे उनका क्या किया? तुम्हारे जीवन भर की अर्जित कमाई?" बूढ़े ने ऐसे ही सहसा ध्यान आ जाने पर पूछा।

"हाँ पैसा? हाँ, अब क्या बताएँ बाबा, आपने जब लौटा दिया तो देखिए पहले तो हम सोचे कि किसी अनाथाश्रम में जाकर दे देंगे सारा पैसा या किसी वृद्धाश्रम में।" हरिहर बाबू एक गंभीर-सी मुस्कुराहट चेहरे पर लिए बता रहे थे।

"फिर कहाँ के आश्रम को दिया?" बूढ़े ने फिर पूछा।

"फिर? फिर जब हम यहाँ से अपने घर गए न, तो बहुत सोचा। पता नहीं क्या मोह-माया है। घर में जब अपने बेटों का चेहरा देखे, छोटा-छोटा पोता-पोती देखे न, तो मन कमजोर पड़ गया बाबा। फिर मन को दूसरा तरीका से समझाने लगे, बिना चाहे भी समझाने लगे कि यह मेरा बेटा लोग भी तो अनाथ ही है। अरे जिसकी माँ मर गई और बाप भी जीते जी मर ही गया जिनके लिए, वह बेटा लोग तो अनाथ ही है ना! यह घर भी तो एक अनाथाश्रम ही तो है। फिर उस घर में हमको यानी कि एक अकेला बूढ़ा को रहने दे रहा है वह लोग। अब जिस आदमी का अपना कोई बेटा रहा न कोई बहू, तब भी भगा नहीं रहा घर से, रहने-खाने को दे रहा, बताइए ऐसा तो कोई वृद्धाश्रम में ही सुविधा मिल सकता है न! तो हम सोचते ही उछल गए कि लीजिए, अनाथाश्रम और वृद्धाश्रम दोनों तो यही घर है। बस फिर क्या सोचना था! हम बेटा-बहू को बुलाए और सब पैसा दे दिए। ठीक किए ना बाबा!" हरिहर बाबू ने कातर नैनों से झाँकते हुए एक बेबस-सी हँसी लिए हुए कहा।

"हा-हा-हा... जरा-सी दूरी तय करने में कितना घूमकर जाना पड़ा। जाना वहीं था, होना यही था। हाँ-हाँ, ठीक ही किया।" बूढ़े ने ठहाके के साथ धुआँ उड़ाते हुए कहा।

"यही तो माया है बाबा। नहीं छूटता है मोह। बहुत जोर लगाए। यहाँ ठीक ही रहता है सब कुछ कंट्रोल में, घर जाते सब जकड़ लेता है। दौड़ के पोता जब गोदी में चढ़ जाता है, सब कुछ भूल जाते हैं।" हरिहर बाबू ने आँखों को पोंछते हुए लंबी साँस छोड़ते हुए कहा।

"यह बताओ कि तुम्हारे घर वाले तुम से पूछते नहीं कि हर रोज रात को तुम कहाँ जाते हो?" बूढ़े ने मुस्कुराते हुए पूछा।

"नहीं, एकदम नहीं। जिस आदमी ने अपनी सारी जमा-पूँजी उनको सौंप दी, उस आदमी पर तो भरोसा करेंगे ही ना! सोचते होंगे कि कहीं जाता होगा बुड्ढा। हमें हानि क्या!" हरिहर बाबू गहरा बोल गए थे।

"यह तुम्हें दी गई स्वतंत्रता है या तुम्हारे प्रति उनकी उदासीनता?" बूढ़े ने जानना चाहा।

"यही दुनिया है। हा हा।" यह बोलकर हरिहर बाबू जोर से हँसे।

"हा-हा-हा...अर्थ तो बताओ किरानी।" बूढ़े ने भी संग-संग हँसते हुए पूछा।

"बाबा देखिए, अब उनको मुझसे चाहिए ही क्या! सब ले लिया। इसलिए निश्चिंत हैं। टोका-टोकी नहीं करते हैं। सोचते हैं कि सारी संपत्ति के बदले इतना तो दे ही दो कि कहीं जा रहे, पैसा तो नहीं छुपा रहा है न। हाँ, यही अगर पैसे ना दिए होते तो पीछा करता, सोचता कि बाप ने दूसरा बीवी तो नहीं रखा है कहीं। लेकिन अभी अगर यह भी सोचते होंगे तो उनको सुकून है कि बाप ही जा रहा न, पैसा तो नहीं जा रहा। मुझसे तो इतना ही मतलब था उन्हें।" हरिहर बाबू शून्य को निहारते हुए बोले।

"हा-हा-हा... यह सच में दुनिया ही है। सही कहा तुमने भाई।" बूढ़े ने फिर जोर के ठहाके के साथ कहा।

हरिहर बाबू ने ध्यान से सुना था, बूढ़े के मुँह से भाई निकला था। एकबारगी जैसे एक इस शब्द ने अनाथ को सनाथ कर दिया था। हरिहर बाबू भीतर तक भीग गए थे इस एक शब्द से निकली बौछार से।

"अच्छा एक बात और बताओ किरानी। मैं इतने दिनों से कई लोगों को जिंदा कर चुका हूँ। मेरे पास कई छायाचित्र आए जीवित मनुष्य में बदलने को। पर आज तक कोई किसी स्त्री की तस्वीर लेकर नहीं आया कि कहे यह मेरी बेटी है, बहन है, इसे जिंदा कर दो। ऐसा क्यों?" ठहाके के बाद एकदम से शांत स्वर में बड़ी गंभीरता से पूछा था बूढ़े ने।

"लीजिए बाबा, इस समाज में स्त्री पैदा थोड़े की जाती है। स्त्रियाँ तो गलती से हो जाती हैं। भला जिस समाज में बेटियाँ मार दी जाती हों वहाँ उसे कोई दोबारा जिंदा क्यों कराना चाहेगा! यहाँ लड़की का एक जीवन तो बर्दाश्त

नहीं, उसे दूसरा जीवन कौन देगा! भगवान आज बेटी पैदा करना बंद कर दे, तब देखना आप, एक फूल या बताशा नहीं चढ़ेगा बेटी के पैदाइश की मनौती खातिर। ई सब मंदिर-मस्जिद का चिराग बेटा पाने के अरमान से जल रहा है बाबा। आप देखे नहीं, हम अपनी पत्नी जिंदा कराना चाहते थे ना, मेरे बेटे ने क्या किया! देखिए, यह कलयुग है, यहाँ स्त्रियों के मरने पर श्राद्ध होता है, दुख नहीं।" हरिहर बाबू बोलते-बोलते कितना कुछ बोल गए थे।

सच ही तो बोल रहे थे। यह दुनिया पुरुषों के अमर होने की कोशिशें थीं, स्त्रियों के पुनर्जन्म की आकांक्षा नहीं। जबकि यही वह देश था जहाँ महान पुरुष देवताओं की रक्षा के लिए एक स्त्री शक्ति दुर्गा का अवतरण हुआ था। पर फिर भी एक सच यह है कि यहाँ विष्णु के 9 अवतारों की गाथाएँ थीं, पर देवी के अनेक रूप ही बताए गए थे। एक ही स्त्री को बार-बार अवतार लेना नहीं बताया बल्कि एक अवतार लेने वाली स्त्री के कई कर्तव्य जरूर बताए गए। कई दायित्व बताए गए और कहा गया कि तुम काली, तुम लक्ष्मी भी और सरस्वती भी। सनातनी परंपरा में अमरता के वरदान प्राप्त सात चिरंजीवी महामानवों यथा राजा बलि, श्री परशुराम, श्री हनुमान, विभीषण, ऋषी व्यास, अश्वत्थामा और कृपाचार्यों में भी सभी पुरुष ही थे, कोई स्त्री नहीं।

"भाई लेकिन जब स्त्रियाँ ही नहीं होंगी तो पुरुष भी कैसे पैदा होंगे?" बूढ़े ने वास्तव में बेचैनी से कहा था।

"आप कर देंगे! मिट्टी का मूर्ति बनाकर, हथौड़ा ठोंक के। हा-हा-हा। जब दुनिया में आप जैसे और चमत्कारी लोग आ जाएँगे तो भला फिर पुरुषों को क्या चिंता! क्यों चाहिए स्त्री फिर! आप तो बना देंगे ना पुरुष! बस यह बात पूरी दुनिया जान तो जाए फिर तो बची हुई स्त्रियाँ भी जल्दी खत्म कर दी जाएँगी। हा-हा-हा।" हरिहर बाबू ने एक अजीब ही बात कह दी थी। हरिहर बाबू के भीतर से पता नहीं अभी कौन बोल रहा था, जिला समाहरणालय का रिटायर किरानी तो नहीं ही। कभी-कभी आदमी पीछे छूट जाता है, उसका अनुभव बोलने लगता है।

कुबड़ा बूढ़ा अब अपने चबूतरे से उठकर खड़ा हुआ। उसके माथे पर पसीना था। वह एक अजीब-सी मनोदशा में चला गया था। उसे लगा जैसे वह कई सभ्यताओं से स्त्री का नाशक है। वह एक अपराधबोध से भर गया था। हरिहर सिन्हा की बातें सीधे लगी थीं उसे। यूँ तो बात ऐसे ही कही गई थी पर

ऐसी ही नहीं थी। बूढ़े ने अपनी जेब से एक और बीड़ी निकाली और बड़ी बेचैनी में उसे सुलगाकर पीने लगा, जैसे किसी पश्चाताप को पी रहा हो।

"जानते हो किरानी, इस कोठी के आँगन में संसार के सबसे कठिन सवाल यानी मृत्यु का हल तो है लेकिन जीवन का नहीं। मृत्यु एक सरल रेखा है, जीवन घुमावदार रास्ता। मृत्यु तो एक सुलझा हुआ धागा है पर जीवन उलझे हुए धागों का समूह, जिसे कोई चमत्कार नहीं सुलझा सकता। मैंने तुम्हारी नजरों से जीवन की जटिलता की न जाने कितनी गाँठें देखीं, मैं तुम्हारा ऋणी रहूँगा। और मैं वचन देता हूँ कि कभी किसी स्त्री के अस्तित्व के नाश का कारण नहीं बनूँगा।" बूढ़े ने फूँकी हुई बीड़ी को फेंकते हुए कहा। बूढ़े ने सच ही कहा था, दुनियादारी और जीवन की जटिल गाँठों को चमत्कार की रौशनी में नहीं देखा जा सकता। यह गाँठ मानव जीवन के संघर्ष की ढिबरी में ही देखी जा सकती है। जादू बस दिखाने की चीज है, देखने को जिंदगी चाहिए।

19

आज दारोगा जोगी सिंह सुबह से ही चिढ़ा हुआ और बहुत गुस्से में था। सुबह से ही उसने अपने वाले डॉक्टर को कई बार फोन लगाया था पर दोपहर तक फोन ऑफ आ रहा था। दारोगा जोगी सिंह का पारा चढ़ा हुआ था। उन जिंदा करा के लाए गए चार सिपाहियों की देखभाल अब मुश्किल हो रही थी और वे सामान्य हो ही नहीं रहे थे। चौकीदार भागवत हाजरा तो आज दारोगा जोगी सिंह के पैर पकड़कर रोने लगा था। वो बार-बार इन सबसे छुट्टी की गुहार लगा रहा था। दारोगा जोगी सिंह ये सब देख दिमागी तौर पर विचलित हो चुका था। उसे अब समझ नहीं आ रहा था कि इन चार सिपाहियों का क्या करें। बार-बार डॉक्टर से संपर्क करना चाह रहा था।

"ई हरामी डॉक्टर, फोन ही नहीं ऑन कर रहा साला। सब ऑफ कर भाग गया है साला। साले को इतना पैसा कमवा दिए, धोखा दे दिया। अच्छा देख लेंगे उसको भी।" दारोगा जोगी सिंह तमतमाए हुए बोल रहा था।

"हुजूर, सब देख लिया जाएगा। पहले ई आफत से निकलिए। जरा देखिए कि अब क्या करना है। ई चार मुर्दा का कितना दिन ऐसे रखवाली किया जाएगा सर!" चौकीदार हाजरा ने कातर स्वर में कहा।

"अरे वही तो देख रहे हैं, बस एक बार पूछ लेते लास्ट बार कि ये ठीक होगा कि नहीं, कि ऐसे ही रहेगा! वैसे ठीक होगा नहीं, क्योंकि अभी तक जिसे भी उस बूढ़ा ने जिंदा किया है कोई नॉर्मल नहीं है।"

बोलते-बोलते दारोगा जोगी सिंह को अचानक कई चीजें अब ध्यान में आने लगी थीं।

"डॉक्टर से क्या पूछना है हुजूर, सब दिख रहा है सामने। नहीं होगा ठीक। आप सोचिए न, ऊ अवध नारायण सिंह का बेटा बिछौना पर पड़ा हुआ है इतना दिन से। कहाँ ठीक हुआ! आप ही तो बता रहे थे न कल!" चौकीदार हाजरा ने उकताए हुए स्वर में कहा।

"अरे हाजरा, तो अब करें क्या! पालें बैठ के चारों को!" दारोगा जोगी सिंह ने एकदम से जैसे हताशा के स्वर में कहा।

"हम बोलें? आप गरम मत होइएगा, तनि सुन लीजिए बस हजूर।" चौकीदार हाजरा कुछ बोलने जा रहा था।

"क्या ?" जोगी सिंह ने तड़ाक से पूछा।

"हुजूर, चारों को मार के दफना देते हैं जल्दी। हुज्जत खत्म करिए। ई बड़का टेंशन है।" चौकीदार हाजरा ने एक झटके में कहा। दारोगा जोगी सिंह को अचानक यक़ीन नहीं हुआ अपने कानों पर।

"क्या बक रहे हो! मर्डर कर दें! चार-चार सिपाही का! मतलब तुम होश में है!" दारोगा जोगी सिंह ने सच में अचंभे में कहा।

"हुजूर मर्डर कहाँ है! ई तो मुर्दा हैं ही। जब ये कोई काम के ही नहीं तो मानिए मर ही तो चुके हैं न! कब्बे मर गए हैं। फिर क्या गलत!" चौकीदार हाजरा उतनी ही सहजता से कहे जा रहा था।

"अरे लेकिन अभी तो जिंदा हैं न! जिंदा को मार दें! चार-चार मर्डर! मेरा दिमाग नहीं काम कर रहा।" इतना बोलकर जोगी सिंह ने अपना माथा पकड़ा। पता नहीं कौन-सी भावना का लासा जोगी सिंह को इन चारों सिपाहियों को खत्म कर देने से रोक रहा था।

आखिर किसी को जीवित कराकर लाया था जोगी सिंह, जीवन दिलवाने वाला कितना भी कठोर होगा, जीवन ले तो नहीं सकता। मानव ईश्वर नहीं।

"ई का जिंदा हैं सर! सर सुनिए एक उपाय बताएँ? चलिए इन चारों का कुरबानी भी बेकार नहीं जाएगा। कुछ माल देकर ही जाएगा। हुजूर इन लोगों का आँख, किडनी, एक-एक अंग निकाल लेते हैं। सब बिक जाएगा। खूब पैसा मिलेगा हुजूर। बस ऊ डॉक्टर को बुला के काम फिनिश करिए जल्दी।"

चौकीदार हाजरा के अंदर तो जैसे कोई राक्षस कब्जा कर बैठ चुका था।

अबकी जोगी सिंह बिजली की माफिक लपका और उसके हाथ में पिस्टल थी।

"हैवान हो का बे साले! घिन नहीं आ रहा तुमको!" जोगी सिंह ने चौकीदार हाजरा की कनपटी पर पिस्टल की नोक रख दी।

दारोगा के आँख दिखाने भर से काँप जाने वाला चौकीदार हाजरा इस बार आश्चर्यजनक रूप से हिला भी नहीं था। उसके चेहरे का तो जैसे डर ही गायब हो गया था, पिस्टल की ठंडी नली के माथा चूमते ही। वो एकदम से मुस्कुरा उठा।

"घिन! हमको! हमको क्या घिन आएगा सर! हम तो बीच सड़क पर अपने बच्चा-बीबी का एक-एक टुकड़ा बटोर रहे थे छाती पीट-पीट। एक आदमी नहीं आया साथ में सर। आते-जाते गाड़ी तक नहीं रुका। कोई गाड़ी माथा पर चढ़ जाता तो कोई पेट पर। हाइवे का गाड़ी रुकता नहीं है, न सुनते हैं। ई दोनों हाथों से पूरे परिवार का टुकड़ा समेटे थे हम। ई चारों तो फिर भी मरा हुआ आदमी है। इसको तो कितना हिसाब-किताब से डॉक्टर चीर-फाड़ करेगा। लाखों रुपया मिलेगा। और हुजूर, इसी रुपया खातिर तो ई सब खेल में हैं हम लोग!" चौकीदार भागवत हाजरा ने बहुत कठोर बात कह दी थी। एकदम हथौड़ा माफिक।

"तुम साला, आज हमको पागल कर रहा तुम। मने हम! हम इतना घिनौना आदमी हैं! पैसा खातिर ये सब! लेकिन हाँ... सही तो बोल रहे हो!" दारोगा जोगी सिंह ने इतना कहते ही पिस्टल झटके से उसकी कनपटी से उठाकर अपनी कनपटी पर रख ली।

ये सब एक क्षण में हुआ। इस बार चौकीदार हाजरा हिल गया था।

"अरे-अरे! हे... हे... हुजूर! हाथ जोड़ते हैं, पाँव धर रहे हुजूर, पिस्टलवा हटाइए। अनर्थ मत करिए।" चौकीदार हाजरा अब डर से हिलते हुए प्रार्थना करने लगा दारोगा से।

"सुनो, हटो, हटो तुम सामने से। अब मेरा दिमाग ई सब नहीं झेल सकता। या तो तुमको मारेंगे या खुद को साला।" दारोगा जोगी सिंह की मानसिक दशा इस वक्त सामान्य नहीं थी। अजीब हरकत करने लगा। जोगी सिंह एक बार

पिस्टल अपनी कनपटी पर रखता तो दूसरी बार चौकीदार के कनपटी पर।

चौकीदार हाजरा तो जैसे कुछ तैयारी कर खड़ा था।

"हुजूर हमको मार दीजिए, सोचिए मत। जीवन से मन ऊब गया है हुजूर। अकेला कितना रहेगा आदमी! अपना परिवार के पास जाना है अब हमको। एक जुग बीत गया परिवार से भेंट हुआ। जब ई चमत्कार और बूढ़ा के बारे में जाने तो हम एक बार मन-ही-मन सोचे तो जरूर थे कि परिवार को वापस बुला लेंगे। लेकिन जब ई सब हाल देखने लगे तो समझ गए, जाने के बाद कोई आता नहीं है, हमी को जाना होगा। हुजूर गोली दागिए... दागिए।" चौकीदार इतना बोलते-बोलते दीवार से टिका सरकते हुए निढाल होकर नीचे बैठ गया था।

दारोगा जोगी सिंह की भी हथेली अचानक ढीली हुई और पिस्टल छूटकर नीचे गिर गई। दोनों इस वक्त पिस्टल को देख रहे थे, थकी आँखों से, कोई हरकत नहीं थी बदन में।

जोगी सिंह के मोबाइल की घंटी बजी। जोगी सिंह ने पहले तो घंटी को नजरअंदाज किया पर लगातार तीन-चार बार बजने के बाद अचानक उठा ही लिया। उधर से अभी सिर्फ हैलो ही कहा था कि इधर से दारोगा जोगी सिंह ने कहना शुरू कर दिया, "अरे हम आपका दुख अब क्या सुनें बाबू साहब, आपको तो एक दुख है, हमको तो साला चार-चार दुख है। हमको तो अपने करनी का फल मिल रहा है।" जैसे रो पड़ा दारोगा जोगी सिंह।

उधर से फोन पर अवध नारायण सिंह ने अब अपनी बात कहनी शुरू की। दारोगा जोगी सिंह का चेहरा हर पल अपने भाव बदल रहा था। वह बात सुनते-सुनते अब सिर पकड़कर कुर्सी पर जा बैठा था। पता नहीं उधर से ऐसा क्या बोल दिया था अवध नारायण सिंह ने।

"एक बात बोलें? आप बस एक जरा धैर्य रख लीजिए, कोई पाप नहीं करने देंगे, भरोसा दे रहा हूँ।" पूरी बात सुनने के बाद इधर से दारोगा जोगी सिंह ने बड़ी हिम्मत बटोरकर कहा था। चौकीदार हाजरा जमीन पर बैठा दारोगा जोगी सिंह की तरफ देख रहा था।

फोन कटते दारोगा जोगी सिंह खुद ही बड़बड़ाने लगा, "भाई मृत्यु को अपशकुन होते देखा था यहाँ जिंदगी ही मनहूसियत बन गया है। अवध नारायण सिंह भी अजब बात बोल रहा था।"

"जिंदगी जंजाल है। जल्दी कट जाए वही बढ़िया। दोबारा काहे कोई चाहे जंजाल!" चौकीदार हाजरा तो जमीन पर पड़े-पड़े एकदम दार्शनिक-सा होता हुआ बोला।

"जानते हो क्या बोल रहा था अवध नारायण? बोला कि डॉक्टर को भेज दीजिए। कोई जहर का इंजेक्शन देकर हमारे बेटा को मार दे शांति से। आप बस अंतिम संस्कार में मदद कर दीजिए। बताओ माँ-बाप को कैसा लग रहा होगा! ई साला कुबड़ा बूढ़ा चूतिया बनाया सबको। इसको तो ऐसे नहीं ही जाने देंगे।" इतना बोलकर अभी कुर्सी से उठना ही हुआ था कि जोगी सिंह का मोबाइल एक बार पुनः बजा। जैसे ही दारोगा जोगी सिंह की नजर स्क्रीन पर गई दारोगा ने पैर पटका, सीना सीधा किया और फोन रिसीव हो गया।

"जय हिंद सर! जी सर! कहा जाए सर!" दारोगा के मुँह से निकला।

"जी-जी! आज? रात? जी, जी बिलकुल! जय हिंद!" उधर से जो कुछ भी कहा गया उसके जवाब में इधर से दारोगा जोगी सिंह ने यही कहा।

"आज होगा फाइनल खेल। चलो उठो चौकीदार। अब कुछ करना होगा। तैयार रहना। मालूम हुआ? अरे एसपी साहब का फोन था। पता नहीं क्या सोचे हैं, कहा आज के आज कोठी में उस बूढ़े से मिलवाओ, वो भी अकेले में। आज जाते हैं ले के, और वहीं पूछते भी हैं बुढ़वा से।" दारोगा जोगी सिंह अब थोड़ा सक्रिय होता हुआ बोला।

दारोगा जोगी सिंह तैयार होकर थाने निकल गया था। आज की साँझ थोड़ी देर से आ रही थी। थाने में कुछ घंटे चुपचाप बिताने के बाद जोगी सिंह ने घर आकर वर्दी उतारा और सामान्य कपड़े पहनकर अपनी गाड़ी निकाली।

योजना के मुताबिक गाड़ी को एसपी कोठी जाना था लेकिन गाड़ी शहर को जोड़ने वाले मुख्य सड़क के चौराहे पर जा खड़ी हुई। करीब पाँच मिनट के बाद एक बाइक वहाँ आकर रुकी। उससे एक सवार उतरा और गाड़ी में बैठ गया। बाइक वापस लौट गई। दारोगा जोगी सिंह ने भी तेजी से अपनी गाड़ी दौड़ाई।

"तुम कोठी से कुछ दूरी पर रहना। सूचना दे दिए हो ना उसको? मैं भीतर अकेले जाऊँगा। मेरा पिस्टल किधर है, ओ हाँ है कमर में, ओके।" गाड़ी में बैठते ही एसपी मनोरंजन यादव ने कहा।

"जी सर, हम शाम को थाना से ही जाकर सूचना दे आए उसको। बाकी

अंदर कुछ भी दिक्कत हो तुरंत कॉल करिएगा। मैं तैयार रहूँगा।" दारोगा जोगी सिंह ने मुस्तैदी के साथ कहा।

जबकि वास्तव में दारोगा जोगी सिंह कोठी गया तो जरूर था लेकिन वहाँ उसने बूढ़े को पाया नहीं था। ये देखकर उसके तो होश उड़ गए थे। अब उसे समझ नहीं आ रहा था कि एसपी साहब को कैसे बताए। इसलिए उसे पक्का पता था कि अगर उसने बूढ़े के नहीं होने की बात बताई तो एसपी मानेगा नहीं। उस पर शक तो करेगा ही। ये सोचकर कि अब तो एसपी के क्रोध का शिकार होना ही है तो क्यों ना एक जोखिम ले लिया जाए! ये बड़ा खतरा था। उसने एक पर्ची में एसपी के आने की सूचना लिखकर वहीं चबूतरे पर छोड़कर वापस चला आया था।

दारोगा को लगा कि अगर सच में बूढ़ा हुआ तो रात में मिल ही जाएगा अन्यथा यही पर्ची दिखाकर एसपी साहब को अपने यहाँ आने का एक सबूत तो दे सकूँगा, फिर कह दूँगा कि एसपी साहब के डर से शायद बूढ़ा भाग गया है। बाकि अब जो हो, देखा जाएगा। यही सोचकर दारोगा जोगी सिंह एसपी मनोरंजन यादव को लिए डेनियल की कोठी पहुँच गया था।

20

गाड़ी कोठी के ठीक सामने खड़ी थी।

"जी सर, यही कोठी है सर। यहीं रहता है वह बूढ़ा। यहीं ठीक सामने से दरवाजा है हुजूर, दाहिना ओर, बीच में एक लंबा गली है, उसके बाद आँगन, बड़ा-सा आँगन। उसी में ऊ बैठा रहता है। बीड़ी पी रहा होगा। शर्ट-पैंट पहनता है, माथा में गमछा बाँधा होगा, एक लाल रंग का। देखने में लगेगा कि कोई बूढ़ा अँगरेज है। यही है सर उसका भीतर का पूरा हिसाब-किताब।"

दारोगा जोगी सिंह ने गाड़ी का स्टार्ट बंद करते ही अंदर का पूरा नक्शा और बूढ़े का रंग-रूप वर्णित करते हुए कहा।

एसपी मनोरंजन यादव दोनों आँखें कोठी की तरफ किए, दारोगा जोगी सिंह की बातों पर कान दिए, उतने ही ध्यान से सुन रहे थे। भीतर जाना भी था और भीतर थोड़ा हिल भी रहा था। लेकिन एक दारोगा के सामने पुलिस कप्तान हिल जाए, ये पुलिस विभाग की कम, एक श्रेष्ठ, योग्य, एक प्रतिभाशाली आदमी की तौहीन ज्यादा होती। ऐसा ही कुछ सोचते हुए, एक हाथ में टॉर्च और दूसरे में अपनी चमचमाती पिस्टल लिए एसपी साहब टॉर्च पकड़े हाथ से लॉक खोल, दरवाजों को पैरों से धकेलकर धीमे से नीचे उतरे।

"तुम यही रखना गाड़ी, ऐसे ही यहीं, हिलना नहीं। तुम्हारा वेपन? होलेस्टर से निकालकर रखो, लोडेड एकदम।" एसपी साहब ने सामान्य दिखने की कोशिश करते हुए भी हल्के-हल्के हिलते स्वर में कहा।

"जी, जी सर! सर भीतर जरा भी कुछ गड़बड़ लगे आपको, आप बस कैसे भी, कहीं भी एक फायर झोंक दीजिएगा। हम एक सेकेंड में भीतर घुस जाएँगे। आपको कवर कर लेंगे।" दारोगा जोगी सिंह ने अपनी पुलिस ट्रेनिंग के हवाले से पूरे जोश में कहा।

"हाँ-हाँ कवर अप दे देना। चलो मैं जा रहा अंदर।" इतना बोलकर एसपी मनोरंजन यादव सधे हुए कदमों के साथ अंदर की ओर बढ़े। दरवाजे के भीतर पाँव रखते ही टॉर्च की रौशनी से गली झक-झक करने लगी। एसपी साब तेजी से टॉर्च नचाते चारों दिशाओं को रौशनी से टटोलते हुए आगे बढ़े। अब सामने खुला विशाल आँगन था।

एसपी साहब ने भीतरी बरामदे सहित पूरे आँगन में टॉर्च घुमाई। उन्हें कोई नहीं दिखा। तभी एक साया-सा गुजरता हुआ दिखा। एकदम से अचकचाए एसपी साहब ने गले की खराश वाली आवाज निकालते हुए पैर को पीछे खींचा।

टॉर्च की रौशनी दूसरी तरफ थी, लेकिन सामने से गुजरता हुआ कुत्ता दिख गया था। एसपी साहब ने बाँह की शर्ट से माथे का पसीना पोंछते हुए एक लंबी साँस ली। पूरी कोठी में किसी के होने की कोई आहट अब नहीं सुनाई पड़ रही थी। एक कुत्ता जो भीतर पाए के पास बैठा था, वो भी अब अँधेरे में किसी ओर निकल गया था। तभी एसपी साहब को सामने वो चबूतरा दिखा।

उन्होंने टॉर्च को करीब ले जाते हुए देखा तो उस पर कुछ बीड़ी के टुकड़े जले हुए पड़े थे। उन्होंने अनायास ही अपना पैर चबूतरे की तरफ उठाया ही था, शायद उन बीड़ियों को हटाने के लिए, तभी धम्म की आवाज से आँगन गूँज गया। ऐसा लगा था जैसे ऊपर से कोई भारी बोरी गिरी हो आँगन में। एसपी साहब धक्क से काँपे और झटके में पीछे की ओर मुड़े। सामने वही कुबड़ा बूढ़ा, बेतरतीब-सा कपड़ा पहने, काँधे पर गमछा धरे हुए, मुस्कुरा रहा था। मुँह में कुछ चबाता हुआ, जबड़े लगातार गतिशील। उस घनघोर अँधेरे में भी उसकी नीली आँखें तारों-सी चमक रही थी। एसपी साहब को बूढ़ा स्पष्ट दिख रहा था।

"हें हें हें, मिस्टिरियस मैन, हैलो!" एसपी साहब ने अपने रैंक के हिसाब से अभिवादन किया। जबकि दारोगा लेवल का जोगी सिंह 'का हो बाबा' बोलकर मिला था पहली बार।

असल में एसपी को दारोगा ने अँग्रेजी रूप-रंग वर्णित किया था और कोठी

का इतिहास भी डेनियल नाम के अँग्रेज से जुड़ा था। इस कारण यूपीएससी पास एसपी पाठ्यक्रम के हिसाब से तैयारी करके आए थे। उन्हें लगा कि अँग्रेजी में शुरुआत कर के वो बूढ़े को थोड़ा होमली/फ्रेंडली फील करा देंगे।

"जो साक्षात् प्रकट है, वहाँ रहस्य कैसा सेनापति!" बूढ़े ने अपने चिर-परिचित मंदहासी मुस्कान के साथ कहा।

"व्हॉट! सेनापति!" एसपी साहब अभी तक रैंक मेंटेन किए हुए थे। अँग्रेजी में ही चौंके।

"हाँ, तुम्हारी सेना के सिपाही, उस दारोगा का नेतृत्व तुम ही तो करते हो! अगर मैं तुम्हें वास्तव में पहचान पा रहा हूँ तो!" बूढ़े ने अब दो कदम चलकर चबूतरे की तरफ बढ़ते हुए कहा।

"हाँ, पुलिस कप्तान हूँ। जिले का एसपी। आईपीएस ऑफिसर। सही पहचाना, मैं ही हूँ पुलिस का बॉस।" ये बोलते ही एसपी मनोरंजन यादव को अब थोड़ा-थोड़ा ठीक-सा लगा भीतर से। मन के भीतर बैठा जो थोड़ा-सा डर था, वो निकल गया था खुद से ये सुनकर।

"ठीक है, आराम से खड़े रहो, सहज, स्थिर, बिना भय।" बूढ़े ने खुद चबूतरे पर बैठते हुए कहा।

"हें, हें, मैड मैन!" बूढ़े के आदेशात्मक तेवर को उसके कहन में महसूस करते ही एसपी साहब ने थोड़ा झेंपकर पसीना पोंछते हुए कहा। लेकिन उन्हें यह भी तुरंत लगा कि शायद यह परदेसी तांत्रिक अभी पुलिसिया पदानुक्रम से ठीक-ठीक परिचित भी तो नहीं है, वर्ना खुद खड़े होकर मुझे चबूतरे पर बैठने को कहता।

"आने का प्रयोजन बताओ शीघ्र।" बूढ़े ने एसपी के सामने एसपी के ही अंदाज में पूछ लिया। एसपी साहब ने भी अब उसके बात करने के तरीके पर ध्यान देना जरूरी नहीं समझा। वो समझ गए थे कि बूढ़ा भारतीय प्रशासनिक/ पुलिस सेवा से लगभग अनभिज्ञ है, सो पहले अपने आने का उद्देश्य बता दूँ, फिर अपनी हैसियत भी बता दूँगा।

यही सोचकर उन्होंने भी हँसकर उसकी बात सुनी और अपने पैंट की जेब से एक तस्वीर निकालकर उसे बूढ़े की तरफ बढ़ाया। बूढ़े ने ज्योंही तस्वीर देखी, जैसे एक हृदय से निकली खुशी वाली मुस्कुराहट फैल गई उसके चेहरे

पर। जैसे उसकी भी कोई इच्छा पूरी हो गई हो।

"आज पहली बार, पहली बार किसी जिंदा होने आई तस्वीर को देख मैं हृदय से प्रसन्न हूँ। एक स्त्री की तस्वीर! एक स्त्री को पुनः वापस दोबारा जीवित कराने आए हो तुम! मैं तुम्हारा स्वागत करता हूँ! साधुवाद सेनापति!" बूढ़े ने वास्तव में एकदम हर्षित स्वर में कहा था।

"थैंक्स, ये देखकर तो हर किसी को अच्छा लगना ही है। तुम्हें भी लगा। अब बस जल्दी इसे जिंदा कर दो, मुझे दे दो। बताओ कब तक?"

"ये तुम्हारी कौन है?" बूढ़े ने अब अपने चमत्कार से जुड़े शर्तिया नियम के सत्यापन खातिर सबसे जरूरी सवाल पूछा।

"ये मेरी फेवरिट है। माई एवर टाइम फेवरिट। आई लव हर।" अबकी जैसे एसपी नहीं दीवाना बोला था।

"तुम्हारी परिजन है? या नहीं? शीघ्र बताओ।" बूढ़े ने इस बार बेहद गंभीर स्वर में दो टूक पूछा।

"अरे यार ये फिल्म की हीरोइन है, दिव्या भारती। मेरे टीन-एज वाले, किशोर वाले जमाने से मेरी पसंद। प्लीज इसे जिंदा कर दो ओल्डमैन, प्लीज!" एसपी साहब तो एकदम मूड में बोले थे, हल्का-सा रिक्वेस्ट टाइप तक भी कर दिया था, एसपी होने के बावजूद।

बूढ़ा इतना सुनते ही मुस्कुराया और धीमे-धीमे मुस्कुराते हुए ही तस्वीर के टुकड़े-टुकड़े करने लगा।

"हे, अबे? तुम्हारी ये हिम्मत? दिमाग खराब है तुम्हारा? मेरी औकात पता है तुम्हें?" एसपी साहब अचानक पिस्टल वाला हाथ नचाते हुए तमतमाते हुए स्वर में बोले। तब तक तो बूढ़ा 'इस दिल के टुकड़े चार हुए' कर चुका था।

"अब अतिशीघ्र यहाँ से प्रस्थान करो सेनापति। मैं तुम्हें केवल इस कारण क्षमादान दे रहा हूँ कि संभवतः तुम अज्ञानतावश ऐसी इच्छा लेकर आए हो। क्योंकि साधारण मनुष्य तो स्वाभाविक ही अपनी चित्त की दुर्बलताओं और मस्तिष्क की विकृतियों का दास है। ये प्रवृत्तियाँ उसे सहज ही आकर्षित कर ऐसा करने को प्रेरित करती ही हैं। लेकिन मानव को चाहिए कि अपनी नैतिकता से प्रेरित होकर उसे नियंत्रित करे और अपने भीतर के तमस से लड़े। मैं क्षमा कर रहा, एक बार क्षमा से अगर चित्त की शुद्धि कर पाओ तो जीवनपर्यंत तुम्हारे

लिए श्रेयस्कर रहेगा।" बूढ़े ने तस्वीर के टुकड़े जमीन पर छोड़ते हुए अप्रकाट्य क्षोभ के साथ कहा।

"शट अप यू इडियट! फक योर ब्लडी साहित्यिक हिंदी! फक योर छम्मा-छम्मा! मेरे इलाके में रह के इतना बड़ा अपराध कर रहे हो, मेरे कारण, मेरे हेल्प के कारण। यू क्रिमिनल, पता है अभी उठाकर ले जाऊँ तुम्हें तो फाँसी हो जाए तुम्हें। मैं अभी भी तुमसे कह रहा कि मेरी बात मान लो, बना दो दिव्या भारती को फिर से।" एसपी साहब जलती हुई ज्वाला से शुरू होकर अंत में पुनः झटपटाती आशिकी तक पहुँचते हुए बोले।

"हा-हा-हा... देखो सेनापति, मैं तो बना भी देता, पर यह मेरा हथौड़ा देख रहे हो। पाँच तत्व है क्षिति, जल, पावक, गगन, समीर और एक छठा तत्व है आत्मा। यह हथौड़ा इन्हीं षड्धातु का बना है। यही हथौड़ा किसी भी मूरत में प्राण भर देता है। ये हथौड़ा नहीं सुनेगा मेरी बात। अगर कोई तुम्हारा परिजन नहीं, तो मैं उसे जीवित नहीं कर सकता।" बूढ़े ने दाहिने हाथ को चबूतरे के पीछे ले जाते हुए, वहाँ से एक सुनहला चमचमाता-सा हथौड़ा सामने रखते हुए कहा।

"ऐ ब्लडीफूल, पहले तो ये बार-बार मुझे न, सेनापति-सेनापति मत बोलो, ओके! साला महाभारत नहीं चल रहा है यहाँ। और तुम जो ये हथौड़ा पीट-पीटकर जितने पैसे जमा किए हो ना, सब एक मिनट में मेरे इशारे पर सीज हो जाएँगे, समझे! और अब मैं न, ये हथौड़ा ही उठाकर ले जाऊँगा। समझ गया मैं तुम्हारा चमत्कार, सारा खेल इस हथौड़े का है। कहाँ मिला तुम्हें ये?"

एसपी साहब ने तो जैसे पुलिस लाइन में खड़े वाला तेवर दिखा दिया था। अब उनके भीतर का प्रशिक्षित और अधिकारयुक्त कप्तान जग चुका था।

बूढ़ा इतना सुनते ही हाथ में हथौड़ा लिए चबूतरे से उठा। उसके उठते ही एसपी ने दो कदम पीछे जाते हुए पिस्टल तान दिया।

"मेरे पीछे आओ। शस्त्र को सँभाल के रखो। अत्यधिक क्रोध और आतुरता में कहीं स्वयं पर ही न चल जाए।" बूढ़े ने बड़ी सहजता से कहा और भीतरी बरामदे की तरफ बढ़ा।

एसपी साहब को समझ आ गया कि आखिर पुलिसिया अंदाज काम कर गया। उन्होंने फिर भी बड़ी सावधानी से हाथ में कसकर पिस्टल को पकड़े रख पीछे-पीछे चलने लगे। बूढ़े ने आगे बढ़कर एक कमरे का दरवाजा खोला। पीछे

से उसके भीतर जब एसपी साहब ने झाँका तो आँखों को यकीन नहीं हुआ। भीतर ढिबरी की मध्यम रौशनी में भी फर्श पर का दृश्य साफ दिख रहा था।

"ये क्या किया है तुमने! पागल आदमी, क्या है ये? उफ्फ शिट! पूरी तरह से सनकी और पागल हो।" एसपी साहब ने पैर पीछे खींचकर कहा। कमरे में जले हुए नोटों की राख का ढेर था। कुछ अधजले नोटों से यह अंदाजा लग गया था।

"मैंने तुम्हारे ही दारोगा से सुना था कि पैसे में बहुत गर्मी होती है। जब भी मुझे ठंड लगती है तो इसे जलाकर ताप लेता हूँ।"

इतना बोलते-बोलते बूढ़े ने एक-दूसरे कमरे का दरवाजा खोला। उस कमरे का दृश्य देख एसपी साहब की जैसे आँख ही निकल गई थी। वहाँ सैकड़ों ऐसे हथौड़े रखे हुए थे और खुद इस बूढ़े की माटी की मूर्तियाँ। एसपी साहब ने यह देखते ही समझ लिया कि मामला सुलझा नहीं बल्कि और उलझ गया है। उसने अब बूढ़े के सिर के पिछले हिस्से पर पिस्टल रख दी।

"हा-हा-हा... लो सेनापति, उठाकर देखो एक हथौड़ा और चलाओ अपने शस्त्र। हा-हा-हा... मुझे मारोगे? हाहा हा कितने अल्पमति हो तुम! जो संसार को जीवन दे रहा, मरे को जिंदा कर दे रहा, अरे जिसके चरणों तले मृत्यु घिस जाती है और हथेली पर प्राण प्रकट हो जाता है उसे कोई मार पाएगा! हा-हा-हा..." पहली बार बूढ़ा इस तरह के स्वर में अट्टहास करते हुए बोले जा रहा था।

"हा-हा-हा... अरे अल्पज्ञानी, तुम्हें ज्ञात है कि मैं जीवन देता हूँ, तो किसी जीवित को वापस मृण्मय-मृण्मूर्ति में भी बदल सकता हूँ। अपने पीछे देख मूढ़मति।" बूढ़ा शायद पहली बार इतने क्रोध में था।

एसपी साहब ने पीछे मुड़कर देखा तो चीख निकल गई और हाथ से ट्रिगर दब गया। बरामदे पर एक कतार में एसपी साहब की दर्जनों मिट्टी की मूर्तियाँ खड़ी थीं। लेकिन उन मूर्तियों की वास्तविक गिनती के लिए एसपी मनोरंजन यादव वहाँ मौजूद नहीं थे। पलक झपकते ही एसपी साहब हाँफते-थरथराते अभी कोठी के बाहर जोर-जोर से साँस लेते हुए कार का शीशा ठोक रहे थे। दनादन तीन-चार बार जोर से शीशा और दरवाजा पीटा तो भीतर सीट को पीछे करके आराम से खर्राटा लेते हुए सो चुके दारोगा जोगी सिंह की हड़बड़ाकर नींद टूटी।

"अरे! अरे क्या? क्या? क्या हुआ सर? अरे मेरा पिस्टल कहाँ है?"

दारोगा जोगी सिंह ने एकदम से अकबकाते हुए इधर-उधर हाथ टटोला।

"अरे बास्टर्ड! दरवाजा खोलो पहले, जल्दी।" थरथर स्वर में गरजकर बोलते हुए भी मुड़-मुड़कर पीछे भी देख रहे थे एसपी साहब।

जोगी सिंह ने तेजी से दरवाजा खोला। कार के भीतर धीमी आवाज में दिव्या भारती की फिल्म दीवाना का गाना बज रहा था। यह क्षण भर का म्यूजिकल संयोग विभागीय पसंद की एकरूपता और विभागीय समन्वयता को दर्शाने वाला था।

"अबे इडियट, बंद करो म्यूजिक सिस्टम। एक सेकेंड भी नहीं रुको अब यहाँ। चलो, चलो यहाँ से। जल्दी, हरी अप।" एसपी साहब गाड़ी से भी पहले स्टार्ट होकर निकल जाना चाह रहे थे।

"क्या हुआ सर? कुछ गलत किया क्या बुढ़वा? आप बोलिए न, हमको इशारा काहे नहीं किए सर? सर ठोक दें इसको? सर-सर... ऐ सर..." जोगी सिंह ने गाड़ी स्टार्ट कर के पहले बढ़ा दी थी, तब बोलना शुरू किया था। एसपी साहब सीट धरते ही बेहोश हो गए थे। जोगी सिंह मन-ही-मन अंदर के हुए कांड का अंदाजा लगा रहा था, पर लगा नहीं पा रहा था। उसे बस इतना पता था कि उसने पहले भी फोन पर कोठी जाने का कारण पूछा तो एसपी साहब ने अपनी इच्छा बता दी थी। अभी रास्ते में जब उसने सोचा कि क्या पता कोठी में बूढ़ा मिले न मिले, तो एक बार बूढ़े द्वारा जिंदा हुए आदमी की सत्यता बताकर देख लूँ, शायद एसपी साहब न जाएँ फिर। तो उसने फिर सभी जिंदा हुए आदमी के असामान्य होने की बात बता दी थी कार में आते वक्त। ये जानकर एसपी साहब मुस्कुरा दिए थे और कहा था कि गाड़ी और तेज चलाओ।

आत्मा किसे चाहिए! हवस को देह ही तो चाहिए होती है!

21

पूरे चौबीस घंटे लग गए थे, एसपी साहब को पूरी तरह से सामान्य होने में। रात बड़ी मुश्किल से पानी वगैरह छींटकर दारोगा जोगी सिंह ने कार में ही एसपी साहब को होश में लाने की कोशिश की थी। एसपी साहब ने तब रात आधी बेहोशी वाली हालत में बड़बड़ाते हुए आँखें खोली थीं। फिर उसी अवस्था में दारोगा जोगी सिंह ने आनन-फानन में सवेरा होने से पहले उन्हें उनके आवास पर छोड़ा था। दिन भर, रात की घटना याद न आए इस कारण दो पैग नींद-संजीवन रस लेकर एसपी साहब पलंग पर ही पड़े रहे थे। अब आज रात मन कुछ हल्का महसूस कर रहा था। लगा जैसे एक बड़ी बला टली। मन-ही-मन लग रहा था कि, 'किस खतरे में जा घुसे थे, कोठी तो भूत का डेरा है। वो बूढ़ा तो खतरनाक है। तुरंत कोई उपाय करना होगा। पता नहीं ये दारोगा किस तरह जाता-आता था वहाँ!'

एसपी साहब की बेचैनी नहीं गई थी लेकिन। उन्होंने बिना घड़ी देखे फोन लगाया, "कहाँ हो तुम ? हैलो, मेरी आवाज सुन रहे हो ? जोगी..."

"जी-जी, जय हिंद सर! थाना में ऑन ड्यूटी हूँ सर।" अपने आवास पर चौकीदार हाजरा के साथ शाम से ही कुछ खास योजना बनाने बैठे दारोगा जोगी सिंह ने इधर से कहा।

"तुम्हें कुछ समझ आ रहा! कौन है वह पागल बूढ़ा!" एसपी साहब ने सवाल नहीं पूछा था।

"जी! अ... अ... नॉर्मल आदमी तो नहीं ही है सर! फॉरनर मसानी सिद्धि है सर। करिश्मा तो करके दिखा ही रहा। कल्पना से बाहर काम करता है। पता नहीं कैसे? कौन है ई सर?" लेकिन दारोगा ने सवाल ही समझकर जवाब देते हुए खुद ही सवाल पूछ दिया।

"डेंजर, डेंजर मैन है वो! ह्यूमन बीइंग के लिए खतरा है! तुम अभी तक ऑब्जर्व ही कर रहे! बेवकूफ आदमी, खत्म करो जल्दी उसे। आई से, शूट हिम। वर्ना वो तबाह कर देगा। व्हॉटअ डेंजर मैन! मैं तो दंग हूँ उसकी करतूत से।" एसपी ने एक सुर में कहा।

"जी पता नहीं कैसे सर आपसे ऐसा व्यवहार किया! वैसे तो व्यवहार-कुशल आदमी है। कभी लगने नहीं दिया कि इतना भयंकर आदमी है। आज तक न पैसा-कौड़ी में दिक्कत किया न कभी अपने पावर से डराया हमको।" दारोगा जोगी सिंह ने बूढ़े की भलमनसाहत पर संक्षिप्त प्रकाश डालकर अपने कपार बला ले ली। एसपी साहब तो ये सुनते हैं दाँत पीस चुके थे।

"ब्लडीफूल! चूतिया हो क्या! तुम एक शैतान की वकालत कर रहे, वो भी अपने पुलिस कप्तान के सामने! उतरवा ही दूँ वर्दी, बन जाओगे फिर फूल टाइम उसके एजेंट! क्या कहते हो! उतारना है वर्दी?" एसपी साहब फोन पर आग उगल रहे थे।

"अ... अ... शूट... अ शूट होगा हुजूर। रियल में अपराधी है। गिरफ्तार करने का कोई मतलब ही नहीं है। मार आते हैं सर, वहीं दफना देंगे, डेनियल का समाधि के बगल में ही। एकदम राइट सर, जी, जी, राइट सर। सर..." दारोगा जोगी सिंह ने बिना रुके कहा।

"काम करके रिपोर्ट करो। एक भी सबूत नहीं मिलना चाहिए। टीम है ना तुम्हारी?" एसपी साहब ने पूछा।

"जी सर, है, है सर, और क्रिमिनल बोलकर मारेंगे सर। सर मेरा बात, मतलब एक सुझाव है कि देखिए ये साला मायावी, इसे दिन में घेरना होगा और फूल फोर्स के साथ सबको बताकर घेरते हैं। बस एक दिन और दिया जाए हमको सर, परसों इसका खेल खतम।" दारोगा जोगी सिंह ने हिम्मत करके कहा।

"हम्म! हाँ मामला तो नेशनल है, इंटरनेशनल खबर बनेगा। वायरल केस

है, विडियो बना लेना पूरे ऑपरेशन का। ये श्योर वायरल होगा। मैं भी शेयर कर दूँगा अपने फेसबुक पेज से। और सुनो, दिन में करोगे ऑपरेशन? ओके मैं ही लीड करूँगा। ओके, परसों की तैयारी करो।" एसपी साहब ने अचानक ही कमान लेते हुए स्वर में वायरलत्व का रोमांच भरते हुए कहा।

"जी, जी जो आदेश सर, जय हिंद!" इतना बोलकर फोन कटते ही दारोगा जोगी सिंह ने उसी क्षण चौकीदार हाजरा की तरफ देखा।

"बस कल भर का ही समय है चौकीदार।" दारोगा जोगी सिंह ने बड़े गंभीरता से कहा।

"हुजूर हम तो अभी ही तैयार हैं। समेट के निकल लेते हैं। जैसा आप कहिए।" बोलते हुए चौकीदार हाजरा व्यग्र था।

"एसपी साब का माथा घूम गया है। परसों शायद बूढ़ा का मामला खतम हो जाएगा। अभी आदेश दे दिए हैं। हम किसी तरह उलझा के एक दिन का समय माँग लिए हैं। हमलोग कल अपना काम कर लें, परसों तो ऐसा हंगामा होगा कि दुनिया देखेगा।" दारोगा जोगी सिंह एक अलग ही योजना खातिर तैयार होते हुए बोला।

रात जैसे-तैसे कट गई थी। उधर सुबह की पहली पौ फटते ही अवध नारायण सिंह की पत्नी कौशल्या देवी ने हाथ में झाड़ू लिए बाहर का दरवाजा खोला। अभी देहरी से बाहर बरामदे पर पाँव रखी ही थीं कि सामने चौकी पर एक झोला रखा दिखाई दिया। कौशल्या देवी ने उसे दूर से ही झाड़ू ही से हिला-हटाकर देखा। अंदर गमछे की एक गठरी नजर आ रही थी।

"किसका झोला छूट गया है? कोई रात में सोया था क्या यहाँ?" पीछे से बाहर आए अवध नारायण सिंह ने पत्नी को झोला जाँचता देखकर कहा।

"कौन छोड़ेगा! आज के समय में लोग दुआर पर रखा लोटा-बाल्टी तक उठाकर ले जाता हैं, कोई झोला भूलेगा!" कौशल्या देवी ने व्यावहारिक बात कही।

"रुको देख लेते हैं खोल के, पता नहीं क्या है!" अवध नारायण सिंह ने कहा और आगे बढ़कर सबसे पहले झाड़ू लेकर ही झोले को टेढ़ाकर चौकी से नीचे किया। नीचे गिरते ही उसके भीतर की गठरी बाहर निकल आई और भीतर

की कुछ वस्तु दिखाई पड़ने लगी।

जब गमछे की गाँठ सरकाई तो आश्चर्य का ठिकाना न रहा- "अरे! अरे! ई क्या? देखिए, देखिए! यही है न? सब यही न?" अवध नारायण सिंह के मुँह से निकला।

"हे भगवान! हाँ समूचा गहना तो है। सब अपना वाला ही तो है। नगदी पैसा भी है सब। भगवान ई क्या लीला है!" कौशल्या देवी ने फटी आँखों से देखते ही गहने उठाते हुए भरे आश्चर्य के स्वर में कहा।

अवध नारायण सिंह इतने में थोड़े गंभीर हुए और फिर मन-ही-मन मुस्कुराने लगे। अब कम-से-कम वो उतने चकित नहीं थे जितना कौशल्या देवी।

"लीला क्या होगा! जो चुराया था, वही आकर धर गया है। अब काहे धर गया, वही जाने! चुराया ही काहे था, वही ही जाने! चलिए उठाइए, भीतर रखिए सब सामान।" अवध नारायण सिंह ने भीतर-ही-भीतर कुछ अंदाजा टटोलते-खँगालते कहा।

"कहीं पंडित-उंडित दिखाए थे क्या? जख बाबा पर पानी ढारे थे क्या? कोई मनौती? नहीं तो ऐसे कहीं चोरी का सामान वापस चौकी पर रखल मिलता है क्या! यही कलयुग सब खेला देख लिए। यही घर में सब।" कौशल्या देवी उस अज्ञात-ज्ञात पंडित-जिन्न-जख सबको धन्यवाद देते हुए झोला लेकर भीतर जाती हुई बोलीं। अवध नारायण सिंह इस पर बिना कुछ कहे वहीं बाहर चौकी पर ही बैठ गए। ठीक तभी उनके मोबाइल की घंटी बजी।

"हैलो! मेरा बात सुनिए जरा ध्यान से अवध नारायण जी।" उधर से फोन उठते ही आवाज आई।

"हैलो! अरे क्या सुनेंगे जोगी बाबू! आप तो इस बार भी भरोसा नहीं निभाए। अब बचा ही क्या है! इस बार तो हम क्या मदद माँगे थे आपसे, आप वो भी नहीं किलियर किए, हमको बोल दिए कि ई पाप नहीं करने देंगे, कुछ उपाय करेंगे। कहाँ है उपाय!" इधर से अवध नारायण सिंह बिफर पड़े थे।

आज वो पुराने वाले अवध नारायण सिंह थे भी नहीं। क्योंकि वैसे भी तो वह जो आज करने जा रहे थे, उसके लिए उन्हें भी खुद को मारकर एक नया रूप लेना पड़ा था। कलेजे को पत्थर नहीं, पहाड़ करके मोह और भावना की नदी को इसी पार बहता छोड़ उस पार लाँघ गए थे अवध नारायण सिंह।

"देखिए, अब अफसोस और क्रोध से कुछ नहीं मिलना। पैसा गया ये बात अलग है, असली बात तो ये है कि धोखा हुआ है हम लोग सब के साथ। वह बूढ़ा ठग गया हम लोग को। आपको पता है ? जितना भी आदमी को जिंदा किया, सबका हाल यही है, आपके बेटा के जैसा। ई कोई भ्रमजाल है। इससे निकलना होगा।" दारोगा जोगी सिंह ने न जाने कितना कुछ समझते-समझाते हुए कहा।

"अब निकल ही जाएँगे इस मायाजाल से। आप तो उपाय नहीं कर सके न। हम जहर का इंजेक्शन ले आए हैं। आज मुक्ति मिलेगा मेरा बेटा के आत्मा को। ई साला बुढ़वा शैतान, उसका आत्मा को कष्ट देने खातिर फिर से शरीर में डाल दिया है न ? हम अपना हाथ से उसका कष्ट दूर करेंगे। पता नहीं कर पाएँगे कि नहीं, लेकिन आज रात करेंगे दारोगा बाबू। कितना अभागा माँ-बाप हैं हम लोग। अपने हाथ से... अपने हाथ से आग दिए थे बेटा को, आज फिर देंगे, दो-दो बार! ऐसा होता है क्या ? इसी हाथ से पहले मारेंगे... हे दारोगा बाबू, जोगी बाबू..." बोलते हुए अब कपस कर फूट पड़े थे अवध नारायण।

जबान लड़खड़ा रही थी और हाथ-पाँव काँप रहे थे। ये सुनकर बिना दृश्य देखे ही उस पार भरसक दारोगा जोगी सिंह की आँखें भी भीगी हुई महसूस हो रही थीं।

"नहीं-नहीं, आपको या हमको अपने हाथ से कुछ नहीं करना है। अपने बच्चे का शरीर हो या आत्मा, हम कौन हैं मुक्ति देने वाला! जिसने यह जाल बाँधा है, वही काटेगा।" दारोगा जोगी सिंह बोल रहा था।

"मतलब ?" अवध नारायण सिंह ने आँख पोंछते हुए पूछा था।

"देखिए, इस सच को समझिए, आपका बेटा तो कब का मर चुका है न! अपने हाथ से अंतिम संस्कार करके आए थे न आप!" जोगी सिंह लगातार बोल रहे थे।

"हाँ इसी अभागा हाथ से।" अवध नारायण सिंह की हल्की-सी आवाज निकली।

"हाँ तो फिर, आप फिर क्या सोच रहे! अरे हम लोग एक मायाजाल में फँस गए हैं। जो मर गया, वो कभी जिंदा हो सकता है क्या! ई कहाँ उलझ गए हम लोग! पता नहीं उस बूढ़े ने क्या किया है! कैसे किया है! तो फिर उसको

लौटा देते हैं ना उसका चमत्कार। ई शरीर को तो वही बनाया था न माटी सान के, फिर साला अपना हथौड़ा से प्राण डाल दिया। तो ई हमारा-आपका कोई है ही नहीं। उठाते हैं इसको और लौटा देते हैं वापस। ऊ समझेगा कि क्या करना है इसका।" जोगी सिंह ने अपनी बात पूरी कर दी थी।

अवध नारायण उधर कान मोबाइल पर लगाए चुप थे। कुछ पल ध्वनि की आवाजाही जैसे रुकी हुई थी अभी। फिर अगले पल इधर से आवाज गई, "कब लेने आइएगा इस शरीर को? इसको ले जाइए, जो हमारा बेटा नहीं है।" अवध नारायण सिंह ने इतने भावविहीन स्वर में कहा था जैसे कोई पत्थर बोला हो इधर से।

"हम आ जाएँगे, पर सुनिए, आपको भी साथ चलना है। आज रात गाड़ी में उसको उठाकर नौरंगी नदी के पुल पार मिलिए। हम बाकी को भी लेकर आ जाएँगे। ई तिलिस्म से निकला जाए। ठीक है, भेंट होगा रात को।" दारोगा जोगी सिंह ने अपनी योजना बताकर फोन काट दिया था। इधर अवध नारायण ने हाँ बोलकर धीरे से कान से मोबाइल हटाया और बहुत धीमे-धीमे कदमों से भीतर जाकर खिड़की से झाँकने लगे। बिस्तर पर जयप्रकाश हँसता हुआ पैर-हाथ फेंक खेल रहा था।

22

आज दोपहर सुंदर अपनी दुकान बंद कर घर को खाना खाने भी नहीं गया था। अभी शाम के चार बजने वाले थे। करीब-करीब घंटे-दो घंटे भर से सुंदर दुकान के भीतर अपने काउंटर पर केहुनी रखकर अंदर के टूल पर और काउंटर से ठीक बाहर बेंच पर दोनों घुटनों को छाती से सटाए फूलचंद चुपचाप बैठा था। बीच-बीच में एकाध शब्द सुंदर बोल भी रहा था तो फूलचंद केवल सुन ही रहा था। सुंदर ने इस बीच दो-तीन बार फूलचंद को मेंटोस कैंडी वाली टॉफी निकालकर दी, लेकिन वो काउंटर पर जस का तस धरा ही हुआ था। फूलचंद उसकी तरफ देख भी नहीं रहा था फिलहाल।

"अब ई दुख छोड़ो फूलचंद। भगवान की मर्जी के आगे किसका चला है! जाने दो, जो हुआ, ऊपर वाला का लिखा मान लो।" सुंदर वास्तव में दिलासा ही देना चाह रहा था।

"समूचा दुनिया छोड़कर भगवान फूलचंद पासी के पीछे लग गया! अवध नारायण बाबू के ही जात का है क्या भगवान! क्या साला हमारी जाति का कोई भगवान नहीं सुंदर दा जो हमारा काम कर देता!" फूलचंद ने घंटों बाद कुछ कहा था। बड़ी धीमी आवाज में, चेहरे पर हल्की-सी मुस्कुराहट लिए, जैसे देवमंडल के समाजशास्त्र पर कोई समाजशास्त्री हँस रहा हो।

असल में आज सुबह ही कुछ हो ही ऐसा गया था जिसके बाद फूलचंद के जीवन की सबसे बड़ी खुशी की संभावना का अंत हो चुका था। पिछले कुछ

दिनों से फूलचंद लगातार चौकीदार हाजरा से संपर्क करने की कोशिश कर ही रहा था। चौकीदार हाजरा से उसने महीनों पहले मिलकर पैसे के जुगाड़ का वक्त माँगकर फिर संपर्क करने को कहा था, लेकिन जब से फूलचंद ने पैसों का जुगाड़ कर लिया था तभी से चौकीदार हाजरा से ही संपर्क नहीं हो पा रहा था। चौकीदार तो अपना मोबाइल तक बंद कर उधर दारोगा जोगी सिंह के आवास पर उन चार जिंदा कर लाए गए सिपाहियों की देखभाल में उलझा फँसा हुआ था।

इसी बीच पिछली रात ही वो एक बार फिर अवध नारायण सिंह के घर पर था। अवध नारायण सिंह इधर कुछ दिनों से कोठी वाली बात को लेकर अब ज्यादा चुप्पी नहीं रख रहे थे। खासकर वो फूलचंद से इस बारे में कई बार बातें कहने लगे थे। यहाँ तक कि उन्होंने उसे उस रात का भी किस्सा सुनाया, जिस रात वो जयप्रकाश को लाने कोठी गए थे। हालाँकि उन्होंने इस पूरे प्रकरण के सूत्रधार दारोगा जोगी सिंह का नाम नहीं बताया था कभी। पिछली रात जब घर का कुछ काम निपटाकर फूलचंद बरामदे पर नीचे बैठा मालकिन से चाय लेकर पी रहा था, तभी कुर्सी पर चाय सुड़कते हुए अवध नारायण सिंह ने कोठी पर आदमी के जिंदा करने वाली बूढ़े की पूरी प्रक्रिया की चर्चा की।

और इसी क्रम में उन्होंने बताया कि, 'खाली पैसा नहीं, जो आदमी जिंदा करवाना है, उसका फोटो देना होता है। उसके बिना तो जिंदा कर ही नहीं सकता। फोटो देख के ही तो उस आदमी का माटी का मूर्ति बनाता है।' अब ये सुनना था कि फूलचंद के मुँह में जीभ पर ही चाय ठहर गई। उसने हड़बड़ाकर आँगन की नाली में चाय उगली और गिलास में बची चाय चुपके से नाली में गिराकर गिलास धोकर बरामदे पर रख, बिना एक क्षण वहाँ ठहरे ही घर को निकल आया था। घर आकर सबसे पहले उसने अपने घर का एकमात्र लोहे का बक्सा दसों बार झाड़कर देखा। उसके पास अपनी पत्नी के साथ मेले में खिंचवाई एक तस्वीर के अलावा कोई तस्वीर न थी।

इसके बाद तो उसकी नींद गायब थी। किसी तरह रात को देह-हाथ पटक के काटा और सुबह अपने खेत की तरफ जाकर उधर ही मेड़ पर बैठकर खूब रोया था। वहीं घंटों बिताने के बाद वो सीधे सुंदर की दुकान पर आया और उसे बेटे की फोटो नहीं होने वाली बात बताई। सुनकर सुंदर का भी मन खराब हो गया था। वह फूलचंद को तब से येन केन प्रकारेण समझा-बुझा रहा था अपनी

समझ से। फूलचंद निराशा के गहरे खाई में बेसुध पड़ा था। बहुत देर बाद भीतर का जमा पिघला।

"भगवान का कोई जात नहीं होता। भगवान सरधा देखते हैं। तुम तो मंदिर तक जाना छोड़ दिए थे। तुमसे अब क्या बोलें इस हाल में। लेकिन देखो, कर्म का फल तो मिलता ही है न! अभी से भी दुआर पकड़ो भगवान का।" सुंदर ने सीधे-सीधे कहा।

"भगवान है क्या! होता तो सुन लेता। कम नहीं पटके थे माथा मंदिर जाकर हम। फोटो नहीं है, सीधा बात। फोटो होता तो बच्चा जिंदा हो जाता।" फूलचंद ने अपना समझा कहा।

"भगवान चाहते तो फोटो होता तुम्हारे पास। जरूर एकाध फोटो खिंचा लेते बच्चा का तुम। लेकिन यही तो प्रभु का लीला है।" सुंदर ने ईश्वर के लिखे की वकालत में भाग्यफल बताते हुए कहा।

"तो ठीक है न सुंदर दा। अब हम भी सोच लिए हैं कि भगवान रहे अपना घर, हमको नहीं चाहिए बच्चा अब।" फूलचंद पहली दफे गुस्से में दिखा था। एक साधारण निरीह से आदमी की दृढ़ता ईश्वर के आगे तन गई थी।

"मतलब? बुद्धि उलटा हो गया क्या तुम्हारा!" सुंदर भगवान की तरफ से बोला।

"मतलब यही कि जब इच्छा ही खतम तो फिर उसको पूरा करने वाला भगवान का क्या काम! भगवान भी खतम। जिसका इच्छा है, पूरा करने खातिर भगवान को खोजे। वो जिन्न को खोजे, शैतान को खोजे, बुढ़वा को खोजे, हमको क्या अब!" फूलचंद ने बिना किसी संशय के बड़ी स्पष्टता से कह दिया।

फूलचंद के भीतर का क्रोध जब दृढ मान्यता में बदला तो एक दर्शन बन चुका था। जर्मन दार्शनिक फ्रेडरिक नीत्शे के बाद फूलचंद पासी शायद दूसरा व्यक्ति था जिसने ईश्वर के मरने की घोषणा कर दी थी। मानव सभ्यता के इतिहास में ईश्वर आज दूसरी बार मरा था।

"हे भगवान! मने तुम भगवान को नहीं मानते!" इतना होने पर भी सुंदर ने ईश्वर को बचाने की कवायद में कहा।

"जो मन को मना लिया, ऊ क्या किसी को मानेगा दादा!" फूलचंद ने जैसे कोई सूत्र वाक्य कह दिया था। ये कहते ही फूलचंद जैसे परचून की दुकान पर

बैठे-बैठे एक झटके में ही नास्तिकता की धारा के दार्शनिक शोपेन्हॉयर की कतार में खड़ा हो गया। यद्यपि विद्वतजन की व्याख्याएँ और दर्शन की जटिलताएँ उसे खींचकर भले फिर परचून की दुकान पर बिठा दें लेकिन ये भी तो घटित हुआ अकाट्य सत्य था कि इस देश की माटी में नगर-नगर भटकता एक राजकुमार एक पीपल के पेड़ के नीचे बैठता और महात्मा बुद्ध बनकर उठता। जटिल से जटिल दर्शन का सृजन सरलता की उर्वर भूमि पर होता है। हर असाधारण विचार एक साधारण-सी घटना की व्याख्या ही तो है। वर्ना रस्सी को साँप समझ लेने की भ्रामक घटना से कौन भला अद्वैतवाद का दर्शन समझाने के क्रम में अविद्या का अर्थ समझाता। फूलचंद का कथन अभी परचून की दुकान पर दिखा रस्सी था जो किसी विचारक को दिखाई पड़ जाता तो उसमें वह बौद्ध का सार और अनीश्वरवादी दर्शन का धागा जरूर खोज लेता।

नित्य दिखने वाले चार साधारण दृश्य ने राजकुमार सिद्धार्थ को दार्शनिक बना दिया, बाकी लोग केवल दर्शक रहे। यहाँ सुंदर भी दर्शक भर ही था, अलबत्ता फूलचंद भी।

"एक बात कहना चाह रहे हम सुंदर दा। बताएँ? खेत ले लीजिए हमारा। खरीद लीजिए, जितना आपको लेना था।" फूलचंद के मुँह से निकला ये अप्रत्याशित कथन था।

"अरे! अ... मतलब? अरे नहीं फूलचंद। तुम्हारा बच्चा मिल जाता तो अलग बात था। एक तो बच्चा भी नहीं मिला, तब भी खेत भी ले लें हम, अच्छा नहीं लगेगा।" सुंदर ने सच ही असहज स्वर में कहा था।

"ले लीजिए दादा, सच बोल रहे हैं। अब हमको तो नहीं ही मिला, जो चाहे। दोनों का मनसा बिना पूरे काहे रह जाए! एक का तो पूरा हो।" फूलचंद जैसे फकीरी के स्वर में बोल रहा था। सुंदर उलझन में था कि इच्छित प्रस्ताव को कितनी देर में हाँ बोले और फूलचंद देने के स्पष्ट निर्णय पर तैयार खड़ा था। ठीक तभी बगल के सैलून 'यो-यो कटिंग सेंटर' पर कुर्सी पकड़े किसी युवा ने मोबाइल पर गाना चला के सामने आईने से टिकाकर रख दिया था। वह बाल कटवा रहा था शायद। गाने की आवाज सुंदर के दुकान तक स्पष्ट आ रही थी-

'बूढ़ा सूरज धूप की लाठी टेके चलता है
पागल तो पानी में सितारा फेंके चलता है

अल्हड़ पछिया मंतर फूँके आ के कान में
काहे वक्त करे हैं जाया आन जान में...'

सैलून में बैठा वो युवा ग्राहक शायद अपने लंबे बाल किसी बड़ी मजबूरी के कारणवश ही मुड़वा रहा था। वर्ना इस दौर में शाम के चार बजे एक युवा सैलून में बैठा निर्गुण कहाँ सुनता है यूट्यूब पर!

"नहीं, छोड़ो फूलचंद अपना-अपना भाग्य है। वही करम का फल समझो कि तुमको बच्चा नहीं मिला और हमको खेत। भगवान का मर्जी।" सुंदर आज भयंकर आध्यात्मिक हो चुकने के फेर में पड़ गया था।

"आप भी गजबे करते हैं। अरे हम सामने खड़े हैं, दे रहे हैं न आपको खेत! फिर भी आप भाग्य के फेर में पड़े हैं!" फूलचंद के चेहरे पर एक अजब-सा आत्मविश्वास था बोलते वक्त।

देता हुआ आदमी कितना विराट हो जाता है! तब से मुरझाए हुए मलिन मुखमंडल में एक चमकीली आभा प्रकट हो गई थी फूलचंद के।

"ठीक है, दे दो। जब कह रहे हो तो। भगवान का यही मन।" सुंदर ने आखिर अपने मन का पा लिया था।

"भगवान का मन कहाँ सुंदर दा! हम दे रहे हैं। खेत हम बेच रहे आपको। इसको कोई करम का फल ना समझिए, डायरेक्ट हमारा मन हो गया। दे रहे आपको।" फूलचंद ने बिना लाग-लपेट के कहा।

"देखो भाई, खेत दे रहे हो, पैसा देंगे बदला में। ठीक बात। लेकिन भगवान से बढ़कर बूझ रहे क्या अपने-आप को तुम!" सुंदर अब चिढ़ गया था।

"नहीं-नहीं सुंदर दा। अगर भगवान है तो फिर ऊ सबसे बड़ा है। हम तो कह रहे हैं कि भगवान को देना होता तो आपको कभी नहीं देगा खेत। भगवान ऊपर-नीचे देखता होगा न। हम दोस्त हैं, बिना सोचे-देखे दे रहे।" फूलचंद ने शायद खुद आगे आकर इस बार ईश्वरीय नैतिकता विधि के विधान वाले शर्त की लाज रख ली थी। लेकिन उसकी कही बात ने सुंदर को अबकी और चिढ़ा दिया था। हालाँकि उसे यह पता नहीं था।

"मतलब? क्या बक रहे हो!" सुंदर चौंककर बोला।

"यही कि अगर करम के हिसाब से फल मिलना है तो आपका करम कोई

ठीक नहीं था दादा। आप तो बस अपना खेत लेने के लालच में हमको बच्चा-बच्चा दिलाने में भिड़े रहे। सस्ता दाम में खेत चाहिए था न आपको! बताइए ई बात जानकर भी भगवान आपको खेत देगा! लेकिन हम दे रहे। कल कागज ला देंगे।" फूलचंद ने जो कहा वो तीर था और तलवार भी।

"अरे दारू पीकर आया है न तुम! जाओ, जाओ अभी घर। जाओ, जाओ कल बात करेंगे। चलो घर जाओ। पीकर कुछ भी बकने लगते हो।" सुंदर ने कहा।

सुंदर को फूलचंद की बात गहरी चुभ गई थी पर उसके बोलने में क्रोध, चिड़चिड़ापन के साथ भी संयम का असाधारण संतुलन था। क्योंकि सुंदर सारी चुभती बातों के बाद भी बात इतनी नहीं बिगाड़ देना चाहता था कि कल जब फूलचंद दारू के नशे से उबरे तो खेत बेचने से मुकर जाए। सुंदर के कहने के बाद फूलचंद बेंच से उठा और धीरे से भावहीन मुस्कुराहट लिए उठकर चल दिया। वहाँ से निकलकर सीधे गाँव के किनारे वाले बागीचे में देशी दारू बेच रहे आदमी के पास पहुँचा। आज मन इतना दुखी था कि सुबह से अभी तक एक घूँट दारू नहीं पी थी फूलचंद पासी ने। अब मन कुछ हल्का लग रहा था। वो गिलास लेकर बगीचे में पलथी मार चुका था।

23

रात के यही कोई सवा आठ बज रहे होंगे। अवध नारायण सिंह भीतर कमरे के दरवाजे पर पिछले घंटे भर से खड़े थे। एकटक उनकी नजर पलंग पर से नहीं हट रही थी। इस वक्त उनके चेहरे पर कोई भी भाव पढ़ा जाना मुश्किल था। पिछले कई दिनों से यही तो कर रहे थे दोनों प्राणी। अपनी-अपनी भावनाओं का पानी छाँक-छाँक निकालकर सूखाने का तप। अगर बूँद भर भी रिस जाता तो इनका बड़ा निर्णय तुरंत पलट सकता था। पलंग के पास बैठी हुई कौशल्या देवी जयप्रकाश का पैर सहला रही थीं। जयप्रकाश आँख बंद किए शायद नींद में था।

"अब जाना होगा। जाने दीजिए।" जैसे एक टूटा हुआ आदमी किसी तरह शब्द जोड़कर बोला था।

"हाँ-हाँ, हाँ तो, टाइम हो गया क्या? सोया है कितना बढ़िया। तनी सो लेने दीजिए ना।" कौशल्या देवी का जैसे अचानक ध्यान टूटा और बेटे का पैर सहलाते हुए ऐसे कहा था जैसे अभी अगले कुछ मिनट बाद क्या होना है इसकी सुध ही नहीं।

भला इस पल किसी माँ को क्या सुध-बुध होगी? कौशल्या देवी ने जिस तरह से कहा था कि अवध नारायण सिंह अब खुद को रोक नहीं पाए थे। चौखट से सीधे लपके और अब पलंग के पास जमीन पर जा बैठे दोनों हाथों से जयप्रकाश का सिर सहलाने लगे। अब तक तो बँधा हुआ बाँध टूट चुका था।

भरी आँखों से पत्नी कौशल्या देवी की ओर देखा और भरे गले से कहा, "अब मोह छोड़ना होगा। देखिए अभी अब इस मौका पर नहीं टूटना है। ठोस करिए, ठोस करिए आप कलेजा को। इसको मुक्ति खातिर ही ले जा रहे हैं ना। आपको पता है ना कि हमारा बेटा तो कब का चला गया। यह पता नहीं क्या है, इसको देखिए ना कितना कष्ट है! ऐसे ही रोज-रोज मरे! कितना बार मरे हमारा बेटा! एक बार न! तो एक बार तो मर गया न! अब नहीं। अब नहीं मारेंगे इसे।" अवध नारायण इतना बोले और उठकर पत्नी से लिपट गए। अवध नारायण सिंह का दाहिना कंधा पूरी तरह भीग चुका था। ठहरी हुई दूसरी नदी भी टूटकर बह गई थी।

"हम... हाँ, हम तो सही हैं जी। ठीक है जाइए। अच्छा अजी एक बार, एक बार क्या कहीं बाहर दिल्ली-बंबई कहीं ले जाकर दिखा नहीं सकते इसको? बस एक बार।" कौशल्या देवी ने सिसकती हुई आवाज में पूछा था।

"आपको क्या लगा कि हम ही नहीं सोचे ई बात! लेकिन नहीं होगा ना ठीक। दारोगा बता दिया कि जितना भी आदमी को वह बूढ़ा जिंदा किया है सबका ऐसा ही हाल है। एक आदमी तो शायद बाहर से डॉक्टर लाकर दिखाया भी। लेकिन किसी के हाथ उपाय नहीं। इसको बस बूढ़ा ही..." दोनों आँखों को अब पोंछकर आधे में ही रुकते हुए पूरी बात कही अवध नारायण सिंह ने।

"जाइए ना, गाड़ी निकालिए। फोन बज रहा आपका। देखिए किसका है?" कौशल्या देवी ने एक क्षण में अब खुद को तैयार करते हुए कहा था जैसे।

"फोन वही दारोगा का है। अब निकलना होगा। सब लोग एक जगह जमा होंगे पहले।" अवध नारायण सिंह ने मोबाइल देखते हुए कहा। इधर से पुनः फोन लगाकर बात करने के बाद मोबाइल को जेब में रखकर अब अवध नारायण सिंह ने अपनी मारुति वैन दरवाजे के ठीक सामने खड़ी कर ली थी। जल्दी-जल्दी बाहर बरामदे और दरवाजे की कुछ बत्तियाँ बुझाईं और अब आखिरकार जयप्रकाश को बिस्तर से उठाने कमरे में गए।

"ई क्या कर रहे हैं आप! इसका कपड़ा क्या हुआ?" जयप्रकाश को केवल पैंट में पड़ा देख अवध नारायण सिंह ने पूछा।

"अजी अब जा रहा है ना। अब तो बेटा को आखरी बार भेज रहे तो नया कपड़ा पहना के नहीं भेजें! पिछला बार तो बिना बताए चल गया था ना। भगवान

इसलिए फिर भेजे इसको कि मम्मी-पापा अच्छा से नहा-खिलाकर विदाई देगा। है कि नहीं!" कौशल्या देवी का कहा हर शब्द अब हृदय के चिथड़े उड़ा दे रहा था।

"देखिए अब आप रास्ता में पहाड़ खड़ा कर रहे हैं। नहीं पार होगा ई पहाड़ हमसे। सच बोल रहे हैं कि फिर भले ई चाहे मर जाए यहीं बिस्तर पर पड़े हुए लेकिन करेंगे जिंदगी भर सेवा, जब तक जिंदा रहेंगे दोनों, सेवा करते रहेंगे इसका। कह देते हैं। आप ऐसा करिएगा तो कौन बाप का कलेजा होगा कि इसको ले जाए! रहने दें! आप बोलिए, मना कर दें दारोगा को!" आखिरकार जो लग रहा था वही होने को था।

अवध नारायण ये बोल अब पत्नी की तरफ देखने लगे। मोह का धागा उलझने लगा था और कदम लड़खड़ाने लगे थे।

"हाँ जब तक हम दोनों जिंदा रहेंगे तब तक करेंगे सेवा और जब हम लोग मर जाएँगे उसके बाद?" पत्नी कौशल्या देवी अचानक बोलीं और अवध नारायण सिंह के उलझ रहे मन का जैसे एक छोर कसकर धर लिया। कुछ पल एकदम चुप्पी थी। इसी बीच जयप्रकाश को अलमारी से निकाल नया टी-शर्ट पहना दिया था कौशल्या देवी ने।

"माँ-बाप हैं न हम, तो कलेजा तो फटेगा ही लेकिन ऐसा जीवन से घृणा हो गया है। आप एक जरा ना सोचिए और इसको मुक्ति दीजिए। जीवन भगवान देता है, कोठी वाला बुढ़वा भगवान नहीं है। आप हमारा चिंता छोड़िए। आइए उठाइए इसको।" कौशल्या देवी ने भावना का दरिया पार कर लिया था।

"हाँ यही बात है। ऐसा जीवन से तो मरना अच्छा। अब नहीं सोचना। तुरंत पहले इसको पहुँचाएँ वहाँ। ई साला जरूर वही बुढ़वा का माया होगा जो घेर रहा है फिर। अब नहीं फँसेंगे। जितना सच जन्म लेना है, उतना सच मृत्यु भी है। और जो दुनिया से चला गया है, वह चला गया, यही नियम है। कोई अमर नहीं। सब पागलपंती है कि मरा हुआ आदमी जिंदा हो जाए। चलिए निकलते हैं।" अवध नारायण सिंह ने दृढ़ता के स्वर में कहा था।

अवध नारायण सिंह ने जयप्रकाश को गोद में उठाया और गाड़ी में पिछली सीट पर लिटा दिया। एक बार दोनों पति-पत्नी ने पीछे सीट पर पड़े जयप्रकाश को देखा। एकबारगी बुझे हुए चेहरे पर न जाने कहाँ से रौशनी-सी आ गई थी।

दोनों इस वक्त ऐसे ही भाव लिए खड़े थे जैसे जयप्रकाश के वापस जिंदा हो के आ जाने पर।

अमरता का भ्रम अपना जुआ हार चुका था। मृत्यु का शाश्वत सत्य खौफ की तरह नहीं लग रहा था। अवध नारायण और कौशल्या देवी ने सत्य को सहजता से स्वीकार लिया था।

असल में ये पुत्र जयप्रकाश की मुक्ति नहीं थी। मुक्त तो उसके माता-पिता कौशल्या देवी और अवध नारायण हुए थे। मुक्त मोह से, माया से, भ्रामक बंधन से, इच्छा से, भविष्य की शंका-आशंका से। मुक्ति मृत्यु के बाद नहीं मिलती, उसमें तो बस शरीर और आत्मा का विलगाव होता है। शरीर आत्मा से मुक्त होता है। आत्मा की मुक्ति जीते-जी होती है। जीवित रहते हुए मोह का त्याग। माया के आगे समर्पण से इनकार... यही है मुक्ति। इच्छा और लिप्सा की एक पतली-सी डोर है जो हृदय, बुद्धि और आत्मा तीनों को एक बंधन में बाँधे रखती है। एक बार मन झकझोर के जोर लगा दे तो ये बंधन का धागा टूट जाता है और आदमी जीते-जी मुक्त।

अवध नारायण अब चालक सीट पर बैठ चुके थे। पत्नी ने हाथ हिलाते हुए विदा किया। करीब 20 मिनट से 25 मिनट के बाद गाड़ी नौरंगी नदी के पुल को पार कर चुकी थी। ठीक तभी सामने की हेडलाइट वाली रौशनी में जंगल से सटे सड़क किनारे दो गाड़ियाँ खड़ी दिखाई दीं।

"आप कहाँ लटक गए थे महाराज! देख रहे हैं कितना देर हो रहा है! जल्दी चलकर पहुँचा देना होगा, समझे। क्या पता कहीं बुढ़वा भाग ना गया हो। वह अगर भाग गया तो अनर्थ हो जाएगा।" दारोगा जोगी सिंह ने हाथ में टॉर्च लिए नजदीक आते ही कहा।

"अरे! अरे बाप! भाग गया होगा क्या! अरे सर फिर क्या होगा? फिर इन सबका क्या करिएगा?" अवध नारायण सिंह ने स्वाभाविक तौर पर थोड़ा अकबकाए स्वर में ही कहा।

"अरे गाड़ देंगे उसी कोठी में। पूरा रात है ना बाकी। इतना आदमी हैं ही ना हम लोग। काहे इतना सोचना! अब तो ऐसा-ऐसा चीज देख लिए जिंदगी में कि अब एक कांड और सही। क्या हुजूर! चला जाए तब?" पीछे से आकर खड़े हो गए चौकीदार हाजरा ने कहा था।

दारोगा जोगी सिंह ने जरा-सी गर्दन हिलाई और वापस अपनी गाड़ी में जा बैठा। अब तीनों गाड़ियाँ जंगल को टापती निकल रही थीं।

कुछ ही देर में डेनियल की कोठी का मुख्य द्वार प्रकाश से नहा गया था। तीनों गाड़ियाँ सीधी सामने खड़ी हो गई थीं। सबसे पहले दारोगा जोगी सिंह ने अपनी गाड़ी का स्टार्ट बंद किया। उसे देख बाकी दोनों गाड़ियों का भी स्टार्ट बंद हुआ। अब रात का अँधेरा खौफनाक दिखने लगा था अचानक। लेकिन वहाँ चूँकि एक साथ सात-आठ लोग थे, इसलिए अँधेरे और सन्नाटे के आगे थोड़ी देर हिम्मत तो की ही जा सकती थी। इसलिए वीराना अभी उतना डरा नहीं रहा था।

दारोगा जोगी सिंह और चौकीदार हाजरा ने हाथ में टॉर्च लेकर अब फटाफट काम शुरू किया। कुल आठ से नौ ऐसे आदमी को वो लोग वापस करने आए थे जिन्हें बूढ़े ने जिंदा किया था। सबको मारुति वैन की डिक्की में पीछे ठूँसकर लाए थे लोग। अवध नारायण सिंह की ही तरह कई जिंदा हुए आदमी के परिजन भी साथ आए थे।

"सुनिए सब लोग। देखिए एक आदमी पीछे से टॉर्च दिखाइएगा और हम और चौकीदार एक-एक करके सब को भीतर पहुँचा देंगे। ठीक है?" दारोगा जोगी सिंह ने अब तैयार होते हुए कहा।

"अरे सर आप काहे उठाइएगा हुजूर? अरे हम कंधा पर लाद अकेले घुसा देंगे सबको सर।"

बहुत दिनों बाद पुनः चौकीदार हाजरा ने खुद को चौकीदारी के कर्तव्य पथ पर आगे लाते हुए कहा था। वरना इतने दिनों से तो वह दारोगा के साथ-साथ वहाँ जिंदा सिपाहियों की देखभाल करते, वह भी मानसिक रूप से घिसकने लगा था। वह दारोगा से चौकीदार की तरह कम और दार्शनिक की तरह ज्यादा बतियाने लगा था।

दारोगा जोगी सिंह की भी मानसिक अवस्था ऐसी ही हो चुकी थी कि वह भी खुद को भूल चुका था। कई दिनों से इसलिए वह चौकीदार हाजरा की बात सुन भी लेता था। फँसता क्या न सुनता!

"ठीक है तब बाकी लोग बाहर रहिए बरामदे पर। एक-एक कर हाजरा सबको भीतर ले चलेगा। हम उसके साथ जाते हैं भीतर। रुको एक बार भीतर

देख लें।" यह कहकर दारोगा जोगी सिंह ने टॉर्च जलाकर आगे कोठी के भीतर की ओर बढ़ते हुए अभी लंबी गली में पहला पाँव रखा ही था कि चमककर उछला।

"भट्ट साला, कुत्ता है। साला काट लेता अभी। यह कुत्ता साला घूमते रहता है यहाँ। ओह!" दारोगा जोगी सिंह जोर से बड़बड़ाया। बाकी सारे लोगों ने भी दनादन टॉर्च जलाई।

कुत्ता अब कोठी से बाहर आ गया था। सभी ने एकबारगी उसपर टॉर्च मारी। कुत्ते की चमचमाती आँखें साफ चमकने लगीं। रौशनी में कुत्ते ने जिस तरह से पलट के खड़े होकर गरदन ऊपर-नीचे करते हुए टॉर्च की तरफ देखा कि खड़े लोगों का देह सिहर गया था अचानक। अब कुत्ता धीमे-धीमे चलते हुए कोठी के पीछे की ओर गया और ओझल हो गया।

"भीतर तो अभी कोई नहीं है। पता नहीं किधर है बुढ़वा! अब जो भी हो, पहले पहुँचाओ सबको।" इसी बीच भीतर से पता कर बाहर आते हुए दारोगा जोगी सिंह ने कहा।

"हाँ जी हुजूर, पहले पहुँचा देते हैं।" बोलकर चौकीदार सबसे पहले अवध नारायण सिंह की गाड़ी की तरफ बढ़ा। अवध नारायण सिंह की सहायता से जयप्रकाश को कंधे पर लादा और लेकर कोठी के भीतर गया।

"यहीं रखो आँगन में। चलो जल्दी करो। सबको लाओ फटाक से।" पीछे-पीछे टॉर्च लेकर चल रहे दारोगा जोगी सिंह ने कहा।

अब आखिरी आदमी को आँगन में ला रखा चौकीदार ने। चौकीदार हाजरा हाँफ रहा था और पसीने से तर-बतर था।

"कहाँ बाबा? कहाँ हो? ए बाबा, देखो जिधर भी हो बाहर आ जाओ। देखो हम तुम्हारा जिंदा किया सारा आदमी ले आए हैं वापस, तुमको लौटाने। तुमने ठग लिया मर्दे। अरे ऐ बाबा? कहाँ हो? निकलो बाहर!" दारोगा जोगी सिंह अंदर के बरामदे पर चंद कदम चलते हुए भीतर के कमरों में टॉर्च मारते हुए बुलाने लगा।

"बोलिए न कि या तो इनको ठीक करो या कोई जवाब दो, पैसा लौटा दो।" उत्साहित चौकीदार ने नेक सलाह देते हुए कहा। क्योंकि चौकीदार अभी आगे कुछ भी हो सकने की घटना-दुर्घटना की संभावना से बेखबर था। वह तो भीतर-

ही-भीतर एक बार बूढ़े को सामने से देख लेने की जिज्ञासा को लेकर मन-ही-मन अच्छा ही महसूस कर रहा था। भयंकर उत्साहित था चौकीदार।

"अबे अब तुम चुप भी रहो थोड़ा। पैसा किससे माँग लें! अबे पहले आए तो सामने बूढ़ा... बूढ़ा बाबा, हमारा आवाज सुन रहे हो? गलत किए हो हम लोगों के साथ तुम। अब या तो इनको ठीक कर दो या पैसा ही लौटा दो।" दारोगा जोगी सिंह ने फिर जोर से कहा।

"एक नंबर बात बोले हुजूर। वही तो! सही बात यही कि पैसा लौटा दो। जब हम आदमी लौटा दिए, कौनो काम का ही नहीं है, तो आप पैसा लौटा दीजिए। एकदम सफा सफी बात है।" चौकीदार हाजरा ने फिर फुदकते हुए चहक वाले स्वर में कहा।

अभी चौकीदार के कहे शब्द सुनाई पड़ रहे थे, पूरी तरह गुम भी नहीं हुए थे कि अचानक एक तेज आँधी का झोंका आया और आँगन में बवंडर की भाँति घूमने लगा। दारोगा जोगी सिंह और चौकीदार हाजरा ने गर्दन नीचे गोंतकर आँख को सिकोड़ते हुए किसी तरह खुद को उड़ने से बचाया। वह झोंका इतने जोर का रहा ही था। अभी वे ठीक से सँभले भी नहीं थे कि लगा कि जैसे पूरी कोठी हवा के ठोकर से डोलने लगी हो। पता नहीं कहाँ से बिजलियाँ भी कड़कने लगीं और ऐसा लगने लगा जैसे कोठी के हर खंभे से हन्न-हन्न करतीं तरंगें निकल रही हों।

"हु हु हु हुजूर ठीक नहीं बुझा रहा। चलिए हुजूर। बूढ़ा तो है ही नहीं, फिर क्या मतलब यहाँ रुक के!" चौकीदार ने पल भर में ही अपना छितराया हुआ सारा उत्साह-रोमांच सब समेटते हुए धीमी आवाज में दारोगा जोगी सिंह से एकदम सटकर कहा। भीतर की घबराहट अब पैरों पर उतर रही थी। बदन हिल रहा था और पाँव काँपने लगे थे दोनों के।

"कोई चिल्लाया क्या? सुना? सुना ना तुम? इधर से? सुना?" दारोगा जोगी सिंह ने झटके में अपनी बाईं ओर गर्दन घुमाते हुए कहा।

"कहाँ? कहाँ हुजूर? हुजूर हमारा अब कलेजा जवाब दे रहा है। आवाज तो चारों तरफ से आ रहा है। इतना जोर से गरज रहा आकाश, आप कौन आवाज सुने? चलिए यहाँ से फटाक।" चौकीदार हाजरा बोल कम और हिल ज्यादा रहा था। उसने शायद वह आवाज नहीं ही सुनी थी अभी।

"लेकिन यार ऐसे कैसे चले जाएँ! इन सब जिंदा किए आदमी को छोड़कर

चले जाएँ! नहीं, जरा रुको ना। बूढ़ा यहीं कहीं होगा जरूर।" दारोगा जोगी सिंह ने थोड़ा टिकने की कोशिश के साथ कहा।

ठीक तभी बरामदे की छत पर धम्म की आवाज सुनाई पड़ी। उस धमक की आवाज इतनी तेज थी कि लगा कोठी भीतर जमीन में धँस जाएगी। अगले ही पल दारोगा जोगी सिंह को लगा कि किसी ने झटके से धकेल दिया हो। दारोगा जोगी सिंह लड़खड़ाकर चौकीदार हाजरा पर टिका।

"अरे बाप रे! हाँय, देखकर हुजूर। हुजूर चलिए न। काहे यहाँ फँस रहे हैं!" चौकीदार हाजरा ने दोनों हाथों से दारोगा को सँभालते हुए कहा। हालाँकि उसका अभी खुद ही सँभालना मुश्किल हो रहा था।

"तुम इतना डर क्यों गया है मर्दे चौकीदार! अरे आखिर हम इतना बार यहाँ आए हैं, इतना क्या घबराना उस बूढ़ा से! तुम साला हमको भी हदसा दे रहे हो काँप-काँप के।" दारोगा जोगी सिंह ने पूरी हिम्मत के साथ डटे हुए डाँट के कहा।

"अहो राम जी! हुजूर अरे क्याऽऽऽ! बाप रेऽऽऽआऽऽऽ अरे सर! सर हो! बाप रे देखिए! देखे? देखे ना?" चौकीदार भागवत हाजरा दोनों हाथ माथे पर रखकर चीखते हुए बोला। उसके हाथ से टॉर्च छूट चुकी थी।

"क्या? अ... अ... क्या? क्या देखा रे? कहाँ है? चौकीदार!" उसकी अचानक निकली चीख से अकबकाए दारोगा जोगी सिंह की जबान भी थोड़ी लड़खड़ाई थी अबकी।

"आपके पीछे खड़ा था कोई। बिजली चमका तो दिख गया। अब नहीं। अब नहीं हो भगवान।" चौकीदार हाजरा जोर-जोर से साँस ले रहा था और किसी तरह बोल पाया था।

"कौन था रे? बुढ़वा होगा। कहाँ है? अबे बताओ ना। पागल जैसा काहे कर रहे हो!" दारोगा जोगी सिंह तुरंत से इधर-उधर टॉर्च जलाते हुए बोला।

"बुढ़ा नहीं था। भागिए यहाँ से। बूढ़ा नहीं था। भागिए सर, सर मरा जाइएगा यहाँ, गारंटी लेते हैं कि खत्म हो जाएँगे हम लोग यहाँ।" अभी इतना बोलकर चौकीदार लगभग भागने को हुआ ही था कि जोगी सिंह ने उसे लपककर पीछे से पकड़ा।

"अबे भाग जाओगे हमको छोड़कर साले! आँय! तब से साले चलिए, चलिए... कहाँ जाओगे!" दारोगा ने एकदम से खीस में कहा।

चौकीदार ने भय से हिलते हुए दारोगा की आँखों में देखा। जोगी सिंह अजीब-सी लाल हुई आँखों से उसे क्रोध में देख रहा था।

"सर... एक बात? एक बात पूछें हुजूर? हे सर... सर आप कौन हैं? आप इस तरह हमको क्यों देख रहे हैं? डर लग रहा है सर आपसे भी। सच बताइए, आप दारोगा बाबू ही हैं ना? कभी-कभी तो हमको लगता है... नहीं... आप तो जोगी बाबू हैं ना सर?" चौकीदार भय से आक्रांत कुछ और ही बोलने लगा था। इतने में एक जोर के झटके से चौकीदार ने अपनी गर्दन छुड़ाई और दम लगाकर बाहर की तरफ दौड़ गया। उसने पीछे मुड़कर देखा ही नहीं। कोठी से बाहर आते चौकीदार और भी सन्न रह गया था। तभी पीछे से पिस्टल लहराता दारोगा भी दौड़ता हुआ कोठी से बाहर निकला। बाहर आते वह भी हक्का-बक्का था।

वह जोर से चिल्लाया, "अरे सारे लोग कहाँ गए? भाग गया क्या सब?"

बाहर केवल जोगी सिंह की ही गाड़ी खड़ी थी। दारोगा जोगी सिंह अब तेजी से चलकर चौकीदार के करीब आ गया था। चौकीदार हाजरा इस वक्त साँस लेता बुत बनकर खड़ा हो गया था। उसके मस्तिष्क ने अभी छुट्टी ले ली थी।

"अबे तुम सदमा में कुछ भी काहे बक रहा था बे? हम साले क्या भूत हैं! हमारा क्या नहीं फट रहा है यहाँ ई सब देखकर! लेकिन थोड़ा हिम्मत तो रखना ही होगा ना। अब देखो सब छोड़कर भाग गया। हद हरामी निकला सब। चलो गाड़ी में बैठो जल्दी।" दारोगा जोगी सिंह ने चौकीदार से इतना कहते हुए गाड़ी का दरवाजा खोला। चौकीदार चुपचाप यंत्र की भाँति चला और गाड़ी में बैठ गया। गाड़ी अब जंगल को पारकर पुल चढ़ रही थी। पुल से उतरते मुख्य मार्ग के लिए ज्यों ही गाड़ी मुड़ी कि दारोगा जोगी सिंह का पाँव ब्रेक पर चढ़ गया। दारोगा जोगी सिंह आवेश में गाड़ी से उतरा।

"यहाँ खड़ा हैं आप लोग? हम दोनों को खतरा में छोड़ भाग आए? लाज, शरम, ईमान कुछ भी नहीं आप लोगों में?" दारोगा जोगी सिंह ने बमकते हुए पूछा।

पीछे से चौकीदार भी उतरकर आ गया था। क्योंकि उसे अभी गाड़ी में भी अकेले डर लग रहा था।

इधर दारोगा को अपने सामने देखकर तो अवध नारायण सिंह समेत अन्य लोगों के ही होश उड़ चुके थे। उनमें एक तो कूदकर अपनी गाड़ी की बोनट

पर चढ़ गया।

"अरे जोगी बाबू आप इधर से कहाँ से आ रहे हैं? गाड़ी से कैसे? हम लोग तो आप ही का पीछा करते यहाँ तक आए हैं। आप तो गाड़ी का भी स्पीड फेल कर दिए दौड़कर भागने में। हम लोग चिल्लाते-बुलाते रहे आपको।" अवध नारायण सिंह ने आश्चर्य के स्वर में कहा।

"क्या बोल रहे हैं! हम तो वहाँ कोठी के भीतर चौकीदार के साथ थे। पूछिए न भाई इससे। आप लोगों का दिमाग ठीक तो है?" दारोगा जोगी सिंह ने भी उतने ही हैरत में कहा।

"अरे नहीं भाई। आप कोठी से निकलकर दौड़ के भागने लगे। फिर हम लोग सोचे कि जब आप ही भाग गए तो हम लोग क्या करें वहाँ। आपका पीछा करते यहाँ तक आए और यहीं पुल से उतरते आप दिखे, फिर पता नहीं किधर गए। तभी तो यहाँ टॉर्च जलाकर आप ही को खोज रहे हम लोग। नहीं तो यहाँ खड़ा होकर क्या करते हम लोग! घर ना भाग गए होते!" अवध नारायण सिंह ने सबकी तरफ से जो देखा, वही सत्य बताया।

इतना सुनना था कि तभी जमीन पर धड़ाम से कुछ गिरा। चौकीदार हाजरा बेहोश हो चुका था।

"लीजिए ई गया साला। समझ नहीं आ रहा कि क्या हो रहा है। आइए जरा इसको उठा के गाड़ी में डालिए। निकला जाए यहाँ से।" दारोगा जोगी सिंह ने चौकीदार को उठाने का प्रयास करते हुए कहा। एक अन्य आदमी की सहायता से उसे गाड़ी में डाला।

"एक मिनट, वो आदमी कहाँ गया? कौन था?" अचानक एक अन्य व्यक्ति ने अचक्के में पूछा।

"कौन? और कौन? कौन आदमी?" दारोगा जोगी सिंह के लिए ये फिर एक हैरान कर देने वाली बात थी।

"अरे जो आपके साथ था अभी। गाड़ी में चौकीदार के पीछे बैठा तो था। आपने उसे कुछ इशारा भी किया था। क्या बात कर रहे हैं!" उस व्यक्ति ने आँख का देखा कहा।

"हा-हा-हा... हमने! हा-हा-हा... आप लोग भी डर के मारे कुछ से कुछ देख ले रहे हैं! चौकीदार जैसा हाल हो गया है आप लोगों का भी। इसको भी

वहाँ कोठी में एक आदमी दिख गया था। छोड़िए मर्दे आप लोग।" दारोगा जोगी सिंह ने वास्तव में बेहद परेशान होकर कहा।

"छोड़ कैसे दें सर! सबको दिखा अभी वह आदमी।" एक और अन्य व्यक्ति ने कहा।

"एक बात बताइए कि आपको काहे नहीं समझ आ रहा है ई सब दारोगा बाबू?" अवध नारायण सिंह अब धीरे-धीरे दारोगा से कुछ कदम दूर होते हुए बोले।

"हाँ क्योंकि हम ही हैं बुढ़वा! यही न? अरे पागल हो गए हैं आप लोग। साला हम सोच रहे हैं कि सारे जिंदा लोगों का क्या होगा अगर बुढ़वा भाग गया होगा तो और आप लोग तो भूतखेल कर रहे।" दारोगा जोगी सिंह ने अपनी जगह से ही खड़े-खड़े कहा।

"नहीं, एकदम नहीं। कुछ तो है जोगी बाबू। एक बात बताइए तो, आपका गाँव कौन-सा है? कहाँ के हैं आप? आपको ई बूढ़ा का पता कैसे लगा? या ई बुढ़वा आपको ही कैसे खोज लिया सर?" अवध नारायण सिंह बोलते-बोलते तो अपनी ड्राइविंग सीट पकड़ चुके थे।

"सब बताएँगे, कल आइए थाना पहले। आज तो पहले सलट लें यहाँ।" दारोगा ने इतना कहा ही था कि दोनों गाड़ियाँ छलांग लगाते हुए निकल गईं।

"अरे रुक! रुक! रुको सालो! भाग भोसड़ी वालो! उल्टे हमीं पर शक करने लगे! साले सबको बताएँगे अच्छा से।" दारोगा जोगी सिंह ने दौड़कर कुछ कदम निकलते हुए पीछा किया और बड़बड़ाते हुए वापस अपनी गाड़ी के पास आ गया। तभी गाड़ी के शीशे पर पानी की बूँदे गिरी दिखीं। बादलों ने अपने बाल खोल दिए थे। दारोगा जोगी सिंह की गाड़ी भी गाँव की दिशा में बढ़ चली थी। अभी सारे लोगों के मन में अपने-अपने सवाल थे। सबसे बड़ी बात तो यह हुई थी कि अभी दारोगा जोगी सिंह ही खुद एक सवाल बन गया था।

24

डेनियल की कोठी में अंधड़ चल रहा था। लगातार जोर-जोर से ठोकर मार रहे तूफान ने कोठी के ऊपरी तल्ले पर एकाध बची हुई लकड़ी की खिड़कियों को भी उड़ाकर पता नहीं किधर फेंक दिया था। आकाश में चमकता विद्युत अपने घनघोर गर्जन की दुंदुभी बजाकर जैसे आँगन में उतरने को आतुर था। भीमकाय काले-कलूटे बादल दल-बल के साथ कोठी के ठीक ऊपर मँडराने लगे। तभी लगा जैसे किसी गर्जन का इशारा हुआ और यकायक बूँदों के बाण बरसने लगे। यह आक्रमण इतना तेज और त्वरित था कि वर्षा के लिए रिमझिम जैसे शब्द बेमानी लग रहे थे। आँगन का दृश्य किसी भी सामान्य हृदय को विचलित कर सकता था। सारे लौटाए गए लोग आँगन में बरसाती कीड़े की तरह रेंग रहे थे। अजीबो-गरीब हरकत करते हुए वयस्क और किशोर शरीर वाले वे जिंदा हुए लोग जब एक नवजात की तरह आँगन में लोटते-रेंगते इधर-उधर हाथ फेंकते हुए उलटते-पलटते तो यह दृश्य ऐसा वीभत्स रस उत्पन्न कर रहा था कि एक मनुष्य उसको देखे तो जीवन के प्रति जुगुप्सा का भाव पैदा हो जाए।

कोठी के भीतरी बरामदे की सतह धड़धड़ाना शुरू हो गई थी। अंदर के एक कमरे से निकला बूढ़ा धीमे-धीमे भारी-भारी कदमों से आँगन की तरफ आ रहा था। मेघ गर्जन की बारंबारता गणित से परे थी। बूढ़े के पाँव अब आँगन के सामने आकर रुक गए थे। उसने पूरी नजर से अपने द्वारा जिंदा किए गए एक-एक रेंगते आदमियों को देखा। बूढ़ा एकदम शांत अवस्था में चेहरे पर विस्मय और

वैकल्य लिए आँगन में उतरा और उन आदमियों को छू-छूकर देखने लगा। जैसे एक चित्रकार अपनी धुल रही तस्वीरों को देख रहा हो। जैसे एक रसोइया तवे पर अपनी बनाई जल रही रोटियाँ उलट-पलटकर देख रहा हो।

वह बूढ़ा एक-एक कर सभी आदमियों को उलट-पलटकर देखने लगा। इस दौरान वह किसी की पेट पर लात रख गुजर जाता तो एक पैर किसी के सिर पर धरा जाता। दृश्य ऐसा जैसे कोई कामगार किसी गोदाम में अनाज की बोरियाँ धाँग रहा हो।

बूढ़ा उन रेंगते आदमियों को इस असामान्य अवस्था में देखकर वास्तव में चकित था। उसे समझ नहीं आ रहा था कि यह कैसे हो गया! उसके माथे पर मोटी लकीरें उभरकर आ रही थीं। दुनिया के साधारण लोग मृत मनुष्य को पुनः जीवित कर देने वाली उसकी अलौकिक अकल्पनीय शक्ति की कीमत चुकाने के बावजूद कूड़ा मानकर आँगन में फेंक गए थे। महाशक्ति का ये अपमान! ये असहनीय था उसके लिए। धीरे-धीरे उसका चेहरा लाल हुआ जा रहा था। शायद बेचैनी और क्रोध के आवेश से उसके झूलते बदन की सारी नसें अचानक फूलने लगी थीं। ऐसा लगने लगा था जैसे अभी के अभी रक्त का फव्वारा फूट पड़ेगा। उसने यकायक दोनों हाथों से अपनी जेब टटोलनी शुरू की। उसे अपनी पैंट की जेब में एक आधी पी हुई बीड़ी मिली। बूढ़े ने गर्दन नीची करके देखा, उसके जेब के नीचे का पूरा हिस्सा जल चुका था। वह एक जले-अधजले कपड़े के चिथड़े में था फिलवक्त। आसमान पानी बरसा रहा था और उसमें भीगता हुआ बूढ़ा अब बीड़ी को फूँकता हुआ उसी आँगन में एक के ऊपर एक लदे-लिपटे आदमियों के ढेर पर बैठ गया। दृश्य कुछ इस तरह से था कि वह जिस आदमी पर बैठा हुआ था, उस आदमी की गर्दन एक-दूसरे आदमी की गर्दन पर चढ़ी हुई थी और उस पर एक तीसरे आदमी के दो पैर चढ़े हुए थे। मानव कचरे के ढेर पर बैठकर बीड़ी पीता हुआ एक बूढ़ा... यह दृश्य मानवीय इतिहास के सबसे त्रासद और वीभत्स चिह्न के होने का मानक अधिकारी था। प्रकृति की हर देन को कचरे से भर देने वाला मानव आज खुद कूड़ा बना आँगन में ढेर था। इस्तेमाल करने की लत और अति दोहन के नशे से ग्रसित मनुष्यता अभी खुद अनुपयोगी होकर बेकार पड़ी थी कोठी के आँगन में।

बूढ़े की उँगलियों में फँसी बीड़ी अब राख हो चुकी थी। अचानक एक जोर

की बिजली कड़की और बूढ़ा दोनों हाथ उठाकर गर्जन करने लगा। जैसे उसे किसी ने टोककर उकसा दिया हो। उसकी आवाज इस तरह से गूँजी कि उसके आगे मेघों का गर्जन मद्धिम पड़ गया था।

"असंभव! असंभव! यह क्या है ? ऐसा क्यों ? मुझे उत्तर चाहिए। ऐसा कैसे संभव है ? उत्तर चाहिए मुझे।" उसकी ध्वनि इतनी तेज और भारी थी कि लगा जैसे आसमान बीच से फट जाएगा।

अब वह उठ खड़ा हुआ था। आकाश की तरफ देखता हुआ गर्जन की ध्वनि में फिर बोला, "असंभव! असंभव! मैंने मनुष्य बना दिया, मैं आदमी को जीवित कर सकता हूँ, मृत में प्राण फूँक सकता हूँ... लेकिन, लेकिन मेरा यह अपमान! मेरे बनाए हुए जीवित किए गए मानवों को लौटा गए ये तुच्छ मानव! मेरे बनाए गए मनुष्य किसी कार्य के नहीं! मेरा यह अपमान! नहीं!"

वह बूढ़ा जैसे पागल हो चुका था। अपने दोनों हाथों को सिर पर रखकर क्रोधित अनियंत्रित हाथी की भाँति चिंघाड़ा, "नहींऽऽऽ मुझे उत्तर चाहिएऽऽऽ।"

इतने में लगा कि आकाश से एक रौशनी का वृत्ताकार पिंड आँगन में उतरा। आँगन सफेद रौशनी से नहा उठा। तभी एक दिव्य ध्वनि गूँजी- 'कतिला!'

इस आवाज के कान में जाते ही वह बूढ़ा क्षण से भी कम समय में पलटा और देखा तो अचरज से उसकी आँखें खुली रह गईं। सामने दक्षिण दिशा के दिगपाल और यमलोक के अधिपति धर्मराज यमराज अपने वाहन पर सवार साक्षात् रूप में प्रकट थे।

उन्हें देखते ही वहाँ एक और अजीबो-गरीब घटना घटी। यमराज को देखते ही बूढ़े में जैसे कोई रासायनिक परिवर्तन होना शुरू हुआ। झुर्रियों से भरी हुई काया जैसे पपड़ी की तरह झड़ने लगी और यकायक नीचे पैरों से शुरू होकर लगा कि कोई नयी काया बाहर निकलने लगी। कुछ ही पल में वहाँ अब कोई और खड़ा था। वृद्ध ने तारुण्य रूप धारण कर लिया था और यही उसका वास्तविक रूप था वास्तव में।

अब यमराज के सामने नख से शिख तक गहरे स्याह रंग का एक हृष्ट-पुष्ट चिर-युवा हाथ जोड़े हुए खड़ा था। सुदर्शन शारीरिक सौष्ठव वाला वह युवा अपनी श्रेष्ठ कद-काठी से असीम बलशाली-महाबली की भाँति दिखता प्रतीत हो रहा था।

"सूर्यपुत्र यमलोकाधिपति के चरणों में प्रणाम निवेदित करता हूँ!" गर्दन को श्रद्धा से झुकाते हुए अभिवादन किया था उसने।

"यशस्वी भवः!" यमदेव के मुख से आशीर्वाद निकला।

पूरा आँगन इस वक्त नीली आभा से दमक रहा था। उस प्रकाश में यमराज के सामने खड़े इस विराट स्याह सुदर्शन युवा का भीषण असित रंग और भी दमक रहा था।

"आपके मुख से निकला आशीर्वचन कभी निष्फल नहीं हो सकता। फिर आखिर मेरे भाग्य में कैसा खोट? यशस्वी होना ही तो असंभव रहा हमेशा मेरे लिए। मैं क्या था? हत्या का देवता! संसार का प्रत्येक प्राणी जिसके स्मरण भर से भयभीत होकर काँपने लगता हो और आपके ईश्वर से प्रार्थना करता हो कि कभी मेरे दर्शन का दुर्भाग्य ना मिले उन्हें, भला ऐसे कुपात्र के लिए यशस्वी होने का आशीर्वाद कैसे फलित हो भला!" यमराज के सामने हाथ जोड़े की मुद्रा में खड़े उस युवा ने एक विशेष मुखभंगिमा संग मुस्कुराते हुए लहजे में थोड़ी वक्रता के साथ कहा।

"हत्या का देवता होना तुम्हारा पाप नहीं, दायित्व है। ठीक वैसे जैसे मृत्युलोक के आत्माओं को ले जाने का दायित्व मुझे सौंपा गया है। तुम दायित्वों को कमतर आँकते हुए कृत्य के चरित्र की भ्रममूलक स्थूल व्याख्या कर रहे हो।" यमराज की वाणी का गुरुत्व गूँज रहा था।

"ये कैसा दायित्व, जो मन और हृदय को ही शूल की तरह गड़ता रहे! मैं जीवन देने वाला क्यों नहीं? ये किस कोटी का दायित्व दिया गया हमें! मैं जो हूँ, वो होने के लिए अभिशप्त क्यों हूँ?" उस युवा के स्वर में एक विद्रोह था जिसके मन में अपने दायित्वों के प्रति अस्वीकार्यता थी। उसका चित्त शायद इस दायित्व निर्वहन के लिए तैयार ही नहीं था।

"ये तुम्हारी उद्विग्नता, तुम्हारी अपनी मिथ्या व्याख्या का परिणाम है। तुम्हारी अल्पज्ञता का निष्कर्ष है ये।" बोलते हुए यमराज के अधरों पर अपार्थिव मुस्कान थी। जैसे कोई अभिभावक बोलता हो, उतनी ही साधिकारिता के साथ।

"अर्थात मैं अपने चित्त और मस्तिष्क में उठने वाले प्रश्नों का शमन कर, मुझे जो भी दायित्व सौंपा गया, बिना किसी तर्क-चिंतन के नेत्रों को बंद कर स्वीकार कर लूँ तो इसे ही आप कर्तव्य पालन का आदर्श कहेंगे!" उस युवा ने

यमराज के सामने फिर एक प्रश्न रख दिया था।

"चिंतन? तर्क? तुम्हारे चिंतन के तुरंग पर तुम्हारा नियंत्रण कहाँ था! तभी तो तुम अपने लोक को छोड़ उसी अबद्ध तुरंग पर सवार हो यहाँ मृत्युलोक आ गए।" इस बार यमराज का स्वर थोड़ा कसैला हुआ था।

"मैं जानता हूँ कि मेरे कृत्य से आपको पीड़ा पहुँची है। आप निश्चय ही क्षुब्ध होंगे। मैं इसके लिए क्षमाप्रार्थी तो अवश्य हूँ।" उसने इस बार पुनः गर्दन को झुकाकर करबद्ध मुद्रा में कहा था।

"पीड़ा नहीं, आशंका और चिंता हुई। तुम्हें यहाँ तक खोजते हुए यमराज नहीं बल्कि एक पिता आया है। मृत्युलोक पर पहली बार यमलोक का अधिपति खुद अपना ही अंश लेने आया है। कर्तव्यों की अवहेलना तो हुई ही लेकिन क्या तुम्हें जरा भी पिता या माता का स्मरण न रहा! यमलोक के अधिपति यमराज के पुत्र का क्या ये स्थान है! इस मृत्युलोक में इतनी वीभत्स अवस्था में मलिन रूप में रहते हुए तुम्हें देख इस पिता के हृदय पर क्या गुजरी होगी पुत्र!" इस बार वास्तव में दक्षिण दिशा का दिकपाल यमलोक का अधिपति नहीं, बल्कि एक पिता का हृदय ही बोला था।

डेनियल की कोठी में रहने वाला वो अँग्रेज की तरह दिखता बूढ़ा जो अब यमराज के सामने एक युवा के रूप में खड़ा था, वो वास्तव में कोई मानव नहीं बल्कि यमलोकाधिपति का पुत्र 'कतिला' था।

कतिला, यमदेव और उनकी पत्नी धुमोरना का पुत्र और धर्मराज युधिष्ठिर का सौतेला भाई। कतिला का दायित्व एक हत्या के देवता के रूप में वर्णित है। कतिला एक दिन अचानक ही यमलोक से गायब हो जाता है और आज मृत्युलोक में विचरण करते यमराज ने जब कतिला की भयंकर गरजती हुई दहाड़ सुनी तो यहाँ डेनियल की कोठी में उसे इस अवस्था में अपना पुत्र मिला था।

"आखिरकार तुम्हारे यहाँ मृत्युलोक में आने का औचित्य ही क्या था कतिला? क्या कारण? मैं वास्तव में क्षुब्ध नहीं बल्कि आश्चर्यचकित हूँ तुम्हारे इस निर्णय पर।" यमराज अपने वाहन पर विराजमान ही रहते हुए बोले।

"पिता श्री, मेरा औचित्य मेरे मन ने मुझे दिया। एक दिन संध्या जब अपने कर्तव्यों से निवृत्त होने के बाद मैं अकेला बैठा स्वयं से आत्मसाक्षात्कार कर रहा था तो एक प्रश्न लगातार मेरे हृदय को मथने लगा। मैंने खुद से कहा कि

आखिर मैं जीवन छीनने के ही मोर्चे पर क्यों? हत्या का देवता क्यों? मेरे सौतेले भ्राता युधिष्ठिर को संसार धर्मराज युधिष्ठिर के रूप में पूजता है। धर्मराज के रूप में उनका यश अक्षुण्ण है, अविनाशी है, अमिट है, अपरिमित है और मैं? मैं यमराज के विराट भयंकर धर्म और कर्तव्य संचलन का एक लघु भाग जिसे संसार में अँजुरी भर लोग भी नहीं जानते। मैंने तभी तय कर लिया था पिताश्री कि मैं ये कलंक मिटा दूँगा। अपयश है हत्या का देवता होना। मैं मृत्युलोक में जाकर मनुष्यों को उनके प्राण लौटाऊँगा। इससे बड़ा कोई यश नहीं। ये यश तो किसी देवता के भी भाग्य में नहीं। संसार मेरे नाम की जय-जय करेगा... सब बदल जाएगा। मैं जीवन देने वाला दाता बन जाऊँगा।" बोलते-बोलते कतिला के होंठों पर एक बंकिम-सी मुस्कान तैरी और उसने दोनों हाथों को ऊपर उठाकर बेहद उत्साह में अपनी बातें सुनाईं।

आगे पुनः उसने बताया कि ये निश्चय करते ही वह मानव रूप धर पृथ्वी की ओर गमन कर गया था। और फिर प्रारंभ होता है दामुसिंघा गाँव के समीप डेनियल की कोठी में कतिला द्वारा संसार को चकित करते हुए मृत्यु को प्राप्त प्राणियों में प्राण लौटाने का अकल्पनीय खेल। मरे हुए इंसान को जिंदा कर देने का अविश्वसनीय चमत्कार।

जिस तरह उसने अपने पिता को हाथ में कालपाश लिए मनुष्यों के प्राण हरते देखा था, इसने तय किया कि वो हाथ में षड्धातु का हथौड़ा लेकर उसके द्वारा ही लोगों के प्राण वापस करेगा।

"पुत्र कतिला, चलो मेरे साथ। अब हम यमलोक की ओर प्रस्थान करें।" यमराज ने उसकी सारी बातें सुनने के बाद सहज स्वर में ही कहा।

कोठी में अभी स्वयं ही नीली उल्काएँ प्रज्ज्वलित हो गई थीं। बीच-बीच में जैसे ही बिजलियाँ चमकतीं तो आँगन में जिंदा रेंगते-घोलटते पड़े हुए लोग दिखते और ओझल होते।

"परंतु पिता जी, मुझे मेरी जिज्ञासा को बिना शांत किए मृत्युलोक को छोड़ जाना उचित नहीं।" कतिला ने वापस अचानक बेचैन होते हुए कहा।

"कैसी जिज्ञासा! सर्वप्रथम तुम यमलोक तो लौटो।" यमराज ने पुत्र की तरफ देखते हुए कहा।

"नहीं, सर्वथा नहीं। मैंने ये जितने भी मनुष्य बनाए, इनको ऐसे छोड़ कैसे

जाऊँ! आखिर आप ये तो बताएँ कि ये मेरे द्वारा जिंदा किए लोगों की आत्मा में ही कोई दोष था? ये सब असामान्य क्यों हुए?" पुत्र कतिला ने विनम्रता से ही पूछा था लेकिन स्वर में बिना समाधान कोठी से नहीं जाने की दृढ़ता भी झलक रही थी।

अपने पुत्र कतिला के मुख से ये सब सुनते ही यमराज के सामने सहसा कुछ कौंध-सा गया। क्षण भर बाद ही यमराज के चेहरे पर फिर वही अपार्थिव मुस्कान तैर गई थी।

यमराज को याद आया कि ब्रह्मांडीय इतिहास के किसी काल-खंड में कभी एक ऋषी बाजश्रवस/उद्दालक का पुत्र नचिकेता इसी तरह से सामने खड़ा होकर मृत्यु और आत्मा के रहस्य के बारे में प्रश्न पूछने की खातिर जिद पर अड़ गया था। आज खुद यमराज का पुत्र ही सामने था। यमराज ने कभी कल्पना नहीं की थी कि एक दिन उसका ही पुत्र जीवन-मरण और आत्मा से जुड़ी जिज्ञासा के प्रश्नों की गठरी लेकर उसके सामने खड़ा हो जाएगा। ये प्रसंग भले कठ ऋषि के कठोपनिषद का हिस्सा नहीं लेकिन इक्कीसवीं सदी के मन में उपजी ये कल्पना मिथकों के इतिहास को भी दुहरा देने वाली थी।

इक्कीसवीं सदी का एक गाँव, उसका सामाजिक जीवन, यमराज का पुत्र, उसकी जिज्ञासा, सामने स्वयं यमराज।

अब एक नया उपनिषद् रचा ही जाने वाला था।

"ये जो तुमने माटी के पुतलों में प्राण डाले हैं, ये सब के सब अप्राकृतिक और निकृष्ट हैं। इन्हें नष्ट करो और मेरे संग प्रस्थान करो।" यमराज ने उन लेटे रेंगते आदमियों की तरफ देखते हुए कहा।

"मैं आपका आशय नहीं समझा। जब मैंने इन्हें पुनः जीवित कर दिया तो फिर ये असामान्य क्यों हैं?" कतिला की जिज्ञासा चरम पर थी और वह इस वक्त अपने भीतर भारी उथल-पुथल महसूस कर रहा था।

"स्पष्टता को सरलता में समझने के बजाय तुम अकारण ही उलझा रहे हो। देखो कतिला, आत्मा अविकारी होती है, किसी भी त्रुटि या दोष से मुक्त और स्मृतियों से भी मुक्त, उसका अपना कोई स्वभाव भी नहीं होता। जब आत्मा का एक विकार मुक्त शुद्ध शरीर में प्रवेश होता है, उसके बाद वो उसी शरीर के साथ प्राकृतिक रूप से यात्रा करती है और जैसा शरीर का स्वभाव होता है, वैसा

आत्मा का भी। जैसे कोई शुद्ध शरीर नवजात का होता है।" यमराज ने बताया।

"ये तो सत्य है और स्पष्ट भी। परंतु पिता श्री, आखिर मैंने जब अपनी शक्ति से एक वयस्क शरीर बना दिया और उसमें आत्मा डाल दी, तो वो भी नवजात की तरह क्यों व्यवहार करने लगी! उसे तो वयस्क की भाँति व्यवहार करना चाहिए था न!" हतप्रभ से खड़े पुत्र कतिला ने पुनः मूल उत्तर को जानना चाहा।

"जान लो, आत्मा की कोई स्मृति नहीं होती पुत्र। वो तो पिछली स्मृतियों को जानती ही नहीं। तुम्हारा बनाया शरीर भले वयस्क दिख रहा था, लेकिन वो था तो अभी नूतन ही, नवजात ही। अभी वो नया बना शरीर अपने प्राकृतिक परिवेश में जब धीरे-धीरे ढलते हुए वास्तव में वयस्क होता तो आत्मा भी उसी अनुपात में वयस्क होती। फिर से उसे नये अनुभव मिलते, नयी स्मृति मिलती।" यमराज ने थोड़ी-सी खीझ के साथ आत्मा संबंधी दर्शनों के सार को बड़ी सरलता से समझा दिया था अभी।

प्रकृति का कायदा ही है कि जिस भी जीव का देह जब भी बने या जन्म ले, उसकी आयु तो तब से ही प्रारंभ होगी। भले कतिला जैसा कोई सामर्थ्यवान उस देह की काया को वयस्क रूप में ही क्यों न ढाल के निर्मित कर दे। वो आयु में अभी-अभी निर्मित एक नवजात ही होगा। यही मामला उन शरीरों के साथ था और इस विधि के तर्क से उन आत्माओं का शरीर के रूप में नवजात जैसा व्यवहार स्वाभाविक ही था। लेकिन प्राकृतिक रूप से निश्चय ही विनाशकारी और वीभत्स था ये।

कतिला पिता की बातें सुनकर कुछ क्षण चिंतन करता हुआ शांत रहा।

"क्या इस विधि को अपनी शक्ति या अपने तप से मैं बदल नहीं सकता! क्या आप मुझे ये आशीर्वाद नहीं प्रदान कर सकते!" अचानक ही कतिला के भीतर से एक बार फिर जैसे नयी पीढ़ी का तेवर बोल उठा।

"स्वाभाविक-सा तथ्य यही है कि तुम किसी के प्राण लौटाने के अधिकारी ही नहीं हो। तुमने अकारण ही प्रकृति के चक्र और उसकी अपनी अटल प्रक्रिया को बाधित किया है।"

"मैंने बाधित किया है! मैं तो मनुष्यों को अमरत्व दे रहा था। इससे वृहत और कल्याणकारी पारमार्थिक सत्कर्म क्या होगा!" कतिला परमार्थ के गौरव

स्वर से गूँजता हुआ बोला।

"ये कल्याण है! परमार्थ है! नहीं पुत्र। ये तुम्हारे अहं और प्रचंड शक्ति का अश्लील शोर है। तुम्हारे सामर्थ्य का एक फूहड़ प्रदर्शन है ये कृत्य। तुम अपनी कुंठा की ज्वाला में जलते हुए सन्मति का सदुपयोग ही नहीं कर पा रहे थे। तुम्हें ये भ्रम हो गया कि तुम प्रकृति से भी श्रेष्ठ हो। पर ये मिथ्या है।" यमराज के स्वर में पुत्र के लिए ताड़ना थी।

"क्या मनुष्य का अमर होना पाप है? क्या ये केवल ईश्वर का ही विशेषाधिकार है? मैंने ये परिपाटी ध्वस्त करके ऐसा क्या कुकर्म किया पिता श्री?" कतिला भी रुक नहीं रहा था।

"तो सुनो पुत्र, मनुष्य इसलिए सार्थक और यशस्वी है क्योंकि उसे पता है जीवन एक बार मिला है, इसे संपूर्णता के साथ अपना सर्वश्रेष्ठ देते हुए जीना होगा। इस अर्थ में वो देवताओं से भी श्रेष्ठ है और भाग्यशाली भी। क्योंकि श्री विष्णु जैसे देव को भी अपने ध्येय की पूर्ति हेतु नौ बार जन्म लेना पड़ा, लेकिन एक मनुष्य का एक ही जीवन उसे अपने ध्येय की पूर्ति का अवसर देते हुए संपूर्ण बनाता है। मनुष्य द्वारा एक जीवन में अर्जित यश युगों-युगों तक अमिट रहता है। तुम मनुष्यों से उसका सौभाग्य छीन रहे हो, उन्हें अमरत्व का शाप देकर। जिस दिवस मनुष्यों को ये आभास हो जाए कि वो मृत्यु से मुक्त है, अमर है, उसी क्षण से मनुष्यता का यशस्वी होना नष्ट हो जाएगा। मृत्यु का अनिवार्य होना ही मनुष्य को एक सार्थक जीवन के लिए प्रेरित करता है।" यमदेव ने अमरता के मामूलीपने के आगे मृत्यु का मोल रखते हुए पुत्र कतिला के एक जिज्ञासा का समाधान कर दिया था।

यमराज के संपूर्ण कहन का यही सार था कि जिस दिन मृत्यु की अनिवार्यता खत्म, उसी दिन से जीवन का अर्थ भी खत्म।

वास्तव में बुद्ध हों या महावीर, चंद्रगुप्त मौर्य हों, अशोक हों या गाँधी, अपरा, घोषा, गार्गी हों या झाँसी की रानी, सिदो-कान्हो हों या उनकी बहनें फूलो-झूनो, इन सबका यशोअर्जन पूर्ण है, जीवन की सार्थकता संपूर्ण है।

दूसरी तरफ देवताओं की अभी दसावतार वाली कल्कि योजना लंबित ही है। हम भारतीय इस इंतजार में न जाने किसको-किसको धर-पकड़कर समय-समय पर कल्कि अवतार घोषित भी करते रहते हैं।

पिता यमराज से कई प्रश्नों के उत्तर पाकर अब कतिला की विद्रोही जिज्ञासा का ताप थोड़ा शीतल जरूर हुआ था। पर मन की उत्सुकता और भी प्रश्न बटोर के जमा किए जा रही थी। कतिला के मन में उपज रहे कुछ प्रश्न अभी अनुत्तरित ही थे।

"पिता श्री, मैं आपसे असहमत हुए बिना ये भी अवश्य जानना चाहूँगा कि फिर क्या पुनर्जन्म की अवधारणा मिथ्या है?" कतिला के स्वर की उद्विग्नता अब नरम पड़ रही थी और अब वो वास्तव में एक जिज्ञासु शिष्य की भाँति ही प्रश्न करता प्रतीत हो रहा था।

"पुनर्जन्म तो अकाट्य सत्य है। वो होना ही है। वो अमरत्व से इतर अवधारणा है। क्योंकि पुनर्जन्म इस जन्म का विस्तार या बचा हुआ भाग नहीं है पुत्र। वो एक नूतन नव्य जीवन है। उसका निर्धारण तो कर्मफल के अनुसार होता है कि अमुक प्राणी को पुन: किस रूप में पुनर्जन्म लेना है। इसमें अनिवार्य नहीं कि उसे जो नव्य देह मिले वो मनुष्य का ही तन हो। चौरासी हजार योनियाँ हैं। पुनर्जन्म किसी भी योनि में संभव है।" यमराज ने अमरत्व और पुनर्जन्म के अंतर को स्पष्ट करते हुए कर्मफल पर आधारित जन्म चक्र की प्रक्रिया का संक्षेप में सार बताते हुए कहा।

"आपसे प्राप्त सारी शंकाओं के समाधान के बाद एक प्रश्न मेरे मस्तिष्क में अटक गया है पिता श्री। अगर इस जन्म-मृत्यु के अटल शाश्वत चक्र को कभी खंडित या परिवर्तित नहीं किया जा सकता तो इसी मृत्युलोक में सति-सावित्री नाम की महिला ने आपसे, उस ईश्वर की परमसत्ता से अपने पति के लिए प्राण कैसे वापस माँग लिए थे!" कतिला ने इतिहास का संधान कर ये तथ्य निकाला और पिता यमराज के सामने रखकर इस पर उनसे विचार सुनना चाहा।

"वो सती-सावित्री के तप, सत्कर्म का फल था। उसका प्रारब्ध था। पुनश्च ये ध्यान रहे कि उम्र बढ़ी थी, अमरत्व नहीं मिला था। सती ने अपने पुण्यफल के बदले पति की आयुवृद्धि माँगी और उसे मिला।" यमराज के ये कहने के बाद भी कतिला पूरी तरह संतुष्ट नहीं दिख रहा था।

कतिला के मुख से तपाक से निकला- "यानी ईश्वर की परमसत्ता ही नियंत्रक है! ये तो स्पष्ट है न! वो सर्वशक्तिमान जब चाहे किसी की उम्रवृद्धि तो कर ही सकता है न! यही न पिता श्री!" कतिला के इस कहे का तंज यमराज

समझ गए थे। पर यमराज इस पर क्रुद्ध नहीं हुए बल्कि प्रहास के भाव में जोर से हँसते हुए बोले, “ईश्वर को लेकर यही तो अस्पष्ट-सी अवधारणा है संसार के मन में। संसार ईश्वर को जिस रूप में जानता है, ईश्वर वास्तव में वैसा नहीं है। वह कोई नियंत्रण से परे सर्वशक्तिमान सत्ता नहीं है। अब इस गूढ़ दर्शन को ध्यान से सुनो, ईश्वर और मनुष्य दोनों प्रकृति की अभिव्यक्तियाँ हैं। जिस मनुष्य में जितना तप-बल-सत्, नैतिकता और पवित्रता होगी उसका ईश्वर उतना ही शक्तिशाली और प्रभावी होगा। एक पापी मनुष्य का ईश्वर उतना ही कमजोर होगा। अतएव जितना सद्‌गुणी मनुष्य, उतना प्रभावी उसका ईश्वर। सती का ईश्वर सती के तप से उतना ही अत्यधिक प्रभावशाली और शुभ था। पर मूल में प्रकृति ही है। अगर मनुष्यरूपी प्रकृति का एक स्वर कर्कश हो जाए तो उसका दूसरा स्वर ईश्वर भी मीठा कहाँ रहेगा!” यमराज ने कहा।

यमराज अपने वाहन भैंसे पर बैठे मुस्कुरा रहे थे। सामने दोनों हाथ जोड़े पुत्र कतिला निर्निमेष खड़ा था।

“आओ पुत्र, अब प्रस्थान करें। और हम सब प्रकृति द्वारा दिए दायित्वों का निर्वहन करें। अपनी अर्जित शक्ति का दुरुपयोग प्रकृति को ही नष्ट करने में न कर दें। इस विनाशी विकल्प और संकल्प से मनुष्यता और ईश्वरत्व दोनों का क्षय होगा। इसलिए देव-रूप या मानव-रूप में, जिसे जो दायित्व मिला है उसका निष्ठापूर्वक निर्वहन ही धर्म है।” यमराज इतना कहने के साथ ही अपने वाहन से उतरे।

“तुम्हें एक रोचक बात बताऊँ पुत्र? मुझे ज्ञात हुआ है कि देवलोक का भी एक देवकुमार वहाँ से लापता है। क्या पता उसकी भी कोई जिज्ञासा या मन की व्याकुलता उसे मृत्युलोक ले आई हो।” इतना बोलकर यमराज आगे बढ़े और पुत्र कतिला को गले लगा लिया। पिता के गले से लिपटा पुत्र कतिला ये सुनकर अभी मंद-मंद मुस्कुरा रहा था।

मेघों से निकलकर चलते हुए बाण अब गिरते हुए रिमझिम बूँद में बदल गए थे। कोठी में उड़ता बवंडर अब शांत हो चला था।

ब्रह्मवेला की आहट हो चुकी थी।

25

यमराज के कहे सूक्त डेनियल की कोठी के आँगन में गूँजकर समाप्त नहीं हो गए थे। प्रकृति के वातावरण में तैर रहे थे। तरंगों में अभिव्यक्त हो रहे थे।

21वीं सदी के किसी सुबह गूँजने वाली ये अभिव्यक्ति क्या अर्थ देगी? 21वीं सदी का नया भारत और उसका प्रागतिशील आधुनिक समाज यमराज के कहन क्या अर्थ ग्रहण करेगा?

ऋत और लोकतंत्र एक है।

यथा ईश्वर और संविधान एक है।

वास्तव में हम सदियों से जिस रूप में ईश्वर की कल्पना करते आ रहे हैं, ईश्वर वैसा है ही नहीं। वो एक निर्देशक या शासक नहीं है।

फिर कैसा है ईश्वर?

ये प्रश्न अपनी सदी की जिज्ञासा करती और उत्तर उसे उसी समय का तर्क और चिंतन। वो चिंतन जो यमराज अपने पुत्र की जिज्ञासा के प्रति व्यक्त करते हैं।

हर सदी की अपनी जिज्ञासा है। हर सदी का नया मानव है और नयी सदी का नया ईश्वर।

ये ईश्वर प्रकृति की अभिव्यक्ति है, ठीक वैसे ही जैसे मनुष्य भी प्रकृति की अभिव्यक्ति है।

मनुष्य अपने सद्गुण, परोपकार और ऋत के पालन से जितनी ज्यादा मनुष्यता अर्जित करेगा, उसका ईश्वर उतने ही सर्वश्रेष्ठ गुणों से भरा और प्रकाशमय होगा। ईश्वर का आकार और प्रकार तो मनुष्यों के ऋत के पालन पर निर्भर है।

पता नहीं यह संभव और स्वीकार्य हो सकता था या नहीं कि 21वीं सदी में हमें ईश्वर की परिकल्पना को लोकतंत्र के अस्तित्व और नागरिकों के दायित्वबोध के बीच के अंतर्संबंधों से समझना चाहिए।

संविधान के निर्माताओं में एक बाबा साहेब अंबेडकर की एक उक्ति का स्मरण यहाँ स्वाभाविक है जिसका लब्बोलुबाब यह था कि संविधान का होना कोई मायने नहीं रखता बल्कि देश के नागरिकों पर निर्भर है कि आगे वे कैसे होंगे। अगर वे लोकतांत्रिक मूल्यों में भरोसा करने वाले रहे तो हमारा संविधान अक्षुण्ण रहेगा और प्रभावी भी। यानि सत्य और कर्तव्यनिष्ठता के मार्ग पर चलता नागरिकता के बोध से परिपूर्ण एक सजग नागरिक जितना क्रियाशील होगा, संविधान उतना ही महान और दीर्घजीवी होगा।

यही अंतर्संबंध ईश्वर और मानव के बीच भी है।

ईश्वर की उम्र उतनी ही है जितनी मनुष्यता के सत्कर्म और यश की आयु।

ईश्वर उतना ही दयालु है जितनी मनुष्यता की बची हुई करुणा।

ईश्वर उतना ही बलशाली है जितना बल उसे मनुष्यता अपने तप के फल से प्रदान करती है।

यह दृश्य कितने लोग रोज देखते हैं कि एक ही देवता की मूर्ति के सामने एक ही समय में दस अलग-अलग लोग, अलग-अलग मन्नतें माँगते दिखते हैं। एक व्यक्ति उसी देवता से चार रोटी का जुगाड़ माँगता है तो दूसरा उसी देवता से करोड़ों का वैभव। फिर उसी देवता से एक व्यक्ति किसी दिए गए प्रतियोगिता परीक्षा का परिणाम माँगता है तो कोई ठीक उसी समय उसी देवता से चुनाव परिणाम माँग रहा होता है। इसका आशय क्या है ?

देवता तो एक ही था, स्थान और समय भी एक ही। फिर भी सबकी इच्छाएँ और उसकी सीमाएँ अलग-अलग। यानी जो व्यक्ति जितनी अधिकतम क्षमता और अपने कर्म की सीमा को जानता है, उसी एवज में देवता से माँगता है।

यानी जो व्यक्ति जितनी क्षमता का, उसका भगवान भी उतने तक ही देने

वाला। धनपतियों के भगवान धनवर्षा करवा देते हैं और एक सचिवालय के बड़े बाबू के भगवान महीना भर बढ़िया फाइल और एकाध तगड़ा पोस्टिंग की सेटिंग करवाते-करते खर्च हो जाते हैं।

जितना बड़ा मनुष्य, उतना ही बड़ा उसका ईश्वर।

अब सुबह का सूर्य चढ़ चुका था। दामुसिंघा के लिए ये एक अलग-सी भोर थी। पूरे बाजार और आस-पास के गाँव देहात में हलचल और चर्चाएँ पौ फटते ही शुरू हो गई थीं। आस-पास के गाँव के कई लोग तो हाथ में दातून लिए ही दामुसिंघा की तरफ टहलते हुए निकल आए थे।

जिले के पुलिस कप्तान मनोरंजन यादव ने जब दारोगा जोगी सिंह का लगातार फोन ऑफ जाने के बाद गुस्से में उस पर कार्यवाही करने के लिए थाने से उसकी फाइल मँगाई तो उनके चेहरे और दिमाग की हवाइयाँ उड़ गई थीं। उन्हें पता चला कि दारोगा जोगी सिंह ने तो अपने गंभीर बीमारी के इलाज के लिए दो महीने पहले ही तीन महीने खातिर छुट्टी का आवेदन संलग्न किया हुआ है। एसपी साहब को ये समझ नहीं आ रहा था कि आखिर फिर दारोगा जोगी सिंह इलाज के लिए गया क्यों नहीं! या फिर ये छुट्टी का आवेदन ही क्यों दे रखा था! और अब अचानक मोबाइल ऑफ कर कहाँ चला गया था दारोगा जोगी सिंह!

ये सब सोचकर दिमाग झन्ना जाने के बाद भी एसपी साहब ने अभी इस मामले को दिमाग में ही जमा रखकर तत्काल डेनियल की कोठी का ऑपरेशन सँभाला। आज अभी कुछ ही देर में कोठी पर छापा पड़ना था। एसपी साहब ने खुद प्रेस वार्ता बुलाकर इस छापेमारी की जानकारी मीडिया को दे दी थी। अपने ही नेतृत्व में सैकड़ों पुलिसकर्मी की टीम के साथ जिला पुलिस की टीम डेनियल की कोठी की ओर रवाना हो चुकी थी।

पुलिस का काफिला उस ओर बढ़ता देख दर्जनों साइकिल और मोटरसाइकिल पीछे-पीछे डेनियल की कोठी की तरफ दौड़ने लगीं। लोगों का हुजूम कोठी को घेर चुका था। पुलिस की घेरेबंदी से बँधी हुई कोठी के सामने सैकड़ों ग्रामीण और पुलिस खड़े थे। सबके मन एक ही कौतूहल- 'अब बुढ़वा को अरेस्ट करेगा पुलिस! देखिए भीतर से क्या-क्या निकलता है? कितना का खजाना निकलेगा? देखिए न, सब किलियर होइए जाएगा अब थोड़ा देर में।'

अब दिन के करीब दस तो बज ही गए होंगे। तैयार एसपी साहब ने अब

मोर्चा सँभाल लिया था। वो दर्जनों पुलिस वालों की टीम के साथ हाथ में पिस्टल डुलाते हुए अंदर की ओर गए। बाकी चारों तरफ से भी पुलिस ने कोठी को घेर रखा था और सब-के-सब हथियार ताने तैनात थे।

अंदर खोजबीन जारी थी। बाहर लोगों में उत्साह और रोमांच चरम पर था। मीडिया के लोग माइक कस के लगभग कूद के भीतर पहुँच जाने को बेताब थे।

करीब बीस से पच्चीस मिनट की सघन खोजबीन के बाद एसपी साहब पसीने से नहाए बाहर आए। मीडियाकर्मी अब सामने की घेराबंदी का रस्सा तोड़कर उन पर झपटे।

"देखिए, अब अभी तो यही है कि यहाँ कोई नहीं है भीतर। हमने चप्पा-चप्पा कोना-कोना छान मारा है, भीतर ना वो बूढ़ा मिला और ना ही किसी भी प्रकार का कोई औजार, मूर्ती या कोई भी पैसा वगैरह।" एसपी साहब ने बहुत निराशा के स्वर में कहा।

"सर, वो आपका दारोगा जोगी सिंह कहाँ हैं? इस थाने का इंचार्ज जो है?" एक किसी मीडियाकर्मी ने पीछे से पूछा।

"वो अभी तो नहीं है। कल रात से थोड़ा संपर्क नहीं है क्योंकि शायद उसका तबियत खराब है। उसका मोबाइल ऑफ है। हम अभी उसका मामला भी जाँच करेंगे। ये भी देखेंगे कि कौन लोग बूढ़ा को भागने में मदद किया है और कौन लोग इस सबका दोषी है।" एसपी ने इतना कहकर बात खत्म ही की थी कि तब तक एक हुजूम हो-हो करके कोठी की तरफ कूदकर भीतर फान चुका था।

ये देखकर मीडिया वाले भी अपना तार लपेटे-समेटे भीतर की ओर दौड़े। पूरी कोठी भीड़ की उछल-कूद और शोर से धम-धम कर रही थी। कुछ मीडिया वाले पाये और दीवार में उँगली खोद लाइव प्रसारण करते हुए कोठी की पुरातात्विक विशेषता बताते दिखने लगे। कुछ लोग डेनियल का इतिहास बताते हुए उसे नेहरू और सावरकर से जोड़कर अलग ही किस्सा सुना रहे थे।

एक बेचारा चीख-चीखकर कोठी के चमत्कार को भविष्य में लाइव दिखाने का वादा कर तत्काल बूढ़े से भेंट कर बातचीत को न दिखा पाने के लिए क्षमा माँग रहा था। एक गंभीर-सा सफेद काले बालों वाला जहीन-सा पत्रकार हाथ में माइक लिए इस तरह के अंधविश्वासों पर हँसते हुए टीवी दर्शकों से सवाल कर

रहा था, "देखिए और बताइए कि क्या ये है नया भारत!" भीड़ उसे पीछे से ठेल दे रही थी, वो पत्रकार फिर थोड़ा किनारे होकर बाहर की ओर निकल गया था।

इतने में अंदर ही भीड़ से एक आदमी कोने में जाकर पेशाब करने लगा था, ये देखते ही एक अच्छे नागरिक टाइप आदमी ने दीवार पर गुटखा थूकते हुए उसे सबके सामने पेशाब करने से रोका। एक अन्य दूसरे आदमी ने तुरंत सलाह दी, "ठीक तो बोल रहे हैं ये तुमको, अरे अंदर किसी कमरा में घुसकर मूत लो भाई। इतना बड़ा तो कोठी है, यहीं सबके सामने मूतना जरूरी है?"

तभी एक आदरणीय-सा दिखता सूट पहना पत्रकार डेनियल की कोठी का डीएनए टेस्ट करते हुए बार-बार ये जाँच करके दर्शकों को दिखा रहा था कि क्या ये डेनियल की कोठी पहले कोई मंदिर थी? या मंदिर के बाद मस्जिद बनी? तब अँग्रेजों के समय अनाज कोठी? भीड़ का एक जत्था उसके विचारों को सुनकर इतना उत्साहित हो गया कि हो-हो करके उसकी देह पर चढ़ गया। पत्रकार नीचे की ओर झुका। माइक अपने ही हाथ से छूटकर कहीं और घुस गया। किसी तरह देह-हाथ झाड़कर वो उठा तो सूट के भीतर का सफेद शर्ट धूल-धूसरित हो चुका था।

इसी बीच एक मीडियाकर्मी ऊपर छत पर चढ़ने के चक्कर में लटककर गिर गया। कुछ लोग उसे घेरकर देख रहे थे। संयोग से आँगन में गीली मिट्टी का एक बड़ा-सा ढेर लगा हुआ था और वो मीडियाकर्मी उसी पर गिरा था, इसलिए टूटकर बिखरने से बच गया था। कैमरा हालाँकि बिचक गया था बेचारे का।

ठीक इसी बीच एक बुजुर्ग आदमी लोगों की भीड़ को पीछे से दोनों हाथों से हटाते-ठेलते आँगन की ओर आया। वो अचानक आँगन के पास वाले चबूतरे के पास आकर ठिठक गया।

वो हरिहर बाबू थे। छापेमारी की खबर सुनकर ये भी दौड़े आए थे। हरिहर बाबू को ये देखकर बड़ा सुकून मिला कि चलो कम-से-कम बूढ़ा बाबा पकड़ाया नहीं। समय रहते निकल गया। लेकिन हरिहर बाबू अब भी लगातार आँगन की तरफ ही देख रहे थे। वो दिमाग पर जोर डालकर यही सोच रहे थे कि, "ये आँगन में इतनी मिट्टी का ढेर कहाँ से जमा हो गया? आँगन तो एकदम साफ-सुथरा ही था, जब हम आए थे तीन-चार दिन पहले तक!"

तभी उनके पैरों के पास की गीली मिट्टी ने उनके पाँव को छुआ। हरिहर

बाबू की नजर नीचे की ओर गई तो उन्हें कुछ दिखा। उन्होंने झट से झुककर हाथ में एक मुट्ठी मिट्टी उठाई। मिट्टी के हटते ही उन्हें एक लाल रंग के गमछे का टुकड़ा मिला। उनके चेहरे पर न जाने कैसी ही मुस्कान तैर गई थी। उन्होंने बिना इधर-उधर देखे वो टुकड़ा उठाया और उसमें मुट्ठी भर मिट्टी ली और खड़े हो गए।

एक बार चारों तरफ आँगन और बरामदे की तरफ देखा। ऊपर छत की रेलिंग वाले छिद्र के पार उन्हें चमकती हुई दो आँखें दिखीं। तब तक कुछ मीडिया वाले लोग छत पर भी चढ़ चुके थे। एक कैमरामैन चिल्लाया, "भाई फ्रेम क्लियर करो, एक कुत्ता आ रहा है, उसे हटाओ पीछे से।"

हरिहर बाबू तब तक वो गमछे का टुकड़ा और मिट्टी अपने कुर्ते की जेब में डाल चुके थे और उनके मुखमंडल पर लगातार एक मुस्कुराहट-सी तैर रही थी।

अनायास ही तभी उनके मुँह से निकला- अरे यार जादूगर!

जय हो!